一曲未了

2024
中国年度短篇小说

中国作协《小说选刊》 ▣ 选编

YI
QU
WEI
LIAO

漓江出版社
·桂林·

目 录
contents

001 / 高雅的链绳　　　王　蒙

025 / 你好，蝼蝈　　　老　藤

043 / 那块地　　　　　邓一光

065 / 照　相　　　　　刘庆邦

077 / 不可同日而语　　朱　辉

092 / 紫晶洞　　　　　徐则臣

103 / 木棉或鲇鱼　　　李修文

129 / 开往市区的班车　刘建东

143 / 上岭网红　　　　凡一平

153 / 飞鸟与地下　　　班　宇

172 / 大叶紫薇　　　　裘山山

187 / 房间里的伏尔泰椅　艾　玛

197 / 碑　书　　　　　韩　东

210 / 青花瓷与野鸡　　杨　遥

224 / 断舍离　　　　　雷　默

240 / 萤火与白帆　　　朱文颖

252 / 时髦灰姑娘　　　徐皓峰

271 / 家　宴　　　王啸峰

287 / 一曲未了　　陈　武

304 / 老人与狗　　张鲁镭

325 / 编后记

327 / 附　录

高雅的链绳

王　蒙[*]

一、眼镜的困惑

二〇二三年赵千秋教授年九十二，都夸他身体好。二〇二一年生了病，住医院，做微创手术，五天后成功痊愈。朋友们夸奖他"又是一条好汉"，他也以"老而不死是为雄"自诩，同时告诫自己：别大意。

他越来越明白，好汉不好汉可以忽悠，实体必有实情。打九十岁以来，耳朵听力，眼睛视力，呼吸气力，胃肠食力，通通不无减弱。尤其眼睛，近视4.0俗称四百度，戴上镜子矫正近视后，突显了远视老花是三百五十度3.5。远视近视兼而有之，戴镜摘镜一天折腾N次。读书报、看手机要摘镜子；看电视、看来客、看窗外云霞和楼下人行车走，要戴镜子。摘了戴，戴了摘；看不见，看见了；看不清，看错了；戴上镜子看，不戴了再看，忘记了该戴还是该摘，忘记了刚刚戴上看得清晰，还是摘了更清晰。

赵老心理一贯健康，经打经摔，从不躁狂忧郁，却出现了眼镜与手机混乱丢失强迫障碍（OCD），每年丢失眼镜多次，另丢失手机次数为丢失眼镜次数的

---

[*]　王蒙，男，1934年生，河北省南皮县人。曾任中国作家协会副主席、文化部部长、全国政协文史和学习委员会主任、《人民文学》主编、中国艺术研究院院长等职。著有长篇小说《青春万岁》等十部，小说集二十余部，2023年出版《人民艺术家·王蒙创作70年全稿》61卷。作品被译为二十余种文字，曾获茅盾文学奖等多种奖项。2019年9月荣获"人民艺术家"国家荣誉称号。

五分之二。

二〇二三年九月这个星期六，坐在沙发上，来了《环球时报》，赶紧摘镜子，将镜子放于某处，看时评，享受读报兴趣，叹惜自己阅读量一年比一年减少，看东西费劲。这时家中电话座机响动，他急急忙忙站起。从软而低的沙发上起立，也还要东扶西靠，运气调整，用了不下八秒钟，才接上座机电话。老座机声音比手机听得似乎清晰一些，但老赵仍然与来电话的老友不断打岔，老赵循循善诱："你讲慢一点，声音再大一点，不能太大，不能喊叫，我更听不清了……"

刚刚从沙发上起猛了，腰不太对付。多年前老赵读过《读书》杂志上《天演论》作者赫胥黎后人小赫胥黎文章，论述沙发与洗浴设备在中世纪，由于意识形态和社会制度，难以在欧洲使用。他还知道一位他极敬重的文化界著名领导人，七十岁后就只能坐硬木椅，坐沙发他使不上劲，坐完站不起来。这么说，千秋老师九十多了坐沙发，也算是强势加现代性再加成功人士表现。

用力站起，接电话，听不清，打岔，好似逗着玩儿，最后说得挺高兴，说好与老友下周一晚上到新街口陕西饭庄吃羊肉泡馍。"你知道，一九五六年，毛主席和彭德怀元帅西郊机场送完印尼总统苏加诺，在这里吃的饭。""是的，没忘。咱们二〇〇一和二〇一八年一起又去吃过两次。有一次没吃完，丢了眼镜……"

老人对话，当下诸事之中，经常会横空出世一些历史典故、趣闻逸事，人生难忘，回想迷人，自嘲自怜，或可解颐。活在当下，当然，当下同时蕴含了亿万斯年，至少千百年，更至少已经活了的九十多年，老赵和小赵的当下，大不同也。

通话结束，赵千秋高兴着再坐欧洲文艺复兴后出现的沙发，看手机上的"今日头条"，他忘记了刚才的《环球时报》要不要接着看。他的阅读除了量上减少，也渐失连续性、完整性与郑重性。

他摁了手机几个键，天知道怎么摁出来的是美国作曲家福斯特黑人民歌风歌曲，"我来了，我来了，我已年老背又弯。我听见他们轻声呼唤"，"走遍天涯，到处流浪，历尽辛酸"，还有《噢！苏珊娜》。八十二年前他十岁时学会的第一首口琴曲就是《噢！苏珊娜》，当时孩子们称此歌儿为"苏三不要哭"。想到这些，赵老家伙叹息摇头，可感可伤，又感慨，敢情活一辈子能见识那么多大事小事与不是事儿的事。

突然，一个鬼念头走私入心，他后背寒战，呼吸抽紧，一阵咳嗽。"我的眼镜呢？"他喊出声儿来了，不知道是第几次了，又要找眼镜。

外甥孙子来了，助手来了，小时工来了，大家共同思考分析，劝慰赵先生，稳住赵先生。赵老师丢眼镜是常态。

"不着急，您也回忆、思索、分析……"帮助赵老找眼镜的亲友们对他亲切温暖，诚勉有加。

赵老师没有回答，他觉得这么多亲亲，成规模地协助寻找眼镜，令自己不好意思。如此声势，显露的是自己年老智衰，显示的是他终身未婚，光杆司令，长铗归来兮，无以为家;吾老矣，乌龙哉。他摆摆手，哼哼了一声，向电话座机走去。

他想起，他是接了电话找不到眼镜的，他认为接电话时顺手摘下眼镜是最可能的，为什么接电话要摘眼镜，这个逻辑他找不到。老迈的征兆之一是常常找不到自己行为与遭遇的逻辑，是"失逻现象"。他是日益与眼镜捉迷藏？原因之一是，二〇一〇年，照顾他生活的寡妹去世，他开始养成随时随手摘下眼镜的习惯，吃饭喝茶，他摘镜子，大解小解，进卫生间，也要摘镜子，无事打盹——外甥孙子分析称是老年人脑供氧不足——也先摘下镜子。这样的行事方式，似乎带有返璞归真、回归裸本能的人子属性。

这一回，惊呼完丢失，他走到电话座机旁，看来看去，没有丝毫眼镜痕迹。

外甥孙子提问题："您早晨四点二十五分就起来了？起来以后进洗手间没有？在洗手间洗脸洗手洗眼耳口鼻了没有？我们知道您视力不行了，您告诉我们，我们好帮忙，要知道，眼镜本身是不会逃跑的，您却是乌龙无端无故无数，无边的现实主义。"

那么，谁的现实主义，是边界明晰的呢？

瞎转一个陌生的词，似乎有利于缓解心理紧张。"词儿多"的景德镇人有福了。

如此这般，亲亲提醒：眼镜会不会是从沙发扶手上掉下来的？大家低头寻找沙发的上下左右，然后都说"没有"。赵老师说我记得清清楚楚，方才眼镜没有放在沙发扶手上，我一般不往沙发上放镜子。外甥孙子提醒，年来从沙发扶手上掉落眼镜已经三次，三次被穿软拖鞋的赵姥爷踩得拧巴，三次到眼镜店用钳子拧回来。

嗯。眼镜店员技工小姑娘，多次声称用钳子把踩歪了的眼镜腿与框架拧正直，怕的是会拧折拧断。赵老师坚决表态，他可以签字画押表决心，腿框断了赖自己，对店员除感谢以外不会有其他说法。一次还买了黑巧克力奶油糖给前台技工接待小姑娘以示感谢。

全球眼镜店规矩，这种治拧巴的活儿，包括配上个把微型螺钉，不收费。如此，每次硬是都成功变扭曲为正直，更增加了赵老师对于眼镜的现代性、现代树脂或聚碳酸酯镜片，还有进口钛合金镀金镜框镜腿的高度称颂。拧断的风险说的次数多了，也就都放心默契了。

那么这回，旧戏码重演，全家上穷碧落下黄泉，搜了 N 天，大失所望。幸亏千秋老另有一副前二十多年在香港讲学时定做的老近视镜，与后来检测，取得新数据，配制成涉嫌豪华的千元以上购价新眼镜相比，两副眼镜屈光功能相差有限，而老眼镜是在香港吴良材公司定制的，观感体面；也正是由于有这么副漂亮的二线前辈代用品，频繁的眼镜丢失造成的痛苦有限。丢了？戴另有风度的老吴良材不结了？然后过几天最多几周，屡经遗失的镜子自然出现，万物正常，各归其位。

回想此生，丢而无影踪的东西多了去了。身份证丢过，钱包丢过，户口本与银行卡都丢过。尤其是帽子，此生丢过十几顶，瓜皮帽、毛线软老头帽、大盖帽、美国棒球帽、意大利鸭舌帽、十六世纪法兰西牧羊人贝雷帽、"改开"以后的耐克与李宁运动帽，他都丢过，此生何必苦丢失？一笑失联毋伤悲。失或真失或非失，失了再来来了失！

就这样，此次眼镜一丢半年。二〇二四年到来，偶尔想起"涉豪"新眼镜，微有不甘与不服，赵千秋脸上增加了难以不出现的心痛苦笑表情。

二〇二四初夏一天，又读《环球时报》，读着读着想起，要不多看一眼？此刻可别再把离不了的老镜子也丢了。他忽然感觉，去秋丢眼镜与《环球时报》的时评有关。而且，进入二〇二四之后试想，原先，丢新镜子，有一副旧的可以即时顶补，现在呢，如果丢失，备用的旧镜子也丢了，只能半瞎，没救儿。注意，请看，嗯。嗯什么？二〇二四他此刻看得门儿清，半年前征召出山供使用的已退休老眼镜，正是放在大腿上。

怎么可以摘下眼镜放到大腿上？有事必站，镜子何以自处？意欲何为？

反求诸己，他觉察，头年说过的从不往沙发扶手与他处放镜子，不符合事实全貌，没有引起深刻的延展、反思、警觉。那么，阔别半年的"后浪"新眼镜，会不会也是从读《环球时报》的沙发与大腿上逸去的呢？对，大腿上放眼镜，电话座机铃声嘚儿嘚儿，矍铄的老赵摇晃站起，眼镜溜下，一穿拖鞋，眼镜被拖鞋脚跟碰到沙发下面去了，这次眼镜被踢进得很深。怎么会后踢的？这就打死他也说不清楚了。小时工来后打扫，吸尘器探头向沙发下抄底作业，眼镜被吸尘器作业探头推到更深处，哭吧，不见了也。

老赵乃俯身下跪，侦察沙发下盲区，一阵头晕，歪倒趴到地上。又是一声哀鸣。心想，多日失陪的眼镜保不齐看到了端倪。唯独他趴在地上，起不来了。就此扑地，失而复得的眼镜谁去戴呢？

二、眼镜姑娘与古丽花儿店主和《红楼梦》

其实老赵趴下，扭痛腰腿，不过尔尔，然后在服务人员帮助下掏出了阔别重逢，业已扭歪变形，进口材质做成，经拉又经拽、经踩又经踹的眼镜。它歪扭失态，却不断裂，囫囵无恙，久经锻炼。

没有别的办法，出门六百米，到大商场眼镜店。老家伙扶杖而来，也算好腿脚！找到负责接待顾客、门市处理的熟脸大姑娘。近十年扭捏服务，小姑娘绝对可以算作大姑娘了。赵老人家再一次赤手空拳干白，待援求助，想到是自己的低级烦劳，消磨了可爱文静姑娘的青春芳华，愧赧有加。老赵还想，感恩天地，感恩可爱的技工姑娘，眼镜新质框与片，百曲不折，百辱不秽，百冷淡放弃不怨不恚，一切的一，也算够皮实了。

同时，赵先生注意到，此眼镜店，正是吴良材字号分店。

看到老赵打开镜盒显示出来受难眼镜，门市姑娘笑了，耐心听完赵老的说明与抱歉等足够礼貌言语，她立即拿出钳子镊子锉子工具，进行复形外科手术。

这时，进来一位资质不凡的中年女性，面带笑容，眼睛发亮，注视赵千秋，没有走向柜台，而是首先向赵老挥手致意，说："您好！对不起，打搅您，您是赵千秋老师爷爷吧？"一听，正在修理眼镜的门市姑娘也站立起来了，二位女士的眼睛都在发亮。

轮廓立体，眼窝较深，眉与眼上下贴近，两目拉开，鼻骨高耸，下巴有力的中年女子对赵老说："三十年前我十九岁，在央视讲座节目里听您讲《红楼梦》，太感动了，那时候我就想，我能不能见到这位老师爷爷呢……我就在这家眼镜店的对门，我是古丽花儿新疆包子店的店主……"

"您是赵千秋老师爷爷？！"眼镜店的技工姑娘也激动地发出了声音，沉稳细心和善，技工姑娘的激动反应，使高龄赵千秋几乎一惊：我难道这么声名煊赫了吗？

一节言语三十年！《梦》里辛酸辨析难。讲罢苍凉悲白发，人生啥话不纠缠？

三、人生何处不相逢

宋代晏殊句曰："临川楼上柅园中，十五年前此会同。一曲清歌满樽酒，人生何处不相逢。"

唐宋时代，"深宫二十年""十五年前"之类言语，已经极言时间之长。而随着人类文明史不断积累，人类平均寿命延长，还有可能是各种磨难、事功、奋斗所需时间不断加码，相隔十五年重逢，不过如此，三十年重逢，四十年再见，五十年重放，百年千年后洗雪与正名，也是瞬间的摆摆手。

三十年前天津南开大学中文系一位维吾尔族女生，说是后来得到硕士学位，在电视讲堂里听赵千秋爷爷的课，至今不忘。说是她爱听赵爷爷讲说：《红楼梦》里的李纨，只有在宝玉挨打特殊事件中，得到曹雪芹给她的为自己一哭的恩准。此前，《红楼梦》的解读里一味说她是"身如槁木，心如死灰"，宣扬那才是贞洁干净的女德最高标本。是王夫人说出，如果贾珠即李纨夫君还在，王夫人可以任凭贾政打死宝玉。李纨得到了一大号啕的情理与礼义的容许性。"您讲得真好，我们妇女应该给您鼓掌，建议妇联给您发个奖。"她还为赵老师对宝玉"多余的石头"的定性命名，对于贾宝玉被伤害基因的解读而倾心。宝玉如此痛恨功名利禄，与其说是由于造反背叛的现代性，不如说是由于世代被科举仕途淘汰了的书生的古典伤害性记忆，留下了后遗症。她还喜欢赵爷爷分析，如果探春没有在搜检大观园事件中，给愚蠢丑恶暴虐的王善保家的一个大嘴巴，不知道有多少读者，会因为沉迷于阅读《红楼梦》而患上抑郁疾病。

古丽花儿回忆，赵老师说过，王夫人的方针是除美务尽，视青春为不共戴天的寇仇。

一九九三，三十一年前，赵老究竟在《红楼梦》讨论里讲了什么，无从回忆，尽管讲稿已经出版了单行本，赵老从来没有再翻阅过。没法子，赵千秋是一个分析狂、研究狂、读书狂。从十八岁到九十岁，他几乎天天都有新体会、新回忆、新幻想、新题材和新体裁、新路数和新冲击；在那里闹腾，在那里起伏；他确实顾不上重温、反思、忏悔老话儿与旧作啦。九十岁后呢，他有点难过，说不清自己主要是为忙于创造还是忙于寻找频频丢失之物而活。

但是这回半路上杀出来快餐店主，"古丽"——维吾尔语，就是普通话"花儿"，花儿就是古丽，"古丽花儿"，就是店名，就是店主名字。经硕士店主一说，赵老想起了昨天，昨天的昨天，他的感觉可以名为微醺。他喜欢讲《红楼梦》等中国名著和外国名著。

于是他成了古丽花儿的常客，拉面、抓饭、烤包子、薄皮包子、南瓜包子、羊肉烤串、挂烤羊肉、拌凉皮、面肺子、大盘鸡、烤鹅蛋、酸揪片、馕与奶茶。他也与古丽店主继续讨论把刘姥姥吓得不住念佛的腊腌茄鲞与玉钏尝过的宝玉特供莲叶羹。他们还交流了乘意大利邮轮"地中海幻想曲号"漫游西地中海诸国与之后登瑞士少女峰的经验。

他欣赏古丽的文学记忆与文学关注，他更欣赏古丽的宽阔自如的生活道路选择。古丽珍惜新疆地域与民族特色，她突破再突破各式拘束和局限，她盛赞她生活过上学过的天津、北京、开封和甘肃崆峒。她是大学生，是小老板，是美食家，是旅行家，是中华民族古典文学爱好者与研究者。她是唯一一位原来素昧平生，时经三十年，认出他、鼓励他、亲切他的"乐莫乐兮新相知"。他的友人当中，"哀莫哀兮生别离"，离开了他的人数，已经远远超过了还保留在本世界上吃喝呼吸说话唱歌的亲戚六人了。与古丽花儿的来往，对他的民族、专业、就业、创业、文化观，都有新质启发。

四、空间与时间的聚首

当古丽花儿认出赵千秋的时候，在场的另一位女士是吴良材分店多次免费为赵老矫正眼镜的彬彬有礼的技工，自带笑颜与酒窝的喜人的她，也突显了不次于前二位的激动与关注。但由于餐馆店主是来自赵老生活过二十年的新疆，由于赵先生熟悉和怀恋新疆，正如熟悉和珍重自己的青年时代，一时赵老沉浸于与古丽花儿共话三十年前的评红讲古，他忽略了技工大姑娘的反应。此后想起此事，他想再到眼镜店与技工一叙，他的遗憾是三个月过去了，眼镜一切正常，没失踪也没有踩扁，他去眼镜店似乎师出无名。他总不好问：看您那天的反应，您对在下的姓名是不是也极感关注？

天啊，人是多么常常被自己已经的存在与定性，围得死死的啊。

赵老常常到古丽花儿店用餐并且与古丽花儿店主见面。毕竟也增加了赵千秋与吴良材眼镜店分店的碰面机会，这样的缘呀缘，要多伟大就有多伟大，要多神奇就有多神奇。佛说，回头一望的缘，是积累千百年的善果。难忘技工姑娘，难忘被古丽花儿新疆店主认出的一天。千秋要不要将钛金框树脂镜子多踩一脚呢？人生得意须尽欢，踩踩眼镜觅根缘，九十高龄塔玛霞（儿），高龄浪漫即神仙！（塔玛霞，tamaxar，维吾尔语，开心取乐之意。）

终于，两个月后，在古丽花儿这里，吴良材技工姑娘过来了，她的目光好似闪耀火星，她的样子好像跃跃欲试，她拿着一个信封，她脸上有掩饰不住的笑容，她说："顾客赵爷爷，对不起，我打搅您，我的外祖母是您大学同学，她说她不敢肯定您是不是还记得她，她说好久了她不敢联络您。她现在给您写了一封信，是贴邮票用信封寄过来的，她说现在已经很少有人这样写信了，她说她希望用六十多年前的办法与您在信笺上见面。她说你们两个人年龄相加，已经超过一百八十四岁了。"

"呵，谢谢，令外祖母尊姓大名？怎么称呼？她——您，那也九十多岁了……"有人与赵千秋爷爷说起六十多年前的大学同学，千秋有一种感叹，有一种怀恋，也许还有一种吾老矣的伤感，又同时是老得刚儿刚儿的自豪，也不敢说没有一丝想歇歇的疲劳。

眼镜姑娘鼓掌，她体会到了可怜的老年人的健康和力量。姑娘有一种轻松，有一种释然，来前她已经做好了思想准备：与老人打交道需要耐心，往事堆如山，往日茫如雾，姥姥强调，虽然她这边多次给外孙女讲过姥姥与赵千秋的故事，但她估计赵千秋不是不可能已经想不起她来。他会想不起来，他闹过伤害头脑的病，他忘记的或许比记住的多，她和外孙女必须等一等。

……赵老打开信封，他也已经忘掉了邮寄通信是一种联络方式。他看到了极其娟秀和清爽的小字：

> 赵兄，听巧玲说赵主席是她尊敬的客户，她告诉了我。感谢你的踩也踩不坏的高档眼镜！感谢你长寿的仁者心地，不停地制造修理眼镜的必需！你的眼镜就是天枢、天璇、天玑、天权、玉衡、开阳、摇光，七星在上，日月同框！仁者寿，智者乐！你想得起你拒绝了的，然而回想起来肯定只道是她对不起你的同学姓名了吗？我这一生，对不起对不起；我对不起赵哥啊。

什么？这是在说什么呢？这是什么人？谁？若有若无，天啊。往事非烟？嗟尔命短。百年一瞬，夫复何言？

赵老突然立即收起了信，他不想在古丽花儿这里看技工姑娘姥姥的信。他其实在今日见到眼镜姑娘，拿到信封与信的第一分钟，已想起了根本不用想的一切，同时他警惕着、怀疑着与推辞着。不，不，不可能了。他觉得事态糊涂而且严重，他需要保持平常心与镇定，他不能回到那风浪那晕眩那玩笑与那诡异的一切风波中心。风波浪里危险多，呀呀咿嗬儿哟，咿咿呀嗬儿嚯！漂洋过海，卖哟，杂——货！

他收好信，放到自己上衣口袋里，眨眨眼，转头对维吾尔族女店主说："已经忘记了的往事与老友，人活到九十二，噢，应该说是九十三岁了，现在已经是二〇二四甲辰年。毕恰来开例（维吾尔语，可怜的老家伙）。"

技工姑娘见到眼镜店来了顾客，回店去了。

五、回忆、补脑汁、大脑炎

如果不是天书，那么像是另一路语言和文字。千秋老回到自己家，默默读信。他重读优雅高尚、应该是来自《晋书·天文志》的十四个字，六个顿点，七个星象名称。接着，是书信中更不好明白的文句："那天深夜，夜鹭从我们头上飞过"，"你数星星数到了三百六十五颗，我数星星数到了七百三十"，"疼你，给你送去了艾罗补脑汁"。他流泪了，立即又笑出了成熟的镇静与理智。

"后来就没有后来了，不仅仅是由于粮票"，"每个人都经受得住自己的年龄吗？你受得了寂寞与饥饿的童年？你受得了期颐祥瑞？你受得了回忆六十年七十年八十年九十年或者哪怕只是回忆二十年前的浪漫与乌龙？"

最后是："你愿不愿意让你的孙子或者孙女写一篇论述阿尔茨海默病的博士论文呢？不能不告诉你，我的祖辈，有阿尔茨海默病史。""在阿神落地以前，最主要的是知道了你的近况。"

好像是雾，好像是呓语，好像是水面，风平浪静，仍然在巍巍颤抖。好像是被默哀后的感谢和感动，好像是马三立的相声《逗你玩儿》。好像是抚摸，好像是擦了擦你的眼泪而且留下了你的微笑视频影音。

随着老人的笑，吹来平缓和风，柳梢摆动，鳞状波纹，小鱼、小虾、八脚海蜇、蟹类上浮，一切回忆，被轻轻打上岸边，浮上岸的还有七十来年的歌声、笑声、泣声和飘扬旗帜的猎猎。

她也从水底浮现出来了，从少女到妇人，从赵千秋的情侣到他人的妻室，从学生到记者，从跌跌撞撞到心平气和，从风吹雨打到秋阳明媚，到古稀与耄耋……再到阿尔茨海默与明天的无疾而终、驾鹤西去、长眠安息。佛曰涅槃，道曰羽化，基督曰永生，伊斯兰曰归真。天法道，道法自然。有一点兴趣与滋味，有更多沉着与安详。也许还有放下与超脱。

真的还是假的？回忆还是想象？错了还是对了？是她还是不是她？是她是不是一定就是她，不是她是不是就一定不是她？她写的信是不是就是给我这个我的，还是另一个她想象的、她以为她记住了的、二十二岁大学生？是错投了的快与非快递，还是错投了的人生？是她的还是我的虚构？本片纯属虚构，如有雷同，仅是巧合。

是的，他们是一九五三年入学的大学同学，她叫曲未阑，她是他们班长，千秋是学生会主席。千秋出生于一九三一年，她比他小两岁。一九五六年，大学三年级时候，他们相爱了，他们难舍难分，他们一起去过上庄湿地和上庄水库。一九五七年，千秋陷入当时的扩大化了的政治运动。艾罗补脑汁，这个名称太奇怪，被运动者需要补脑？从何说起？从来信文字上看，似乎是说，在他费脑筋、绞脑汁、伤脑髓的时候，未阑给他送了天知道的嘛行（读"航"）子补脑汁液，又补脑又淌汁，爱情暖心，药汁补脑，那时候的爱情观有多么甜蜜热乎益生养气！

而新世纪，千秋听到过不仅在港澳台，也在沪渝杭广厦门青岛，人们抱怨恋爱的"辛苦"与"高成本"。

九十三岁的他听着艾罗商标命名，一分可惊，二分忽悠，三分天真好笑，四分可疑难信。堂堂二十世纪，哪里会有什么补脑汁还闹什么艾罗——爱路（L）还是爱罗织？北斗七星命名，他感动，《晋书》认为苍穹大天是个盖子，极务实可爱。所有的盖儿都有几分可爱，需要时打开所有的盖儿，有另一种需要时干脆全部盖上。锅盖茶碗盖和蛐蛐罐的盖儿，还有每个老人给自己的人生百年甘苦盖好的骨灰盒盖儿。

他又怀疑这不是真的。他一辈子就没有记全过《晋书》上的星象美名，枢、璇、玑、权、衡、阳、光，他脑子里压根没有这些玩意儿，现在没有当时更没有。尤其是说还数星星？这怎么可能？三百六十五？七百三十？这么巧而准确的数目，哪里有的事儿？你数数看！北京海淀和昌平郊区上庄湿地，哪儿来的夜飞鹭鸶？如果永远含笑的美女技工巧玲的姥姥当真是未阑，近七十年来未阑是怎么过的呢？九十岁的未阑能记得清楚二十岁时候的事？二十岁的未阑与二十二岁的千秋，如今在哪里？早已拜拜，遥远啊遥远。能记忆得那么诗意与奇妙？能温习她的初恋？他不是以记忆力好而著称的吗？他过了几个小时以后脑子里才出现了才承认了艾罗与上庄的称谓。至于《晋书》，就随它有还是没有吧，就由它被他或她记住或者并没有记住的吧。

然后是一张花笺纸，上书："一九五八，八月，不顾你来信劝阻，我到了和田，我没有能见到你。后来在浙江收到了你的信，你说：活好你自己。在你领粮票的地方。"

不，不，这是说什么呢？这是说他曾经的女朋友未阑到边疆找他去了吗？再说他记忆力虽好，却记不清他的患病，如果记得住自己患病，应该能证明自己并未患什么大病。他知道的是他病了一点点，后来好了，没有病了，他忘记生病不生病了。但是为什么他这时想起了一个名词"大脑炎"？未阑想的是补脑汁，千秋想的是大脑炎，互补互动，缺一不可。上世纪六十年代初，一些地方闹过所谓蚊虫传染的"大脑炎"，这种疾病的称呼直白坦荡坚硬裸露，不是细菌性脑膜炎。他得过某种脑之膜或干脆整个大脑而不是小脑的炎症吗？

他坚持记住的是另外的版本，不同的故事。给他送过补脑汁的未阑为他难过，未阑说要去看他，要嫁给他。他清醒和冷静地先是用书信，后是用自己近一个整月的工资给未阑叫长途电话，那时打长途要到电信局紧张地排队。那时接到长途电话好比面对对面的爆破冲锋兵或者呼啸而来的炮弹。千秋用五十多元一次的长途电话拦阻了她。但是未阑硬是记忆成了别样，说什么她到了，没见到，别有情节，别有悲哀，别有故事，别有记住的此生。

更感人？

六、他与她的微信

接上茬了。曲未阑的外孙女，技工姑娘名叫郭巧玲。小郭帮助姥姥与千秋通联上了微信，两位老人都会扫二维码、打五笔字型。小郭也与千秋爷爷有了更多的切磋交心。他们的信息交换，路过了，掠过了，经过了三代人的七十余年。

千秋的微信：

阿妹以为阿哥跌落悬崖，下场会是粉身碎骨。阿哥的感悟是鱼儿抛入江湖，如果还不是大海。阿哥得到新的辽阔的天地与人生。天地人生，是课堂、补习班、训练营、运动场。阿哥负起一百三十五公斤麻袋，走在颤颤悠悠的跳板上，为货运汽车装运麦种。有一些恶语，阿哥却宁愿趁机有所得益、修炼与体悟。至少是，毕竟是，少年得志，意气风发，人生得意慎尽欢，莫使牛皮吹烂破。人生失意坦荡荡，新的纪录在前方。

未阑答：

我不会忘记与你一起在北海公园仿膳吃饭，所谓清廷皇家伙食，西太后、光绪和宣统吃过的与爱吃的。一九五四年，清廷太监大厨还在人间，在北海仿膳与颐和园听鹂馆。给我们上菜的服务员显然也是太监，他们有自己的容色与举止风姿，他们的一言一语，一伸手一屈身一摆手，"旗人"礼数周全外溢。北京人的礼貌使我想起来掉眼泪。

那天是夏日雨后，吃饭的人很少，我们俩年轻人有对旧朝往事的怜爱，有对幸为新时代中国人的感奋。一代青年，多思多感，豪情热烈。

新生活永远令人振奋，往事令自己温柔，旧事尝尽甘苦，活一遭有多值得噢，阿哥！人生，新中含旧，旧中萌新，新与旧的故事成就着文学的做证，文学与生活互相安慰、解脱、拥抱与对话。文学有抒发也有弥合，有嘲弄也有敬礼。即使我留不下太多，至少要给千秋留下比自身更充沛的眼泪与笑容。

千秋致未阑：

因为我爱学习，我一生靠的是吃学习这一大碗饭。到仿膳吃，历史回味与大清覆亡史学意义超过了肉末儿烧饼与豌豆卷、菊花鱼与宫保虾。历史常常提醒与戏弄今天。我拿下了一种少数民族语言，三种外语。什么都想学。挥钐镰与打高尔夫球是非常接近的行当，都要在意学好。我被德国大作家的遗属邀请去访问讲话，我立刻报名参加德语班，几个星期我学不会德语，当然，但是至今我知道怎样用德语打电话叫出租车，为之兴奋莫名。有人问我，学那么多东西有什么用？我说人总是先学到手，再用。学习让人快乐，开明，乐观，自信；投入学习拒绝了低级、卑下与贪婪，私欲与空虚，妒忌与排斥，也拒绝绝望。学习是一种福气，是一种享受，是一种维护健康的补脑神药。一切的困难都阻碍着人生，但大多数的困难不是妨碍了学习而是推动促进了苦学真学下死力气学习。

未阑致千秋：

很好，我记住的多半比你具体，鸡毛蒜皮，杯水朵花。青年时代，学生时代，我忘不了的是一九五七年七月初的批判雄文，高屋建瓴，势如破竹，一切都无比伟大。尔后八月二日，阴雨天，菜市急于抛售处于爆裂边缘的西红柿。你还记得吗？对了，一毛钱十五市斤。你花了四分钱买西红柿，加四角钱白糖，我洗净了托迈头（英语：番茄）和泡母杜尔（俄语：番茄），拌上白糖。那就是天堂，那就是快乐营养，那就是各取所需，那就是青春万岁……是的，还有艰难，还有憋闷，但是我们的青春有西红柿拌白糖的幸福，记住幸福，是一种善良和天资。陀思妥耶夫斯基说，他怕的是对不起自己受过的痛苦，这很震撼，痛苦是一种伟大的感受。同时我的后半生始终警惕：不能对不起与西太后吃的一个味儿的肉末儿马蹄烧饼。

你讲学习讲得很好，我则异于是，我是个俗人，我是个小人物。我怕的是我对不起一毛钱十五市斤的西红柿，拌四毛钱一市斤的白蔗糖。

很简单。活一辈子，要对得起痛苦，更要对得起幸福。

千秋致未阑：

你让我流泪了，亲爱的曲班长。我们老了吗？老就是最足实的青春记忆之积累。老年人的每一天都蕴含着青春的上千个晨夕和日夜的闪耀、激情和恋恋。老年人的每天都在遗忘和淡化，那已经过于膨胀与结实的感慨，快快释放出去吧。我喜欢你的细致入微的强记。对不起，我有时也怀疑极明晰的博闻与强记中会有迷雾，会有浪漫中的乌龙，会有文学性或者神经性虚构。那就快乐而且善意地虚构下去吧，我会响应。

我此生没有结婚，我没有忘记班长。但是我要坦白，某种情侣在我爱情的虚构里仍然很棒很热乎。这里我爱过的有古人和今人，华人和西人，法兰西、俄罗斯、西班牙、日本和朝鲜，还有非裔黑人。敌伪时期，我的小学课本上说是还有一种红种人，我曾经想过，要不，长大了娶一个红种媳妇。我还特别倾心女拳击手、女子举重运动员，我幻想一个轻视与坑害妇女的男子，被女子运动员随意举起，砰的一声摔出十米以外。从小我就敢想，请不必担心我。没有婚姻却有胡思乱想，与没有胡思乱想只有婚姻，难分轩轾。我也会想到与她们伴游一起吃西红柿与太监厨师的美味佳肴。我不是因为你而一辈子没有结婚的。结婚与不结婚，多半不是结果，而是机遇与偶然，不是计划经济，也不是市场经济，也不完全是文学想象与修辞，是离不开文学与修辞的实在生活的审美接受，是巧与不巧的辩证法。至于一起数星星，我愿意与你进一步探讨一些技术性手段，我们数下去数下去，想下去想下去，那很好，其实不一定数过，也不赖。不管它是天枢天璇，还是芸豆卷番茄，印欧语系还是阿尔泰语系，它们都美好无瑕，楚楚动人，又似烟雾茫茫，随便。

未阑致千秋：

你赶快去娶一个强势女拳击手或者举重运动员吧，犹未为晚，我乐观其成。

玲玲外孙女告诉了我你的钛金镜框眼镜的命运，我要送给你一根系在眼镜腿上的镜链，这根链子是用细小的玉石做成的，套在左与右两端的眼镜腿上，当你摘下镜子近看书报卡片的时候，眼镜挂在镜链上，垂在你的胸前，镜链挂在你的后脖子上。当你戴上镜子看远处的时候，镜链动摇呈大写 U 状。眼镜永远不会落地，不会被踩压踢走，让我们三代人关心和庇护你的高级眼镜和你的慧眼。自从玲玲帮助我们恢复了联络以来，我用了半年时间来设计备料打磨和做成这个眼镜链。这一辈子我对不起你，我不管你幻梦中有各种族各民族各行各业几多美女。几十年了我不敢找你。我不知道做一点什么才好。

千秋致未阑：

我订好机票，后天 16：46 抵达杭州萧山国际机场。

未阑致千秋：

不，不，你不要来，让你永远保持着我的当年形象吧。女人都是这样的。一位高级领导人去看望病中的宋庆龄，宋主席婉言谢绝。我活着没有坚持等到你，无论你怎么说，我太像是毁了你的一生。至少我应该自重，给你留下一个美好的记忆。

千秋致未阑：

不，一切仍然来得及。只要是赶在生命结束圆满之前。大学时代是青年时代的一个高峰，九〇后是我们这一辈子的一个高峰，是篮球赛的最后一次篮板球或者三分远投。与其慨叹生命的短促，不如强调人生的从而珍贵。与其为老迈而尴尬，不如为老而不死感恩荣幸谢天谢地。与其为遗憾与失落而空虚，不如为弥补与安慰而心存欢喜。也许弥补只是一个念头，而安慰只是一个笑容。

与其为往事而痛苦，不如为现在创造更多更大更好的可能。如果明天还有追忆与感动，我们就可以下决心多活这二十四个小时。而当这二十四小时到了最后一秒钟，让我们欣然告辞，回归本原，与日月星辰山河大地同体。不要被地球渺小人类渺小银河系太小的空话吓住，这个银河系是我们的，这个地球是我们的，这个人体人心人魂人生是我们的，夫欲何求？夫能何语？夫犹何怨？夫乐何如？没有小，哪儿来的大？没有老，谁还在乎青年时期？玲玲告诉我了，你早就坐了轮椅，我可以推动你的轮椅，我们再数一次星星，我负责去买白糖与西红柿，现在北京的西红柿每斤三元五角至六元。现在的西红柿物种大大分化了也发展了。我知道我们从以色列引进了一批西红柿与彩椒的新品种，我的朋友古丽花儿硕士老板，专门为你做一锅薄皮包子。她们包子的特点是绝对不可剁馅更不将羊肉绞轧成烂酱，她们是用不大的刀子将羊肉切成小丁小块，让你品尝羊肉丁块的结构给予我们的口腹的触觉。咀嚼的重要性在于多维接触，不满足于仅仅只吸溜吞咽。

未阑致千秋：

那就来吧。没有什么。老了就是老了，错过了就是错过了。赫拉克利特说："人不能两次踏入同一条河中。"也可能踏入同一条河道，不同的水。水与水有区别也有一致。我从小不喜欢老莱子的故事。我们带不走任何一片云彩，我们也留不住一毫升的逝水。而该接续的一定永远接续，该留存的也一定要留存。我们还能说一点微信一点，更现实的是我要把我花了几个月制作的珠玉挂绳眼镜链给你装上，你会欢喜，我要你的欢喜，我们只能欢喜。

七、眼镜的挂绳链

人生何处不相逢？相知相别再重逢？七十来年情义重，得失本是相连通。

"我见到你了，我们胜利了。我们很幸福。"千秋对未阑说。

未阑说："你仍然执着倔强理想，我呢，三年前坐上了轮椅。人生是实在的，实在是时时往来更替的。六十六年过去，你仍然你，我仍然我，你已经不是当年的你，我已经不是当年的我。西红柿不是当年的西红柿，品种价格形体都是别样。一切都是永远，一切都是瞬息，要来就来呗，失望其实也是上好的解脱，永远期待容易上火。"

千秋说："为什么失望呢？九十岁的人不像二十一岁的人，什么样的白痴会因此而失望呢？我喜欢看到你，什么地方变了，什么没有变，这不是很有趣吗？你说话的声音不像六十六年以前，也不像手机传达过来的音频，更不像任何别人。不，你记得配音苏联儿童电影《一朵小红花》吗？"

"没有，没有。我不记得有这样一部苏联片子。我觉得并没有这样一部片子。"

"也许不叫'小红花'？不可能是白花黄花紫花吧？你的声音让我想起了苏联影片的配音，现在苏联也没有了，何况电影片子的配音？"

"你说得好，我只是配音罢了。我对不起你，我轻松了。"未阑大哭起来。她说得潇洒决绝，她哭得伤心。

"对于苏联电影，那只是配音，对于本人，是天籁，是本性，是本声，是曲班长的甘甜和良善，和声和共鸣，还有呼吸。"

"呼吸？气声？邓丽君？席琳·迪翁？"

"谁？胡是胡？"

"加拿大歌手。《泰坦尼克号》主题曲：《我心永恒》。"未阑笑了。千秋忍住了泪。

千秋与未阑在家人照顾下同游了白堤苏堤，千秋推转了未阑的轮椅。千秋与未阑同去楼外楼吃了西湖醋鱼与梅菜扣肉，他们要了茴香豆。千秋边吃豆边说他想念孔乙己学长。

次日他们一起唱了陕北与山西民歌——《信天游》《送鞋小调》。他们一起唱了一批苏联歌曲："在乌克兰辽阔的原野""为什么目光一闪""红莓花儿开在野外小河旁……"

未阑还唱了越剧里祝英台的《哭灵》："我以为天从人愿成佳偶，谁知晓姻缘簿上名不标……谁知晓未到银河断鹊桥。"他们唱了，哭了，笑了。千秋加了一句自己的唱词："鲐背重逢犹未老！"大笑。

他们的会面比预想的轻松，一切都不言而喻。年龄增加了挺住并且破涕为笑的功力，年龄带来长寿的绝对满意感幸运感，年龄破解一切艰难往事，年龄的慈祥、耐性与理解的立体性令人由衷欢喜。

当你面临某些磨难的时候，时间和年龄保证你的转运机遇。

一九五八年，落马的千秋到了边疆，两个月后千秋患病，底下的事二人所忆不同。是不是千秋由于大脑炎出现了后遗健忘症候？随它去吧。伤痛至极便荒唐，荒唐离谱苦断肠，六十六年人依旧，长寿百年同养康！

未阑一九六二年与一位比她大十二岁的工程师劳先生结婚。生有一儿一女。丈夫出身于民族资产阶级家庭。一九七八年底十一届三中全会以后落实政策，工程师获得域外遗产，实现了中上富足小跃进。二十世纪末工程师病逝。未阑后来由于膝关节炎症积水，早早坐上轮椅。未阑大大方方自嘲打油，曰："且坐椅轮享太平，端端吉庆乐畸零，人生本有酸甜辣，哭罢劳生会赵生。"

"你怎么会认为我会忘记你呢？"赵生问道。

"六十六年的分别，六十五年的各有赛道。我不敢把自己不当外人，我不敢妄自想念也不敢相信。可我又想，我们的人生真了不起，大学生时代，我们为我崭新的历史做证，为你和为我做证。没有你，我不会确认我那时的人生。然后风驰电掣，各奔前程。九〇后了，眼镜把我们带到一起。而且你是那样豁达，那样光明……你是我的灯火，我的光啊。"

他们终于大哭了，千秋很熟悉的一个比自身一代更老说法，是用来谈戏曲故事的，叫作"抱头大哭"。

然后，这次会面，重点从怀旧、抒情、哲学、哭与笑转向眼镜挂绳链。链子是为了防止戴了摘，使得镜子滑落失联，而制造使用。千秋本以为加上链子会使人老得益发啰唆可厌，没想到未阑告诉他，数种绳链花样翻新，诸如淡水珍珠型、不锈钢与合金钢型、黄金材质型、镜框同质型、化纤型、彩色钢化玻璃型、绳线型，丰富多彩的眼镜链绳产品，已经使眼镜链绳首先在众女士身上，其次在需要眼镜的儿童少年身上，最后在中老年男士身上，成了类似耳坠项链围巾领花式的实用兼装饰品乃至美颜品炫福（富）品了。

"理论上说，黄金链绳最理想，明年吧，我会给你再准备一份黄金眼镜链绳的，这一次呢，我想自己动动手，动动心。"

未阑再吟道："六十六载甚伤心，暖慰千秋思赵君，链绳美妙星月亮，此情此景叹此身。"

用了半年时间为千秋准备的眼镜链绳，是未阑挖空心思，亲手制作产物。首先她在玉器厂专门定做了五百粒通心卡瓦石、琥珀、翡翠小珠子，小玉石出自边角料，节约成本。玉珠分黄绿灰白四种，抗氧化，不掉色。再订购了黄金丝绳与硅胶8字套，再经过她的六个月来的如切如磋、如琢如磨、穿线引丝、连套、续钢丝圈扣而成。现在做成的链绳，经过淘汰精选加工，小玉珠用了三百六十五颗，另加一百三十五个散珠，装在一个精美的特制盒子里，有需要时换旧补新，高雅大方，匠心独运。

吴良材眼镜分店老板郭巧玲姑娘，特意从北京飞回杭州，以至亲与行业专家身份，参加外祖母为其老友——干脆说就是原情人——举行的安装眼镜链绳典礼。这次千秋明白，人家是名分店老板，不仅仅是技工与前台接待人员。谁让自己高龄起来了呢？看着别人都是稚气弥天的孩子。

果然，技工姑娘虽然还没有成家，巧玲经理通过赠链绳活动，与赵爷爷已经大大拉近距离。她说："爷爷，您想想，姥姥不与姥爷在一起，就没有我妈，也就没有我，也就没有人给您拧巴眼镜框，也就没有姥姥做的这么漂亮的链绳儿喽！"

"当然，我感谢劳先生，感谢你姥姥，感谢你妈妈，春节期间回国，请她和你爹爹到北京一起吃陕西饭庄与古丽花儿好不好？"赵千秋说。

　　装戴好带高雅链绳的眼镜，戴稳戴好，未阑表扬千秋说："想不到你还长着这样好的头发！丰满活性。你的鬓角和前额，恰恰还长着发黑的头发，你的眉毛与胡须，都是黑的，尤其是头发的浓密，更像是壮年，我比不了！"

　　千秋摆摆手，说道："惭愧了！"

　　千秋来杭州的念想本来是向未阑求婚，九十三岁也罢，免去单膝下跪也罢，对方在轮椅上也罢，终于与未阑成佳偶，不枉此生，不枉艾罗补脑，不枉主席班长，不枉仿膳、上庄星空与一角钱十五斤大西红柿。见面，畅谈，特别是佩戴上最最高级、独一无二的链绳之后，他想再缓一步。青春可以万岁当然就要积存，爱情可以燃烧同时可以凝结，真心可以登记也无疑自带价值，发光永远，自然而然。千秋吟道："发不全白真可笑，情犹深切或伤悲。艰辛历阅心干净，乐善欢愉兴未摧。"

八、永无丢失

　　五天后，千秋乘高铁回京，玲玲推着外祖母轮椅上站台，将千秋送到一号车厢门口，千秋俯身与轮椅上的未阑贴脸拥抱，热泪盈眶，喜悦满怀。转身上车以后，千秋立即跑下，悲从中来，大呼小叫："我的眼镜滑落在站台上了！我找不着眼镜了！"

　　老爷子活活要人命啊！巧的是古丽花儿也乘坐此辆高铁的豪华商务厢。一时间，花儿、玲玲、未阑、千秋、外甥孙子，二青一中二老，五人紧张俯身低头在站台上寻找高级近视镜与高雅眼镜链绳，急火欲焚，这时催旅客登车的电铃声响，服务员伸出头来呼唤他们："请上车吧！"

　　上车，开行，千秋一身大汗，听到了一声呼喊："爷爷，眼镜您戴得好好的呢！"

什么？不可能。什么叫"戴得好好的呢"？胡说些什么？因上车时丢失了眼镜而懊丧万分的千秋，用力摸寻搜索全部脸庞，直到下巴前后上下，又专门摸寻了自己的左右双目，费了相当多的力气，他终于悟到，他摸到手指下的软软硬硬、凸凸凹凹的一切，并不只是自己的五官，也不仅是未阑的脸的触及留下的温暖与芳馨，更不是其他附着物，他怎么硬是失去了感受与理解身外物、辨别什么是什么的经验与能力了呢？他当真欲羽化而成仙了？他的大脑炎后遗症又发作了？他先于未阑成了阿尔茨海默病人？他突然了然，脸上摸到的一切身外之物，那就是自己多次丢失的高档精品眼镜与高雅链绳本身啊。你怎么会感觉不到那正是你的宝贝镜子，还有更宝贵的出自未阑双手的链绳呢？

千秋笑了。古丽花儿也笑了。她说："你一急，我们全体只知道找镜子，却没有人顾上看看你的面孔。"

花儿说，她来杭州，是为了在浙江开几家新疆餐厅分店，她希望玲玲的眼镜店，也发展到这边来。

未阑还在站台上轮椅里为千秋"丢失"眼镜而心意难平。玲玲告诉姥姥："爷爷的眼镜，端端戴在老人家眼睛脸庞耳朵上呢。人家是骑驴找驴，赵爷爷是戴着眼镜找眼镜。"

未阑说："胡说，他的眼镜明明又丢了……"

玲玲举起自己的手机，她拍摄下来了，赵千秋爷爷戴得好好的眼镜，配大U形、潇洒垂下的独特链绳，好一个半转身准备登高铁商务舱的帅爷爷啊！

"那你不早说……"未阑不肯向外孙女认错，转而埋怨玲玲。

"是你们在那儿闹哇，姥姥，爷爷，闹得天翻地覆啊！老天，我知道爱情有多么可怕了，闹丢了眼镜，闹昏了心！"

玲玲本来还想说是闹丢了"魂儿"，没好意思。她，她也还在急着自己也闹一闹呢。

火车上，千秋与古丽花儿一再确认，正颜厉色，鸣誓发愿，共同证实了眼镜与高雅的链绳是绝对地明显地稳稳地戴在千秋脸上，链绳优美地垂在千秋的后颈。千秋面对古丽花儿，摘下，戴上，再摘下，再戴上他的镜子，爱不释手地拨拉着抚摸着亲爱的链绳。他们俩笑得直不起腰：这个世界，这根链绳，这种丢失的人设怎么会这般痛快！

你好，蜣螂

老　藤[*]

　　其实银背不知道它有一个与自身颜色相反的名字，像不知道自己的伴侣叫蓝妹一样，它的名字是马脸起的。

　　银背的家在五斗坪牧场东北角一块洼地里，洼地紧挨着五斗坪的坪脊——高台。洼地里长满牛筋草，草下的腐殖土湿牛粪一样松软，马脸叫这块洼地为肚脐眼儿，为什么叫这个怪怪的名字也许只有马脸知道。肚脐眼儿再往东是一道长约三四丈的缓坡，坡下是菜地，种着卷心菜、甘蓝、茼蒿。银背不会知道，它是五斗坪个头最大的蜣螂，体型是一般同类的两倍。银背也不会知道，马脸不是五斗坪的主人，五斗坪以及菜地真正的主人是个穿红皮鞋的女人，马脸是红皮鞋的打工仔。肚脐眼儿东坡下的菜地由马脸打理，马脸对种菜有点漫不经心，他贪玩，喜欢在草地里捉蚂蚱，用小抄网捕蝴蝶。尽管如此，菜地里各种蔬菜还是长势喜人，绿油油的菜叶让昆虫们眼热，那是它们难得的盛宴。红皮鞋知道马脸贪玩，每次来五斗坪都会训斥马脸一番，怪菜地里虫子太多，应该勤打杀虫剂，指责马脸把时间都用在养蝈蝈上，路上的牛粪清理也不及时。马脸手巧，用麦秸编织的蝈蝈笼呈葫芦形，带螺旋纹，精致耐用，牛棚里提溜蒜

*　老藤，本名滕贞甫，男，1963年生，中国作家协会主席团委员，辽宁省作协原主席。出版长篇小说《刀兵过》《北障》《北爱》《草木志》等十一部，小说集《熬鹰》《无雨辽西》等八部，作品以英、法、俄、西班牙等十种文字译介到国外。长篇小说《战国红》《铜行里》先后荣获第十五届、第十六届精神文明建设"五个一工程"优秀作品奖。《北地》被评为2021年度"中国好书"。

挂有十几个蝈蝈笼，笼中的蝈蝈赛山歌一般叫个不停，这叫声马脸喜欢听，红皮鞋听了却直皱眉头。马脸不敢顶撞红皮鞋，只能按主人的吩咐背起喷雾器下到菜地打药。马脸打药戴着蓝口罩，口罩太小，露出一截下巴，马脸就变成了一张放大的蚂蚱脸。喷雾器喷出的药水呈雾状散开，药味辣眼，被风刮到坪上，成了昆虫们的噩梦，所有的蟋蟀都惊恐万状，忙不迭地往洞里钻。至于红皮鞋说的牛粪，不是马脸偷懒不清理，因为有成群的蟋蟀会代劳，他若清理，等于断了蟋蟀们的生路。马脸觉得五斗坪上每一种小生命都有自己的道道儿，不能因为你喜欢还是不喜欢就把人家的道儿给断了。

肚脐眼儿和菜地之间有一道木栅栏，红皮鞋不来的时候，马脸喜欢靠在栅栏上双手兜着后脑勺看光景，这样子看起来好像挺无聊，实际上出神是马脸最惬意的时刻，这个时候脑子里什么都有，就是没有让他紧张的红皮鞋。栅栏边有不少野生蜀葵，蜀葵这种花像放大了的芝麻，蹿着高儿开花，蜀葵花开的时候，不知从哪里冷不丁冒出些蝴蝶，在花间飞来飞去。看累了蝴蝶，马脸会收回目光再看脚下，草地里有种不怕人的小蚱蜢，通体绿色，六足，后肢发达，尖头顶分出长长的两根触角，像戏中穆桂英戴的雉鸡翎。这种蚱蜢会跳到马脸脚背上歇息，马脸感到脚背凉凉的，像雨滴落在脚背上。马脸赤脚穿一双肉色塑料凉鞋，这双旧凉鞋与主人的红皮鞋相比太过寒酸。脚上没鞋穷半截，从穿鞋上判断一个人的身价这话没错。

马脸看管的奶牛有几十头，一水儿的黑地白花荷斯坦牛，牛耳上都挂一方铝制标签，那是奶牛的身份证，农闲时来坪上吃草的本地黄牛，会盯着铝牌看个不停，不知是羡慕还是惊愕，这个小小铝牌等于牛的免死牌，戴上它，奶牛就不用耕田，不必进屠宰场，而黄牛劳作一生也得不到这枚"护身符"。

因为给菜地喷洒药水，白栅栏附近的草会有污染，这里便成了奶牛禁区，奶牛只能在五斗坪西面吃草。马脸不允许奶牛到白栅栏这边来，它们一旦吃了带有农药的草，奶水质量就会出问题，这是牛奶质检员告诉马脸的。牛奶质检员是个圆脸姑娘，身穿白大褂，脚穿高筒白色橡胶水靴，走在草地上像白鹤一样轻盈。女质检员说的每一句话马脸都记在心里，这些话有道理且不说，单就那种播音员般的京味儿听来就特入耳。话是有味道的，马脸觉得，红皮鞋说话要是没有那股芥末味，也会是一个不错的女人。

在银背眼里，奶牛不到栅栏这边来是一件再好不过的事，至少在肚脐眼儿一带生活的蜣螂不会遭到践踏。被奶牛践踏是极恐怖的事，银背夫妇不止一次看到被牛蹄子踩碎的同类，对于弱小的蜣螂来说，奶牛就是碾压一切的喜马拉雅山。

银背知道马脸是个喜欢小动物的人，它曾看到他用清水救活了一只被药昏的刺猬。那只刺猬也在肚脐眼儿住，有次从菜地爬回来就晕倒了，身体无法蜷成团，蜷不成团的刺猬毫无防御能力，连螳螂都能索它性命。在栅栏旁发呆的马脸看到了刺猬，用随身带的饮用水一遍遍浇洗刺猬，终于把刺猬洗得蜷成了团。马脸将刺猬拎到五斗坪西面放生。说来奇怪，自放生这只刺猬始，每到夜深人静之时，五斗坪西面常常有老人发出咳嗽的声音，银背估计这是刺猬在向马脸打招呼。马脸对奶牛从不抡鞭子，几十头奶牛，他给每头都起了名字，只要马脸吆喝一声，被叫到的奶牛先是抬头观望一番，然后就会屁颠屁颠摇着尾巴跑过来。但红皮鞋就不一样了，红皮鞋对奶牛总是用审视的目光上下打量，脸上不见一丝笑容。红皮鞋天生讨厌各种小动物，有时会因为一只青蛙从眼前跳过而花容失色，有时看到草地上有搬运粪球的蜣螂，会恶狠狠地呸上一声。银背不解，蜣螂们并没碍你什么事，你为何发这么大的火呢？每当红皮鞋生气的时候，银背就觉得红皮鞋的脸比马脸的脸还长，红皮鞋的脸不仅长，还像她的鞋跟一样尖。

银背名字的由来纯粹是巧遇。这天，马脸给木栅栏刷白漆，有时要扑打烦人的大脚蚊子，马脸手上、脸上都沾了些油漆。马脸刷的是一种银色油漆，上漆后的栅栏令人赏心悦目，像有月光凝固在上面一样，与周围绿色的环境没有丝毫违和感。马脸隔一段时间就给木栅栏补上漆，每次上漆都会哼着小调，他常哼一首叫《小小少年》的歌，也不知从哪里学来的。

"小小少年很少烦恼，眼望四周阳光照；小小少年很少烦恼，但愿永远这样好。一年一年时间飞跑，小小少年在长高……"

马脸正哼着，红皮鞋突然出现在身后，马脸急忙咽下刚要唱出口的歌词，怯怯地望着红皮鞋。

"你这漆调得不耀眼，是一种灰白，懂吗？"红皮鞋说。

马脸小声回了句："上好的牛奶都不耀眼。"

红皮鞋先是愣了一下，马上就翻了个白眼，道："真土鳖！"

因为栅栏已经刷好漆，再说也没有用，红皮鞋转了一圈儿就回去了。

马脸弯腰收拾工具，发现了出来觅食的银背夫妇。

"好大的个头啊！"马脸捡起银背端详了一番，一脸坏笑地用刷子在它后背甲壳上点了点，银背的甲壳顿时就变成了银白色。马脸嘿嘿笑着道："以后你别叫屎壳郎了，干脆叫银背吧。"银背的名字由此诞生。马脸还注意到了个头偏小的雌蜣螂，他歪着头说："瞧你的甲壳黑中泛蓝，荧光闪闪的，以后就叫蓝妹吧。"

马脸虽然喜欢给小生命起名字，但五斗坪成百上千的蜣螂只有银背夫妇获此殊荣，连身居高台的大肚都没有这个待遇。大肚是五斗坪的蜣螂王，因为家在高台之上，便世袭了蜣螂王的职位，银背知道大肚的地位并不稳固，不知道何时就会被取而代之，因为蜣螂们开始反感世袭制，按搬运粪球的大小排座次是蜣螂们越来越趋向的共识。

银背因为甲壳变色而显得格外醒目，尽管它自己看不到背上的银色，但从同类羡慕的目光里它知道自己一定背负着能抬高身价的东西。当然，银背对马脸充满好感的原因是他善待所有的小生命，而且从不动蜣螂们的奶酪——牛粪。

让银背总是麻烦不断的是蓝妹，尽管少言寡语的蓝妹并不招摇，但它的天生丽质在异性中回头率极高，以至于在牛粪旁还会有忙碌的雄蜣螂停下劳作，围在蓝妹身边乱窜，让银背不胜其扰。银背嫉恨所有雄蜣螂投向蓝妹的目光，它觉得这些目光里游着数不清的小蝌蚪，会玷污纯洁的蓝妹，为此它只能选择与搭讪者搏斗，驱逐每一只心怀不轨者。当然，驱离是最终目的，银背不会下死手，蜣螂与蜣螂之间有一个默契，打架可以，但谁也不许取对方性命。

总体来说在五斗坪上银背与同类相处还算过得去，除却高台上的大肚以及大肚的两个喽啰外，银背在五斗坪算是有头有脸的存在。银背从不与大肚争锋，大肚父辈的父辈就住在高台，给了它天生居高临下的地位。不过在银背眼里大肚不过如此，如果需要下结论的话，大肚充其量是个欺世盗名的家伙。作为近邻，银背知道大肚不少秘密，大肚永远保留着对同类的批评惩戒权，没有哪只蜣螂行事能得到它的表扬，包括它的两个喽啰。批评惩戒是大肚维护权威、保持神秘的制胜法宝。大肚的骄横很大程度上与两个喽啰有关，两个喽啰一个叫尖头，一个叫断翅，这是银背送给它俩的绰号。尖头和断翅拉大旗作虎皮，做了许多大肚不知道的勾当。尖头言必称大肚，把大肚奉为神明，这种小聪明很容易被识破，但大肚却乐于享受这种恭维，并陶醉于这种被崇拜的感觉。尖头造神其实是为了自己，是给自己增加在五斗坪游荡的砝码，它抓住了同类多一事不如少一事的心态，拼命把大肚往高处抬，抬高了，同类就不得不仰视。断翅没有尖头聪明，它因右翅折断，实际上成了一只残疾蜣螂。不过断翅残而不废，破罐子破摔，靠一副"我是流氓我怕谁"的嘴脸在五斗坪横行霸道。搬运粪球的蜣螂一旦遇到断翅打劫，只能自认倒霉，乖乖地将粪球拱手相让，谁也不愿意和断翅计较，原因再清楚不过：一方面断翅是大肚的手下，大肚的面子不能不给；另一方面，为了粪球和断翅拼命犯不上，息事宁人乃是上策。大肚和两个喽啰把持着五斗坪的坪脊，保持着一副指点江山的大派头，别的蜣螂是万万不能在坪脊打洞安家的，高台上的黑麦草一直疯长，与周边长着牛筋草的草坪恍若两个世界。

不崇拜并不意味着一定要反对。银背不想与大肚为敌，它知道五斗坪的蜣螂们总要有个头儿，即使大肚不当，也会有二肚、三肚来当，至于王冠落到谁头上银背并不关心，反正对于蜣螂来说，一岁便是百年，明年五斗坪什么样子那是下一代的事。因为有这个想法，家在肚脐眼儿的银背与高台上的大肚河水不犯井水，总体上相安无事。

但树欲静而风不止，高台与肚脐眼儿间的稳定在昨天因尖头和断翅滋事而被打破。尖头和断翅不知犯了哪根神经，二者一起到肚脐眼儿找碴儿。它俩找到银背说大肚要接见蓝妹，并暗示这是蓝妹一步登天的好机遇。银背听后顿时怒不可遏，抢粪球可以不计较，敢犯蓝妹者，必遭痛打。与流氓摆道理等于浪费时间，银背神威勃发，以一敌二，一番激烈打斗后把尖头和断翅拱翻到陡坡下。坡下是菜地，马脸刚打过药，滚下去必然凶多吉少。尖头有翅，滚到半路就扑棱着翅膀飞起来，用尽吃奶的力气飞回坡上；而断翅就惨了，因为翅膀残缺，只能粪球一样滚下坡，一直滚到茼蒿地里。尖头飞到坡上后被银背钳住，斥问它为何来惹事。尖头交代说大肚发明了一套道理，蜣螂应该像蝴蝶一样高雅，不能整天与粪便打交道。说肚脐眼儿的雌蜣螂蓝妹是五斗坪最高雅的蜣螂，有蝴蝶潜质，要接到高台上让它做脱离粪便的榜样。银背听后心里这个气啊，明明是看上了别人的老婆，还要发明一套歪理邪说当理由，五斗坪上怎么会有如此恬不知耻的同类！蜣螂为粪便而生，却让它与鲜花为伍变成什么蝴蝶，这更是脑子进水的昏招！它在痛打尖头一顿后让它捎话回去，想干净就别吃粪球，想夺蓝妹就先看看自己有多大本事，大家各有各的地盘，我不涉足高台，你也别来染指肚脐眼儿，否则断翅就是下场。

这场滋事的结果是断翅魂断茼蒿地，大肚少了一个打手。

上午，坪上无风，夏日的太阳照耀着五斗坪和坪上吃草的奶牛，草叶上没有露水，银背和蓝妹慢悠悠地行走在草地上，目标是西面奶牛吃草的地方。西面少有牛筋草，长着成片的紫花苜蓿，那是奶牛的最爱。有草吃牛就不乱跑，荷斯坦牛性情温顺，不时甩动尾巴驱赶着瞎虻。在五斗坪上，瞎虻是奶牛唯一的敌人，瞎虻的尖嘴能刺破奶牛厚厚的皮毛吸食牛血，瞎虻肆虐的初秋，马脸会用长长的拂尘为奶牛驱赶瞎虻。

经过一番寻找，银背和蓝妹选中一坨半干的牛粪。五斗坪的牛粪少有异味，带着一股苜蓿特有的清香，这是一种能让蜣螂兴奋不已的香味。银背和蓝妹在这坨牛粪上忙碌起来，它们先是将粪坨分解，然后滚雪球一样揉制，用了小半天工夫制成了一个乒乓球大小的粪球，然后满怀豪情地踏上了回家之路。归程尽管远而坎坷，但只要中途没有大的险情，在黄昏前将收获搬运回家还是有把握的。这个粪球对于银背来说十分重要，本来昨天蓝妹就到了临产期，但因为尖头和断翅来家门口滋事，蓝妹没有出门，今天收获的粪球既是一家的粮仓，又将是蓝妹的产床，也是未来育儿的襁褓，粪球在，一家的生命才可以延续。

对于蜣螂来说，世上不会有什么世外桃源，平静的五斗坪经常纷争不断，纷争大都来自种族内部，而且有些纷争会上升到激烈对抗的地步。纷争源自利益，而蜣螂间的利益只有两种——粪球和伴侣。银背知道除了恶名远扬的尖头和断翅，同类中不乏无赖之徒，它们不去费力揉制粪球，专门半路打劫别人的劳动成果，尤其是几个喜欢打家劫舍的宵小之辈令人讨厌，银背必须面对这些滋扰。

粪球需要倒推，也就是头拱地，用两条后腿蹬着粪球转动前行。银背倒推粪球的动作十分规范，一刻不停地匀速推进。对于银背来说，每一次回家的路都不一样，回家之路的起点取决于牛粪的所在地。银背喜欢牛粪散发出来的苜蓿香，这是奶牛专为蜣螂而播种的味道，能提示蜣螂找到劳作的方位。这种香味在揉制完粪球后依然发挥着作用，那就是让搬运过程有淡淡的苜蓿香相伴，香味能消解疲劳，银背已经深刻体会到了这一点。回家，银背不担心走弯路，因为有太阳照射物体投下的影子在指引方向，银背滚动粪球的轨迹基本是一条直线。

爱，从某种意义上说就是代劳。银背深爱着蓝妹，它不希望蓝妹被劳作所累，在推动粪球时它不让蓝妹出力，而是让蓝妹趴在粪球上搭顺风车。有时蓝妹也会主动下来帮忙，蓝妹助力更多是给银背鼓励，为它赋能。当然，回到家里以后的事情就由蓝妹来做了。蓝妹无疑是优秀的，它不但会把家室拾掇得井井有条，还会安静地在粪球里产卵，然后慢慢孵化宝宝。孵化出的蜣螂宝宝生来衣食无忧，会很顺利地长大，接过父母的接力棒开启下一代的生计。

银背推动着粪球往肚脐眼儿走。虽说五斗坪相对平整，但荆棘灌木也不少，且牛蹄坑太多。雨后放牧时健壮的奶牛会在草地上留下很深的蹄印，这些坑坑洼洼的牛蹄坑如同一个个陷阱，是银背及其同类搬运工作中的最大障碍，一不小心滚落进去，脱险十分困难，毕竟粪球的重量是其自身重量的数十倍。

银背并不记路，它靠日月星辰导航，只要有光，不论白昼还是黑夜，它都不会迷路，有光，就会有影子，影子是流动的路标，会指引前行的路。

但今天银背遇到了麻烦，而且是大麻烦。它推动粪球走出不远，五斗坪上空忽然弥漫起黄色的雾气来，雾来得迅猛，像遮天的幕布把整个五斗坪都笼罩起来，天地一片混沌。没有光，银背就找不准方向。周围的草大都似曾相识，有开黄花的蒲公英、开白花的苦菜，还有烦人的苍耳子。当熟悉的东西变得陌生起来，恐怖就会悄然而至。

银背停下来，爬到粪球上抬头张望，它扇形的下颚祈祷般朝东南西北四个方向拜了又拜，渴望有一束光出现在头顶。但作揖没起作用，黄雾不但没有散去，而且雾中还出现了一柱黑烟，黑烟像一条巨大的蟒蛇在黄雾中扭动，焦躁的样子好像急于蜕皮一样。银背后悔以前推动粪球为什么不做些标记，看来把命运寄托在一种东西上并不牢靠，如果能学象鼻鼠那样记住一条回家的原路，就不会陷入这种四顾茫然的境地。象鼻鼠是蜣螂的盟友，一旦它回家之路被牛粪阻挡，它就会找蜣螂帮忙，五斗坪很多蜣螂都帮象鼻鼠清理过道路。

找不到方向，只能跟着感觉走。在滚过一簇车前子后，粪球忽然自动加快了速度，竟带着银背夫妇骨碌碌跌进一个牛蹄坑里。很庆幸牛蹄坑里没有积水，如果有水，历尽千辛万苦搬运来的粪球就会被泡散，那样的话一切就前功尽弃。

要想办法把粪球顶起来，粪球关乎一家温饱，关乎养育后代，无论如何不能放弃！银背找了一个坡度稍缓的地方用后背往上托举粪球，它的身体几乎倒立起来，硬是将粪球托举到牛蹄坑的边缘。很可惜没有成功，它个子太矮了，顶着粪球直立起来也够不着牛蹄坑的坑沿。在喘息一番后，银背又试了一次，这一次它让蓝妹把自己垫高，希望能够到坑沿，但最终还是失败了。它就想，如果有三五个蓝妹来垫高自己不就够高了吗？它为自己的发现而高兴，因为它想出了一个好办法。

很多时候看似无解的问题，换个思路也许就会柳暗花明。银背六足发力，用力爬上坑沿，然后用它扇形的头部往坑内掘土。打洞掘土是蜣螂的看家本领，所有蜣螂都能很轻松地在粪堆下挖出深达一米的安全洞穴。掘土的活计蓝妹也会做，为了摆脱牛蹄坑的困扰，身体娇小的蓝妹也加入了掘土的劳作。牛蹄坑里的积土一点点厚了起来，聪明的银背不时跳下来活动一下粪球，让粪球像浮漂一样不至于被积土埋没。终于，坑里的积土达到一定高度，银背轻松地就将粪球蹬出了牛蹄坑。说来奇怪，当粪球被蹬出牛蹄坑后，五斗坪上空的黄雾以及雾中的黑色蟒蛇都隐匿起来，唯有肚脐眼儿上方还有影影绰绰的雾气存在。

继续赶路，银背内心并不轻松，它不知道接下来还会遭遇什么。

行进中，它俩来到一处平坦的沙地。这里原本也是草地，因为常有奶牛在这里反刍、久卧，将草地弄得十分泥泞，马脸为了保持干爽，便运了些细沙铺上，这便有了草地中的一块微型沙漠。想把粪球运过沙地可不是件容易事，问题是这里有许多心怀不轨的同类，其中有两个讨厌的家伙最难缠，一个是黑牛，无赖一样总是不劳而获，劫夺他者粪球。银背很清楚，同类中的偷盗者极善伪装，它们会装扮成热心肠上前帮忙、献殷勤，趁你不备再偷走你的粪球。有的偷盗者发现没有下手机会，又被搬运者识破了诡计，就干脆当一回义务搬运工讪讪地离开，像黑牛这样横刀立马、拦路抢劫的并不多。黑牛的洞穴在沙地边上，它靠一身蛮力巧取豪夺，它的洞穴成了赃物仓库。银背对黑牛很是鄙视，要知道黑牛劫获的每个粪球里都有其他蜣螂的卵，这些卵没有一个是黑牛的后代，也就是说黑牛骄横的背后，是在给别的同类抚养后代，这算是因果报应吧。另一个令它头疼的是铁拐，铁拐是个荷尔蒙爆棚的单身蜣螂，它不劫粪球，专门对搬运粪球的异性下手。生性顽劣的铁拐留不住老婆，劫到家里的雌蜣螂趁它不备就会逃走，这让铁拐的生活陷入一个抢婚、老婆逃婚，再抢婚、老婆再逃婚的怪圈儿。

尽管沙地危机四伏，但银背必须将粪球运过去，光影指示的路线如此，一旦偏离将无法回到肚脐眼儿。

沙地是黑牛和铁拐的地盘，但愿这俩家伙在洞穴里睡懒觉。正常分析，大白天两个懒鬼不会出来活动，毕竟夜晚才是打劫者的天堂。银背一边留意周边情况，一边匀速推动粪球，它小心翼翼，担心动作幅度过大会惊醒洞穴里的黑牛和铁拐。

该来的总会如期而至，躲也躲不过。突然，黑牛出现在沙地前方，威风凛凛，像一只黑色的四角菱。

黑牛体型与银背不相上下，但黑牛是以逸待劳，而银背已经劳作了一个上午，体力上不如黑牛。黑牛冲过来，一声不吭，前足发力将头撞向粪球，原本前行的粪球被撞后陡然改变了方向，朝着黑牛想要的方向滚了几圈。前足着地、后足蹬运粪球的银背被闪了个跟头，它转过身与黑牛搏斗起来。黑牛扇形头颅像铲车一样坚硬，一下子将银背顶出去老远，然后若无其事地回去搬运粪球。也许在黑牛看来，被顶跑的同类尽是小菜一碟，不敢再来争抢，它认为银背也是如此，因此对一旁的失败者很是不屑。黑牛很满意这个夺来的粪球，很圆，不像其他粪球略带椭圆形，椭圆形的粪球在搬运时不走直线，需要不断矫正方向，而眼前这个粪球不仅溜圆，而且表面带有金黄色的纤维，形态饱满，搬运不费力气，滚回去可以好好享用一番。被顶出去的银背借助一棵灰灰菜的阻挡才稳住身子，它看到了蜷缩在一旁的蓝妹，蓝妹那副茫然不知所措的样子让它的心在滴血，面对强悍的黑牛，蓝妹不能上前搏斗，因为黑牛会轻而易举掰掉蓝妹的脑袋。银背盯着得意扬扬的黑牛，思忖着如何才能夺回劳动果实。银背虽然体力不如黑牛，但它知道打架并不全是靠力气，很多时候胜仗要靠脑子来打。

银背悄悄靠近黑牛，它没有从头部展开攻击，而是从侧面将头探到黑牛的肋部，然后像铲土一样猛地扬起，一下子就把黑牛顶翻了，六足朝天的黑牛在沙地里仰面乱蹬。蜣螂与乌龟相似，最怕仰面朝天，而相对薄弱的腹部也难以抵抗攻击。再说了，背部着地的蜣螂无法振翅，有天大的本事也无法施展。银背并不发动致命攻击，也不上前纠缠，只是冷冷地盯着黑牛，每当黑牛要翻过身来时，它会马上再拱翻一次，就这样以逸待劳，像猫戏老鼠一样折磨着黑牛。经过多番折腾，黑牛再也没有翻身的力气，六足的活动由急到缓，后来干脆放挺躺平。银背估计此时黑牛就是翻过身来，也不会有力气与自己搏斗了，便转身走向粪球，快速推动粪球往家赶。回家的路还很长，不知道还会遇到什么麻烦，过了黑牛一关，还有铁拐这个觊觎者。

刚把粪球滚出沙地，在一片狗尾巴草前面，银背发现了正在梳理触角的铁拐。趴在粪球上搭顺风车的蓝妹也发现了铁拐，雌性对贪色的雄性有一种本能的感应，铁拐来者不善，蓝妹急忙从粪球上跳下来，倒退着躲到了银背身后，它知道一场因它而起的搏斗在所难免。

平心而论，银背不想再进行什么搏斗，刚才与黑牛的搏斗耗费了太多的气力，它明显有些力不从心。它灵敏的复眼看到了身后缩成一团的蓝妹，蓝妹面无表情，但努力躲避的身体暴露出了它的恐惧。银背与劫掠者为了粪球而搏斗的时候，蓝妹往往会上前帮忙，但银背为了爱情厮杀时蓝妹却会作壁上观，好像这种搏斗与自己毫无干系。银背知道，所有的雌性都希望看到雄性为自己打个头破血流，因为这样恰恰能证明雌性的价值。银背停止搬运粪球，也没有主动出击，它需要恢复一下体力。它感到有点饿，但现在不是进食的时候，它进食很挑剔，需要在一个安全的环境里才吃得下，只有把粪球推进家里储藏起来，它才可以放心地大快朵颐。银背知道铁拐会冲过来，色胆包天这个成语一点不假，对于铁拐来说为了得到蓝妹会豁出命去。

银背可不想和铁拐硬扛，与黑牛的搏斗经验说明，想取胜最好靠智取。它的复眼不用转动脑袋就可以观察周边地形。它发现了不远处有一个水洼，水洼多深不好说，但面积足够大，足足有十几个牛蹄坑那么大。银背不喜欢水，估计铁拐也不会喜欢。它想把铁拐引到水洼处，然后出其不意将铁拐掀进水里。铁拐迈着螃蟹步迎面走来，走到跟前二话不说就和银背顶起牛来。银背心里已经有了盘算，故意不用力气，一步步佯装后退。得势的铁拐想一鼓作气拿下银背，便步步紧逼，拼命往前顶。如果是搏斗经验不足者早就被铁拐顶翻了，但银背努力压低身子保持着平衡，只是不停地后退。铁拐不知道银背要借力发力给自己致命一击，像倔强的公羊一样继续往前顶。就在银背的后腿踏到水洼边缘时，它猛地抽身让开，铆足了蛮力的铁拐一个倒栽葱扎进了水洼里。铁拐头浸在泥水里，两只后腿在水面上乱蹬。银背看也不看水里的失败者，转身继续搬运粪球。蓝妹跟上来，趴在粪球上一动不动，它也许在想，这场打斗至少证明自己没有选错老公。

搬运之路注定是坎坷的。尽管银背有思想准备，但这次搬运的坎坷程度却大大超过了以往。

摆脱了那片恐怖的沙地不久，又一个意外出现了：一株酸枣树挡住了去路。五斗坪上有稀稀拉拉的荆棘丛，棘就是酸枣树，因为酸枣树枝条上长满坚硬的尖刺，蜣螂们从不靠近它。滚动的粪球被一株酸枣树拦住，不幸的是有根枣刺扎进了粪球，导致粪球焊在酸枣枝上一般纹丝不动。银背几次用力无果，索性趴在地上歇息起来。说是歇息，其实银背在留心观察周边的一切。这是一个必须解决的难题！它想，要想个办法把粪球从枣刺上救下来。

银背的复眼观察物体准确而清晰，前面的荆棘丛在它眼里就是一道不可逾越的高墙，可不像黑牛和铁拐那样好对付，刺中粪球的枣刺比它的后腿还要粗，凭自身之力无法克服这一障碍。它把身体放平，想在湿润的泥土中汲取一些力量。忽然，它发现被刺中的粪球与地面之间有道缝隙，也就是说粪球在滚向酸枣枝的时候是弹起来的。缝隙虽小，却能透过一丝光亮，有只红蚂蚁甚至从粪球下爬了过去。有办法了，它兴奋不已，这道缝隙给它打开了一扇门，要利用这道缝隙把粪球解放出来。

它挺起身子开始围着粪球转圈儿，蓝妹不知它的意图，在一旁静静地看着。转到第三圈时它不再转了，在一截折断的蒿秆前停下来。它咬了咬蒿秆，很硬，应该是根能吃力的蒿秆。蒿秆有一股难闻的药味，与带有苜蓿香的粪球有很大的味差。银背把蒿秆从粪球的缝隙里推进去，然后自己在中间部位钻到蒿秆下面，用自己坚硬的甲壳做支点，让蒿秆的另一端微微翘起来。它示意蓝妹爬上自己的后背，然后慢慢向翘起的一端移动。蓝妹依计而做，动作迟缓，生怕出什么差池，蒿秆下垫着的毕竟是自己的丈夫。当蓝妹将身体移到蒿秆末端的时候，奇迹出现了，由于杠杆原理作用，被枣刺扎住的粪球一下子被撬了下来。

危机化解，银背松了口气。

家的距离越来越近，回家，是每个跋涉者不能改变的选择，见识了外面的险恶，最想做的事情就是回家，只要安全回到家里，一路上所有的辛苦就没有白白付出。

当粪球的影子拉长到自身高度两倍的时候，一场更大的危险兜头降临。

轰隆隆，轰隆隆，银背忽然觉得地动山摇起来，蜣螂、蚂蚱、蝈蝈等等纷纷从身边夺路而逃。它发现了几只熟悉的蜣螂，表情惊恐而夸张，连个招呼都不打就快速地跑了过去。蜣螂大逃亡的情景在初夏出现过一次，那次是马脸在菜里不知喷洒了什么药水，导致菜地和周边草地里的蜣螂遭遇厄运，许多蜣螂稀里糊涂地死去，肚脐眼儿一带满是蜣螂的尸体，死者还有螳螂、鲜艳的瓢虫、菜青虫和蜗牛。善于跳跃的青蛙也未能幸免，被药水熏得醉酒一样蹒跚不前。会飞的蝴蝶最惨，在空中扑棱棱飞着忽然间就一头栽下来。一身铠甲的蟾蜍也遭了殃，嘴里冒着白沫，样子十分恐怖。难道这个情景要在盛夏里再现一次？

银背定睛一看，躁动原来是一辆三轮车所导致的。三轮车满载木材，吐着黑烟突突突开向高台，因为载重过大，车轮犁铧一般犁开草地，甩出的湿土如冰雹砸落下来，银背感觉天似乎塌了一角。

好险！银背吃惊不小，它庆幸刚才推动粪球的速度慢了一些，因为体力不支，两条后腿关节开始僵硬，搬运粪球的节奏不得不慢下来，毕竟劳作和搏斗了将近一天。正常来说，这个时间应该在家里饱餐后抱着粪球安然入睡才是。好睡眠是对劳动者的奖赏，银背现在只想吃饱后睡上一个通宵。它看了一下面前深深的车辙，如果刚才再往前一步，它们夫妇连同粪球就会被碾成齑粉。

深深的车辙俨然是一道无法逾越的沟壑，银背一时不知所措。忽然，一阵奇怪的呻吟声传过来，扭头一看，原来是一只黑眶蟾蜍，两眼鼓胀，前肢用力支起上身，下身则血肉模糊，三轮车的车轮不幸轧中了它的后腿，导致它无法爬动。银背离黑眶蟾蜍很近，它平日不喜欢这个浑身长着大包的家伙，但此时此刻觉得黑眶蟾蜍很可怜，不知怎样才能帮上它。

这时，红皮鞋走了过来，马脸拎着一把铁锨跟在身后。马脸发现了银背，弯下腰惊讶地说："哎呀，这不是银背吗？你还活着？"马脸还看到了蓝妹以及搬运的粪球，道："蓝妹还是这么瓦蓝瓦蓝的呀，像个小精灵！"

红皮鞋停下来，转过身问："你发现什么东西了？"

"是银背和蓝妹。"

红皮鞋低头一看，差点呕吐出来，怒气冲冲地说："什么银背、蓝妹的，快把这恶心的东西铲走！"

马脸犹豫了一下，红皮鞋的话不敢不听，他只好用铁锨小心地将银背、蓝妹以及受伤的黑眶蟾蜍连同粪球一起撮起来，快步走向已经除过草的高台，用力扬了出去。

银背觉得耳边狂风大作，扬起的泥土和黑眶蟾蜍的血污像褐色的帷幔挡住了一切，它被这褐色帷幔包裹着在空中划出一道弧线，重重地跌落在草地上。应该感谢柔软的青草，如果是抛在坚硬的地面上，很可能会摔裂甲壳，青草托住了银背和蓝妹，它们在草地上翻了几个跟头，便僵在那里一动不动。

眩晕过后，银背环顾四周，夕阳照在物体上投下的影子告诉它，这里应该是五斗坪的坪脊——高台——边缘。高台原本长满的黑麦草都哪里去了？这里是大肚的领地呀，怎么不见大肚的踪影？

高台发生的变化让银背疑惑不解，高台中心地带被剃了光头，密林般的黑麦草完全被铲除，裸露的湿土上有一大堆灰烬，余烟还在，丝丝缕缕，像天上垂下的钓丝。银背凭方位判断大肚的家就在那堆灰烬之下，养尊处优的大肚连同它发明的那套理论肯定灰飞烟灭了。它也明白了，先前发现的黄雾根本不是雾，而是燃烧草木升起的浓烟。

高台上堆着些木料，看来红皮鞋要在这里建房子了。银背不希望红皮鞋住在这里，如果是建牲畜棚，不管是牛是马还是驴，就是猪也无所谓，至少可以与它们和平相处，而红皮鞋就不一样了，红皮鞋的住处不会允许蜣螂存在。

高台上忽然刮起了风，风很大，周围尘土飞扬。以往五斗坪也刮风，但因为地上长满绿草，风刮不成形状，只能感觉有只无形的手在推着你转圈儿。这次不同，风裹挟起草木灰和尘土，变成了一条苍龙在高台上乱窜，娇小的蓝妹竟然被风掀翻了，仰面挣扎不停。银背爬过去拱正蓝妹的身子，然后挡住风口，观察周边是否有避风的地方。

银背发现离高台不远的肚脐眼儿也有灰烬在冒烟，看来那里也放了一把火，它知道家没有了，不仅自己，在肚脐眼儿安家的同类应该都遭遇了与大肚同样的厄运。五斗坪的蜣螂没有长辈也没有晚辈，大家都是兄弟姐妹，但同类之中有豁达与顽劣之分，也有勤劳和懒惰之别，上午没有出洞搬运粪球的同类，肯定在家里走到了生命的尽头，大火产生的高温会让洞穴变成灶坑。

马脸这一锹并没有摔碎粪球。蓝妹率先发现了粪球，顶着风爬过去死死抱住粪球不再松开。粪球不仅是一天劳作的收获，还是蓝妹的产床、下一代的襁褓和粮仓。蓝妹把头深埋在粪球里，几次张开甲壳振动翅膀，银背知道蓝妹是想抱着粪球飞起来，但这怎么可能呢？粪球太重了，而蜣螂的翅膀更多是个摆设。

脚下有三道车辙，一路缓坡通到南侧的牛棚和挤奶车间，牛棚边缘是五斗坪蜣螂最集中的居住地，但因拥挤，那里总是纷争不止，内卷的理由五花八门，抢粪球、争伴侣，甚至为了比谁更有力气，这些争斗在肚脐眼儿一带很少出现，因为这里相对疏朗。银背曾不无骄傲地和蓝妹说，高台是庙堂，肚脐眼儿是别墅，而牛棚周围则是市井。现在银背无法自豪了，庙堂塌了，别墅被烧了，生机只属于市井。当然，在肚脐眼儿生活也不是银背的选择，它的家族世世代代都在这里居住，出生往往就决定了命运，它不可能迁徙到牛棚附近去凑热闹，尽管从五斗坪西部往肚脐眼儿搬运粪球路程要远很多，而在牛棚附近会近水楼台省不少力气，但力气这种东西省下来也攒不住，多走一点搬运之路也是乐在其中。

忽然，银背嗅到了一股难闻的药水味，这一定是马脸喷洒了什么药水，它知道最致命的危险来临了。药水不会立见毒性，嗅上一会儿才会让你丧命，这就是为什么眼看着蝴蝶明明飞起来，又会突然折翅栽下来。它感到一阵眩晕，满眼都是大脚蚊子在嗡嗡盘旋。大脚蚊子很讨厌，但它们奈何不了蜣螂的硬壳，吸不成蜣螂的血，银背之所以讨厌大脚蚊子，是因为大脚蚊子发出的声音会干扰它对方位的判断。银背知道大事不妙，自己恐怕难逃一死，周边纷纷坠落的大脚蚊子，说明马脸喷洒的药水毒性非同一般。它看向蓝妹，粪球上的蓝妹没有像自己一样发抖，而是把头几乎扎进了粪球里，没有吸入更多的毒气。

应该让蓝妹逃离这里，它想，蓝妹活下去，自己才会有子孙后代。

它注意到了车辙，与其他车子轧出的车辙不同，三轮车轧出的车辙有三道，而粪球恰好处在中间那道车辙的边缘。如果粪球能进入那道车辙，会顺着坡势一路滚到牛棚和挤奶车间那里，挤牛奶的地方最安全，马脸不会在那里喷药。

它蹬了蹬后腿，觉得还有些力气，后腿能动，说明自己还没有被放倒。蜣螂劳作主要依仗后腿，后腿有力，银背就有信心。它知道无论如何不能倒下去，一旦倒下，蓝妹就会跑过来照顾它，那样的话谁也活不成。马脸喷洒的药水远远超出在菜地喷洒的浓度，别说蜣螂，就是生命力顽强的蝲蝲蛄也受不了。

它无意中看到了黑眶蟾蜍的尸体，遭到碾轧的黑眶蟾蜍已经死去，但两只外突的眼睛依然睁着，透出百般的不屈和不解，也许黑眶蟾蜍会想，自己没有招惹谁，为何遭此不幸！银背爬过黑眶蟾蜍身边时，它的触角沾上了蟾蜍的血，蟾蜍血让本来已经濒临昏死的它瞬间清醒了不少，它又活了过来。蟾酥具有解毒醒神功效，死去的黑眶蟾蜍用鲜血给了银背一段宝贵的生命。

银背几乎是拖着身躯爬到粪球旁，后背上的甲壳从来没有这么沉重，几乎要把体内的五脏六腑压成一张薄饼。它抬起头凝视着粪球上的蓝妹，忽然，那种眩晕感像烟雾一样又兜头罩过来，迷幻中它看到蓝妹把埋进粪球的头抽了出来，蓝妹的复眼透出荧光，它知道蓝妹在寻找自己，蓝妹那双复眼是会说话的，平时只要看一眼，就知道蓝妹要做什么。它相信蓝妹看到了自己，因为蓝妹的两条前肢在向它挥舞，意思是让它也趴到粪球上来。它用力靠近粪球，粪球散发出的苜蓿香味依然很浓，看来药水掩盖不了这种苜蓿草的清香。它想告诉蓝妹：快离开这里，活下去，不顾一切活下去，活下去才有明天，才有下一个百年！但它已经发不出声来，下颌好像已经脱臼，一对前肢也不听使唤。

蓝妹发现了异常，试图从粪球上下来，银背拼尽力气晃了晃头，蓝妹明白了它的示意，继续抱紧粪球，痴痴地望着它。它知道自己时间不多了，缓慢地转过身，头戳大地，用两只后腿托住粪球，然后用尽所有力气猛然一蹬，粪球连同粪球上的蓝妹被蹬入车辙，在推力加坡度的作用下，粪球原地弹跳了几下，接着由慢变快，向缓坡下的牛棚滚去。

银背注视着滚远的粪球和蓝妹，视野中的黑点越来越小，直到完全消失，深深的车辙像隧道一样吞噬了粪球和蓝妹。银背渐渐地垂下了头，趴在地上一动不动，它的身体已经失去了知觉。

次日一早，那个白衣白靴的女质检员来到五斗坪，发现高台这边正在施工，便从挤奶车间走过来看个究竟。马脸迎上来，陪她往高台处走。女质检员忽然发现了车辙边的银背，她停下脚步，仔细观察了一番，问："这里怎么会有黑地白花的蜣螂？"马脸告诉她这是银背，就是普通蜣螂。马脸不敢说是自己给蜣螂点的白漆，怕这种恶作剧招来女质检员的白眼，在马脸看来，白皮肤好看，白大褂好看，白水靴也好看，唯有白眼不好看，是红皮鞋让他领教了白眼的寒意。女质检员把银背捡起来，放在手心仔细看了一番，柔声细语地说了声："你好，蜣螂。"说完后她把银背递给马脸，交代马脸把它洗净做成标本，镶个小木框，将来高台的房子建起来可以挂在屋里做装饰。"对了，要标上名字，就叫克罗斯特吧。"

马脸有些疑惑，怎么还有人喜欢把屎壳郎做成标本挂起来？听说有做蝴蝶标本的，也有做鲜花标本的，用屎壳郎做标本闻所未闻。

"您怎么会喜欢屎壳郎？"马脸大着胆子问。

"小兄弟，你知道庄子吗？这位先哲说万物生来平等，你说屎壳郎有什么不好？它用看上去肮脏的形象在诠释事实上最纯洁的理念，而且它一生都在实践自己的理念，它值得被人们做成标本挂起来，挂蜣螂标本，比挂那些莫名其妙的人物头像更有意义。"

马脸问："那么，克罗斯特是啥意思呢？"

女质检员抬头，手搭凉棚朝天空望了望，然后笑眯眯地对马脸说："太阳神。"

马脸不解："克罗斯特是太阳神？"

"是的，是克罗斯特用强劲的后肢在推动地球运转，对于克罗斯特来说，地球不过是个大块头的粪球而已。"女质检员口吻严肃，没有丝毫调侃。

马脸似懂非懂，但还是下意识地点了点头，认真端详了一下女质检员的脸，这张白瓷般的圆脸真好看，像夜晚的一轮圆月。

那块地

邓一光[*]

您是怎么找到我的？怎么会想起打听那块地？还有谁记得它？

怎么说呢，要是没有它，我也许能得到更多，因为不断获得变成别的什么人，我说不好，您懂我的意思吧？可我现在得到了我想要的，哦，这么说不对，那块地让我变成了我自己。

这座城市一直在卖地，37 年了，它卖掉了多少？人们在那些卖出的土地上盖起住宅、商圈、学校、医院和公园。孩子们在那儿出生、长大、接受教育、学会打领带、去写字楼上班并且恋爱。老人们在那儿度过晚年，然后前往另一个世界。还有车站、码头和机场，人们兴冲冲地拖着行李箱离开家，去远方的什么地方干点什么，有的回来了，有的再也没有回来。37 年了，人们记得经历过的很多事情，可再也没有人提到那块地，它改变了城市命运，却被人们遗忘了。

您说得对，是时候说说它的事情了。

知道南斯拉夫婴儿马特伊·加斯帕尔吗？他是全球第 50 亿个人，出生于 1987 年 7 月 11 日，他出生那天，我从华南理工大学会计系毕业，到蛇口工业区劳动服务公司报到，那年我 23 岁。

我要报到的单位是招商银行股份有限公司，对，20 世纪内地第一家商业银

---

[*] 邓一光，男，1956 年出生于重庆，现居深圳。20 世纪 80 年代开始写小说，出版长篇小说十部、中短篇小说集二十多部。

行，他们去学校考察了我的情况，亲切地询问我对账务处理、资金管理和风险管理的看法，然后告诉我，我将从这家银行开始，踏上前途光明的人生。我说前途没说错，我一上班就能拿到239块钱月薪，35块钱奖金，15块外汇券的边防津贴，比隔壁深圳市的市长薪水还高。招商银行的人走了以后，我立刻打电话把这件事情告诉了妈妈。她从27岁守寡把我养大，供我上了大学。她在电话里又哭又笑，说："儿子你要珍惜，别让领导失望啊。"

我到蛇口报到时，银行正在筹备开业，非常忙，工业区劳动服务公司接待我的女办事员让我先休息，等银行方面忙过这几天再给我办理派遣通知书。

"第一次来蛇口吧？"办事员热情地把户籍登记介绍信和特区边境证递给我，"你现在是蛇口人了，不如利用这点时间去逛逛，你会为这片火热的土地骄傲的。"

办事员梳着一对神气的羊角辫，目光清澈，脸上洋溢着亲切的微笑，我没法不相信她。我向她借了辆自行车，神清气爽地出门去逛蛇口。10.85平方公里的大蛇口，刚刚完成了开天辟地的伟大壮举，正蓄势待发地闯出海岬，一统江海。作为新蛇口人，我确实为它骄傲。我咣当咣当蹬着车逛了两天蛇口，觉得不过瘾，又咣当咣当骑着车去参观建设中的深圳。一路上，我经过无数开膛剖肚的农田和齐根炸塌的荒岭，我冲工地上那些忙碌的青年招手，朝他们喊："喂——我来啦！"要知道，我们隔壁的深圳，还有北京的中关村、上海的漕河泾，它们是大蛇口带出的三个兄弟，它们正鼓足干劲地追赶大哥，这让我在坑坑洼洼的路上躲避来往的泥头车时，屁股颠得生疼，却仍然挺直了胸膛，为我是一名蛇口人而由衷地自豪。

我去了罗湖的老东门，底气十足地花光了大学四年积攒下的最后一笔钱，为妈妈买了件的确良衬衣，为自己买了块卡西欧电子手表。然后我去了青少年活动中心的"大家乐"，挤在打工仔中抢麦，唱了一首张国荣的《不羁的风》。你听过这首歌吗？"从前如不羁的风不爱生根，我说我最害怕誓盟，若为我痴心便定会伤心，我永是个暂时情人。"我本来还想唱张学友的《遥远的她》和苏芮的《谁可相依》，可惜被后面的人推下了台。

那天我逛累了，蹲在罗湖桥东边的小食摊前嗍濑粉。我看一眼腕上崭新的电子表，再看一眼戴着凉帽、纱巾遮住半张脸的女摊主煮捞捞面。她煮好面，麻利地从冰筒里抓了一把事先切好的螺肉、章鱼须、鱼子和蟹柳，撒上海草和嫩玉米，淋上一勺由绿芥末、红椒粒、黄蚝油调制的三色酱，热气腾腾地递给客人。

客人刚从香港过来，是位四十岁左右的中年人，饱满的鼻头泛着红光，穿一身白色西装，脚蹬三接头皮鞋，大概担心料酱溅上衣服，用手绢兜住了领口。

我吃完粉，用最后一点零钱买了单，打算离开。正在吃捞捞面的港客叫住我。

"靓仔，租你半日单车，街头睇（看）风景，租唔（不）租呀？"见我一头雾水，港客改成港普又说了一遍，意思是他想租我的自行车，让我载他去街上看风景。

我被港客嘴角涂鸦似的酱料逗得发笑。我是谁？蛇口人，我在等待入职，一身力气没处用，应该跟他学几句搞笑白话（粤语的俗称），日后用来打趣银行的同事：

"打劫！全部举起双手！男嘅企左边，女嘅企右边，变态嘅企中间，话紧你呀，仲诈傻睇靓女！"

"还等什么，上车吧，亲爱的同胞。"

我就这样认识了香港人刘天就。我当时不知道他是谁。我载着他在刚铺好的宽阔马路上行驶，路过很多新盖成的大楼，还有正在盖着的大楼。刘同胞搂着我的腰，局促不安地扭动屁股，他的某种焦虑通过僵硬的手指传递给了我。

"同胞，往前坐，您会舒服一点。"我为他的不安感到抱歉，热情地给他打气，希望他和我爱蛇口一样爱上深圳，"您看到深圳人的狠劲儿了，对吧？他们三天盖一层楼，完全疯了，我担心这样下去，全世界的钢筋水泥都会被他们用光。"

"你讲咩？"他躲避开扑面而来的建筑粉尘，控制住鼻息问我。

"您不觉得很值得吗？"我哈哈大笑，脚下蹬得飞快，"您这趟看风景，绝对会不虚此行！"

骑了差不多六七公里，我们来到刘同胞指定的地方。那是罗湖区布心路旁一大片荒地，长满老鼠簕和蚌壳蕨，一些尖嘴小鹂鹛和黑眉苇莺在灌木丛中起起落落，快乐地追逐着昆虫。稍远处，能看到一大片墨蓝的湖泊，凉风从那里习习吹来。我知道深圳有山有海，没想到还有这么大的湖泊，这可是意外收获。

那天刘同胞在那块荒地上待了差不多两小时，他焦虑地在荒草中走来走去，转着方向到处看，嘴里念念有词，好像在和那块地讨论着什么。他们之间有分歧，他不同意那块地的看法，但又没法说服对方，有点恼火。我呢，我不关心他为何要来这儿看风景，对到处爬动的麝鼩和赤链蛇也不上心，我跑到湖泊边，脱了鞋，和湖水好好亲热了一番，就差下湖游上一圈了。

等我回到那块荒地的时候，刘同胞已经平静下来，只是衬衣领口多了一圈汗渍，我也没觉得这样有什么不好。我去路边推自行车，问他："可以走了吗？"天色不早了，我得赶回蛇口，我开始想念我的大蛇口了。

"中意呢块地呀？"他问我，意思是问我是否喜欢这块地。

"看上去挺不错。"我随口说。

"肯定？"他盯着我的眼睛，咽了口唾沫，"呢对我好紧要。"

"好吧。"他说这事对他很重要，我当然不会扫他的兴，让他对蛇口人产生轻率的印象，于是我慎重地说，"它生长着茂盛的植物，还有那么多活泼的动物，人们会爱死它。我是说，我爱蛇口，也爱深圳，爱这里的一切。"

刘同胞松了口气，请我送他去不远的竹园宾馆。那是深圳第一家外资宾馆，我当时并不知道他就是那家宾馆的老板，但是，好吧，有什么关系，我们出发。

现在我可以正式向你介绍刘同胞了，他是香港一家集团公司的董事长，还是香港一家报社的社长。说起来，他是最早到内地投资的香港商人。人们怎么说的？第一个吃螃蟹的人，他就是这样的人。那会儿香港牌照的车不能过境，他把他的日产公爵停在边境那边，深圳的合资伙伴派车在口岸接他。那天他背着合作伙伴去看那块地，为了躲开接他的人，在口岸小食摊上吃了碗捞捞面，顺便雇了我和我的自行车。

我一路顺畅地把刘同胞载到竹园宾馆，那儿已经有几位深圳合作者在等他了。他们没有接到他，不知道他去了哪儿，正焦急不安。现在我要说到重点，在那些官员身后，站着一大群宾馆的女服务员，她们穿着整齐的翠竹绿套装，涂着艳丽的口红，脸上堆满笑容，双手端握在小腹前，让人觉得她们是一些永远不会成熟的桃子。对，我要说的就是这个，她们是重点。

合作者们迎上来，领头的是位又高又黑的骆先生，后来我才知道，他是深房公司的骆经理，他的故事一会儿我再说。宾馆经理笑眯眯抢着向刘同胞汇报，按骆经理指示，宾馆完全接受刘总的建议，现在每天都换床上用品，卫生间喷香水，服务员上班时间一律涂口红，不笑的员工炒鱿鱼。经过考核，只有一位服务员被炒掉，不是她不愿笑，而是笑起来大家觉得哪里出了问题。

刘同胞没有理会宾馆经理，而是客气地叫住准备离开的我。我对他开玩笑说，车是借蛇口劳动服务公司的，我不会给蛇口人民脸上抹黑，他不用付费了。刘同胞并没有掏出钱夹，而是请我重复一下路上对他说的话，口气慎重到让人觉得有什么重大事情要发生。可是，我在路上没少说话，我表达了太多对美好生活的由衷感叹，不知道他问的是哪一句。

"你话，全世界嘅红毛泥同钢骨好快会畀深圳人用晒。你仲话，我绝对会不虚此行。"刘同胞目光发亮地提醒我。

"这个呀，那还用说……"我举起手，打算好好鼓励鼓励刘同胞，让他对这座正在一往无前拔起的城市充满信心，我当时就想这么做。可是，我举起来的手僵在半空中，要说的话突然消失掉，目光直勾勾地看出去——我看见了她。

哦，我命运中的姑娘！她站在那些涂着艳丽口红但像永远也成熟不了的桃子——不，女服务员当中，抿着嘴甜甜微笑着看着我。她是那么可爱，那么出众，我们来的时候她肯定不在那儿，不然我早就看到她了。刘同胞在我耳边说着什么,我一个字也没听见,目光呆呆地看着她,以至于她身边所有人都消失不见了,我的眼睛里只有她!

好了,您现在知道了,这就是我第一次见到心上人的情景。不,想也别想,我找不到任何语言形容她,我可不做我做不到的事情。我只能告诉您,她叫卓二娣,家里是竹子苗圃场的养苗户,全家都是农村户口。她和阿爸押地进了竹园宾馆当服务员,阿妈照顾一家人的生活,姐姐大娣跟亲戚去了香港,妹妹三娣、四娣、五娣在读书,五姊妹一个赛一个地貌美。三十多年了,我去过她家几百次,现在让我在大街上认出其他几姊妹,等于让我辨别谁是荷花,谁是睡莲,非出丑不可。

说回那天吧。那天我像中了魔,一口气蹬了三十公里,骑车从罗湖赶回蛇口,满头大汗冲进蛇口劳动服务公司,吵醒值夜班的办事员,请她找出我的派遣通知书。是的,我没有去招商银行报到,没有在三十多年后成为这家全球企业200强之一的商业银行光芒四射的总会计师,而是在办事员百思不解的目光中带着我的档案兴冲冲离开劳动服务公司。我要由衷地感谢招商银行严谨而忙乱的筹备工作,它没有让我在报到的第一天入职,而是给了我几天假;我还要赞美港牌车不许驶过界桥的规定和那碗有着神奇酱料的捞捞面,总之,我要赞美那天遇到的所有神奇事情!

接下来的事?您别急,我会慢慢说到它们。第二天早上八点半,我出现在竹园宾馆,站在饮早茶的刘同胞,不,刘先生面前,向他提出了我的请求。当然啦,你知道,我这样做有充分的理由,我希望刘先生把昨天打算支付给我的自行车——白话叫单车——车资支付给我。当然不是机械使用费,车不是我私人的,是我载他兜风的人力费,他不需要掏半个子儿,我是说,他完全可以把我替他服务的人力折算成竹园宾馆的一份工作。

刘先生有点吃惊,举起的筷子停留在萝卜糕和红米肠之间,好像在验证它俩的身份。不过他很快从我不断投向往来的女服务员的眼神中猜测出发生了什么。

"佢系边个？"他呷了一口滚烫的乌龙茶，斜着眼睛朝餐厅里莲步移动的女服务员们的方向看了一眼，回头问我。

"我很快就会知道。"我说的是实话，那会儿我还不知道心上人的姓名，她也不知道她已经是我的心上人了，但我可以告诉刘先生别的，"我学习能力很强，如果员工入职条件有白话这一条，我发誓十天学会它。"

"你学乜嘢（什么）专业？"刘先生向匆匆赶来的宾馆经理示意，让那个紧张的家伙别过来。

"会计。"我说，"十天以后，我会用白话为宾馆审查账目、编制对账单、控制资产负债表、结清相应款项、制作财务报表，并且提供详尽的财务分析报告，您会看到的。"

"酒店有会计喇，深圳方面安排嘅，呢件事我唔理得。"他遗憾地表示。

"好吧。"我懂，他是宾馆老板，可他是在深圳的地盘上做生意，要考虑合作方对人事安排的强烈控制愿望，我不会让他为难，"我可以不当会计，工作总有吧？礼宾员、接待员、话务员、传菜员、酒水员、大堂吧服务员、总台服务员、商务中心服务员，什么工作都行，我不挑。"

刘先生的目光在我身上睃来睃去，给我的感觉是他捡着个便宜，又不相信真有这种好事。他让我坐在他身边，回头示意服务员——不是我的心上人——给我添副餐具。

"你呢个人好醒目嘅，我几中意。"他往我面前的碟子里布了一只诱惑的虾饺、一只丰饶的叉烧包、一只殷实的烧卖、一只心满意足的蛋挞，骨瓷碟里顷刻堆积如山，"我有个皮鞋厂，你去果度（那里）返工，周末唔休假，帮我写技术说明书，去海关跑报价。"

"工厂离这儿多远？"我不在乎是皮鞋厂还是草鞋厂，不在乎加班和星期天跑海关报价，我在学校门门功课 A，一半是自修熬出来的，我只想知道将要去的那个流放地是不是和竹园宾馆隔着大半个中国。

"人工呢，底薪一百二，做得好加两成花红。"他有点犹豫，判断这份薪水会不会吓跑我。

"皮鞋厂多远？"他干吗说薪水？别说他给的比我刚辞掉的工作薪水少了一半，就算他一分钱不给我，只要每天能见到心上人，我也干。

"两站路。"刘先生说。

"我干！"我说。我被自己的坚决感动得热泪盈眶，但心还是疼了一下，为蛇口。别怪我对它不忠诚，现在我是深圳人了。我的深圳啊，我保证对你忠诚无二，一生一世不变心！

卓二娣？那还用说，我们相爱了。我向卓二娣表白是在一周以后，那天我有20分钟属于自己的时间。哦，我的心上人，她是那么温柔，那么善解人意，她第一眼就看出我对她是绝对投入和认真的。为了我辞去银行工作来做又硬又臭的皮鞋这件事，她感动得大哭了一场，这一哭就哭了三十多年。

"你真系傻，你系傻瓜。"这是她对我说的第一句话，也是她三十多年来对我始终如一的评价。

"点解唔早啲同我讲？"接下来她埋怨我，她说这话时急得直跺脚。

这可难住我了。我确实应该早点向她表白，可这是我能抓住的最早时间。我被皮鞋厂入职手续给缠住了，厂长说我是厂里第一个大学生，要好好欣赏我，具体讲就是让我在每个工位上工作一天，让师傅们盘问我一大堆他们感兴趣的问题，满足他们对我的好奇心，以此激发全厂员工爱厂如家的自豪感。等我几乎陷入脱水状态，脱身而出，赶往竹园宾馆来找卓二娣时，地球已经自转整整七圈了。

好吧，既然心上人提出了这个要求，我必须满足她。现在，让我把地球推回七圈，推到我第一眼看见她的时候：

"你话，全世界嘅红毛泥同钢骨好快会界深圳人用晒。你仲话，我绝对会不虚此行。"刘同胞，不，刘先生目光发亮地提醒我。

"那还用说……"我的目光越过刘先生，心无旁骛地投向服务员队列，毫不犹豫地把刘先生扒拉到一边，大步朝服务员队列走去，走到我的心上人面前，直勾勾看着她的眼睛，大声对她说：

"卓二娣，我爱你！"

您是对的，我说的确实是我的幻想，现实可不会那样。卓二娣当天就把我向她表白的事情告诉了她的阿爸阿妈，我想您猜到了，他们坚决反对他们的女儿和我好，理由是，客家人和丢失掉耕读传家文化的外地佬——北佬、捞佬，随便叫什么——不可能成为一家人。我赶去卓家，当面向两位长辈解释：我是正直勤劳的青年，出生在正直勤劳的家庭，我的父亲因公伤去世，我小学到大学得了 31 份奖状；我爱卓二娣，我会对卓二娣好一辈子。但我说什么也没用，他们就是不同意，卓二娣的阿妈还给我唱了一首客家歌谣，用客家人祖祖辈辈的经验证明她女儿如果嫁给了我，日后会遭遇什么样的悲惨下场：

嫁汉莫嫁外地汉，好比鱼子出深潭。上潭又怕鸬鹚打，下潭又怕网罟拦。

嗯，意思是，客家人不能嫁给外地佬，卓二娣嫁给我肯定会受欺负，想回娘家也回不去了。说实话，我确实有不少毛病：我走在路上爱观察人们的表情，喜欢读一些销量不足千册的冷门书，高兴的时候会把指关节掰得咔咔作响，捅了娄子会脸红心慌很长时间……但他们认定我会欺负他们的宝贝女儿，可就太冤枉我了。我扭头看卓二娣的阿爸，想知道他是不是也这么想。竹园宾馆老实的园丁坐在一旁，只知道一声接一声叹气，我能怎么办？

那是一段难熬的日子。我在皮鞋厂从学徒干起，粘胶、上底、打包，那是厂里最苦最累的活，厂里坚持认为大学生最适合干这样的活。我每天干十四五个小时的活，挨师傅很多骂。工友们知道我来皮鞋厂上班是为了追一个客家女，他们嘲笑我疯了。您要知道，我不是现在那些靠着父母碌卡（刷卡）扫货和靠不住父母就自己割肾换游戏皮肤的小年轻，我不怕干活，我觉得好日子是干出来的，爱的路径同样如此。我难过的是，卓家不让我和卓二娣见面，我只能等夜里十点下班后，从肺里咳出二两苯类物质，蹬上自行车去卓家，离着老远看紧闭的大门里露出一线灯光，然后被卓家的大黑狗撵得四处逃窜。有一次它咬伤了我的腿，我不得不去医院打了狂犬疫苗。我的苦命的爱情啊！

事情拖到冬天，我快撑不住了，十分绝望。有一天我妈打来电话，我告诉了她我和卓二娣的事。她过了好一会儿才说，儿子，我和你爸只在一起生活了782天，他离开我快到9000天了，知道我怎么想？如果有下辈子，我还选择和他一起生活，哪怕只有782天。那天和妈妈通完电话，卓二娣突然约我见面，说要和我说一件重要的事，特别叮嘱不能在皮鞋厂和竹园宾馆见，她不想任何人看见我们。我想到布心路边那个湖泊，我已经知道它叫东湖，那是我有过开心经历的地方，我约她在东湖边见。

夜里一下班，我连工装都没换，就骑上自行车拼命赶往东湖边。我的心上人已经在那儿等着我了，月光下的她美得让我喘不过气来。可她一点也不开心，很焦急，担心阿爸阿妈找来，见到我的第一时间就告诉我，她不想再拖累我了，我们结束吧。

"我有话畀你知，招商银行开业时我偷偷去睇咗，我从来都冇见过咁高级嘅银行。"她眼泪巴巴，匆匆忙忙地说，"我打探咗，佢哋仲要你，发展银行都要你哋咁嘅人，你离开我去过你嘅好日子啦，唔好畀我耽误咗你。"她说这些话的时候目光和口气同样坚定，而且她不给我任何机会挽回，说完那番话，头也不回地跑掉了。

您肯定能理解我的心情，我的爱情还没有开始就结束了，我沮丧到极点，绝望得要命，害怕自己一时冲动跳进湖泊，连累了湖水，于是离开湖畔，不知不觉走到那块荒地上。对，就是刘先生让我带他来看过的那块荒地。我和刘先生一样在荒地上走来走去，脚下不断被植物绊到，跌倒在草丛中，再爬起来，也不知道上次见到的那些动物，它们是否欢迎我来打扰它们。我心想：我该怎么办？我该怎么办？我根本回答不了这个问题，可谁能回答我？我那么想着的时候，有个声音出现了：

"你问什么怎么办？"

那不是我的声音，但确实有人在说话。我心里咯噔一下，站定四下看。四周黑漆漆的一片，什么人也没有。

"喂，谁在那儿？"我大声问。

"是我，我在你脚下。"那个声音又出现了，这次我听清了，声音来自我脚下，是那块荒地，它在说话！

"你问怎么办，你想问什么？"它——那块荒地——说。

好吧好吧，别用这种眼光看着我，我不在乎您怎么想，换了我，我也不信。那天晚上，天气和平时没有什么不同，没有台风，也没有地震和海啸，四周黑漆漆的，一块看上去极其平常、长满荒草的土地，它在我脚下和我说话，事情就是这样。

哦，让我想想当时的情况。我先是站着和那块地说话，有时候我不明白它在说什么，会走动一下，让脑子转转，接着我蹲下来，避开偶尔掠过的夜风，好听清它在说什么，然后我趴下了，那样我就不用侧着耳朵分辨它的话，会轻松很多。必须说，趴着可不是什么好主意，虽然节气已经过了小雪，亚热带的南海边仍然有许多活跃的昆虫，它们亲切地往我脸上扑，我猜它们很希望我一直保持那样的姿势。

我和那块地，聊了很长时间。我告诉它我是谁，遇到了什么，告诉它我的心上人离开了我，我很难过，不，我伤心欲绝，不知道该怎么办。我不是问别人，我在这座城市没有一个亲人，没有谁可问，我是在问我自己。不，我不知道答案，我根本解决不了这件事。

"她叫卓二娣，对吗？真是个好名字。"那块地欣赏地叹了口气说，这话从它嘴里说出来让我有些感动，我不记得自己是不是哽咽了一下。

"她并没有做错什么。她做错什么了？"那块地很快理清头绪，接下来它的口气很肯定，好像它是这件事情的主宰，可能还不止如此，在我俩之间，它的地位比我高，只是有些事情它不想告诉我，比如，它能决定的事情比我想象的要多。

"嗯，这件事什么也不算，你应该乐观一些，积极面对生活，对吧？"它说那句话时，一只老鼠从它头上探头探脑地跑过去，这个场景简直就是个嘲讽。

"你的意思是，生活在你肚子上狠狠踢了一脚，这什么也不算。"我吐掉一只热情地往我嘴里钻的昆虫，嘲笑地反问它，"你爬起来，让它再把你摁在地上痛揍一顿，这算乐观和积极吗？"

"你怎么啦？"那块地有些吃惊，它明显生气了，"我以为你站在我这边，会听我的，不然你深更半夜来我这儿干吗？"

"我今天在两个地方看到同一片树叶，我不知道它怎么穿过半个城市，靠不忠贞的风可做不到。"我恼火地把一只在我脸上练倒立的乌桕蚕蛾抓下来，丢进草丛，不忿地对那块地说，"我没上你这儿来，我是没地方去。好吧，就算我趴在这儿听你胡说八道了半天，那不是我的本意，我现在就可以离开。"

"告诉我，你俩，我说的是，你和她的分歧在哪儿？"那块地没有那么小心眼，听上去它很冷静。

"你胡说什么，我两一丢丢分歧都没有，我们怎么可能有分歧？"我抢白它，然后告诉它"外地"和"本地"的意思，解释什么叫社会偏见，它怎么演变成愚昧和歧视。我特别提到"group attribution error"这个词，意思是群体归因错误，这种偏见要求成员绝对满足群体的决定，而个体愿望什么也不是，我告诉它那就是我遇到的分歧。"传统这件事情可不那么简单，它就像遗传病，人们对它一点都不了解，但它却在决定人们的一生。"我这么说的时候心里在滴血。

也许我说得太多了，有段时间那块地一声不吭，像是睡着了，四周传来螽斯和噪鹃的叫声，它们在冬天的夜晚显得非常有耐心。然后那块地开口了。

"你只说传统什么的，难道你从来没有梦想？"那块地说，"而且，是的，我现在对你说的每一个字都是真实的。"它还吹了一声口哨，听上去在讽刺我的泄气情绪。

接着它开始长篇大论，告诉我什么是梦想。按它的意思，梦想就是人们没有却想拥有的东西，你相信它，它才存在。很多时候你必须坚持到最后一秒钟，梦想才会变成现实。我觉得它完全在胡扯，就像它长满荒草的脑袋或者身体，这个我不太清楚，我说不好它和其他的土地有没有脑袋和身体一说，但它上面那些精力充沛的荒草和昆虫可不代表什么值得拥有的梦想。

"我确实有梦想，我倒是想坚持，可有什么用？人家是鱼子，我是鸬鹚和渔网，我们属于两个世界。"我刻薄地学着它的口气说，"你也一样，你不过是一块荒芜的土地，根本不懂水里发生的残酷事情，不懂鸬鹚和渔网是什么关系，你能有什么梦想？"

"喂，你错了。"那块地口气笃定地告诉我，"你以为只有人类才有社会、阶级和生产资料吗？我们土地也有。我们还有亲族，这个你没想到吧？"它唠唠叨叨给我说了土地资源和人类为它们划分的十五个等级，诸如耕地、园地、林地、牧地、居民地、工矿地、交通地等。它看出我根本不想听，放弃了对我的劝导。"好吧，告诉我，她可爱吗？"它的口气有点犹豫，感觉它并不相信我之前的话，认为我在那里面夸大了什么，"我是说，你的心上人，她是个好姑娘，对吗？"

"如果她不可爱，那可爱这个词根本不该出现！"我差点哭出声来，然后从潮湿和昆虫叮咬的荒草中爬起来，离开那块地。我不想在那里浪费时间，那并不能给我带来任何出路。

"喂，别那么没出息！"那块土地在我身后喊道，我已经跳过一片水洼，站到结实的混凝土路上了，它的声音远远落在我身后，"你刚才问你该怎么办，好，看在卓二娣的面子上，我现在就告诉你……"

我坐在黑漆漆的马路上，脱下鞋子用力敲打湿泥，不再搭理那块地，它在我身后一个劲地说着什么，好像说了"十一天以后""深圳会堂""跟着刘天就"什么的。我一个字也不想听，穿上湿漉漉的鞋子，站起来离开了那里。

我不知道是怎么熬过和心上人分手的漫长的日子的。后悔？不，我根本来不及想这件事，我只想见到她，哪怕远远地看她一眼，可惜没有那个机会。我倒是因为走神，在砂磨起绒工序和刷胶环节上干砸了两件活，被师傅骂得狗血淋头，挺后悔。要知道，我不是从十来岁学徒干起，脑子里已经塞满了利润、成本和借贷记账法这些东西，师傅带我不容易。

不记得过了多久，有一天，刘先生来皮鞋厂视察生意，在厂长陪同下从我工位前走过，又返回来，问我加班累不累，有没有什么心得。他夸奖我，说我技术说明书写得不错，海关报价也没出过差错，指示厂长给我发三十块钱奖金。他说下午他要去深圳会堂办事，要我晚上去他那儿，他向我交代新的市场拓展计划说明书内容。刘先生离开后，过了几分钟，我把一双上完胶水的皮鞋放回工作台上，脑子里突然跳出那块地说过的几个词："十一天以后""深圳会堂""跟着刘天就"。我看了看手腕上的卡西欧电子表，算了算时间，当天就是"十一天以后"。

您知道一个打工仔上班时间请假有多难，那差不多等于在光天化日下当着全厂员工把厂长杀死。我坚持那么做，条件是厂长不用发给我三十块奖金。接下来的情况就没有那么复杂了，我换上平时穿的便装，蹬着自行车去了深圳会堂。

我在一排轿车中锁好车，两位西装革履的男子匆匆从一辆桑塔纳上下来，向会堂跑去。我跟上了他俩。一高一矮两位工作人员在接待处接待了两位西装男。西装男对工作人员说他们是中航工贸公司代表。矮个子工作人员把一块写着 44 号数字的牌子交给西装男，请他们进去，回头看我。我不知道该怎么介绍自己，老老实实说我是某某皮鞋厂。矮个子工作人员犯疑地看高个子工作人员，高个子工作人员小声说，里面快开始了，最后一块竞拍席位让他拿走。矮个子工作人员把 45 号牌子塞进我手里，和高个子工作人员一溜烟钻进会堂。我不知道牌子用来做什么的，又不好意思把它丢掉，于是拿着它跟在他们身后走进会堂。

会堂里人头攒动，我在最后两排找到一个位置。我看见了刘先生，他坐在观众席前排靠左，穿着那套白色西装，打着红色领带，旁边坐着深房公司骆经理，两人交头接耳说着什么。我看见人们的目光都往前几排中间投去，后来知道那几排坐着当时的国家计委主任、中国人民银行行长、17个内地城市市长、28位香港企业界大佬和经济学者，还有几十家中外媒体的记者。

接下来我知道我在什么地方了。我坐在一场拍卖会现场，拍卖师是国家土地局局长，他欢迎人们参加中国内地第一场土地拍卖会，然后介绍本场唯一竞拍品的情况。是的，您猜对了，是那块土地，就像它承诺过的，它出现了。它的名字，不，它的编号是H409-4，面积8588平方米，折合12.882亩——本市2996205亩土地中的一块，竞拍底价200万人民币，5万起加价，买主承担在它之上建设商品房的义务。

我朝刘先生的方向看去，心想，哈，现在我知道您那天雇用我和我的单车逛深圳，您要看什么风景了。H409-4，那就是它的名字，刘先生要看的就是它。我还想，他应该承认，我那天说深圳人有股狠劲儿，说他会不虚此行，我没说错。

拍卖开始了。竞拍者很踊跃，有人大声喊出数字，有人高高举起应价牌，有人不喊叫也不举牌，只是不动声色地向拍卖师竖起手指表示跟竞。拍卖师在手牌上抄下数字牌号，大声念出它们。一旁两名书记员紧张地抄着单子，观察竞价牌号。我？我就是个走错寺庙的扫地僧，傻瓜一般坐在后面，心里只有一个念头，谁想要我手里那块应价牌，他们最好早点把它拿走，免得我在那里丢人现眼。

竞价很快从200万涨到390万，价格已经超出人们的心理预期，多数竞拍者选择了停拍，场上只剩下两家竞拍者，会堂里出奇地安静。工行房地产公司代表举牌400万。拍卖师报出数额，目光投向深房公司代表方向，就差说，我理解你，这边势在必得，你在抓狂，要不要再加点？我看见刘先生和骆经理紧张地耳语。骆经理满脸是血，不，涨红了，他举起牌子直接给到了420万。接下来两家拼杀了几个回合，骆经理居然喊到485万。工行两位代表小声交流了几句，向拍卖师示意他们到此为止。

我像傻瓜似的坐在那儿，心里充满困惑。H409-4，它不过是块亿万年没人光顾的荒地，除了草丛、昆虫和老鼠，什么也没有。就因为人们想拿它做点他们想做的事情，居然卖出这么高的价，它飞黄腾达了，以后再不用半夜和人说小话，被人践踏，看人的脸色了。我想，然后呢？然后H409-4，它会成为人们的收留地，让人们把自己和心爱者搬到它之上拔地而起的楼房中，建立起一个个温馨的家。它那天夜里对我说的梦想，指的就是这个。它是怎么做到的？它要我坚持到最后一秒，可我怎么能坚持一生？我毕竟不像它，能活亿万年！我想不通，脑子一阵阵发热。我听见拍卖师询问有没有新的跟竞价。我看见拍卖师举起了手中的拍卖槌。像有人猛击了一下我的腹肌，我像中了魔，被一股力量推动着，跳起来，高高地举起了手中的应价牌。500万！我听见一个声音从我嗓子眼里冲出来，在会堂里回荡。是的，你没听错，500万，那个数字是我叫出来的，还能是谁？

拍卖师把询问的目光远远投向我。刘先生和骆经理回头吃惊地看着站在会堂后面的我。全场的人都兴奋地回过头来看我，他们不明白我是谁，打哪儿钻出来，身后藏着哪位蓝鲸级别的大佬。书记员快速在单子上记下我的应价牌号，朝我小跑过来。我委屈得要命，不知道自己为什么要那样做，那样做有什么意义。可我豁出来了。我心里只有一个想法，我想和美丽的卓二娣谈情说爱，我想牵着她的手，轻言细语地告诉她，亲爱的，我们一起坚持，做忠贞不贰的深圳人。为了这个，就算人们把我摁在地上来回摩擦，蹭出满脸血花也在所不辞。

您别急，我会说到后面的事。事情很快结束了，我不能说见人杀人、见魔杀魔是深圳精神，可深房公司的骆经理确实杀疯了，他死死地盯着我，手中的应价牌再也没有放下去，让我脸皮脱落的暴力事件并没有发生，竞价在525万终止，那把香港计量协会从英国复制回来送给特区政府的拍卖槌高高举起，重重落下，深房公司11号应价牌获得了那块地的使用权。惊天动地的掌声和照相机的闪光都和我没关系。记者们从记者席冲向骆经理和刘先生，把我撞倒在地上，应价牌滑进座位下不见了。

我从地上爬起来，不知道自己是怎么离开会堂的，那以后又做了什么。我在街上漫无目的地逛了几个小时。当天晚上，卓二娣在罗湖桥头找到我的时候，我正缩在一堆建筑垃圾旁泪流满面，哭得像个孩子。卓二娣一直在找我，见到我时她也哭了，紧紧抱着我不松手。

"好人，"我泪流满面地对心上人说，"我辜负咗你纯洁嘅爱情，我不配同你相爱，你界我离开你啦。"是的，是的，我就是那么说的，我兑现了我的承诺，我已经学会了白话，我用它含血割断了我对她的感情。

"唔好咁讲，唔准你咁讲！"卓二娣揞住我的嘴，不让我说下去，她的手指像杨柳枝一样温柔，抚慰着我鲜血淋漓的心，"我爱你，傻嘅，我爱你，我不会同你分手！"

"一阵差佬会车我去食皇家饭，我以后再都见你唔到啦。"我掰开卓二娣的手，催促她赶快离开。警察肯定接到报警了，他们现在正气急败坏地满大街找我，我不能让他们把卓二娣当同案犯一块带走，如果他们那样做，我会和他们拼了。

"我知你做咗乜嘢（做了什么）。"卓二娣像滑过水面的白鹭，展开两臂重新抱住我，说什么也不松开了。她不让我说话，让我听她说："刘先生返嚟（回来）已经讲咗，佢好嬲，佢话你系个茂尼（傻瓜），差啲坏咗佢好事，累佢多出咗几十万。"

是的，是的，那个结果确实是我造成的，好心的刘先生给了我工作，帮助我来到心上人身边，我却忘恩负义搅他的局，害他多出了几十万块钱，差点让到手的鸭子飞了。可是，可是，接下来，我听到了世界上最动人的话。

"哦，从来冇人咁对过我，你点解去做自己做唔到嘅事，"卓二娣抱着我放声大哭，然后她大声说出她非凡的决定，"你系我命中贵人，我要嫁界你呀，边个都唔可以帮我做决定。你唔娶我，我就去死！"

现在您明白我遇到了什么事情吧？我的心上人，她说从来没有人为她在众目睽睽之下高高举起胳膊，向世界宣布要去做一件根本做不到的事情，而我做了，我是她的命中贵人，她不管别人怎么说，一定要嫁给我！

说什么笑话？她当然不会死，我怎么会让她为我去死，那我成什么人了？那天警察并没有出现，那块地创造了 525 万的超高竞价，消息传遍海内外，它证明了特区人走出了一条光辉道路，政府狂喜还来不及，怎么会派警察抓我，惹出一些不必要的麻烦？

接下来命运再次给了我眷顾。拍卖会几天后，我刚接班，和工友们守着车间里的电视，看中国首家股份制商业银行召开股东大会的新闻。工友们不知道我曾经和这条新闻有关，我本来应该穿着崭新的西装出现在这条新闻的现场，可我现在却成了一名皮鞋厂的学徒工，和他们一起在这儿用力咳出肺里的苯物质。我正感慨地那么想着，刘先生打电话到厂里，让我去一趟竹园宾馆。

我赶到宾馆时，刘先生正在喝早茶，他请我坐在他身边，这次他没有让服务员为我添加餐具，但也没有责骂我，让我赔付他在竞拍现场遭受的损失。他说他知道我爱上的姑娘是谁了，知道了我俩的故事。他喝了一口浓浓的工夫茶，皱着眉头咂咂嘴，摊开手说，怎么办，没有人能看着这种事情不出手。他说等明年东晓花园（H409-4 号地，您还记得它的名字吧，在它之上建成的小区叫东晓花园）竣工后，他会给我安排一套 67 平方米两居室的指标，那是排队都拿不到的待遇。他用热湿巾揩了揩手，从西装内袋里摸出宏碁牌掌上计算器，替我算了笔账。

"千六文尺，差唔多到 11 万人民币。我知你系会计出身，我有睇唔起你嘅意思，你唔出咁多钱。"他为难地说。

刘先生坦率地告诉我，他遇到了难处，他在特区的公司是合资，这边控制了关键部门人员，他需要一个只对他负责的会计，以免被这边算计。他告诉我，如果我和他签一份协议，承担下他深圳公司全部做账、商业票据承兑和贴现业务，他就借给我 11 万房款，借款从我的薪酬中扣除，直到我完全还完欠款。

协议？我当然签了。按照我的薪酬收入加上累年的涨薪幅度，在扣除基本生活费之后，我将为刘先生做 32 年马仔，但这并没有阻止我。宾馆经理拿着刚刚打印出来、墨迹未干的协议过来，我就一把抓过协议，在上面狠狠摁下了手印。哦，我忘了说这件事情的关键点，为了支持土地商品化置换，特区政府为商品房出台了政策，每套房按面积配给一到三个城市户口指标。现在您明白了？我签了这份协议，卓二娣就不再是农村户口——不再是深潭里的鱼，她和我一样是岸上的鸬鹚，可以张开翅膀飞，想上岸就上岸，想下潭就下潭。要是这还不够，她是鸬鹚了，有尖尖的嘴，她还可以啄我，我会忍着疼让她啄，她啄得再疼我也不叫一声。那首古老的歌谣，见它的鬼，它什么也没预测出来，没有什么再可以对我和心上人的姻缘说三道四了。

我在皮鞋厂干了一年，在GSB-2臂式机前下过料，在810高头针车前车过帮，在平板硫化机前做过大底。节假日我从不休息，加班做商业票据承兑和贴现业务，同时跑海关，写技术说明书。我还利用每天四到五小时睡眠时间为厂长完成了500多页老牌鞋业"Silvano Lattanzi""Mephisto"和"John Lobb"工艺流程文件的翻译。这份工作在我签署的协议之外，是我心甘情愿翻译出来，作为我对刘先生的歉意赠送给厂里的。那真是忙碌而又充满希望的一年。

第二年，东晓花园如期落成，刘先生兑现了承诺，我拿到那套房子的钥匙和户籍指标。我连看都没有看房子一眼，就把它转手卖给了一位回乡发展的港商，户籍指标我留下了，客户一点意见也没有。在结清了刘先生的债务之后，我带着卖房多出的两万多块钱离开了皮鞋厂，而我的心上人头一天就辞去了竹园宾馆服务员的工作。这是我俩商量后做出的决定。我愿意为她卖身，她不许我那么做，我当然听她的话。不过我们有充足的理由创办自己的第一家企业，一家有两个深圳户口业主的企业，您说对吧？

H409-4号地？我当然没忘记它。老实说，它是一块好地，它非常不简单。它被竞拍后的第二个月，我去了一趟东湖边，我想应该去看看它。我担心它认不出我，仍然选择晚上过去。可我找不到它了。不，不，它还在，但已经变了样，就像我说的，人们对钢筋水泥充满了热爱，H409-4号地已经变成了一座建筑工地，刺眼的灯光架起来，打桩机在震耳欲聋地咣当咣当打桩，汽车川流不息运来大量钢筋水泥，那些到处爬动的麝鼩和赤链蛇消失得无影无踪，没来得及跑掉的被车轮碾进泥土中，惨不忍睹。我在工地上站了一会儿，不断换地方，躲避来往的车辆，和它打招呼。我说："你还在吗？我来看你。"可它没回答，好像，怎么说呢，它睡着了，或者它不见了，消失了。我这么说当然不对，它在那儿，不过它不再是普通的 H409-4 号地，它把自己混大了，大到惊人——那场拍卖会 4 个月后，它促成了国家宪法关于土地内容的修改；5 年后的1992 年，特区全部农村土地被征为国有；14 年后，全市土地有形交易市场建立；17 年后，这座城市成为内地第一个没有农村的城市；18 年后，这座城市以挂牌方式出让所有产业用地。正如我向刘先生形容的那样，深圳人有股子狠劲，他们源源不断南下，发狠地建设这座城市，他们确实不虚此行，可人们应该想想，这一切都是打哪儿开始的？

您问现在它再拍卖会是什么价？这么说吧，起拍价保守估计 5 亿左右。可那有什么关系？ H409-4 号地不会再回到一块荒地上去，人们也一样。人们离开广袤无垠的原始森林，学会直立行走，使用火和保存火，制造工具，建立起社会组织，他们再也没有回到过原始森林，让裸露的身体披上毛发，重新学会爬行，这就是我从 H409-4 号地那儿学到的东西。

我和心上人创办第一家企业后不久，刘先生的深圳公司资金断流，宣布破产。我去看望刘先生。我不知道能帮他什么忙。他让我送他回香港。他不想和他的合作者见面。我去竹园宾馆接他，骑着自行车送他去罗湖桥。一路上他一句话都不说，只是紧紧地拽着座架，他的伤心透过手指传递给了我。我想对他说点什么，别忘了，我在他的皮鞋厂做了一年学徒，同时在一年时间里帮他记账，承担他的深圳公司全部商业票据承兑和贴现业务。我知道他池子里养的那些鳙、鲳、鲅、鲷，知道他在哪条鱼上卡了刺，但我怕他难过，忍住了没说。我看着他摇晃着身子走向海关，他还穿着那套白色西装，不过它有些发皱，看上去没有那么精神，我猜他不会再回来了。

送走刘先生，我找到一家准备参加刘先生深圳公司竞拍的内地公司，请他们看一份足足有312页的财务报告。我告诉他们，如果接受我的条件，签订一份由我承包经营的合同，他们想要拿到的两家标的物将在半年内解决亏损，十个月内打开市场，获得回报。顺便说一句，如果我是经营者而不是业余会计师，那些长达数百页的建议就不会被刘先生随手丢在早茶桌上了。

几天后，我和那家内地公司进入谈判阶段，又过了一些日子，他们签下了那份合同。

我后来的生活？您让我想想。我后面的事情您肯定做过调查，二十世纪八九十年代，像我一样来到这片热土开始生活的人千千万万，命运对有的人不薄，对有的人可不怎么样。我是幸运的，它和您听到的类似故事没有什么两样，我就不说了。

没有遇到卓二娣，我的命运会怎么样？哈，您算问着了，我想过这件事情，不止一次想过。我是个资质平平的人，不算有才华，如果入职招商银行，大学时的雄心会逐渐被磨平，也许在兢兢业业工作几十年后，我会成为它5家境外分行和3家境外代表处中某个机构的负责人，或者低一点，成为它1800家分支机构中的一个负责人，今年该按照规定办理退休手续，回家和老伴——当然不是心上人——为儿女的事情赌气和吵架，然后悔不迭地打电话叫120把心脏病突发的那个送进医院抢救，除了这个我想不到还有什么结果。对了，忘了说，我前面提到的那些机构负责人，他们当中有些人没有正常退休，您能想到这会儿他们待在哪儿，想到他们的亲人有多煎熬，那里面可没有我，我好好地待在自己的生活里，没人来打搅。

是的，命运让我遇到了卓二娣。在遇到她之后，我明白了一件事：我，还有其他人，我们并不生来如此。这世界上有我一块地，它属于我，取决于我能不能找到它，在找到它之后我会在那上面种点什么。卓二娣就是那个让我这么做的人。她让我找到了属于我的那块地，我没有在那上面种某些植物，而是种出另一些植物，让尖嘴的鹧鸪和黑眉苇莺继续在那上面起起落落，快乐地追逐，这结果可大不一样。37年过去，我和卓二娣经历过太多难熬的困境——1990年她生双胞胎儿子时难产、2007年全球金融危机时我们资金链断掉、2019年我家老二在科伦坡连环炸弹袭击中失联四天、2022年我妈妈去世……每次遇到这种事，卓二娣都会坐到我身边，把她的手放在我的手中，让我握住。是的，她让我握住它，就像握住我们的希望，别松开。天空不总是阳光灿烂，可我们挺过来了，没有被命运击倒。每天早上起来，我的第一个念头就是，哦，她的手在我手心里，没有从我手心里滑落，我是世上最幸福的人，我该知足。您琢磨琢磨，我说的是不是这个理？

我现在患有多数老年人常患的疾病，有两次差点走掉。可您知道吗？我没有那么难过，我想和圣裘德医院的海莉·阿塞诺一样，带着假肢和骨癌细胞去太空转一圈。这事我背着卓二娣偷偷准备一阵子了，我的律师正在和蓝色起源、维珍银河和美国太空技术探索公司讨论我的太空旅行计划，他会替我把事情办好，只有这件事能让我松开卓二娣的手——只是三天，超过三天可不行。我会在前往太空的路途中想着我的心上人，会在那个奇妙的世界里悄悄对她说一句话，只对她说。您肯定猜出了我要说什么。

是的，是的，是的，我在说属于我的那块地，我想要的它全都给了我，您拿什么来我都不换，这就是我现在的想法。

照　相

刘庆邦[*]

　　守明和张楼的那个男孩子定亲后，作为定亲的证明，男方为守明送了一包彩礼，守明精心为那个人做了一双鞋。彩礼是几块用石榴红方巾包着的布料，鞋是白底黑面的千层底布鞋。在得知那个人要去远方当工人的头天晚上，守明通过媒人，约那个人在一座石桥上见了面。见面的主要意思，是鞋已经做好了，不能老在自己手里放着，趁那个人要远行，她得亲手把鞋送给那个人。最好是那个人能当着她的面，把新鞋穿上试一试，看看合脚不合脚。

　　日子到了七月，再过两天就是天上的牛郎会织女的日子。地里的高粱、玉米等高秆庄稼，都长到了应有的高度，看去黑森森的，如同无边的树林。这里那里，都有野生的昆虫在鸣叫。如果说它们以前的鸣叫只是在练习，现在已经练得字正腔圆，有声有情，到了可以合唱的程度。它们的大合唱几乎没有间歇，把一个高潮推向又一个高潮。天上的月亮是新月，弯弯的月牙像一根鸽子毛。这样的月牙不是很亮，内沿待生长的地方有些毛茸茸的。满天的星星还是原来

*　刘庆邦，男，1951 年 12 月生于河南。中国煤矿作家协会主席，北京作家协会副主席。当过农民、矿工和记者。著有长篇小说《断层》《远方诗意》《平原上的歌谣》等十二部，中短篇小说集、散文集《走窑汉》《梅妞放羊》等七十余部。短篇小说《鞋》获第二届鲁迅文学奖。中篇小说《神木》《哑炮》获第二届和第四届老舍文学奖。长篇小说《遍地月光》获第八届茅盾文学奖提名。根据其小说《神木》改编的电影《盲井》获第五十三届柏林国际电影节银熊奖。多篇作品被译成英、法、日、俄、德、意大利、西班牙、越南等文字，出版有六部外文版作品集。

的样子，不见它们长大，也不见它们变小，还是习惯性地眨着俏皮的眼睛。石桥下有河，河里有水，水是活水。守明和那个人在石桥南面的栏杆边站下，他们没有听见桥下流水的声音，一切似乎都静悄悄的，静悄悄的。

守明叹了一口气。她叹得轻轻的，想叹气不敢叹的样子，不叹气又管不住自己的样子。

那个人听见了守明的叹气，他没问守明为什么叹气，只是把守明看了看。别看他和守明定了亲，他却从没有近距离地好好看过守明。他所在的村庄和守明的村庄同属一个大队，大队部设在守明所在的村。去大队开社员大会时，他只是远远地看见过守明。在媒人的安排下，哪怕是两个人在守明家相亲的时候，也是守明在里间屋，他在外间屋，两个人只是隔着箔篱子说了几句话。这样的相亲，跟走过场差不多，过场走过，亲事就定了下来。说起来，是那个人的大姐、二姐相中了守明，她们认为守明生得高，长得壮，里里外外都是一把干活儿的好手，就托媒人把守明介绍给了她们的弟弟。当弟弟的对女孩子还没有什么判断能力，既然大姐、二姐都认为守明不错，他就同意了和守明定亲。这次他和守明离得这么近，总该可以好好看看守明了吧。可是呢，因夜色朦胧，他对守明还不是看得很清楚，看不清守明的眉目，也看不清守明的表情。他只看到了守明修剪整齐的头发、圆圆的脸庞，还看到了守明的眼睛。在星光下，守明的两只眼睛像是两颗星子。

光心跳不行，总要开口说话。守明问：你明天就走吗？

明天就走。

我去送送你。

不用。

要送。

那个人不说话了。

河边陡然飞起一只长腿鹭鸶，无声地向远方飞去。

我给你做了一双鞋，你明天走的时候带上吧，算是我的一点儿心意。守明把那双鞋递向那个人。那双鞋脸对脸扣在一起，只能看见鞋底子，看不见鞋帮子。鞋底子是白色的，白得一尘不染，在月光下似乎有些反光。

那个人接过鞋，觉出鞋底子厚墩墩的，并闻到了新鞋子的气息，说了一声谢谢你。他把两只鞋分开，分别装进上衣下面的两个口袋里。

也不知道合适不合适，你穿上试试吧。

那个人往桥面上看了看，没有坐下来脱旧鞋，试新鞋。他说：不用试，肯定正合适。

你没有试，怎么知道正合适呢？

我听说你不是跟我大姐要过我的鞋样子嘛，既然是照着鞋样子做的，就不会有错。那个人抬手整理了一下自己的头发，他的发型是一边倒。

遍地的虫鸣愈加繁密，以大地作舞台，以星空作天幕，它们的大合唱像是掀起了新的高潮。然而，在夜里，昆虫们的合唱越是响亮，田野里越是显得沉静。夜在往深里走，天边偶尔打起一道露水闪，表明在下露水。谁都看不见下露水的过程，但露水会使人的头发打绺，会浸湿人的衣服，也会使天气变凉。守明和那个人都没觉出凉意，他们心里都热乎乎的。这两个十八九岁的年轻人，这两个已经定亲的年轻人，一个血气方刚的小伙子，一个情窦初开的姑娘，在各自回家之前，他们还会有什么行动呢？或者说他们还会有什么仪式呢？仪式是有的，那个人在说再见的同时，向守明伸出了手。临别握一下守明的手，这似乎是那个人的一个重大行动，而且早有预谋。为了实现这个预谋已久的重大行动，见到守明，他心里一直鼓荡着握手的事，对别的事都不太在意，仿佛握手才是他当晚要达到的最终目的。

守明是灵透的，她很快明白了那个人的意思。守明怎么办，她要不要把自己的手交出去？在此之前，守明的手在割草时握过镰把子，在刨红薯时握过铁锨的把子，在和脱坯用的泥巴时握过钉耙的把子，以为自己的手只是用来干活儿的，没想过还有别的用场。是的，守明从小闺女长成一个大闺女，从来没和别人握过手，没和女的握过手，更没和男的握过手。夜里去公社所在地看露天电影，在故事片前面所放的纪录片上，她看见过人和人握手。那些握手的人都是大人物，而且握手是发生在用电光打出来的电影上，她连个小人物都不算，跟电影更是离着十万八千里，握手哪里轮得上她呢。可是，天哪，那个人像搞突然袭击一样，一下子就冲她伸出了手。不用说，那个人要模仿大人物，要模仿电影，也要握一下她的手。守明不能拒绝人家握她的手，她意识到了，她是定了亲的人，已经是人家的人，人家可以向她提出要求，她也有责任把自己的手交出去。于是，守明把自己的右手交了出去。在交出右手的同时，她低下了头。在夜色中，就算对方的眼睛再亮，看她也不会看得很清楚，她本来可以不低头，可像是出于一种顺从和害羞的本能，她不知不觉间就低下了头。那个人不失时机地握住了她的手，把她的手心、手背，还有五根手指，都握住了。那个人握得并不是很用力，守明的手心里还是忽地出了一层细汗。

桥下的水在流，月光下，流水波光粼粼，如同碎银。

握过了手，他们就下了桥，一个向东，一个向西，在黑庄稼夹岸的小路上走回各自的家。

来到家门口，守明却没有马上进屋，又在月亮地里站了一会儿。她想，握过她手的那个人这会儿也应该到家了。她觉得自己的右手好像还在发热，就把右手举到眼前，对着月光看了看。她的手没什么变化，还是五根手指头，还是每根手指头上都有指甲。可是，因为这只手被那个人握过，仿佛一切都发生了变化，手已不是原来的那只手。我哩个亲娘唉，真让人发愁！

堂屋的门没有关，守明轻手轻脚走进家门时，还是被娘听见了。娘说回来了，问她用不用点上灯。他们家只有一只煤油灯，在爹和娘住的东边屋里放着。

守明说不用。

守明和妹妹睡在西间屋的一张小床上，床上铺的是光光的苇席，姐妹俩一人睡一头，二人合盖一条粗布被单。守明摸黑走到床边，听见妹妹已经睡得很熟，跟一头死绵羊差不多。妹妹睡觉很占地方，睡得支里八叉，小床被妹妹占了一多半。若搁往日，守明会抓住妹妹的一条腿，像推磨一样把妹妹往床里边推一推。这晚她没有动妹妹，不声不响地就在床边躺下了。她刚躺下，就听见成群结队的蚊子，嗡嗡叫着，向她围拢而来。她听人说过，每年到了这个季节，蚊子因急于补充营养，急于产子，就疯狂叮人，吸人的血。往日里，一听见蚊子的叫声，她就有些反感，会挥手驱赶蚊子，或者耳朵下面拍一巴掌，把蚊子拍死。这晚她的心情有所变化，听见蚊子的叫声，感觉蚊子像是欢迎她归来似的，不是很排斥。她甚至想到，蚊子们活得也不容易，它们想吸点血就让它们吸吧。守明的手是在活动，但没有用来对付蚊子，而是一只手握住了另一只手。那个人是用右手握住了她的右手，她是用自己的左手握住了自己的右手。她要重温一下，握手到底是什么滋味。握过自己的手后，守明几乎又想叹气。她觉得自己的手硬硬的，一点都不软乎，有点粗糙，手指里侧靠近手掌的地方还有茧子。要是事先知道那个人要握她的手，她会烧点热水，把自己的手泡一泡，泡得软乎一点。她还可能会提前到集上买一盒蛤蜊油，用油脂把手指、手心、手背和手脖都搽到，搽上油再搓一搓，揉一揉，把手变得细腻一些。好多事情就是这样，大的方面仿佛在意料之中，具体的事情常常出人意料。

　　第二天，公鸡刚叫第二遍，守明就悄悄起了床。她到院子里看了看，月牙儿落下去了，东边的天刚露出一抹浅浅的胭脂红。昨天晚上，她睡得不是很踏实，老是担心一觉睡到大天明。她刚睡着，脑子一明，就醒了过来。她又是刚睡着，脑子再一明，又醒了过来。每次醒来，她就赶紧眨眨眼睛，往窗口看，或张张耳朵，向外面听。见窗口还黑着，离天亮还早，或没听见打鸣的公鸡有任何动静，她才又勉强闭上了眼睛。就这样醒了睡，睡了醒，醒醒睡睡，睡睡醒醒，到底也分不清是睡还是醒。守明以前可不是这样，以前在生产队里干了一天活儿，晚上吃过晚饭，她都是倒头便睡，睡得比目前的妹妹还死性，天亮了还在梦中，鸡叫三遍还不醒。现在不行了，自从认识了那个人，自从和那个人定了亲，自从有了重重心事，她就跟变了一个人一样。特别是，那个人昨天晚上握了她的手，她又打算今天上午去送那个人远行，她怎么能不上心呢，怎么能不管好自己呢！另外，今天除了要把那个人送到县城，她还准备了一个重大行动，这个行动只有到县城才有完成的可能。可以说，和那个人定亲之后，她就有了这个心愿，就开始酝酿这个行动。她把这个行动深深藏在心底，不跟星星说，不跟月亮说；不跟树木说，不跟花儿说；不跟蜜蜂说，不跟蝴蝶说，连对自己的娘都保着密。

她拿上洗脸盆，在盆子里放上毛巾、木梳和半块肥皂，要去村口的水塘边洗头洗脸。她本来可以用水桶从井里把水提回家，在家里洗，可她只要一动水桶和脸盆，就难免会弄出一些动静，影响家里人睡觉。水塘里的水很清，像一面大镜子。守明来到水塘边，往水里看了看，"镜子"没照见她的面容。因为天还没有亮，水面还有一层薄雾，使"镜子"显得有些朦胧。对于这块水塘，守明是熟悉的，她经常在这里洗衣服。水边缓坡处，放有一块长条的青石板。守明和村里的妇女们都喜欢在青石板上搓衣服，用棒槌捶衣服。据村里人说，这块青石板原本是一块矗立的石碑，不知怎么就被人推倒，扔到这里，成了搓衣板和捶布石。石碑上原来刻得有字，时间一长，字迹逐渐变得模糊起来。守明舀了多半盆子清水，放在石板上，低下头，把后面的头发拢到额前，浸在水里洗起来。秋天来了，塘水已经有些发凉。刚接触到凉水，她不由得激灵了一下。洗着洗着，觉得水渐渐变温，就适应了。守明没有扎辫子，头发留得也不长，洗起来比较容易。把头发全部浸湿后，她就在头发上打肥皂。当地人把肥皂叫胰子，香肥皂叫香胰子，不香的肥皂叫臭胰子。守明家没有香胰子，只能用臭胰子洗头。守明不认为臭胰子臭，她闻着臭胰子也有一股香味呢。把头发洗了两遍，用毛巾擦了擦，对着塘面梳头。东天的胭脂红铺展得面积更大一些，也更红一些。胭脂不仅铺展在天上，还映进了水塘，似乎连水的面容上也搽上了胭脂。守明长这么大，还从没有搽过胭脂。天上的"胭脂"映在水里，她的脸也映在水里，就算搽了一次"胭脂"吧。

守明回到家，见娘已经起床，准备去灶屋做早饭。娘把她梳得光溜溜的头发看了看，对她说：你今天早上别进灶屋做饭了，你的头发还有点儿湿，别让草木灰沾在头发上。

守明点了头，感到娘到底是娘，只有娘才会这样为她着想。

你是要去送一下那孩子吗？娘问。

守明又点了点头。娘把她的那个人说成那孩子，这样的说法，守明不爱听，她觉得有点小瞧那个人了。可是，娘要是把那个人说成"你女婿"，恐怕守明更不喜欢听，会羞得满面通红。

娘还有话问她：是你一个人去吗？

守明嫌娘问的话太多了，可不回答娘又说不过去。这一次光点头回答不了问题，她只好说：跟他二姐一块儿去。

那娘就放心了，你以前没去过县城，听说县城深似海，我怕你迷了路，一个人走不回来。

守明想说：我又不是三岁两岁的小孩子；还想说：鼻子底下是大路。但她都没说出口。大早起的，她不想跟娘说那么多。

公鸡叫罢了第三遍，这家那院传来了开门声。朝霞铺红了半边天，村里飘起了淡淡的炊烟。娘的话还没说完。接着，娘就说到了守明所准备做的一个重大行动，也是藏在守明心底的一个秘密。娘走得离守明近些，左右看了看，压低了声音才说：县城有照相馆，趁着你送那个孩子到县城，你们照个相，合个影吧。

所准备的行动作为一个秘密，在守明心底藏着掖着，还是被娘说了出来。这个秘密属于她一个人，她不想让任何人知道。比如说，那个人在和她见面前，准备握她的手，肯定也是那个人事先所准备做的重大行动，也是那个人藏在心底的秘密。因为准备做得充分，保密也保得好，才顺利达到了目的。而她的秘密提前被娘说出来呢，就不太好，好像她的心思被人代替了一样，觉得有些别扭。她说：照什么相！又说：你操那么多心干什么！

你这孩子，真不知道好歹。你们是定过亲的人，是过了礼的人，照张相怎么了。你们合一个影，别人也说不出什么。我是怕你想不起来，才提醒你一句。

不用你提醒，你以为我是个傻子吗！

好好好，女大不由娘，就算娘多嘴，行了吧。

女大十八变，越变越好看。守明超过了十八岁，也是越变越好看。可她从来没照过相，从小到大，一张相片儿都没照过。她在水面上看见过自己，在镜子里照见过自己，就是没在相片上看见过自己。不管在水面上，还是在镜子里，她看见的自己都是虚的，一转眼就看不见了。在离开水面和镜子的情况下，她也曾想通过回忆，再现一下自己的样子。可不管她怎样使劲儿回忆，回忆得脑子都胀大了，自己的样子还是飘忽的、模糊的。她抬手可以摸到自己的眼睛、鼻子、耳朵、嘴巴，一切都实实在在。她的手一拿开，五官一到脑子里，又变得不清晰了。要是有一张照片就好了，想知道自己长什么样子，拿起照片看看就可以了。

不光守明从没照过相，她的爹，她的娘，还有她的妹妹和弟弟也从来没有照过相。不光他们家，他们村也很少有人照过相，全村一百个人里头，恐怕连一个照过相的人都没有。在村里人看来，照相可不是闹着玩儿的。镇上没有照相馆，照相不方便是一个方面。另一方面，有人把照相说得有些可怕。说照相是什么，是用照相机吸人的血，照相机咔嚓一响，就把人的血吸走了。倘若不信，把照片儿撕烂试试，每一张相片里都会滴出血来。既然如此，何必冒着被吸血的危险，去照那个相呢！

守明自己没照过相，却在村子里看见过两张别人照的相片。一张是在城里当兵的人给家里寄回的照片。照片是一张小窄条，黑白色，照的是当兵青年的全身相。那个青年头戴军帽，身穿军装，腰里扎着军带，脚上蹬着军鞋，那是相当威武。另一张，是她的一个堂哥和堂嫂的合影。堂哥在县里的邮政局当邮递员，堂嫂在县城里读过中学，结婚的时候，他们就在县城的照相馆照了合影。照片小小的，也是黑白色。在一个下雨天，她去堂嫂家一块儿纳鞋底子，看到了那张照片。照片在一张圆镜子后面夹着，镜子在窗台上放着，人从窗户外面走过，一扭脸就可以看到镜子后面的那张照片。照片黑白分明，一眼就能看出哪个是堂哥，哪个是堂嫂。堂哥和堂嫂肩并着肩，呈现的是永不分离的幸福样子。也许正是受了堂哥堂嫂合影照片的启示，她才产生了和那个人照一张合影的想法。等有了照片，她想知道自己长什么样，不用再使劲想，一看照片就知道了。等有了合影，有合影为证，她和那个人才算真正走到了一起。还有，那个人要去外地参加工作，不知何时才能回来。她天天守着自己，连自己的面貌都想不起来。她和那个人只见过为数不多的几次面，最近时间和最近距离的一次见面，还是在夜晚。对那个人的长相，她更是记不清。等有了合影就好了，她想看她的那个人长得好看不好看，拿起合影就能看到。拿近，推远；横看，竖看，想怎么看，就怎么看。不管她怎么看那个人，那个人可能也会看她。因为看她的人是照片，她就不必害羞，不必紧张，更不必低头。她也许会对着照片，轻轻叫一叫那个人的名字，叫一声，又一声。那个人也许不会答应她，但是，对着照片叫，总算有一个对象，总比对着空气叫好一些。这样想着，她的嘴唇在不知不觉间动了动，几乎叫出了声。忽听得村街上传来去井台挑水人的脚步声，她才意识到自己走神儿走得远了，差点吃了一惊。

走进屋内，守明又想起有人说的照相机吸人血的话。她认为这样的说法是胡说，是吓唬人的。话说回来，就算照相机真的会吸血，她也要照。别说吸几滴子血，就是吸一茶缸子血，她也在所不惜。

那个人的二姐，是生产队的妇女队长，也是县里学习毛主席著作的积极分子。因她时常去大队开会，守明跟她比较熟悉。守明跟那个人定亲后，也跟着那个人叫二姐。她提前跟二姐约好了，两个人一块儿去送一下那个人。全公社被招工的十几个年轻人，上午到公社所在地的镇上集合，集体乘坐一辆解放牌大卡车到县里去。在县城住一晚，第二天一大早出发，奔赴建在山窝里的工厂。当那个人背着行李卷儿登上卡车后面的车斗子时，守明和二姐站在一棵树下，远远地看着那个人。等招工的人一一点了名，等司机进了驾驶室，卡车快要开动了，她们才爬上了卡车，站在车斗子的最后面一角。

从镇上到县城的七十多里公路，都是用砂礓铺成的，路面不是很平整。卡车在公路上跑起来，难免有一些颠簸。守明是第一次坐汽车，因心情有些激动，一点儿都不觉得颠簸。以前她坐过土牛、架子车和太平车，比起那些车来，汽车跑得可真快啊。公路左侧是庄稼地，守明从车上往左侧看，那些绿色的庄稼都连成了一块，嗖嗖地就过去了。公路右侧是一条河，守明站在车上往右侧看，那条河在快速往前面延伸，同时快速向后面拉长，像一条银色的带子。守明心想，这都是因为那个人要去远方参加工作，她去送那个人，才有机会第一回坐上汽车。当地有句俗话，叫大闺女坐轿头一回。她不指望坐轿，恐怕这一辈子都没机会坐花轿。"文革"以来，花轿都被砸烂了，烧毁了，哪里还有什么花轿可坐呢！花轿没了，汽车来了，她是大闺女坐汽车头一回。这都是沾了那个人的光啊！那个人就在车斗子的前面站着，她不敢往前看，一直脸朝后，向后看。车行带风，风把她的剪发吹得从后到前飞扬起来，遮住了她的脸。她的脸蛋儿圆圆的，胖鼓鼓的，还带着娃娃脸的样子。头发贴到她的鼻子上，她似乎闻到一股水香味儿。发梢儿贴到她的嘴角上，她稍稍张开嘴唇，就可以把头发含进嘴里。她伸出手，刚把遮脸的头发捋到耳后，露出光光的前额，可她一松手，风又把漆黑蓬松的头发吹到前面去了。

到县城下了车，那个人把行李卷儿放在指定的地方，在二姐的建议下，也是在二姐的带领下，他们三人在县城的街道上走了走。街道上有人开汽车，有人骑自行车，有人步行，车来车往，人来人往，比镇上的赶集日还热闹许多。一街两行都是商店的门面，有的卖烟酒，有的卖五金，有的卖布匹，有的卖书本，五花八门。他们一路走，一路看。守明对别的商店都不大留意，心里想的只有照相馆。县城的街道不止一条，她担心这条街上没有照相馆。她还担心照相馆的门面上没有写字，会把照相馆错过去。还好还好，守明的眼睛一明，总算把照相馆看到了，三个红色的大字，把照相馆标示得清清楚楚。守明的心跳得腾腾的，不由得呀了一下，把照相馆三个字念出了声。念罢照相馆，她就停住了脚步。她装作在不经意间偶然看到了照相馆，装作是看到照相馆后临时起的念头，对那个人说：咱们照张相吧。

就看那个人的态度了。

不料那个人拒绝了守明的要求，而且拒绝得有些断然，他说：一点儿准备都没有，照什么相，不照！

那个人没有准备，守明却是有备而来，而且准备得朝思暮想，憧憬满怀。她不愿因那个人的拒绝就轻易放弃，转而眼巴巴地看着二姐，希望二姐能理解她的心情，能帮助她说句话。

二姐对她弟弟说：既然守明有这个想法，你们就进去照一张合影吧。

那个人还是没有答应，他给出的新的理由是：照了相又不能马上取，得等好几天以后才能取呢。

守明说：那没事儿，过几天我来取。取出来以后我给你寄过去。

我说了不照就不照。

守明彻底失望了。

下午回到家，娘的眼睛追着守明的眼睛看。守明塌下眼皮，不愿跟娘的目光有半点对视。娘问：你们照相了吗？

守明害怕娘问这个话，她躲着躲着，娘还是问了。守明没有回答。

娘又说：你们照的相，给我看看呗。

郁闷之中，守明没有说实话，她说：照相，照相，你以为照相那么容易呢。照了相，得好几天以后才能取呢。

娘以为讨到了女儿的话底，她说：那不着急，只要你们照了相，娘就放心了。

守明想哭。但她忍住了。

夜半三更，守明还在想，那个人为什么不愿意跟她一起合影呢？想来想去，她想到，可能因为她长得不是很好看，她的眼睛不大，也不是双眼皮。她想到，那个人可能嫌她的文化水平太低了，因为她只上过四年小学。她还想到，那个人也许更喜欢别人。守明听那个人的二姐说过，那个人有一位中学女同学，那个人和女同学一起参加过中学宣传队、大队宣传队，还一起参加过公社宣传队。女同学一直暗暗喜欢着那个人，却没有对那个人说出来。直到那个人和她定亲后，女同学才向那个人吐露了心声，并哭了一鼻子。是了是了，倘若那个人的女同学跟那个人谈了恋爱，倘若女同学提出和那个人合影，那个人一定会欣然同意。

过了几天，娘提醒守明，该去县城的照相馆取照片了。

守明再也忍不住，一头扑在床上呜呜地哭了起来。

见女儿哭得如此伤心，当娘的什么都明白了。

像守明这样朴实能干的闺女，嫁人是不愁的。守明后来嫁给了一个高考落榜的高中毕业生，两人生了两男一女三个孩子。守明和高中毕业生结婚时，没有照结婚照。后来，镇上有了照相馆。再后来，有了可以照相的手机。照相不再是什么难事，比随便摘一片树叶都容易。守明还是没照过相。孩子提出照一张全家福。守明说：你们照吧，我不喜欢照相。

不可同日而语

朱　辉 [*]

　　孔阳认识李红兵的时候，已经在出版社当了七年的副总编，就是说，他在这个办公室已经坐了七年，但一直没有升上去。办公楼重新装修时，淘汰了一批旧家具，他的椅子也可以换一把，但他拒绝了，心想：既然头上的这个"副"字去不掉，又何必换椅子？简而言之，他不愉快，但也还不至于孜孜以求，寝食难安。当官要当副的，吃菜要吃素的，他就当个副总，写写小说，也没有什么过不去。

　　李红兵来访前，预先约过，但并没有定下准确的时间，孔阳就在办公室忙自己的事。那几天，他心情不好，原因是他的办公室遭了贼，公文包被偷了。二十几间办公室，被偷的只有他一个：他到第一编辑室开个会，办公室门没锁，不到一小时后回来，发现包不见了。包里昨天带回家看的书稿摊在桌上，这证明上班是带了包的，但确实是不见了。书稿没丢，损失就不算大，主要就是一部手机而已。无论如何还是生气，好像这小偷专门针对他新买不久的手机下了手。他到楼下让门卫调出监控，也看不出个所以然。好在时间段是明确的，那门卫突然指着一个戴着棒球帽、背着个羽毛球拍包的小伙子说："就这个不是熟

* 　朱辉，男，1963 年生，江苏省作家协会副主席。著有长篇小说《我的表情》《牛角梳》《白驹》《天知道》《万川归》和中短篇小说集多部，有《朱辉文集》（十卷）出版。曾多次获得紫金山文学奖长篇小说奖和短篇小说奖、《作家》金短篇奖、《小说选刊》年度奖、汪曾祺文学奖、高晓声文学奖、百花文学奖等奖项。短篇小说《七层宝塔》获第七届鲁迅文学奖。

脸。"孔阳问："不是熟脸你怎么让他上去？"门卫说："他说喊朋友去打球。"孔阳很恼火，但也不想再骂这个退休了再来拿份工资的临时工。体育馆离办公楼一箭之遥，小偷的这个借口很巧妙。回到办公室，他迟疑了一下，还是给派出所打电话报了警。

李红兵来之前，又打来一个电话。手机一响，孔阳吓了一跳，愣了片刻，这才想起这个手机是以前淘汰了的，包丢了才重新找出来启用，铃声是陌生的。手机里李红兵说他就在楼下，门卫要孔总接个电话才让他上来。孔阳又好气又好笑。他坐在椅子上，把玩着自己过时的旧手机，想想，一抬手，扔到抽屉里去了。李红兵可不是一般人，他是个超级书商，南京两大私营出版巨头之一。年码洋是孔阳这个出版社的十倍。这是个大老板，富豪，如此老掉牙的手机被他看见，要跌份的。孔阳正要去把门先打开，刚起身，门却响了。轻轻地敲三声停一下，怯怯的，孔阳站住了，顿时想起前天的那个小偷，据推测，他一定是看见哪个门关着，就试着敲敲，没人就进去下手。那种敲门声应该就是这个样子。

小偷？或者是李红兵？

孔阳站在门前不动。门还在怯怯地敲响，如果是小偷他应该转动门把手了，可是他没有。孔阳扬起嗓子说："请进。"门开了，一个与孔阳年纪相仿的人，伸着脖子点点头进来了。他一进门就鞠躬，不是那种深深的鞠躬，是一路弯着腰小小的一连串的鞠躬，说是点头哈腰更合适。孔阳有点蒙，这不是小偷，但也不像是大老板李红兵。这是谁？

那人朝孔阳手一摊，说："您请坐。"孔阳坐到椅子上，脸上满是疑惑。不过他立即就知道来人是谁了，隔着桌子站着的那人又弯腰来了个正式的鞠躬，自我介绍说："我是李红兵。孔总好。"说着递来一张名片。名片一点也不考究，素纸蓝字，孔阳手下的编辑，他们的名片至少还是套了色的。手上的名片头衔也只有一个：春晖公司总经理。但孔阳实在不能把眼前这个人同书业巨头联系在一起。不过孔阳也没有失礼，他立即站起身握手，请来人到沙发上坐下，还泡了一杯茶。他做着这一连串的动作，脸上并不错愕，但心里犯嘀咕：这真的是赫赫有名的李红兵吗？

但确实是的。李红兵对孔阳的礼遇表现得诚惶诚恐，简直手足无措。对孔阳伸过来的手他是双手相迎；本来已经规规矩矩地坐在沙发上，一看孔阳端来了茶，立即又站起身双手接过纸杯，满脸赔笑。他衣着普通，上身一件夹克，裤子是灰色的，皱巴巴的绝对看不见裤线。到过孔阳办公室的人不计其数，有学界大佬，有发行精英，他们虽年龄、风格不一样，但即便身上看不到一个名牌 logo，也都衣冠楚楚，有头有脸；哪怕是昨天进来偷窃的小偷，他也还一身运动装，那个斜挎在肩上的球拍包也蛮酷的。这办公室也进来过专收废书的，他们指着墙角那一堆书，说要不这个也给我得了，那口气也没有乞求，而只是个公平交易的询问——这个李红兵是最特别的一个，他寒酸，卑微。按他的体重，他坐在沙发上，绝对不止陷这么深，可是他正襟危坐，夹克离沙发背有半尺远，双腿显然都在分担体重。脸上的表情也怯怯的，轻声细气，一切都表示他是在求人，而且他求的这个事对他自己而言十分重大，生怕这个"孔总"不肯伸出援手。

他开口说明了来意，几句话后孔阳就看出他思维明晰，表述简洁，水平确实不低，配得上他名片上的头衔，是名片的质地配不上他。只是一口一个"孔总"，让孔阳实在不适应。一个业内响当当的人物，在一个小出版社的副总编面前，如此巴结，谦恭，委实不可思议。他来求的事，说小不小，说大也真不能算大，简而言之，就是要"合作出版"，更直接地说，就是要买书号。春晖公司作为民营书商，要出书，就必须与国有出版社合作，从组稿、编辑、出版到发行，全由春晖公司负责，出版社只收取管理费。孔阳这个出版社此前当然做过这类事情，可算轻车熟路。总编办公室事先已把整套书的选题送给孔阳看过，唯一要注意的就是这次的合作规模较大，是一套书，几十本，都是中小学教辅用书。孔阳看中的是，规模大，利润也高，至少从码洋上就可以取得一个突破。规模就是体量，孔阳这个小出版社正需要这个，他简直有点求之不得。

看起来李红兵并不明白这个，他的一举一动，一字一句都是恳求，一副求人赏饭吃的样子，似乎合作不成他的公司马上就要倒闭。孔阳不免动了恻隐之心，要知道，他虽然没有跟李红兵合作过，但也听说过李红兵毕业于上海的一所正牌大学，还做过大学教师，并不是那种从收废品起家的企业家，他如此低调，可怜兮兮的，合作的事谈到为难处，还不时恰当地夸一下孔阳，说他读过孔阳的小说，十分敬佩，不等孔阳问他读过什么，他主动谈起读后感，说得头头是道，果然真的读过，弄得孔阳仿佛在面对一个粉丝。李红兵如此恳切，这合作很快也就谈成了。

但是孔阳心里还是有疑惑。李红兵低调得有点触目惊心。孔阳把他送下楼，李红兵嘴里一直说着"不敢，不敢劳您"。上车前还又深深地鞠个躬。他开来的是一辆低档的丰田，孔阳站在楼下，看看自己停着的车，使劲抓了抓脑袋。

人送走了，孔阳就开始走合作出版的程序。上会，报选题之类，都很顺利。这事就算过去了。人一上百，各式各样，他也不再琢磨李红兵这个人。倒是社里此后却出现了波动：副社长出缺，要提一个。对这事，孔阳不能说完全不上心，但比较乐观。他做了近八年的副总编，按理说，轮到他了；全社近百号人，从专业上说，只有他一个是土木专业出身，不客气地说，如果不是他，社里的本业基本就玩不转；更重要的是，他的群众基础不错，好些人主动关心，表示对他的支持，那语气神态，都透露出非他莫属，别人当了他们一定不服。譬如说社办公室主任，女的，上级部门某领导的夫人，就明确说："你这还不是鼻涕往嘴里淌么，水到渠成！"孔阳真的也就这么认为了，而且他认为办公室主任的话很有水平。孔阳心里原本还有些忐忑，她这句话简直是药到病除。原先他对这主任还有点瞧不起，以为人家是工农兵学员出身，文化不高，刚来出版社在公告栏写个通知，四五十个字，错别字倒有三个，约占总字数的百分之六，远远超过了《出版管理条例》规定的上限万分之一。不知哪个促狭鬼，还用红粉笔在这三个字上都画了圈，实在是过分了。办公室主任丢了丑，从此不写通知，叫办事员打印张贴，搞得公告栏上总是有胶带熠熠闪光。可是现在，人家说的话：鼻涕往嘴里淌，水到渠成。俚语和成语用得多好！

孔阳乐观还有个原因：他的公文包居然失而复得了！派出所打来电话，叫他去取包。不是他报案的派出所，而是夫子庙派出所，他以为是骗子，去了才知道，没人骗他，他的包就在警察的桌上摆着。原来包被扔到那里的一个小巷子里，有人捡到交给了警察。手机和钱当然不见了，但包还在，他的名片盒也在。虽然这包已经脏了，刮花了，不能再用，但这样的事，难道不是好兆头吗？

其实不是，他误会了。小偷都知道要拿最重要的东西，办公室主任能不知道吗？送你个"鼻涕往嘴里淌"，你还真当碗米汤喝下去了，活该嘛！任命下来，办公室主任当了副社长。孔阳不能假装很高兴，只能装作若无其事。想起自己一直还特别注意维护与前主任现副社长的关系，就觉得好笑。人家夸他也是一贯的，说他有才，学的土木，还能写小说，真是才子。他一高兴，还送了一本自己的小说集，签了名送她，签的还不是她一个，是"伉俪"，把人家的领导丈夫也写上了。据传孔阳当不上副社长有个原因，就是他"不务正业"，这个，孔阳认了。于是更努力地写小说，跟副社长的关系很快也就调整好了：下级服从上级，有压力高柱子顶，大家客客气气。副社长的姿态更高，不但客客气气，还比以前更亲热，夸他也夸得更到位，说孔阳的土木专业根基，出版社离不了，是栋梁。他们一个认为对方是柱子，另一个说对方是栋梁，几乎是从结构力学的角度彼此欣赏了。

老实说，副社长组稿审稿都是干不来的，她看不出错别字。但她很谦虚，对孔阳尤其谦虚。她干出版时间还短，但闲下来就到孔阳这边，跟他聊聊出版发行，主要是听孔阳说。孔阳忍不住，想到什么也毫无保留。他知道自己有个毛病，就是说起来就收不住，人家还带着请教的姿态来，他想到什么就说什么。你别说，聊聊也蛮好的，跟一个外行聊往往更有启发。她出了门，孔阳坐着想想，觉得自己有一些想法，可以写一篇论文，专门针对重大选题策划。想写就写呗，不合他下次又顺嘴说了出来。副社长眼睛一亮，大喜，鼓励他快写。专心写小说的人是看不上这种论文的，孔阳说说而已，并没有真写。副社长很关心，又常常催促他写。她姿态很低，不是领导布置任务的意思，倒像是一种粉丝的期待。孔阳很受用，于是把小说停下来，开始写论文了。这对一个已经发表了一百万字小说的人来说，也真不是难事。

　　与李红兵的合作却出了一点问题。直到书稿送审，看清样，开印，都很顺利，除了终审时孔阳发现了一些错误，及时指出，对方也马上修改，整个过程都算靠谱。想不到的是，书出来了，样书送到，合作款也打来了，却接到了上级部门的电话。当然是批评，而且很严厉。原来送来的样书只是各年级各学科辅导用书的上册，春晖公司还出了下册，出下册本来也没什么，千不该万不该他们上下册用了同一个书号——这问题就大了，属于一号多书。一号多书有很多做法，有一套书用同一个书号的，有把多年前用过的书号翻出来出一本新书的，花样百出，民营公司为了节省书号常常这么干，孔阳有所耳闻，但没想到这种事会落到自己身上。那么个战战兢兢、小心翼翼赔着笑脸的李红兵会这么干，几十个书号出了双倍的书，孔阳更是打死也想不到。

　　上级部门语气很严厉。孔阳自认倒霉，大做自我批评，表示愿意接受一切处理。他放下电话，心里窝囊，立即找出了问题的关键：上下册分别在两个学期前出版，上册出了小半年，没有问题，他还想着李红兵会来商谈继续合作，拿到下册的书号，却没有料到他们已把下册搞出来了。这不就是成心的嘛！怪只怪自己没在时间节点上催促他们一下，如果催一下，他们十有八九就不会这么干了。

　　眼下只能由出版社来扛，说到底是孔阳去顶雷。他写检查，去上级部门当面接受批评，态度诚恳，言辞恳切，自我批评几箩筐。在电话里把李红兵臭骂一顿那是必不可少的。李红兵在电话里连声道歉，唯唯诺诺，孔阳似乎都能看见他拿着手机点头哈腰的样子。李红兵保证认打认罚，而且马上召回下册，用新书号重印；又叫苦说，不是他有意犯错，他早已布置了下属去找孔总谈下册，一忙就忘了查点此事，所以责任还是在他自己。孔阳被他谦卑可怜的态度噎住了，什么重话也说不出，因为他听见了"啪啪"的声音，似乎李红兵正在拍自己的嘴巴子——后来孔阳知道了，不是的，他不是在拍嘴，大概率是拿一本书拍着桌面。当然，这是后话了。

好在出版社内部倒没有起么蛾子。大家都知道孔阳是为了码洋和利润，并没有私利，这样的事行内也确实不少。连副社长也没有为难孔阳，还为他说话。孔阳当时还十分感动，不过后来他也明白了，副社长毕竟是一根比他高的柱子，出版社如果被罚，甚至停业整顿，谁都落不了好；如果副社长还只是个办公室主任，她态度未必如此。

虽说是一致对外，但去挨批的当然还是孔阳。好在上级部门也不为已甚，没有过分为难，要求立即着手自查自纠，待结果报上来后，再做处理。孔阳本来真有点忐忑，没想到后来的处理结果相当宽厚，只把一把手社长和孔阳喊去正式谈话一次，宣布明年核减一定量的书号——这是最轻的结果了。孔阳一块石头落了地，显然，春晖公司也起了大作用，他们没有置身事外，而是主动去上级部门检讨，保证下不为例，绝不再犯。春晖公司只被罚了一点款，居然连下册也没有要召回，为避免影响教学进度，还可以继续发行。

两个月后，事情居然了结了。因为第二年出版社上报的选题科技含量比较高，紧扣科技战略，连说好的核减书号，其实也没有实行。

李红兵曾请孔阳吃饭，孔阳拒绝了。这饭可不能吃，吃了就不清不楚的了。那时孔阳还不知道出版社并没有真的被核减书号，他觉得出版社损失很大，就要求春晖公司交足下册的合作费。这里面的细枝末节都牵涉到责任和利益，孔阳不再跟李红兵单独谈，他把李红兵领到一把手社长那边，由他们谈，孔阳只做个听众。李红兵的姿态更加低，在社长面前他几乎就是个犯了错的小孩，社长就是家长。李红兵的态度诚恳，表示决不还价。但因为春晖公司并没有使用下册的书号，社长也觉得要他们交纳与上册同样的管理费确实不合适。结果是，春晖公司补交了一笔钱，但比上册少得多了，他们还是省下了一笔合作费。从社长办公室出来，李红兵对孔阳千恩万谢，临别前，还很调皮地双手抱拳，倒搞得孔阳很不好意思。

孔阳跟副社长的关系也更加融洽。副社长家里换了大房子，要搬家。副社长办公室的书，有一些要搬到新家去。几个纸箱，有大有小，孔阳问要不要帮忙，副社长满脸是笑说哪敢，才子不能干这个。说着来了几个年轻人，两人一箱，表现最好的一个人搬起一个大箱，旋风般下楼去了。

副社长乔迁新居，心情愉快，再加上前面的如愿提拔，更是满脸春风，更年期综合征在她身上显然没作用。她对孔阳的夸奖是日常性的，而且愈加深入，逐步升级。那架势，如果她知道曹植、骆宾王，没准儿会把这两个人拿来给孔阳垫背。孔阳难免有点飘飘然，他的理解是，副社长业务很差，能力约等于零，所以对孔阳这个业务骨干，不得不尊重一点，因为活儿总还要有人干。他就没有觉察到，副社长夸他，只当面夸，有第三个人在场基本就不夸；偶尔有别人在时夸一下，也不夸他的出版业务能力，只夸他有才。孔阳明白她说的有才，指的是写小说，在出版社这个地方，这其实就是不务正业。可他虽没有曹植、骆宾王之才，却具有天下文人的通病：虚荣。人家一夸，他就高兴。一高兴，就更容易粗心。那篇关于出版的论文写好后，他还拿去给副社长看了，多年后偶尔想到此事，他真不知道自己当时究竟是怎么想的。他不但多年后不知道当时自己怎么想的，他也不知道副社长心里想的是什么。副社长认真看了一上午，下午到孔阳办公室，很认真地坐下来，把文章往桌上一铺，大夸文章有见解，有价值，夸过了之后，停一下，说对这个论点她也有一些想法，只是没时间写，一二三四，她还真的说了好几条。说到这里有点羞涩，期待地看着孔阳。孔阳一听，就对她的一二三四不以为然，不是乱扯就是瞎掰，但他留了面子不批评。副社长认真地说，再补充补充，这篇文章肯定能发《编辑》的头条，她跟主编熟。说着拿出一张 A4 纸，上面写好了她的补充观点。孔阳拿起纸看看，说一定好好学习。他的语气很诚恳，其实带了敷衍。副社长又坐了一会儿，就告辞了。走的时候脸上红彤彤的，居然像个小姑娘。

其实孔阳不但觉得她的意见没价值，还觉得她说的跟主编熟悉有点刺耳。一旦觉得她的话刺耳，就没有去细想副社长如此郑重其事地提建议到底有什么深意——这是他事后的认识，他当时只在心里笑：他一个作家，主编认识得多哩。对副社长的意见他没有采纳，文章很快寄出，不久也发表了，就在《编辑》杂志。没有发头条，他并不在乎。

生活很顺利。一切都按部就班。所谓顺利，就是事务很多，很忙，很琐碎，但也没什么大事。孔阳他们出版社后来又与春晖公司合作过几次，开始时他还很仔细，生怕再出什么事，后来就放心了，交给编辑部主任去办，不再多管。出版社的码洋和利润，因为春晖公司的加持，都有所增长，没有这些合作，出版社要找到新的增长点委实很难。

跟李红兵也熟了，不过并没有熟成酒肉之友。原因很简单：孔阳酒精过敏，滴酒不沾，所有的酒桌应酬差不多都是受刑。李红兵邀过几次也就不再坚持。

孔阳对生活要求不高，能有份工作，还能继续写小说，他已经心满意足。出版社因为有高校教材垫底，再加上一些合作出版，效益不错，收入颇丰，好多人眼热，副社长当年调进来当办公室主任，就是冲着这个来的。不客气地说，几任一把手社长，从原本务虚的单位到出版社，也基本是冲着这个来的。他们来了基本还是务虚，会一直做到退休。孔阳看破了这一点，倒也心平气顺，因为气不顺其实也没有什么用。

如果一直这样，也就乏善可陈了。问题是，有一些事情并不在计划之内。有一天孔阳去外面办事，他坐在出租车上，偶然一抬眼，看见一栋大楼的楼顶上，"春晖文化"那个大招牌在阳光下闪闪发光。他心念一动，马上下了出租车，在路边站住了。他给李红兵打了个电话，问他在哪儿，李红兵说他在公司，孔总有什么指示？孔阳说，我就在你楼下，我上去坐坐？

这段对话很简短，李红兵不得不同意。春晖公司的大楼很气派，孔阳走向大门，自动门立即就缓缓打开，开门处，一个身着旗袍的迎宾小姐迎上来，鞠个躬，做一个请的手势。大厅的西端连接着楼梯，孔阳正要过去，有一扇门开了，是电梯，一个职业装的窈窕美女出来了，她笑盈盈地将身子往边上侧，李红兵出来了，满面是笑，远远伸出了手。

孔阳握着他的手，脑子有点发蒙。自从大楼的自动门打开的那一刻，他就有点云里雾里。这自动门当年还远不是出版单位的标配，孔阳他们的大门就还用着链条锁。迎宾小姐和女秘书也实在太漂亮太职业了点。眼前的李红兵跟去孔阳办公室的那个人完全不像是同一个人。他身穿休闲装，那质地、款式一看就是高级货，洋溢着一股漫不经心的富贵气。他头发纹丝不乱，精心打理过，下来迎客前临时梳两把不可能有如此效果。大楼的走廊很宽，三四个人并行都毫无问题，一个西装革履的小伙子见他们过来，立即侧身站到边上，恭恭敬敬地等他们过去。李红兵的办公室在最西端，女秘书站在门口头一点，手一摊，李红兵笑呵呵说道："贵客啊，孔总。就是有点乱。"

其实一点儿也不乱，窗明几净，宽大气派。大约两百平方米的办公室，全套的红木家具，巨大的成排书橱和博古架，围成办公区；朝南的窗户下是喝茶休闲的茶几和一组沙发，茶几上摆着紫砂茶具。东面有两扇门，其中一个虚掩着，是小会议室，另一个应该是李红兵小憩的场所。孔阳脸上笑着，嘴里夸着，直到女秘书动手把条案上一幅写了半拉子的书法收起来，孔阳才明白，李红兵说的"有点乱"，大概就是指这个。

这是孔阳到那时为止，见过的最气派的办公室。孔阳再三解释，他真没有什么事，确实是临时起意才上来的。他们坐着喝茶闲聊，其间李红兵办公桌上的电话响了，他过去，看看来电号码，没接。不一会儿，手机又响了，他皱皱眉头接了，只听了一句，就说："我在接待一个很重要的客人。"立即就挂了。"很重要的客人"立即表示自己打搅了李总的工作，李红兵说："没事。你能大驾光临，我请都请不到的。"

李红兵今天衣着精致考究，典型的儒商形象，与第一次相比，孔阳当然错愕，但他觉得这样更让人舒服。李红兵的茶具讲究，茶也很高级。女秘书把茶泡好，又燃起了一炷香。纤纤素手，指若柔荑，沉香和她身上的香水味混合在一起，甘甜而清冽。她微微颔首，转身出去了。

偌大的办公室里只剩下他们两个人，此后再没有人打搅他们，连一个电话也没有。午后的阳光透过玻璃窗，落在室内厚厚的地毯上，照出隐约的山水图来。这里的一切都很高级。沉香立在小巧的香炉里，一缕细烟笔直向上，像一根线，李红兵伸手过去给孔阳斟茶，那细烟才被扰动了，弯弯曲曲，调皮地扭着身子。孔阳不知道李红兵其实也抽烟，是地产的价格，被封了顶的烟。抽烟也讲究，他从口袋里摸出一个小瓶子，抽出一根细丝，插进烟里去，告诉孔阳这是沉香丝，口感更好，还让孔阳也试试。孔阳如法炮制，吸一口，确实不一样。

孔阳心里其实充满了好奇。他们去年为了书号的事，曾经协同攻关，只不过没有一起出面。按常理说，这事的后果应该更严重，最后却几乎毫发无损，肯定是李红兵起的作用更大。他究竟使用了什么手段，孔阳不想问，好奇的倒是，他去上级部门登门检讨、找人，到底是什么样子？是那天去孔阳办公室谈合作的卑微形象，还是今天的这个派头？这个问题很有趣，可实在是不好问，能问的，是他这栋办公楼，是买的，还是租的？李红兵爽快地说："买的。"孔阳竖竖大拇指，笑着说："我看到你这办公室，门上没有挂牌子，其他办公室上，'编辑室''总编办''生产部'等等，一个不缺，可你的门上是空的……隐藏得好深。"李红兵不等他说完，已呵呵笑了起来。他站起身，往门口走，说："我还有个办公室，两边轮着用。"他朝孔阳做个请的手势。孔阳跟过去，出门，李红兵一拧对面的一个门，走了进去。

这是一间跟孔阳的办公室差不多档次的办公室，一桌一椅，墙角有一圈转角沙发，前面一张茶几。很简陋，只比孔阳那里略大一点而已。"你也在这儿办公？"孔阳问。李红兵说："我是看情况。不知道怎么的，我就愿意给你看见。"

孔阳注意到他中午喝了酒，是不是酒让他撤了遮挡，愿意袒露心迹？李红兵呵呵笑着，手上捏着个小玩意儿，一直在手上盘。那时候这是一种时尚，孔阳以为那不是沉香把件，就是一块玉。李红兵回到大办公室，在地毯上踱着步，他穿着布鞋，踩在厚厚的地毯上，一点儿声音都没有。他腰杆挺挺的，动作松弛，脸上的金丝眼镜反射着阳光，孔阳看不清他的眼神。他边走，手还在捻，见孔阳正看着他的手，他走到沙发边，手一伸说："这是我的护身符。"孔阳接过一看，眼睛都直了：这是铅字，早期印刷厂使用的铅字，它们排在拣字架上，排字工按需要挑字，排版。这就是活字印刷，直到电脑排版之前，一直就是这样排版。孔阳刚做出版时，正处于新旧工艺的交替期，他熟悉这种铅字。手里的是三个汉字，用红线绑着，红线显然刚换过，还是新的，三个汉字却已被盘得圆润光滑，失了棱角，长年累月形成的包浆，在漫射的阳光下，发着喑哑的光泽。孔阳疑惑地看着李红兵，他看见了铅字的顶端是"李红兵"三个字，三号楷体。李红兵在他斜对面坐下，微笑着说："这是我的第一个名章。很寒酸是吧？"他接过铅字，托在手心，端详一下，另一只手盖上去，合掌搓着说："刚搞公司时，我连个名章都舍不得去刻，自己的字也丑得不敢见人，就去印刷厂找了这三个字。"他轻轻叹了一口气说："这东西一直放在我随身的包里，这样我心里才踏实。"

说这些时，他微仰着头，皱着眉。孔阳笑道："我也找过自己的名字，那时我还发不了小说，把自己的名字变成铅字，很新鲜。不过我那两个字后来不知道搞哪里去了。"李红兵也笑了，他说："所以嘛，我才莫名其妙地跟你说这些。"他摩挲着手里的铅字，认真地说："孔总我要向你承认，其实我不承认你大概也知道了，我到你那里去，畏畏缩缩、诚惶诚恐的样子，是装的。"孔阳一愣，哈哈大笑起来。李红兵说："我不记得那天我是怎么穿的了，那样的衣服我还有几套，都是行头。"孔阳止住笑，朝对面那个简朴的办公室方向指指说："那也是你的行头？"手画了一个圈又说："恐怕连这里也是行头？"李红兵一怔，点头道："可以这么说。"

"我本来也在仕途发展的，有一天突然就醒悟了，下海了。"李红兵说，"白手起家，可想而知。装富摆阔是一套，生意场上通行。可我发现装呆乞怜效果更好。"他嘻嘻笑了起来。孔阳跟着笑，他今天真是开了眼了。士农工商，中国人自古就是这么排名的，经商者是四民之末，李红兵的这一套理论上确实有依据，但真做起来，难度不小。李红兵怎么就从仕途突然下海，这里面可能有故事，但那是绝对隐私，他不能问，于是说道："你了不起。就是有点累。"李红兵说："不累呀。习惯成自然，我是自我训练过的。对着镜子练，真的。"说着站起身，走到书橱边，对着玻璃调皮地歪歪头，大概约等于照镜子。

孔阳忍住笑，站起身说要走了，晚上老婆生日，必须回家。李红兵说："正好啊，请嫂夫人过来，我来安排。"说着在写字台上按了一下，门外传来微弱的铃声。女秘书进来了，李红兵要她安排晚宴。孔阳拦住了，说下次再来，这顿饭先存着。李红兵不再坚持，挥挥手，女秘书出去了。李红兵说："能说说心里话，我蛮开心的。"他握着孔阳的手说："你别笑话我。我不知道你怎么看我，今后还能不能继续合作，总之我觉得孔总你是能懂我的。是知己！"

他很诚恳。孔阳心里涌起一股感动。谁都不容易。他拍拍李红兵握着的手说："肯定有机会合作。我等你招呼。"又晃晃李红兵的手，正要去沙发上拿自己的包，李红兵突然说："对了，我在读你的小说。你看你看，这本我已经读完了。"

孔阳站住了。李红兵从书橱里拿出一本书，《我离你一箭之遥》，是孔阳的第二本小说集。书有点旧了，卷了角，孔阳正疑惑李红兵居然看得这么认真，能把一本书看旧？李红兵笑吟吟地把书递了过来，说："你打开。"孔阳奇怪，难道李红兵还做了眉批夹批吗？太夸张了吧！他翻开封面，怔住了。

扉页上，是孔阳自己的字。写的是：某校长某老师一哂。敬请指教！——孔阳，年月日。那时副社长还只是个办公室主任，所以只能称某老师。孔阳毛笔字不好，为了好看点，他用了粗头的签字笔，还先试写了好几张，没想到两年多后的这一天，书又回到了他的手上。

孔阳脸上表情尴尬，嘴角有点哆嗦，简直控制不住。腿还有点发虚，索性在李红兵写字台对面的椅子上坐下了。他手在书上捭一下，含义复杂地"嘻"

了一声。李红兵面无表情地坐在他的大班椅上，手里认真地搓着那个铅字名章，说："我偶尔还喜欢逛逛旧书店，没想到看见你的书。"孔阳说："人家当废纸卖了，收废品的挑出来，废物利用。"他已经猜到这书应该是副社长搬新家时清出来的，她的新居宽阔豪华，摆不下这本书。孔阳脸上木无表情，但心中有刀子在戳。如果他们把这本书的题签撕掉再扔，多好呢！

"我从前也写过诗的，你的小说写得好，登堂入室了。"李红兵微笑着说，"写小说，写什么很重要，怎么写更重要，最重要的是什么人写。读完这本书，我大概知道孔总你是个什么样的人了。"又问孔阳道："这书你带走，还是我留着？"

孔阳把书塞进包里，站起身说："当然给我。"

李红兵呵呵笑道："我就怕你当面还给人家。"

孔阳一愣，说不会。

孔阳回家，是李红兵公司的奔驰车送的。临上车前李红兵握着孔阳的手说："我倒有个建议哩，如果你们那个副社长不调走，你在那里就没意思。还不如到我这里干——怎么样？"李红兵的眼神很恳切。孔阳没搭话，手朝李红兵一拱，就上车了。他很窝火，心里憋得难受。李红兵提醒他不要把书当面还给副社长，这正说中了孔阳当时的心思。不把这本书还给她，但可以给她再送一本《我离你一箭之遥》，签好字，什么也不说，看她是怎样的反应。又觉得这太无聊，跟一个错别字女士计较，实在没出息。副社长调走那是不可能的，更可能的倒是提拔，现在的一把手社长后年就到龄，副社长大概率会接任，外面派个人基本不可能，副社长的丈夫可不是吃干饭的。社里已经在传，副社长基本上不否认，也不承认，却话里话外暗示孔阳可能会当副社长——当然是只有她和孔阳两个人的时候。孔阳一直将信将疑，老实说，相信的成分还多一点儿。但这本书却是一个预言，扔掉的书可能从废纸里被挑到书架上，这本书的作者却不会再有翻身的机会。孔阳坐在车上，突然想起了副社长那天拿着那本《编辑》杂志，向自己表示祝贺的表情，她指着孔阳的文章夸赞写得好，脸上热情洋溢，当时他乐呵呵的，没读出她脸上其他的表情——真笨啊！为什么不能给她署个名？加在后面人家说不定也就基本满意了，如果把她排在第一，两个名字联系在一起，可不就是个"合作"吗？社长副社长，排名多顺啊！——真是笨蛋啊！

果然一年后的班子调整，孔阳还是原地踏步。一二一，一二一！他将这样踏步走，走到膝盖退行性病变，说不定还加个静脉曲张，走到老去。在将老未老的时候，孔阳终于打定了主意，离开这个地方，这才有了几年后他专业创作的新生活。到李红兵那里去干，他也想过的，李红兵又多次真诚邀请过，连职务年薪都开出来了，可孔阳还是没有去。李红兵那种亦真亦幻、时假时真的面貌，他没把握能够适应。孔阳调离以后，出现了一种说法，说是现社长、前副社长当办公室主任时写的那个错别字连篇的通知，就是孔阳批改的，这话传到孔阳耳朵里，他已懒得辩白。好在后来有人主动承认了，那人喝多了，自己吹出来，就是我干的，咋啦?！孔阳听说了，哈哈大笑。这家伙隐藏得好深啊，直到退休前才揭晓。有那么几天，孔阳老是想起在出版社的日子，李红兵的判若两人、自如切换，女社长的满面笑容，游刃有余，都让他忘不掉。又想起那个潜入办公室，偷走他公文包的小贼的运动装扮，孔阳忍不住笑出了声。

李红兵那里他没有去，但他们成了哥们儿。李红兵把那本《我离你一箭之遥》重新出版了一下，换了个大名鼎鼎的出版社，高级多了，装帧和版式与第一版不可同日而语。

紫晶洞

徐则臣 [*]

认识齐桑纯属偶然。我们的翻译急性阑尾炎住院了，临时请的翻译要后天上午才能从圣保罗赶过来。按行程安排，这两天就是瞎溜达，没翻译，吃喝拉撒我们用英语也应付得了。但我不想浪费，来都来了，我想看看乌拉圭的紫水晶矿。众所周知，乌拉圭的紫水晶与巴西的齐名，颜色甚至更胜一筹；也是众所周知，我老家连云港市东海县是世界上最大的水晶矿石交易中心，乌拉圭的紫水晶和紫晶洞是交易的重头之一，所以，无论如何得看看。这是个专业的事儿，没翻译真不行。拐了几个弯才找到齐桑，他长住蒙得维的亚，现在做导游。听说我要看紫水晶矿，一口回绝了。他不接这一单。为什么？他之前可是数一数二的矿山翻译，据说中国人来乌拉圭找晶矿，都找的他。

"对不起，"他在电话里说，"戒了，不接矿山的业务。"

"我不买矿，一块指甲大的水晶都不会下手，"我向他保证，"就是好奇，文化意义上的，故乡意义上的。实在不行，我见一下小师弟总可以吧。"

* 徐则臣，男，1978年生，毕业于北京大学中文系，现任《人民文学》杂志副主编。著有长篇小说《北上》《耶路撒冷》《王城如海》，中短篇小说集《跑步穿过中关村》《如果大雪封门》《北京西郊故事集》等。曾获老舍文学奖、冯牧文学奖、华语文学传媒大奖等多个奖项。2014年，短篇小说《如果大雪封门》获第六届鲁迅文学奖，同名小说集获中国好书奖；2019年，长篇小说《北上》获第十届茅盾文学奖、中国好书奖、中宣部"五个一工程"奖。部分作品被译为英、法、意、西班牙、阿拉伯文等二十种文字出版。

我打听了，齐桑北大西语系毕业，比我低六届。后来去圣保罗大学读研究生，就留在了南美。

他在电话那头沉默了三秒钟。"好吧。只导游，不导购。"

我们直接在阿蒂加斯城会合。城市周围分布着大大小小的水晶矿，我们要去的是拉斯托雷斯矿，靠城市更近。碰巧齐桑做矿山翻译时在拉斯托雷斯待过一段时间。

乌拉圭不大，但他从首都开车过来，也是从南跑到北，午饭后才赶到。简单吃点东西我们就进了山。齐桑个头不高，戴一副深度近视镜，非必要不开口，跟我见过的导游不一样。导游是嘴巴上装了弹簧的一群人。他对此的解释是："我本质上是个翻译。"他说得没错，我们去了拉斯托雷斯的第一家大矿，矿主就说，齐翻译来了啊。那个大肚子的乌拉圭人像熊一样抱住了他。他们有两年没见了，就是在阿蒂加斯，齐桑做了最后一次矿山翻译。

拉斯托雷斯炮声隆隆，工人在炸石开山。炮声间隙里充斥着嘭嘭嘭的打钻声和咔咔咔的切石头与打磨声。这座山有大小好几家公司在开采水晶。流程都一样：先察看山体，湿润的地方用手提钻往里打，遇到岩石，继续钻，如果有水从钻孔和石头缝里流出来，那就意味着有了。千百万年前的火山运动时，水晶洞就被包裹在这些玄武岩里，火山岩有孔，水一点点渗进包裹其中的水晶洞，洞里便封存了大量的水。洞被打穿，水流出来，工人就明白找到了水晶矿。接下来是往钻孔和缝隙里放炸药，"嘭"一声，山石裸露出来，如果你运气好，第一眼就可以看到晶芽在太阳底下发出耀眼的紫蓝色幽光。剩下的就是想办法把规则和不规则的球体从石头中剥离出来。球切开了，便是两个紫水晶洞。

这是露天矿场的开采。另一种是地下矿洞开采，像穿山打隧道那样，在山体里寻找。当然有迹可循，紫晶洞就分布在一条条古老的火山熔岩流上。正在开采的矿洞有危险，矿主也视之为商业机密，齐桑就带我参观了几个废弃的矿洞。水晶矿脉已采尽，留下了曲折阴森的地下迷宫。咳嗽一声，无数的方向对我回应，仿佛离去的工人们还在劳作。我在地上捡起一颗破损的晶芽，应该是从母体上被碰撞脱落的。擦拭掉尘灰，晶尖依然凛利，颜色醇酽深紫，尽管只有小拇指头大小，盯久了，整个人也能坠入其中，如同纵身跃入蔚蓝的大海。

齐桑从事矿山翻译也属偶然。开头只是帮朋友一个忙，相当于我们的翻译紧急去了医院，托他应个急。他对紫水晶知之甚少，但熟悉南美历史地理文化，来客是台湾商人，想投资开挖一座矿山。老先生有钱有文化，齐桑肚子里的墨水和谈吐对了他的路子。齐桑就从临时工转成了正式工。一则薪水高，这行业暴利，一个上好的紫晶洞开采出来，打磨包装好，运回台北、广州等地，几十倍就翻上去了。谈妥一个项目的薪酬，抵他在圣保罗的巴西人外贸公司干上一年，外加哼哧哼哧翻译两本西语小说的稿费。另一个原因，他的确被水晶给迷住了。这东西太神奇。台商盯着他不放，在其位谋其政，他觉得应该补补功课，就找了些资料，看完又逛了一家水晶博物馆，就是在看展中他被一块水胆水晶给镇了。

他从手机里找出那张照片。一块白水晶六棱柱原石，高三十二厘米，初看相当普通，下半段还有杂质，但是，他把顶端放大，再放大。"看见没？"他问我。我瞪大眼，水晶到了顶端已经成了棱锥，在一个倾斜的锥面上，有一个小空间，在那个封闭的小房子里，有个泡泡模样的东西。

"水。"齐桑说，"一滴水。"

你能想象吗？那确确实实是一滴水，一滴现在还可以在那个封闭的空间流动的水。当水晶形成时，碰巧包裹了一个气泡，而这个气泡里恰好有一滴水，行话叫"水胆"。千万年了吧。就是说，这滴水已经存在了千万年，不增不减，不大不小，只要这块水晶不破碎，这滴水将继续存在千万年，永世存在下去。

"你知道我当时什么感觉吗？"

我等他说下去。

"我觉得我老了。时间，时间……"他举着手机，咽了口唾沫，那灵魂出窍般的表情好像又回到了博物馆，"太伟大了。我觉得我老得不行。我觉得我太渺小了。一个人实在不值一提。完全不值一提。玉环飞燕皆尘土，我必须做点有意义的事才行。"

"做水晶的业务？"

"对，我当时就这么想的。我要跟伟大的时间在一起。"紫水晶的着色过程也让他心驰神往。紫水晶就是一种石英，因为暴露在放射性物质中数百万年而改变了颜色。数百万年里，石英逐渐吸收存在于周围岩石中的自然辐射，这种辐射搅动石英中的铁原子，以可见光的形式燃烧掉多余的能量。正是这种放射性使水晶变成了紫色。铁的浓度越高，颜色就越深。又是时间的力量。我以为他要继续感叹，他却把目光从悠远的地方收回来，手机锁屏装进了兜里："那会儿到底年轻，少不更事，轻狂。"

"那是理想主义。"转折有点突兀，但我还是顺着鼓励他。

齐桑一笑："哪有什么理想主义，想当然耳。"

尽管各个采矿点大同小异，我还是兴味盎然地逐一看过。矿主一茬茬地换，都是一锤子买卖就走。像那个大肚子乌拉圭人的矿主极少，财大气粗，他是当地人，占了天时地利人和之便，一承包就是好几座山，可以常年待在这里。其他小老板只能见好就收，换个地方再赌一把。山也如此，挖完了就是挖完了，剩下一座空山。开掘过的地方就是一片废墟，坑坑洼洼里积满泥水。在山里，没有一条道路是好的。但就财富而言，越乱的山，出的水晶洞就越多，挣的钱也就越多。

既然可以和伟大的时间并肩作战，同时又财源广进，为什么半道放弃了呢？在老家我听那些出来买矿的老板说过，好的翻译可遇不可求，他能把钱之外的所有问题都摆平，抓住了千万别撒手，待遇你提就是。

"待遇是不差，"齐桑说，"但也有你不想干的时候。"

"嫌数钱辛苦？"

"师兄，要不，再找一家矿看看？"

难言之隐，强迫人家说就不合适了。我跟着他看了一家矿主的库房兼操作间。一铁桶一铁桶的紫晶洞运到库房，都糙得很，每个球体后面都附着了沉重的岩石。工人必须酌情把多余的石头层切掉，再打磨，越接近包裹晶簇层的玛瑙层越好。紫晶洞运出去，是按等级和重量卖的，没人愿花冤枉钱。当然，如果开采时下手太狠，有伤及晶簇层之虞，那工人必须在玛瑙层外边加固一层水泥。库房一片喧嚣，五个工人，高压冲洗、岩石切割、球体打磨、水泥加固、审美加工，各司其职。光线暗下来，矿主打开简陋房顶上的几盏大灯，整个库房一片璀璨，无数的晶芽发射出明亮的紫色光芒。那是光的世界，是时间的世界，也是美轮美奂的童话一般的世界。但齐桑说，该回了，山路难走。

我们在阿蒂加斯的一家酒店住下。晚上在附近的酒吧聊到半夜，齐桑问我这几年国内的状况，我则对他的海外生活好奇，还聊了我们共同关心的母校。我们俩都喝高了。我顺嘴又一问，为什么罢手？他大着舌头说，师兄，明天告诉你。

第二天本想睡个懒觉，不想马路上举办游行的庆典，把我从床上薅了起来。去餐厅吃早点，齐桑已经在座。饭后回程，我们先同行一段。到分手的路口，齐桑没拐弯，而是跟着我继续走。

"昨晚答应过的，"他说，"带师兄去看我最后工作的一个矿山。"

他没忘。

那座山在我回去的半道上。同样千疮百孔。钱是有味儿的，全世界的矿主们都带着钻机和铲斗扑过来。我们在泥泞的山路上绕了一圈又一圈，停下来，面前是一部分坍塌的山体。齐桑指了指，就它。跟其他尚未开采、已经开采和已经采尽的山没有任何区别。

"有区别，"齐桑说，"这座矿里的水晶质量更高。"

所谓质量高，就是开采出的紫晶洞球体更大，形状更规整，大恐龙蛋似的紫晶球数不胜数；晶芽颗粒更大，紫颜色更深也更纯净。一句话，拿下这座矿，等于拿下其他的五座矿。从出了第一批料开始，各路矿主闻到了味儿，就鱼贯而来。

所谓矿主，并非一定要买下这座矿山，只要他能从具备开采该矿资质的当地人那里租借来开采权就行。有资质并不代表你有能力开采。财力、器械、招工、产品加工流通、资金回笼，这套程序当地人能完整走完的没几个。所以外地人揣着钱就来了。

齐桑是跟着一个中国老板来的，前一座矿刚开采完，老板赚了一笔，这让他有信心参与这座矿的竞争。他们是排着队和当地人谈判的团队之一。老板和他带着礼物敲开了镇长的家门。镇长就是握着开采权的那个人。齐桑说，显而易见，他们的价码最高。离开时，镇长让自己的六个孩子从高到矮像琴键一样站到大门口欢送他们。

开采设备进入工地。工人们跟着几条矿脉深度掘进。齐桑还记得几年前的现场，告诉我那些坍塌的山体中曾有过怎样曲折的坑道。采出的晶洞真的漂亮，齐桑比画着。涉足这行业几年，他也是见过世面的行家。他向我要了一根烟，坐在一块石头上抽起来。

我们脸对脸抽了两根烟，他决定跟我说。

一个翻译会受雇于好几个老板。因为老板不是长年待在乌拉圭或者巴西，有钱了、有空了、有头绪了，他们才会从四面八方赶过来。中国老板大部分时间待在国内，过了雨季，开采和运输条件好了才会过来。齐桑受雇过的另一位东南亚老板私下里找到他。按规矩，长驱直入的全面开采已经开始，该矿主也有足够的能力运行下去，他人再觊觎是相当不妥的。但那位东南亚老板就是动了心思。他把两捆美元往齐桑面前一拍，说：

"拿下。"

"拿不下。"齐桑一口回绝。

老板把美元推到齐桑面前，在刚才放钱的地方摁下一张银行卡。"那是你的，这才是镇长的。用这个拿。"

"还是拿不下。"齐桑站起来要走。

老板起身更快，已经到了门口，回过头说："再想想。你只需要和那个狗屁镇长沟通好，确保出了问题我可以接手。其他的跟你没关系。"

齐桑盯着那两捆美元坐了一个小时，拨通了镇长的电话。

"难吗？"我问。

"盯上了钱，一切都变得无比容易。"

齐桑说，他的确就干了那么多。接下来采矿按部就班继续进行，顺利得让他怀疑那两捆美元是假的。他觉得是自己想多了。谁都可能心血来潮，东南亚老板更有可能。这个喜欢穿花衬衫的老浪子，经常在酒吧里为了某个乌拉圭美女甩出一大把钞票，唯一的要求就是让对方坐到他对面让他看上半小时。

那天雨后初晴，中国老板独自去了矿场。他想催促工人把大雨耽误的工期补回来。就是日常的监工，齐桑不必跟着。他在短租的房子里读爱德华多·加莱亚诺的《火的记忆》。下午三点，工头给他打来电话：矿道塌方了。

"有人伤亡吗？"他问。

"没有，人都在。"

"赶快通知老板。"

"找不到老板。"

"打电话。"

"不通。"

"他不是在矿场吗？"齐桑觉得后背一凛。

"不见了啊，"工头声音怯怯的，"刚有人说，好像看见他进过矿道。"

齐桑刚从歪躺的旧沙发上坐直了，现在跳了起来，扔下书开车就往矿场跑。一边开车一边吩咐工头带人全力清理矿道，接着要打电话报警，拨出键按下之前又停住。他一遍遍说服自己，这种事报了也没用。的确没用。

山山水水地开到矿场，车上被糊了一层厚厚的泥浆。工人们还在清理，他们下手谨慎，担心一铲子碰到不该碰到的东西。好在矿道坍塌的部分不太长，又靠近出口，清理难度不大，天黑时就收拾利索了。除了干的湿的泥土和大大小小的石头，别无他物。齐桑紧张得衣服湿了干、干了又湿，矿道重新敞开的那一瞬间，他觉得腰酸背疼。经验丰富的工头判断，是连日的大雨让被掏空的山体不堪重负。很有道理，可是老板去哪儿了呢？

"去哪儿了呢？"我也同问。

"悬案，"齐桑捡起一块石子在手心里盘，"我也想知道他去哪儿了。"

"再没出现过？"我隐隐觉得这故事似曾相识。

齐桑摇头："这几年我几乎把所有矿山和做这行的翻译都问遍了，没一个人见过他。"

"然后，那东南亚老板就接手了这一片？"我用手对着眼前坍塌的山体废墟划拉一圈。

"不然呢？"

"你继续给东南亚老板做翻译？"

"不然呢？"

有两分钟我们都没出声。

我在记忆里使劲儿翻找，想把某件事给打捞出来。然后听见齐桑幽幽地说："水晶真是个神奇的东西。"

第二次听他感叹。我笑笑："既然神奇，为什么又放弃了呢？"

齐桑的瞳孔立马放大，现出了敬畏的眼神。

"给东南亚老板只干了二十三天，我就辞职了，再不做矿山业务。"

第二十三天下午，他陪东南亚老板视察矿场。矿道里阴凉，但粉尘太多，老板一路用花衬衫捂住鼻子。正在作业的一个工人在前头叫他们，说发现了一个奇怪的紫晶洞。一座山的肚子里全是紫晶洞，有什么好大惊小怪的？东南亚老板没理会，捂着鼻子往外走。齐桑一个人过去。粉尘已落定，工人的头灯在那个被打坏半边的紫晶洞上一晃，紫光勾勒出一个转瞬即逝的轮廓，酷似一张人脸。他让工人放下机器，用自己的头灯去照。的确挺像失踪的中国老板嘴巴之上的面部侧影。嘴巴以下岩石层和玛瑙层还在。

他的心跳开始加速。他看那个发现紫晶洞的工人，一对眼他就知道那工人也这么看。他对工人做个手势，别吭声，继续作业，小心，完整地把它切割开来。他从口袋里掏出所有的零用钱，塞到工人的裤兜里。"收拾好给我。别让第二个人知道。"

傍晚东南亚老板回城时，他留了下来，跟着怀抱紫晶洞的工人进了操作间。那工人担心出差错，给晶洞保留了厚厚的一圈岩石层。操作间的工人都下班了，齐桑和那工人开始忙活。他们先把岩石层切薄，继而打磨，让岩石和玛瑙层保留足够安全又合理的厚度，最后才是从上到下对称着切开那个紫晶洞。紫晶洞包裹体都是球，对称切开后大多是一模一样的两个凹洞，洞内生满密密麻麻大小不一的紫色晶芽。紫晶洞之美，既在晶芽，也在整个洞的轮廓。破损的那一半被放置一边；完整的那半个晶洞，不唯色泽醇酽幽深，晶芽雄壮，其轮廓的不规整恰到好处。岂止是像，简直就是失踪的中国老板的侧脸。在齐桑的想象里，如果以紫晶洞的形式给中国老板做一个侧影，就应该是这样，只能是这样。那个侧脸的紫晶洞让乌拉圭工人直哆嗦，嘴里念念有词。他认为是神在显灵。

"我在操作间对着那个紫晶洞坐了一夜。"齐桑说，"抽了两包烟，身上被蚊虫叮出了五六十个包。一分钟都没睡着。"

天亮时，他给东南亚老板写了一封辞职信，压到老板常坐的椅子上，背着完好的那半边紫晶洞开车出了山。乌拉圭工人趴在操作台上睡得正香，呼噜声惊天动地。

齐桑的车在前头，送我到路口。本想摁个喇叭就此别过，他下车了。那就来个他乡遇故知的拥抱，一个师兄师弟的拥抱。他把手机打开，从图库里找出一张照片，说：

"还是应该给师兄看一看。"

侧脸的紫晶洞。的确非常像一个男人的侧面像。我表示感谢，再次握住他的手。

齐桑说："我终于把它说出来了。"

回到北京，处理完工作上的事，我回了趟老家。找到做水晶生意的朋友，说起乌拉圭的紫晶洞。朋友说，你真是离开老家太久了，城西高老板的事你没听说？我说好像听到过那么一耳朵，怪不得这事似曾相识。

两年前，我老家做水晶生意的高老板在乌拉圭失踪，活不见人死不见尸，在当地也报过案，始终没头绪。至今还是悬案。老家倒是风传过一阵，各路消息都有，猜测五花八门，但高老板人间蒸发的结果是确凿的。我可能就是那阵子回老家时风闻了一丢丢。我跟水晶缘分薄，水深水浅完全不明白，高老板于我也只是传说中的暴发户，听完也就过了，没往心里去。

朋友不信鬼神，只对撞脸感兴趣，奈何我手中又没有照片，他一拍桌子，直接去高老板家。他认识高老板弟弟，也是做水晶生意的，在水晶城有半层楼的铺面。

高家对高老板的下落已不抱希望，但还是很配合地拿出他们能找到的所有高老板的纸质和电子相片。翻了大半个小时，有一张侧面特写，我把它放到朋友眼前。

"怎么说？"他问。

高家人也凑过来。

"形神兼备。"我说。

朋友和高家人此刻反倒怀疑了。我理解，这事听起来是不怎么靠谱。我决定向齐桑求助，请他把紫晶洞照片发我。乌拉圭是半夜，他还没睡，叮当两声，连着两条微信回过来。第一条是一句话：

"师兄，当时我就是听说你是东海人才决定见你的。"

第二条是图片。我还没来得及下载好清晰的原图，扎在我手机屏幕上方的一群脑袋就发出了惊叫。

我把高清照片在众人面前再巡回展示一遍，惊叫声又起。高老板的老母亲扑上来要抓我的手机，被两个孙子拉住了。

我回齐桑："收到，谢谢师弟。高老板全家也表示感谢。"

过一会儿，他回："给我个高家地址。"

半个月后，我正上班，高老板弟弟打来电话。

"谢谢徐老师，"他说，"也务请再次代我们全家感谢齐老师。"

"实物像吗？"

"像不像他都是我哥。"电话那头带了哭声。

我给齐桑发微信感谢，告诉他紫晶洞收到。短信被退了回来。再试，又退。

他把我拉黑了。

木棉或鲇鱼

李修文 *

　　即将登陆的这场台风，菲律宾给它起的名字，叫作木棉。可是，这名字冒犯了老挝的一个少数民族，音译过去，恰好与他们膜拜的一位神灵同名，因此，老挝气象局打破惯例，自行给它起了个名字，叫作鲇鱼，意思是，这场台风，就像河底的鲇鱼，以淤泥、腐殖质和小鱼小虾为食，是不洁和令人厌弃的。不用说，于慧的新婚丈夫，老欧，喜欢第一个名字——木棉。想当年，释迦牟尼在灵鹫山说法，又拈花示众，众皆默然，唯有迦叶尊者破颜领会，于是得传金缕袈裟，这金缕袈裟，另外一个名字，就叫作木棉袈裟——自打中风又恢复以后，老欧便信了佛，也不光是信佛，道观、关帝庙、龙王堂，甚至杭州西湖边的岳王庙，只要见到，他便一定会长跪不起，为的是他那没有好利索的半边身体，赶紧彻彻底底地好起来。直到今年春天，机缘殊胜，老欧认识了一位上师，这上师，开设了一门课程，名叫悉达吠陀，真是神奇啊，自从上了这门课，老欧的半边身体，竟然一点点好转起来，不用说，也是因为上师的开示，老欧和于慧，这对新婚的夫妻，才横穿了小半个中国，来到这座岛上。但说实话，关于那场即将到来的台风，要是问于慧的意思，在木棉和鲇鱼之间，她更喜欢鲇

* 　李修文，男，1975 年生，湖北钟祥人。现为湖北省作协主席、武汉市文联主席、武汉大学文学院教授。著有长篇小说《滴泪痣》《捆绑上天堂》《猛虎下山》和散文集《山河袈裟》《诗来见我》等作品，曾获鲁迅文学奖、《小说选刊》年度优秀作品奖、百花文学奖等多种文学奖项。

鱼这个名字：上岛以来，各条海岸线上，浊浪拍岸，海水穿越一道道防浪堤，不停地灌进岛内；还有那些塑料做的沙滩椅，被狂风卷上半空，一遍遍拍打着他们租住的酒店公寓窗户，这不是成千上万条鲇鱼精从大海里爬上岸来作魔作妖，还能是什么？再说了，这岛上的淡水湖里，原本就出产一种鲇鱼，但满身都是剧毒，那剧毒的名字，叫作金黄色腺体脱氢鳞状细胞毒素。早些年，好多人吃过它之后食物中毒，送了性命，一度，这种鲇鱼，还上过好几种药学辞典，后来，岛上的人对它们展开了灭绝式的捕捞，渐渐地，就再没有人见过它们，吃过它们了。

其实，老欧非要来这座岛，和于慧还是有关系的。自打他们相识，她就没少跟老欧说起这座海岛，年轻时，她至少来过这座海岛十几二十次，怎么能不对他常常提起这里呢？她的第一个丈夫——小田，对，她一直叫他小田——就在这座岛上当兵，那时候，作为一个炊事兵，每隔几天，小田就要去几十海里外的另外一座小岛上，给在那里驻守的战士们送菜；只要她来探亲，便会陪着小田一起去。通常，他们会在晚上出发，小田开船，她就坐在新鲜的蔬菜中间，看着天上的星星，海面上涌起的白雾，还有偶尔从海水里跳出来的鱼，再闻着海风味道、茄子西红柿的味道和小田身上散出的汗味，每逢这样的时候，她总是忍不住，搂住了小田，在他脸上，在他身上，不要命地亲，到了那时，小田便将船停下，也去搂她亲她，甚至，他们会将自己脱光，做爱，海浪溅在他们赤裸的身体上，凉凉的，却只能让他们粘得更紧。可惜的是，自始至终，她都没能给小田生个孩子，是她的问题，多囊卵巢综合征，她却一直不死心，每一回，当他们在船上做爱，最后的时刻，她都会把两条腿夹得紧紧的，生怕错失了怀孕的机会，小田却总是笑着，让她平缓下来，又对她说："没孩子就没孩子呗！这辈子，我给你当儿子，你给我当闺女……"

俱往矣。现在，她已经五十好几，和小田早早断了缘分，当她以为自己注定孤身终老之时，传说中的黄昏恋竟然来到了她这里：经人介绍，她嫁给了老欧，想当年，老欧绝对算得上是名动一时的人物——倒回去二十年，作为国有机械厂的厂长，他雷厉风行，一手主导了企业改制，几乎一夜之间，他让两千多工人下了岗；然后，自己从银行贷款，买下了工厂；再经过多年经营，企业起死回生不说，更是连年都成了利税大户，各种荣誉称号，什么什么突击手，什么什么时代先锋，就没有哪一年从他身上丢掉过，他唯一的女儿，早早移民到了波士顿，要不是突然中了风，他给自己定下的时间，是把企业干到七十五岁再谈退休。事实上，他也真是有一颗虎胆，哪怕中了风，也丝毫都不信邪，医生和女儿叫他卧床静养，他偏不，咬着牙，硬是从床上爬起来，报名参加了悉达吠陀课程，渐渐地，奇迹发生了：除了右侧的半边身体还没有那么灵光，试问当初那些跟他一起住进医院的中风病人，谁比他恢复得更好？也就是在这个时候，老伴去世了六年的他，全不管女儿的反对，一心想要再婚，于是，有人给他介绍了刚刚从一家民营医院退休一年的护士于慧，两个人认识还不到两个月，火烧火燎地，老欧就娶了于慧，大概的原因是，于慧根本不像之前跟他接触过的别的女人，别说惦记他的钱了，她连过去的他是何等人物，竟然一点都不知道；不光他，医院之外的任何事情，她都像是不知道，他跟她说起当年自己如何九死一生才安排好好几千号下岗工人，她睁大了眼睛，又可怜他："这样啊！"他跟她说起自己为了使企业重新上路，跑到广东别开新路，出了车祸差点死掉，她又睁大了眼睛，还是可怜他："这样啊！"更别说，中风之后的恢复期内，没有哪一回不是于慧搀着他去上悉达吠陀课；按照上师的开示，下了课，他还要勤练吐纳打坐慢跑等等，于慧更不拦着，专门找僻静的地方，陪他去吐纳打坐慢跑，这样一个女人，不赶紧把她给娶了，还在等什么？

老欧自己也承认，在于慧面前，他根本不像是比她还大十多岁，反倒变成了个小男孩，一会见不着她，他就急得快跳脚，一刻也忍不住地打电话对于慧撒娇："你怎么还不回来？再不回来，你就别回来了……"

还没过多大一会，他又给她打去了电话："我饿了！"

以中风为界，跟过去相比，老欧的确变了个人，苏东坡的诗、戏曲频道播放的歌剧《洪湖赤卫队》选段，尤其是一周三次的悉达吠陀课程，如此种种，都令他伤怀不已：这一辈子，错过了太多好东西了。现在，他再也不想继续错过了：那天，他和于慧，一起看一部冗长的泰国连续剧，看到男女主人公去普吉岛结婚旅行，他当即便攥住了于慧的手，告诉她，他也要带她去结婚旅行，不去别的地方，就去她经常说起的那座岛。于慧吓了一跳，脱口说："这样啊！"紧接着，老欧拨通了上师的手机，向他报告了可能的行程，得到了上师的肯定，然后，他放下电话，再坏笑着去看于慧："我得去感谢一下小田，要不是他，你还说不定在哪儿呢。"如此，这件事，就这么定下来了。距离出发的日子还有三天的时候，老欧的女儿打来了电话，打算紧急叫停他的荒唐，女儿先是历数了他身上残存的一样样毛病，又告诉他，她查过了，一场史上未见的巨大台风，正在太平洋上生成，它要经过的路线上，恰好就有他和于慧要去的那座岛。"到了那时候，有命去，没命回来，看你怎么办？"哪知道，女儿的话彻底激怒了老欧，挂掉电话之后，老欧命令于慧，赶紧把定好的三天之后的票改掉，一刻也不等了，明天一早，他们就走。

第二天，他们坐的是早班机，当飞机结束轻微的颠簸，开始平飞，老欧问于慧："九九八十一难，你知道吗？"

"八十一难？"于慧没明白老欧的话是什么意思，茫茫然再问他，"……是唐僧西天取经的八十一难吗？"

"正是。"可能是中风之后太久没有出过远门，老欧的脸上，笑嘻嘻的，"实不相瞒，我就是唐僧，我也有八十一难。"

"……"显然，于慧越发不知道该如何去接老欧的话了。

"不过呢，都快渡过去啦，"老欧下意识地动弹着右侧的半边身体，"盘丝洞的妖怪，火焰山的魔王，都他妈被我打倒了，我他妈的，不对，还有你，咱们两个，离木棉袈裟护体的时候，不远啦！"

没想到的是，一上岛，老欧就吃起了小田的醋，先是在废弃的军营里，老欧非要去他和于慧当年住过的营房里看一看，结果，真找到了那间结满了蛛网的营房，又听于慧说起，在这营房里，她和小田，一起学跳过水兵舞，做过麻辣火锅，有一回，还把床给睡塌了，老欧顿时就黑了脸，扔开她的手，一个人气鼓鼓出了营区；当他们路过海岛东岸的一块竖立起来的屏风般的礁石，于慧说起，当年，她和小田，往几十海里外的那座小岛上送菜的时候，每一回，他们的船，就是从这里下水的，老欧冷笑起来，手指着大海，他发了狠："几十海里而已，也没多远嘛，你再等我几天，等台风过去了，我也划船，把你送过去！"

到了晚上，于慧的偏头疼犯了，疼得要死要活，却发现自己这趟出来忘了带药，只好忍着痛，顶着大风，出门去买药，临出门，老欧撒娇，堵在门口，不让她出去，说要买药也应该是男人去干的事，两人正僵持着，风刮得更大了，一只沙滩椅被风卷上半空，砸在了他们的阳台上，这么着，事情就没得商量了，她差不多算是生气了，冲他喊："你不要命了吗？"这才让老欧听话，乖乖待在公寓里等她回来。之后，她出了门，步行了差不多二十分钟，总算找到了一家二十四小时都开门的药房，回公寓的时候，却麻烦了：海水灌进了岛内，来时之路全都被海水淹了，不一会的工夫，那水就淹到了齐腰深，她只好重新再找一条路，可是，她的头疼得厉害，也晕得厉害，光是在一个空荡荡的美食广场里，她就来回闯荡转悠了半个多小时，死活也走不出去，刹那间，看着在台风季里歇业的那些黑洞洞的店铺——小湘厨、铁锅炖、三千里烤肉——她还以为自己来到了阴曹地府。最后，她总算是冲出了美食广场，风也刮得更大了，闪电一道接连一道，雨水当空而下，几分钟就成了瓢泼之势。完了，当街里站着，于慧一边冻得瑟瑟发抖，一边绝望地想，今天晚上，只怕是回不去了。哪知道，几分钟过后，远远地，她听到，老欧正在喊着她的名字，她盯着前方仔细看，果然，闪电里，老欧朝她奔了过来，天知道他是怎么找到她的！一下子，她的眼泪都快掉了下来。接下来，老欧蹲下，让她趴到自己的背上，对，他要背着她，蹚水回公寓，她当然担心老欧的身体，执意不从，但老欧却发了大脾气，到最后，她也只好乖乖听话，让他背自己回去，刚走出去没多远，老欧便快喘不上气来，她问了一句他还吃不吃得消。"小田，看见没？你老婆，我背着呢！"老欧却愣生生地将脖颈一挺，小跑起来，又对着茫茫雨幕大喊了一句，"我的老婆，我背着，你就别瞎操心啦！"

回到公寓，老欧显然是冻着了，上下牙都在打战，四肢也在哆嗦不止，于慧赶紧打开淋浴，给他冲澡，冲完了，再手持一块干浴巾，将他的身体一点点擦干，擦到他的两腿之间，那里似乎有了反应，动了一下，她看见了，他更看见了；但只动了一下，他们也都只好装作没看见。突然，老欧右侧的半边身体，僵直着，再不动弹，嘴巴也打了结，喊出来的话，一瞬之间就变成了大舌头："糟，糟了，我好像……我好像又中风了！"这下子，她的魂都快给他吓没了，毕竟是护士，她一把拉开浴室的门，冲到客厅里去找药，临到要出门，老欧却又一把拉住了她，哈哈笑着，对她说："吓你的，我故意吓你的！"紧接着，他坏笑起来，看看自己的两腿之间，再盯着她："再过几天，我会让你知道厉害的——"没等老欧的话说完，于慧这回，是真的翻脸了，将两只手在自己的心脏上捂住了好一会儿，这才没好气地，一把将他推出了浴室，老欧也知趣，不再纠缠，乖乖回到了客厅里。于慧关上门，先是打开水龙头，将水温调凉，拼命冲刷着自己的头，好半天，刀割一般的头疼才稍微减轻，她眼前的一切，也不再是忽远忽近忽明忽暗，她这才拉开窗户，拼命地朝着闪电和雨幕里张望，拼命地找着小田的影子。

是的，就在于慧和老欧短暂分开的这段时间里，一件断然不可能发生的事，发生了：天哪，她竟然，遇见了小田。遇见他的地方，不在别处，正是之前的美食广场：远远地，她看见一个人影慢慢走过来，和她一样，站在铁锅炖的屋檐和招牌底下躲雨，恰好，一道闪电，将他们两个人照亮，霎时间，他们看着彼此，各自难以置信，等到下一道闪电来临，转瞬即逝的光亮里，两个人再一次看清楚了对方——就这么一小会儿，他们的眼睛里，都淌下了眼泪：虽说过去了这么多年，他们都老了，但是，化成灰，她认得他；化成灰，他也认得她。

最终，还是小田先跟于慧说话了："……我知道，你现在，过得挺好的。"

于慧完全说不出话来。

沉默了一小会，还是小田继续说："你们上岛的时候，我看见你们了……你们，过得挺好的。"

　　又有什么不能承认的呢？她干脆吸了吸鼻子，对小田说："是还行，挺好的。"

　　停了停，她反问小田："你呢？"

　　"我？"小田低头，看看自己的厨师服，那厨师服上，东一块油渍，西一块油渍，于是，不无凄凉地，小田笑了，"……我还能怎么样？"

　　于慧追问他："这么多年，你一直躲在这里？自己开店，还是给人烧菜？"

　　"对，躲在这里……在民宿里给人烧菜。"小田又低下了头，可是，再抬头时，眼神里却多出了一丝嘲弄，还不只是嘲弄，那甚至，是恨意，他的笑，也不再凄凉，而是像一支箭射过来："为了嫁给他，没少下功夫吧？"

　　"不是你想的那样——"于慧慌忙回答他。真的是孽债，这一辈子，只要小田生气，她就会慌张；一慌张，说话时，就像她最早认识的老欧一样说不利索。

　　小田的嘲弄越来越明显："当初，你不是说好了，不管活到什么时候，都要守着我的吗？"

　　"是说过，"听小田这么说，一股巨大的委屈，还有愤懑，也迅速地攫住了于慧，她径直反问他，"那你呢？你又对得起我吗？"

　　如果不是老欧喊着于慧的名字远远找过来，两个人的争辩，只怕还会无休无止地继续下去，所以，当老欧背上于慧，又冲着茫茫雨幕大喊起来："小田，看见没？你老婆，我背着呢！"实话说，彼时彼刻，于慧的心，差点被这句话吓得跳出她的身体：要是依了小田当兵时的脾气，这下子，老欧还有命活着回去吗？奇怪的是，小田像是没听见，一点声息都没发出来，于慧趴在老欧的背上，头脑里倒是止不住地错乱：就好像她和小田，全都回到了年轻的时候，要是有人胆敢逗弄她那么一两句，要么像一把剑，要么像一块铁，或刺或砸，小田都会各种斜刺里跳将出来，不要命地朝着对方冲杀过去。然而，今时不同往日，于慧等了一会儿，并没有等到小田跳将出来，便只好任由老欧背着自己，一步步往前蹚。也是，其实当年的小田，自打转业，进了工厂当厨师，他就不再是当兵时的小田啦。只不过，即使这样，于慧也知道，小田没离开，他一直都在跟着自己和老欧朝前走，这不，路东的槟榔树与槟榔树之间，路西的凤尾蕉与凤尾蕉之间，总有一个人影，忽而闪现，忽而消失，这要不是小田，还能是谁？

老欧是何许人也？打这晚开始，他便看出，于慧不太对劲，但是，看破却不必说破。第二天，于慧在床上几乎躺了一整天，老欧倒是跑进跑出，给她买吃的喝的，还专门找到岛上的医院，给她买了更对症的头疼药。第三天，一大早，天刚蒙蒙亮，他便叫醒了于慧，要和她去赶海。糊里糊涂地，于慧就被他拉扯着，来到了大风摧折了一晚之后肮脏的海滩上。一路上，头顶上的广播里，正在播报着一则新闻：菲律宾和老挝，还在为几天后那场台风的名字争吵不休。她忍不住去想：还别说几天后，就现在，海滩都已经够脏的了，何止海滩，前后左右，无一处不像个垃圾场，这台风，不叫它鲇鱼，还能叫什么？老欧也听完了广播，却像是对昨晚的风级很不满意，甚至有些恼怒地问她："你说，这场台风，他妈的为什么还不来？"她哪里答得了老欧的话呢？她的头还在疼，世间万物，仍在忽远忽近、忽明忽暗，心底里，也禁不住暗暗疑惑：这么长的海滩，一个人都没见到，海面上，暂时也风平浪静，都没有一道海浪朝他们涌过来，他们两个，这是赶的哪门子海？做梦一般，不知不觉间，她被老欧拉扯着，来到了那块屏风般的礁石前，然后，老欧让她站着别动，当当当，当当当，他用嘴巴给自己奏乐，转而跑到了礁石后面，再现身时，于慧看到，老欧竟然拽着一条船出来了。天知道他是怎么办到的呢？可不管怎么说，他的意思，于慧却很明白：他要兑现自己发下的狂言，划着船，从这里出发，送于慧到几十海里外的那座小岛上去。显然，老欧的疯狂超过了她的想象，她只有愣怔着，站在海滩上，看着老欧将那条船推入海水，再看着他跑回来，攥起自己的手，并排朝着船走过去，临走到船边，于慧如梦初醒，问老欧："你这是不要命了吗？"老欧接口就笑答："谁说不要命了？我的命，硬得很，这点子海水，拿我有什么办法？"话音未落，老欧再将她往前一拽，她趔趄着，几乎倒下去坐在了船上。

好吧，他们出发了，风平浪静的大海，真是好：薄雾正在散去，浑浊的海水也在慢慢清澈起来，一点点细雨降下，打湿了于慧的脸和头发，使她差点觉得，自己回到了特别年轻的时候，那时候，她连小田都还不认识，一切都没开始，一切都像大海一样，空旷，无边无际。可惜的是，他们两个的船，并没划出去多远，就碰到了海警的巡逻船。一见到他们，巡逻船上的大喇叭立刻响了起来，喇叭里的声音警告着他们：台风就要来了，他们必须赶紧回到岸上去，否则，巡逻船就要动用强制手段驱离他们。老欧恨得牙痒痒，可是没法子，他也只好挥动双桨，把船往回划。回到海滩上，老欧生着气，也不理于慧了，一个人，再去将船藏在礁石后面，以待来日，于慧想过去搭把手，哪知道，老欧却一把推开了她，她只好止步，看着他一个人拖拽，一个人忙活，只是，等到老欧消了气，从礁石背后跑出来，举目四望，却再也看不见于慧了，不用说，这是于慧跟他生气了，一个人先回了公寓，这下子，老欧认输了：罢了罢了，还是回去认错吧。于是，朝着公寓的方向，他先是小跑起来，然后变成了狂奔。

但是，于慧并没在公寓里，在公寓里等了好半天，老欧也没等到她回来，他不再等了，出门去找她，这时的他尚且不知：几乎大半天，自己都将奔跑在找她的路上。海滩边的树林，十好几家餐厅、美容院和水疗洗浴中心，好几处网红打卡景点，以上诸地，他全都去找过了；中间，他甚至还哭了一场——经过他们早上分别时的海滩，看着空荡荡的海面，猛然间，他有了不好的预感：难道，就因为自己冷落了她，还推了她一把，她便想不开，一气之下，跳进了大海？果真如此的话，他该怎么办？接下来的日子，又该怎么办？一念及此，老态发作，两行眼泪夺眶而出，怎么忍也忍不住，好在是，一阵伤情之后，他又转念想，无论如何，于慧总不至于去跳海，这才戛然止住，接着去找她，终于，在那条人烟稀少的商业街，快走到头了，一抬眼，老欧看见了于慧：她也看见了他，像是被他吓住了，一哆嗦，消失在了路边的一条巷子里，但是，老欧却看得真切，她不止一个人，在她边上，还有一个男人，两个人还挨得特别近，近得就像是一对夫妻。

接下来，一个追，一个躲，他们两个，兜兜转转，跑遍了商业街和它周边的好几条巷子，在一家良品铺子的门店前，老欧终于截住了于慧，她身边的那个男人，却没了踪影，躲了这么久，于慧也跑不动了，好似待宰之羊，背靠在仿古建筑的粗大门柱上，喘息着，脸色煞白地看着老欧，老欧也不废话，上来就问她："他是谁？"

于慧避无可避，只好照实承认："小田。"

巨大的惊愕袭来，老欧的嘴巴都差点合不上："他，这些年，一直在这岛上？"

"对。"于慧点头，眼神却是涣散的，像是在看老欧，又像没看他，想了想，又补了一句，"我也是刚知道。"

猛然间，一阵眩晕，将老欧裹挟，他的眼前发黑了一阵子，这短暂的发黑，和他第一回中风之前的情形一模一样，顿时，他的心狂跳了起来，站也站不住，往前踉跄了两步，但他拼了命，活生生将自己给定住了，再看看四周，确定自己并不是再一次中风，这才问于慧："他，想让你留下来？"

"是。"于慧继续承认，"……他想让我留下来。"

"我问你——"到了这时候，老欧才想起那个要命的问题，"你们就这么，就这么逛了一个上午？"

见于慧不解，他便追问了一句："没干点别的什么？这一上午。"

这一次，于慧明白了，慌忙摇头："我头疼得厉害，走一阵，就要歇一阵。"

老欧放了心，巨大的怒意却没消退。天上下起了雨，不同于清晨里的细雨，雨珠粗硬得很，老欧干脆仰起脸，任由它们砸在脸上。可能是经受了不小的刺激，哪怕背靠在门柱上，于慧也站不住，想走，又怕老欧不同意她走，捂着头，看看老欧，再看看四周，身体一软，差点倒在地上。罢了罢了，看她这样子，老欧的心也软了，暗暗地，叹了口气，走到她身前，蹲下，让她趴到自己的身上，他要把她背回去，于慧也明白他的意思，听话地趴好。真是奇怪啊，按理说，这辈子，他也没少碰别的女人，可是，每一回，只要于慧挨着他，那两只乳房只要轻轻地蹭一下他的什么地方——他的胳膊、他的脸、他的后背——只要蹭上去，他便什么都忘了，哪怕早已无法做爱，他也只想着跟她腻歪在一起。现在又是如此：在越下越大的雨里，满街的芭蕉叶，片片都显得碧绿肥大，还有那些蕉干，直挺挺向上耸立，全都顶着一朵两朵的瓣叶微张的芭蕉花，而它们，竟然让老欧脸色潮红，直喘粗气，他觉得，那蕉干，是自己，那芭蕉花，是于慧。

老欧并不知道，实际上，于慧对他说的，是假话。在小田的出租屋里，小田推倒过她，也几乎将她的衣服给脱掉，她一直不让，双脚蹬踏不止，其中一脚，蹬在了小田的胸前，看她这样，小田也泄了气，站到窗前，抽着烟，背对她，嘿嘿冷笑："你也是这样踩他的吗？"她当然无言以对，小田却不打算放过她："你今年，五十几了？"小田扫视着她，又自问自答："五十六了。还好，胸还是胸，屁股还是屁股，腰粗了点，不过呢，他喜欢，人人都知道，他最喜欢骑大洋马，我没说错吧？"而于慧，从床上坐起来，将衣服整理好，也不敢看小田，低着头，盯着自己的脚。这双脚上穿着的鞋，是两个人拿证之前，老欧买给她的，产自意大利，漆皮，厚底，每只鞋面上各嵌着一只蝴蝶结，暗暗发着光。小田也看到了这双鞋。"嫁给他，你没少花心思吧？"小田拿自己的脚踩在她的脚上，踩着踩着，他突然喊起来，"对了，你他妈的，不会从那时候就开始想嫁给他吧？"他说的那时候，于慧自然知道是什么时候，她连连摇头，不知道她想起了什么，突然，眼睛就红了："那时候，我怎么可能认识他？"

"也是……"见于慧哭起来，小田也大概猜出了她为什么而哭，声调低下来，问她，"想起烧鞋子的那天晚上了吧？"

于慧抬起脸："你也还记得？"

怎么可能不记得呢？那天，是于慧从厂医院下岗之后的第一个春节前，腊月二十八，再过两天，就要过年了，而他们，因为前一年小田的妈妈住院动手术，所有的积蓄花完不说，还欠下了不少债，越近过年，上门要债的人就越多，所以，哪怕已经是腊月二十八，他们两个，还在火车站前的广场上卖衣服。衣服是于慧批发来的，最贵的不超过五十，最便宜的只有五块，下岗之后，她就一直在做这门生意。入夜之后，天上下起了大雪，他们害怕早回家会被债主堵门，就一直熬着，熬到半夜了，才敢往回走，他们的家，在郊区，从市区西北角出来，得翻过两座山，才能到达他们的厂区门口，这天晚上的雪下得太大了，山路上都结了冰，一开始，小田还骑着自行车，驮着于慧，于慧的怀里，抱着一堆没卖掉的衣服，渐渐地，冰层越来越厚，几乎寸步难行，他们刚打算推着自行车往前步行，一个打滑，连人带自行车带衣服，全都跌下了山路边的深沟里。那深沟，连同里头的树和灌木丛，全都结着冰，仅靠徒手，无论如何都攀不上去，而漫山遍野里，除了他们夫妻，再没有过路人，到后来，他们都快被冻死了，为了暖和一点，小田手持着打火机，想去点燃没卖掉的衣服来烤火，可是，它们早就都被大雪浸湿了，根本点不着，这时候，于慧想到一个法子，她找小田要过打火机，再脱下自己的鞋子，将打火机伸进去，点燃里面的人造毛，渐渐地，一整只鞋子都烧着了，起了火，借着火势，他们接着去烧那些没卖完的衣服。一件烧完了，再烧另一件，从五块十块的，直烧到五十块的，全都快烧完了，总算来了一辆过路的货车，他们拼命地喊，那辆货车的司机终于听到了喊声，停下来，扔给他们一根绳子，才将他们吊回到了山路上。

"留下来吧，别跟他回去了，"小田的脸上，淌出了眼泪，他明明白白去求于慧，"留在这里，跟我一起过。"

"你也别骗你自己，我有这个把握，你还是想跟我一起过的。"停了停，小田继续紧盯着于慧，"要不然，在海滩上，我对你一招手，你就乖乖跑过来了？"

于慧自然没法子去反驳他，是啊，真是贱啊，就那么一会儿工夫，老欧还蹲在礁石背后，吃力地将那条船系牢在石孔里，她也只是远远地依稀看见小田对她招了招手，便什么都不管，撒开腿，跑到了他的身边，再任由他将自己带到了他的出租屋里。可是，现在，时隔多年之后，她的合法丈夫，是老欧，她还怎么可能留得下来？隔着窗户，她已经看见了好几遍老欧在岛上来来回回地找自己，再不回到他的身边去，他要是动了雷霆之怒，事情又该如何收场？算了，该走了，她不再犹豫，起了身，要往外走。"你可别后悔，"小田冷声对她说，"我不会拦你的。"他的话虽这样说，见她照旧出了房门，他还是追了出去。

只是这么一来，老欧可就跟发了疯差不多了：之前，清淡的饮食、适量的运动、戒烟戒酒，这些中风病人恢复期内必须做到的戒律，他一直都在坚持；现在，他更要坚持，唯有适量的运动这一项，他下定了决心，不再遵守，而是擅自加大了运动量，以使自己早日变成和小田一样的"正常人"。是的，承认了吧，他其实还远远不是一个"正常人"：右侧的半边身体，那些看起来的自如，都是他强撑出来的，一旦前后左右都没人的时候，他便撑不动了，再往前走路时，多半只有左侧的半边身体拖拽着剩下的部分吃力地挪动。为今之计，除了加大运动量，还有什么别的法子呢？于是，除了早晚各一次的环岛跑，一有时间，他就要划船，对，那条藏在礁石背后的船，一回回被老欧拖拽出来，再推入海水，自己坐上去，挥桨，一点点划远，远到变成一个海面上的黑点，远到让一直站在公寓窗户边看着他的于慧手脚冰凉，心都提到了嗓子眼里，他才往回划。

这天晚上，天都快黑了，海面上的那个黑点，还没划回来，眼看着天上海上风浪大作，一整座岛上的树都被风吹得纷纷扑倒，海浪也在骤然间升高，一道道向海滩挤压，本地电视台中断了正常节目，反复播报着台风很可能今晚就将经过此地的突发新闻。于慧再也坐不住，攥着手机，冲出公寓，奔到了海滩上，再踮起脚，死命地朝海上张望，可是，茫茫海水间，怎么都看不见老欧和他的船，她给老欧打了几十次手机，每一次，听筒里传来的，都是"您拨打的用户已关机"，这可怎么办？这可怎么办？于慧全然没了方寸，除了对着大海连喊了几十遍老欧的名字，她也再也没别的法子，只有在遍地的淤泥里来回地走，每走一步，鞋子陷进淤泥，要使老大的劲，才拔得出来，好巧不巧地，小田却像个鬼魂一般，悄无声息地，又站到了她身边。

"别喊了，说不定，他早就回去了。"小田提醒她，"这里的风太大，我敢打赌，他是换了个地方，上岸了。"

夜幕浓重，于慧看不清小田的脸，不过，听他这么说，她也好歹松了口气："……是吗？"

"在水库里捞鱼的那天晚上，刮的风也有这么大——"小田却不看于慧，幽幽地，去看被夜幕席卷的大海，黑黝黝的海面上，一点亮光都没有，足以说明，就连那条四处围追堵截的巡逻船，也回到了避风港。小田侧过脸，问于慧："我没说错吧？那天晚上的风，不会比现在的小吧？"

听见小田这么问自己，于慧的身体，猛然定住，不再左右走动，没敢继续朝着大海张望，也没敢去看小田，只是低着头，鼻子一酸，哭了："我当然记得，怎么可能忘得了？"

是的，只要她愿意，在水库里捞鱼的那个晚上，随时都能像她看过的那些电影一样，招手即来，在她脑子里飞快地过一遍，就像现在，当她抬起头，大海已经凭空消失，换作了当年的那座水库——这座水库，距他们当年的工厂并不远，却与四县接壤，仅水域面积就有六十多平方公里，因为它接纳的支流甚多，并且还纳入了不少的潜流和暗泉，所以，出产的鱼种便格外多，在所有的鱼中，最被食客们视若至尊的一种，是产量极少的白甲鱼，此鱼其实属于鲤科，但因为常年只吃水底岩石上的着生藻类，别的食物则一概不碰，肉质便格外鲜美，只引得多少董事长、总经理竞折腰。这天，节令正是霜降，小田得到命令，非要去水库里捞回几斤白甲鱼不可，只因为，第二天，好几位大人物要驾临工厂，厂长要招待他们好好吃上一顿。来通知小田去捞鱼的人说，白甲鱼要是捞不回去，他便就地下岗，再也不用回去了。可是，那白甲鱼，从来只在夏天从水底游向水面，其余的时间，一律在水底的岩石附近游荡，霜降时节，他有什么法子把它们捕到手里来呢？

晚上，于慧收了卖衣服的摊，匆忙便往那水库里赶，风刮得那么大，她实在不放心小田一个人待在水库里，果然，等她到了水库边上，小田划着船去接她，大风袭来，她差点就一头栽进了水里。和她想的一样，船舱里，一条白甲鱼都没有，他们两个，瑟缩着，继续划船，来到小田之前布好渔网的地方，一张张拎起来，除了零星的杂鱼，根本没有白甲鱼的半点影子，时间一点点过去，风也大到了快将他们的船掀翻，又检查了好几遍渔网，还是一无所获，终于，小田下定了决心，吩咐于慧在船上坐好，他自己，则准备下船，扎猛子到湖底的岩石边上闹一闹，看看自己究竟能不能把白甲鱼们往水面上赶一赶，听他这么说，于慧一把拽住他的裤腿。"不行，"她失声喊起来，"这会没命的！"风太大了，哪怕她拼了力气喊出来的话，也一下子就被风送远了，但是，小田听明白了，他的身体，发了一下颤，苦笑着，问于慧："要不，你说说，还有没有别的法子？"于慧当然没有别的法子，只是拽紧了小田的裤腿，一点也不松开。"听话，"小田将她的手掰开，再轻声叮嘱她，"你坐好，我去去就回来，实在不行的话，咱们就认命。"说罢，他一把推开于慧，从船上跳下去，于慧再怎么阻拦，都已经来不及，下意识地，喊了一声小田的名字，眼睁睁地，看着小田从水面上消失，只剩下水面上扩散开去的波纹，在大风之中，迟迟无法聚拢。好在是，没让她等多久，离船不远的地方，小田现身了，他仰卧在水面上，一口口，吐出了灌进嘴巴里的水，于慧手忙脚乱，刚要挥动船桨朝他划过去，他却一个猛子，重新钻进了水下。

回忆至此，戛然而止，就像年轻时看露天电影，胶片烧着了，银幕上不再有什么画面，变作了一块白布，于慧的眼前，水库也消失了，取而代之的，仍是夜幕下的大海，现在，海浪冲破夜幕，犬牙一般，正在一点点向着她和小田奔涌。她刚要往后退避两步，突然，小田的脑子里，也像是过完了好几部电影，又像是明白了一切：整个身体，都在止不住地战栗；他的脸，激动到了近乎扭曲的地步，然后，他一把抓住于慧的胳膊，脸都快贴到她的脸上去。"我知道了，我知道了，你一直都在守着我呢，"几乎是一字一句地，他的眼睛，逼视着于慧的眼睛，"你带他到这里来，是想要他死在这里，对不对？对不对？"

"……"天大的秘密，就此被小田戳破，于慧的眼前，还有她的脑子里，全都又只剩下了一块白煞煞的电影幕布。她看着小田，又像是没看他，再转过身，去看一整座岛，这座岛上，全部所见，树和灯杆，公寓和商业街，灯塔和玻璃栈桥，齐齐地，像躺倒的巨人猛然站起身来，再往下倾塌，说话间，便要将自己和小田埋进海滩上的淤泥里。她赶紧再往后退，退进了大海，全身上下，都被海浪砸中，湿漉漉的，幸亏了小田，一把将她拉回到身边来，而她，却在短暂的时间里经过了好几轮天旋地转，再也忍不住，蹲在地上，呕吐了起来。

小田放下被他戳破的秘密，着急地弯腰，俯下身去问于慧："你这是，生了什么病吗？"

好吧，也没什么好瞒着他的了，于慧抬头，告诉他："抑郁症……"

停了停，她又说："得了好多年了。"

小田迟滞地蹲下，抱着膝盖，看向扑过来的浪头："我知道，肯定是因为我，你才得的这个病。"

"对，"于慧下意识地回答他，"因为你。"

话都说到了这里，小田也就痛下了决心。"既然你都把他带到这里来了——"小田咬了咬牙，径直对于慧说，"剩下的事情，交给我吧。"

于慧的病，又犯了，头疼得厉害不说，眼前的小田忽远忽近忽明忽暗不说，之前，那些倾塌的巨人们，树和灯杆，公寓和商业街，灯塔和玻璃栈桥，一根根，一座座，忽然起身直立，将她托举了起来，所以，她又眩晕着呕吐了，她明明还蹲在淤泥里，却觉得自己身在半空之中，一边吐，一边答应着小田："剩下的事情……交给你了。"

这天深夜，回到公寓，跟小田提醒过的一样，于慧果然看见，老欧早就回来了。于慧进门时，他正站在硕大的电视屏幕前，盯着电视新闻看，一步也不挪。屏幕上，新闻主播总算宣布，经过好几天的争吵，在国际气象组织的干预下，菲律宾和老挝终于达成了一致，正在到来的这场台风，它被最终定下的名字，还是叫作鲇鱼，这名字当然令老欧不满。"鲇鱼！"见于慧回来，他一指电视屏幕，气恼地问于慧，"你说说，这是他妈的什么破名字？"而此时，那场传说中的台风，果然正在到来，气恼是气恼，也不知道怎么了，这场台风的到来，却让老欧异常兴奋，也是，连日里，他一直都在抱怨，抱怨真正的台风为什么还不来，现在，它总算来了。老欧捏紧了拳头，呆立在原处，就像被多么殊胜的神迹给震慑住了，屏住呼吸，看向窗外，整个身体，纹丝不动，之后，他仍不满足，又牵着于慧的手，拖拽着她，一起站在了窗边：一整座岛上，连日里被风吹倒过的树，现在已经彻底匍匐在地，看上去，好似被踩躏过的奴隶们全然放弃了抵抗；狂暴的雨水击打在各处，都发出了轰鸣之声，这轰鸣声，由远及近，像是一旦开始就再也不会结束；比雨水声更加轰鸣的，显然是雷声，那雷声，每响一声，就如十万吨炸药在天空里炸开，不仅让于慧的耳边嗡嗡不止，更让楼下街道上的两只不知去往何处的野狗完全没了方向感，屈膝，低头，蜷缩着，任由雷声一遍遍碾压着自己。然而，老欧的脸上，却越来越兴奋，当他看见一棵槟榔树被拦腰折断，树冠被风吹得东游西荡，迟迟无法落地，反倒飞奔到了自己的窗前，他笑了，闭上眼睛，早早张开双臂，就像是，隔着窗户他也能将它抱在怀里，当然不能，他深吸了一口气，睁开眼睛，告诉于慧："我这八十一难，快过去了！"

这不是于慧第一次听说他的八十一难了，为了不影响第二天她和小田商量好了的事，再加上，她觉得，身边的老欧，兴奋得让她几乎不认识，她的心底里，顿生了巨大的不祥之感，所以，有那么一阵子，她想好好问问老欧，到底什么是他的八十一难，话要出口，她却变成了刚认识他的那时候，脱口就说："这样啊……"

一清早，刚起床，名叫鲇鱼的台风还在它拉开的序幕之中，于慧的头却疼得连半步路都走不了，于是，按照前一晚她跟小田商量好的，她问老欧，他们两个，能不能换个地方住下，原因是，这家公寓楼的地势太高了，他们住的楼层也太高了，自从住进来，她就一直在头疼；好一点的时候，头也在晕个不停。现在，台风又来了，眼睛一睁开，看到的全都跟地动山摇差不多，再住下去，她只怕真的是一分钟也活不下去了。哪知道，老欧听完她的话，一点犹豫都没有，连声答应了她，赶紧在手机上打开好几个 APP，去搜合适的地方，没两分钟，他便挑出了几家中意的，再让于慧来选，于慧捂着头，选定了一家，那是一家紧靠着大海的悬崖上的民宿。其实，说是悬崖，那座山，不过才几十米高，民宿老板耸人听闻，将民宿的名字叫作了"悬崖"。一刻也没停，老欧把电话打过去，定下了一间套房，然后，他便搀着慧出门了。出门前，于慧问他，没有车，他们怎么走，他却哈哈一笑，回答于慧："放心吧，山人自有妙计。"的确如此，接下来的一切，老欧都成竹在胸——下了楼，老欧让于慧稍等一会儿，他自己则在倾盆的雨水里跑远了；再回来时，开来了一辆电瓶车，他便招呼于慧坐上来，一起向着那家悬崖边的民宿开过去。

离民宿还有一段坡路，大堂门口的那处网红打卡点——一座绿色金属做的风车，已经在望。电瓶车进了水，只好停下，老欧手里拎着两个人的箱子，却蹲下来，还要背着于慧跑过去，于慧跟他说，她完全可以走过去，老欧不听，非要伸出手去拽她，也不知道怎么了，老欧手上的劲，比往日里都要大，他轻轻一拽，她便倒在了他的肩膀上，老欧背好了她，起身，向前跑，一边跑，一边对着茫茫雨幕喊："小田，看见没？你老婆，我背着呢！"听他这么喊，于慧不禁打了个哆嗦，就连躲在那座风车背后的小田，也打了个哆嗦。于慧隔着雨幕，去看越来越近的小田，小田也张大了嘴巴看着她，但是，他们两个都来不及再多想了，说好的目的地，马上就要到了：离金属风车还剩下十几米。于慧差不多是在求老欧，说她在他背上实在头晕得厉害，这才让老欧放下了她。接下来，两个人一起往前走，快走到金属风车底下的时候，于慧故意拖慢了步子，让老欧一个人走在前面。这时候，小田动手了，只见他，抹了一把脸上的雨水，后退两步，使出全身力气，将金属风车推倒，那风车，应力倾斜，直直地朝老欧砸了下去，可偏偏，不远处，一根电线杆突然倒下，好几根电线先于风车下坠，又稳稳地兜住了风车，轻轻松松地，浑然不知地，老欧便逃过了这一场劫，站在民宿门前，连连挥手，直招呼着于慧走快一点，再走快一点，于慧只好看了一眼小田惊骇的脸，不自觉地加快步子，来到了老欧的身边。

此时，天空堆满了黑云，黑云挤压着微弱的天光，加上屋外的电线杆又倒了，电就停了，因此民宿里到处都是黑洞洞的，明明是白天，四下里，却跟天黑了一模一样。老欧和于慧的身上全都淌着雨水，在大堂里办理入住的柜台前等了好半天，模模糊糊之间，总算等来了小田——台风季节，民宿老板提前给员工放了假，自己则去了云南旅游，现在，一整座民宿，就只有小田一个人。小田给他们办入住的时候，于慧一直紧张得想挪动几步，又一步也不敢挪，是啊，她生怕老欧把小田认出来，好在并没有，一来是，小田也冷静得很，直到把房卡递给他们，他都没抬起过头来；二来是，老欧只见过小田年轻时照片上的样子，毕竟，现在的小田，也老了。果然，一切都在正常进行，办好入住，小田帮他们拎着行李，走在最前头，领着他们，穿过枯山水式的庭院和一条长长的甬道，来到了他们的房间门口，临要进房间时，于慧回头，看见小田正捏紧了拳头，又对她深深点头，她这才稍微安心，关上了房门。

　　并没有让小田等多久，于慧就动手了：房间里，通向阳台的滑动门开着一条不小的缝，不断有雨水透过那条缝射入房间，靠墙的桌子，挂在墙上的电视屏幕，还有一小块地毯，都被雨水打湿了，这些，于慧一进门就发现了，但故意装作刚刚看见，惊叫了一声，快步跑到门前，去将它关严实，门外，就是厚厚的玻璃做成的阳台，嵌挂在崖壁上，正对着大海。不过，小田早就将玻璃给偷换了，只要老欧站上去，那新换的玻璃，必然会马上碎裂，到那时，老欧便只有活活掉到崖底里去的结局。于慧站到门前，使出全身力气，去拉扯着它，那门却像是被卡住了，丝毫也不滑动，这下子，就只有轮到老欧上了。老欧见状，赶紧唤回于慧，自己上，还是不行，那门照样不滑动，于是，他便将自己置身在那条缝中，一只脚还踩在房间里，另一只脚迈起来，打算落到阳台上，再对着那滑动门侧面去用力拉扯——果真如此的话，老欧离掉到崖底下摔死，就只有一步之遥了，可是并没有，他的那只脚刚刚抬起来，好巧不巧，一只空调的挂机猛然间重重坠下，擦着老欧的身体，坠向阳台，砸穿了玻璃，直直地奔向崖底，转眼，便消失在了空茫茫和黑黢黢的雨雾之中。

又落空了，于慧止不住地愤懑了起来，她恨不得对着不知身在何处的小田喊叫一通："你是个废物吗？你他妈的，到底还能干什么？"急火攻心之后，她不再管老欧了，而是一个人，气冲冲地，拉开房门，跑向了大堂，去找小田兴师问罪，再看老欧，即便是在这场台风里越来越兴奋的他，也呆呆地看着阳台，深陷在后怕里，后怕了一阵子，他从箱子里掏出了一尊小小的神像。另一边，穿过枯山水庭院和长长的甬道，于慧跑进了大堂，来到了办理入住的柜台边，阴冷地，盯着柜台里的小田，不用说，此前在房间的阳台上发生的事，小田都看见了，此刻，他只有硬着头皮，告诉于慧："再过一会，就要开饭了，吃饭的时候，解决问题。"

于慧被他气笑了："你知道，有多少回，我都打算在他吃饭的时候解决问题吗？"

小田："……"

于慧也不再看他了，继续笑着，张望着刚刚离开的房间，房间里，桌子上的那一尊小小的神像，闪烁着微弱的铜光："土豆发芽了，生龙葵素；甘蔗发红了，长节菱孢霉；黄花菜要是不焯水，本身就带着秋水仙碱。对中风的人来说，全都要命，可他妈的，这些，我都做给他吃过了，还是不死，我才带着他到这岛上来，你他妈的，以为我嫁给他之后是白活到现在的吗？"

"我保证，他活不了了，"小田被于慧的神色吓住了，往后退了一步，又喃喃地说，"鲇鱼，我准备好了。"

"鲇鱼？"听他这么说，于慧又糊涂了，却咬着牙，"就他妈的这场台风吗？"

"你忘了吗？这座岛上，有一种鲇鱼，人要是吃了，只要抢救不及时，就得死，这些年，大家都以为它们被灭光了，其实没有，我捞了好几条，一直养着。对了，就刚刚，我还做了一条，端给狗吃，狗一吃完，就死了……"一边说着，小田一边弯下腰去，从柜台底下抱出来一条死了的狗，"今天，他要是还不死，我去死。"

"我查过百度了——"眼见于慧还在死死地盯着自己，小田对她举起了手机，"这种鲇鱼身上的东西，叫作金黄色腺体脱氢鳞状细胞毒素，真的是剧毒。"

可是，小田的话，还是落空了。正午时分，开饭之前，小田顶着大风，到屋外的库房里启动了应急的发电机，这样，偌大的餐厅里总算亮堂了些，但是，跟往日里相比，吊灯、餐桌、窗户上的纹饰，甚至桌上的菜，看上去，还是影影绰绰的。老欧和于慧，刚刚在餐桌前坐下，就像准备了一辈子，小田便一道接连一道，端上了他做的菜，尤其是那一条肥硕的鲇鱼，刚出锅，汤汁饱满，撒着紫苏和葱花，散发出浓郁的香气，被小田摆在了老欧的正前方。如此，根本用不着于慧劝他多吃两口，老欧的筷子，早已直直地奔向了它，一连吃了好几口，却一点事情都没有。不仅如此，于慧还突然发现，这才两分钟的工夫，老欧的脸，竟然一下子变年轻了，就好像，老欧一直都在等着的什么丹药，现在终于找到了，服下了。一场返老还童的奇迹，在于慧的眼前，就这么发生了。这到底是怎么回事？于慧慌忙转头，朝四下里看，去找小田的影子，小田却不知道躲在哪个旮旯里，全无踪迹，就在她张望了一阵子，再回头，去看老欧的时候，只一眼，她便呆愣住了：就过了几十秒而已，老欧的脸，跟刚才相比，更年轻了，还有他右侧的半边身体，也自如了，天知地知，自打中风，老欧都是用左手拿筷子，现在，于慧明明白白地看见，老欧拿筷子的手，变成了右手，这叫她怎么不被他吓住？莫非，这鲇鱼，这鲇鱼身上的金黄色腺体脱氢鳞状细胞毒素，不光要不了他的命，反而，恰恰是跟他对症的药？

实际上，即使老欧，看着自己自如起来的身体，也有点不相信，他放下筷子，起身，站在餐桌边，也不理会于慧，自顾自地甩动双臂，再原地踏步，结果却不由得他不信，他的右臂、他的右腿，全都恢复到了中风之前的样子。既然这样，他干脆先不急着吃饭，而是在偌大的餐厅里小跑了起来，他越跑，就越年轻；他越跑，于慧的眼前，就越像是在过电影一般，看见了好多个当年的他。那些他，是自己还没嫁给他之前的他：一时间，他在登台领奖，只见那领奖台上，两条红色的缎带斜挎在他的肩膀上，两条缎带上，都是烫金的字——

什么什么突击手，什么什么时代先锋；一时间，在当年的机械厂会议室，企业改制工作会还没结束，他接了一个电话，于是中断会议，发下了命令，要食堂的大师傅小田连夜去机械厂旁边的水库里捞白甲鱼，如果捞不到，小田就别回厂里来了。于慧的眼前还在过电影，再看老欧，不跑了，回来了，在于慧对面坐下，先是笑嘻嘻地看了一会儿她，然后，埋下头，专心地吃鱼。那条肥硕的鲇鱼，转眼就被他吃掉了一大半，那些袒露出来的鱼刺，一根根，好似什么怪物的獠牙，说话间，便要像老欧一样变身，再一口咬住于慧的脖子。

老欧真的变了身，这么短的时间，他已经年轻到了于慧快不认识的样子，再看于慧，眼泪倒是流了一脸，良久之后，她咬着牙，问他："……为什么，你就是死不掉？"

老欧却一个劲地，盯着窗外去看，看着看着，他从口袋里掏出了那一小尊神像，供在了快要吃完的鲇鱼边上，再双手合十，低下头，对着那尊神像，也是对着几千公里外的上师，大声喊起来："师父啊，台风过去了，我这八十一难，算是过去啦！"

听老欧这么说，于慧也忍不住，去看窗外，果然，窗外的一切，都令她愤怒：这场台风，居然就这么结束了，不知道从什么时候起，雨没再下了；之前的暴风也渐渐平息，一点点，变成了微风，悬崖边，那些没有被台风击毁的树，轻轻地，被微风吹动，逐渐伸展和苏醒起来——是的，跟老欧一样，它们都活下来了。"我明白了，你跟我到这岛上来，不是冲我来的，也不是冲着小田来的，"事已至此，于慧反倒笑了起来，"……所以，根本就没有他妈的什么结婚旅行，你来这里，就是为渡劫来的，对不对？"

"不然呢？"老欧笑着，老老实实地承认，"我师父说了，想要上九重天，就得渡这一劫，这场台风，躲是躲不过的。"

"不过呢，还是得谢你，"老欧将鱼汤拌进米饭，再将它们吃得一口不剩，"要不是你动不动就跟我提起这座岛，我哪知道这里就要刮台风呢？这八十一难，还不知道什么时候才能完。"

于慧环顾了一下四周，还是没看见小田躲在哪里，接着问："到底……什么是你的八十一难？"

到了这时，没有什么事还要再瞒着她了，老欧痛快地回答她："师父说了，我从中风到彻底恢复，要经过八十一难，八十一难都挨过去，我就能上九重天，上了九重天的人，都有木棉袈裟护体；只要穿上这木棉袈裟，从此以后，我就有十八罗汉跟着了——左边九个，右边九个，福来接福，祸来挡祸。对了，要不，我跟你说说什么是九重天吧？我们悉达吠陀，共分九个境界，就是九重天：第一重，叫小梵天；第二重，叫长净天……"

"土豆发芽了，你照吃；甘蔗发红了，你照吃；黄花菜没焯水，你还是照吃——"于慧打断了老欧的话，径直问他，"所以，自打我嫁给你，你就是在渡劫，这场台风，其实是你他妈的最后一劫，对不对？"

"可不吗？"民宿外的天光渐渐明亮了，从窗子外探进来的一朵紫薇花也清晰可见，老欧对着它，深深地嗅了一会，再站起身来，对着慧，伸出手去，"劫都渡过去了，木棉袈裟也穿上了，咱们两个，该好好过日子啦，走，我带你去划船，就划到以前你跟小田去过的那座小岛上去，咋样？"

"既然这样，"于慧终究忍不住好奇，继续问老欧，"你还不跟我离婚？还有，当初，你他妈的，到底是咋想的，非要跟我结婚？"

"离婚？我为什么要跟你离婚？"老欧笑出了一口白牙，反问于慧，再踱到她身边，攥起了她的手，轻声告诉她，"实不相瞒，这辈子，我还有一个劫，这劫万一要是来了，想渡过去，还是得靠你。"

于慧不自禁地仰起头："靠我？"

"非得靠你不可。"老欧捋了捋于慧散乱了一脸的头发，"咱们两个，都是稀有血型，Rh 阴性，你说，哪天这劫来了，是不是还得靠你？"

至此，于慧也不再盯着老欧看了，她先是几乎躺倒在椅子上，双目涣散地打量着四周，吊灯和餐桌，窗户上的纹饰和那朵蔷薇花，还有那条只剩下了骨刺的鲇鱼，都被她来回看了好多遍。看着看着，她的嗓子像是被卡住了，她的鼻子也像是被堵住了，一口气都喘不上来，她只好仓皇着起身，一把拉开窗户，把头伸出去，大口喘气，这才稍微好受了些，再回头时，眼泪又淌了一脸。"小田，你这个货——"不管不顾地，她扯着嗓子，对着厨房大喊了起来，"还不动手，你他妈的，到底还在等什么？"但是，厨房里，没有人来回答她，她的眼前，只有老欧那张年轻得让她快不认识的脸，那张脸，离她越近，就越是让她想手拿一把刀子，再一刀一刀割上去，可是，刀在哪里呢？小田那个货，又在哪里呢？一刻也不忍了，她死命地挣脱老欧的手，三步两步，奔向厨房，去找刀子，去找小田，也不知道怎么了，当她一把推开厨房的门，倏忽之间，时空倒转，她猛然发现，自己来到了当年的水库上：已经是后半夜了，一直被云层挡住的月亮都出来了，她还蜷缩在船上，等啊等，等啊等，可就是等不到小田从水底下回到水面上来。她当然不想就这么等下去，有好几回，她顶着风，直起身来，挥动双桨，想往更远的地方划过去，但是没有用，风太大了，她划出去多远，风就又把她和船顶回来多远。实在没法子了，她只好将头伸出船舷，徒劳地，对着水面去喊小田的名字，喊着喊着，船身颠簸了一下，再缓缓荡开，她回过身去，这才看见，小田的身体，卡在渔网上，漂浮着，一动不动。到这时，她反而来不及喊他，赶紧伸出手去摸一摸他的脸，而小田，早就没了呼吸。

"这么说，"水库消失了，眼前所见，仍是一间辽阔的厨房，于慧看着满目的灶台、冰柜和锅碗瓢盆，也不知道是在问谁，"你早就死了？"

"十几年前，他就死了，"于慧转身，看见老欧站在自己背后，还是一脸的笑，又跟她说，"你忘了吗，你嫁给我，是为了让我死，好给他偿命的啊。"

停了停，老欧又说："别管他啦，你管管我，我过得容易吗？"

"是吗？"照旧还是茫茫然地，于慧脱口说，"这样啊！"然而，这一回，她不再指望还会有谁来做她的帮手了，暗暗地，她的手，从身边的橱柜里拽出了一把刀子，紧紧握住，然后，一刻不停地，再举着刀子，对准老欧，用尽所有力气，刺了过去，但是，老欧却像是早早就发现了端倪，她刚一起步，他便闪躲开来，再紧紧攥住她的手腕。现在的他，是恨不得比于慧还年轻的他，所以，她的手、她的刀，哪里还能动弹呢？"听我的，划船去吧，"老欧也没生气，只是轻声地提醒于慧，"别忘了，我都修到九重天了，木棉袈裟都被我穿上了。"只是，于慧怎么会听他的呢？再一回，暗暗地，她的左手，又在背后的案板上摸到了一把刀，闪电一般，她将那刀高高扬起，砍向老欧的脸，刹那间，老欧的脸上就多出了一条口子，这口子，不停地往外淌着血，老欧难以置信，抹了一把脸上的血，再朝四下里看，四下里，并没有十八罗汉跟着，这才惊叫着，又忙不迭地，放开于慧的手腕，转而不要命地往外跑，跑出了厨房，跑出了餐厅，又跑过了枯山水式的庭院和那条长长的甬道，看样子，他是想跑回自己的房间里去。眼看着，于慧就要追不上他了，那一尊神像，却从他的口袋里掉了出来。他想捡起来，又怕于慧追上，只稍稍犹豫了一下，于慧便追上来了，刚一追上，她手里的刀，不偏不倚地，对准老欧的脸，狠狠砍了下去。可是，好巧不巧，偏偏这时候，高高悬挂在墙壁上的一幅巨大的油画，可能是被台风吹刮了太久，砰地坠落，正好砸在于慧的头上，再看她，先是手里的刀哐当落地，而后，她的身体一软，昏迷过去，跟随着那把刀，倒在地上，一点动静都没有了。

再醒过来，已经是第二天的黄昏，这家名叫"悬崖"的民宿里，空无一人。倒是不奇怪，台风季节，民宿老板提前给员工放了假，自己则去了云南旅游，现在，一整座民宿，就只有于慧一个人。醒过来之后，她躺在床上，往外看，一眼便看见了玻璃阳台上的窟窿，但是，她捂着头，想了好半天，也想不起那窟窿是怎么弄出来的，不过，她大概也知道是怎么回事：除了她在犯病的时候这么折腾，这一地的狼藉，还能是谁弄出来的呢？电视还开着，屏幕里，主持人正在播报着关于台风马上要来的新闻：即将登陆的这场台风，菲律宾给它起的名字，叫作木棉；可是，这名字冒犯了老挝的一个少数民族，音译过去，恰好与他们膜拜的一位神灵同名，因此，老挝气象局打破惯例，自行给它起了个名字，叫作鲇鱼，意思是，这场台风，就像河底的鲇鱼，以淤泥、腐殖质和小鱼小虾为食，是不洁和令人厌弃的。

迷迷糊糊地，她起了床，顺手拿起桌上的药瓶，推开房门，信步往前走。一路上，她经过了两把躺在地上的刀，一幅从墙壁上掉下来的巨大的油画；再往前走，就走进了餐厅，餐厅里，桌椅翻倒，碗碟碎了一地，一桌没有吃完的菜正散发着浓重的腥臭味道。现在，她总算想了起来，她的名字，叫于慧，她有一个新婚的丈夫，叫老欧；而今天，正是老欧赶来这座岛上跟她会合，并且开始他们的结婚旅行的日子。这老欧，真是个急性子啊，悉达哒陀课程刚一上完，也不管什么台风，一点都不听劝，火烧火燎地，非要来这里不可。一想到这里，于慧也慌了，只因为，天黑之前，老欧坐的船就要来了，这么一来，她也就没再回去把自己收拾一番，而是一仰头，将大半瓶的药倒进了嘴巴，紧接着，她冲出民宿，往码头上跑，一路上，大风不停地将海水的味道送到她的鼻子跟前，让她一边跑，一边想起了更多当年的味道：深夜里的船上，小田开着船，她就坐在新鲜的蔬菜中间，看着天上的星星，海面上涌起的白雾，还有偶尔从海水里跳出来的鱼，再闻着海风味道、茄子西红柿的味道和小田身上散出的汗味，每逢这样的时候，她便总是忍不住，搂住了小田，在他脸上，在他身上，不要命地亲。

开往市区的班车

刘建东[*]

周末早晨，开往市区的首班车往往拥挤不堪。幸运的是，李彤总能够有个座位，相对舒适地熬过五十分钟的旅程。原因一点也不复杂，不是她有足够的力气，挤得过那些年轻力壮的男人，而是有人给她让座。

给她让座的是个陌生的小伙子，乌黑的头发自然卷曲，戴宽黑边眼镜，笑眯眯的，看上去和蔼可亲。男子第一次把座位让给她时，她连男子长什么样都没记住，她记得她说了声"谢谢"。直到第三个周末的早晨，李彤才突然意识到，这已经是同一个人连续三周给她让座了。而他自己，则手抓着车厢上的把手站在她身边，目光越过她的头顶，看向窗外。她留意起他，出于感谢地与他攀谈起来。她问男子为什么每个周末都要去市里。男子显然因为她的主动说话而诚惶诚恐，急忙回答："待着无聊，瞎逛。"男子没问她要去干什么。出于礼貌，李彤主动说出自己的目的："上电大，我每周都要去上电大的课。"男子便局促得无话，李彤也不知道再说些什么。车启动后，车厢里立即嘈杂起来，人们交谈的声音、班车哐里哐当的声音混杂在一起，也不是说话交流的地方，李彤便也把目光转向窗外。每天在市区和炼油厂之间跑好几个来回，车窗玻璃上落满

---

* 刘建东，男，1967 年生，河北省作家协会主席。1989 年毕业于兰州大学中文系。著有长篇小说《全家福》、小说集《黑眼睛》等。曾获鲁迅文学奖、《人民文学》奖、《十月》文学奖、《小说选刊》奖、《小说月报》百花奖、曹雪芹华语文学大奖、孙犁文学奖等。

了灰尘。李彤掏出纸巾，擦出一片干净的空间，空旷的田野才一览无余。田野里的麦苗开始返青，让沉寂一个冬天的华北平原有了一丝生机。这个春天的李彤对未来的人生，有着丰富的想象与美好的憧憬。

李彤在河北剧场下车，然后在那里等着 4 路公交车到站。大约十分钟后，林杨会从 4 路公交车上下来。两人先是亲热地拥抱一下，而后，手牵着手，沿着裕华路，步行去电大上课。这一段路程，她们互相分享内心秘密。一周的时间，仿佛有许多事堆积在她们各自心中，想要向对方倾诉，这种急迫的心情，甚至令她们无暇去留意随季节而变化的一路的街景。两人亲昵的交流，已经是她们渴望一周的所有。李彤告诉林杨："每个周末，他都会准时出现，给我抢到一个宝贵的座位。你不知道，周末的第一班车有多拥挤。"她虽然表现出无可奈何的样子，但心里是甜蜜而自得的。

林杨提醒她，他是有预谋的，一定是对李彤有所图，别沉醉于这小小的得意，贪图五十分钟的安逸。"到时候恐怕你想摆脱都摆脱不掉。"她虚张声势地吓唬李彤。

李彤却毫不在意。她固执己见，坚持认为，年轻男子的小把戏不足挂齿，不能改变她的初衷，改变她对未来生活的规划，把她的心留在这片巴掌大的工厂里。她对林杨，也算是对自己发誓道："想都别想，在我们厂，我心里根本容不下任何男人。"

和李彤一样，林杨也有相似的想法，也不甘于早早地被婚姻束缚住。林杨向她吐露了父母亲一直在努力给她介绍对象："也不知道他们怎么想的，是不是担心我嫁不出去？"

李彤故意以一副羡慕的口吻调侃她说："他可是副厂长的儿子，副厂长啊！"

林杨假装生气地说："副厂长的儿子又怎么样？你想啊，我把他介绍给你。"

李彤吐了吐舌头。

她们在分享自己逃避爱情的心得时，是轻松的、愉悦的，对这些阻碍她们实现梦想的琐事，简直不屑一顾。这是两个被无尽的青春眷顾，被美好的前程牢牢吸引的姑娘，为了可以预见的未来，她们可以不顾一切。

李彤是炼油厂电视台的主持人，林杨则是印染厂的广播员。

李彤能顺利地当上厂电视台的主持人，除了她娇美的容貌，另外一点更加重要，如果她的父亲不是厂劳动人事处处长，这种天大的好事不会降临到她头上的。小时候，父亲对她抱有极高的期望，指望她能出人头地，到更广阔的世界去实现自己的生命价值，别窝在炼油厂这个方圆十里的地方，委屈了自己。可是等她上了学，从小学到初中，看着她一直稀烂的成绩，父亲的眉头越锁越紧，希望如同被刺的气泡一样，慢慢破灭了。父亲忧伤地意识到，李彤压根就不是学习的材料，她的命运似乎只能和他一样，老老实实地待在一个地方，生老病死。所以，看着女儿每天出现在荧幕上，每天播报着厂里的新闻，他也就心安理得了，他想，这可能是上天最好的安排。可是，李彤并不这么想，从当上主播那天起，她的自信心就开始膨胀，她感觉到了别人看她时的羡慕的目光，感觉到了自己的与众不同。她谢绝了所有上门提亲的人，发誓要离开炼油厂。她没有盲目地等着天上掉馅饼，像得到主持人的工作一样不劳而获，而是发奋努力。她上了电大，学习播音主持专业。林杨就是电大的同学。两人一见如故，整天腻在一起，聊个没完。林杨说，她活着只有一个目的，就是考到省电视台，当个受人尊敬的主持人。"否则，谈恋爱有什么意思？活着有什么意思？人生就得有个目标。"林杨的话给了李彤很大的触动，她觉得，林杨的条件根本比不上自己，皮肤黑，声音略带沙哑，不如她的圆润柔美。既然林杨都敢这么想，难道自己就差在哪里吗？于是她说："我也想。"两人就悄悄较上了劲，好像人生就是为了一次改变，一次对自己命运的承诺。

周末通往市区的首班车，有两节车厢，车体比正常的班车要长一倍。可能是司机体会到满满一车人迫切的心情，他知道，这些拥挤而熟悉的乘客之中，有等了一个星期到市区去购物的，有去约会的，有去看电影的，所以他开得飞快。后一节车厢像是龙的尾巴，车速越快，摇摆和颠簸得越厉害。没有座的人们必须得牢牢地抓住头顶的扶手或者身旁的椅背，才能保持身体的平衡。那个周末，班车在半途抛了锚，司机把车停在路边，站在麦地边若无其事地抽烟。所有的乘客都下了车，三三两两地围在一起。有心急的人就凑到司机身旁问："师傅，啥时候才能修好啊？"

司机悠闲地喷着烟，不急不慌："我比你们都急，可有啥法子？我又不是修理工。得等修理工从厂里过来。这破车，它啥时候闹脾气，也不会提前跟我说一声。"

这人焦急地说："那不得等一上午啊，这可不行呀，到市里啥事都办不成了。"

司机把烟屁股扔到地上，用脚狠狠地蹍碎，又点着一根："要是等不及，你可以走着去。我估摸着，还有二十里地吧，走也就两个小时吧。又没人逼着你非要坐班车。"

那人被噎得无法反驳，撇撇嘴，就不言语了。

李彤虽说也着急，可她知道着急也没用，只好耐心地等待。她看到了给她让座的年轻人，想要到她身边来，又犹豫不决。李彤冲他点点头。小伙子才壮着胆，走到她身边。这次他主动开口介绍自己："我叫董书宇。设计室的，毕业于北京化工大学，去年刚分来的。"小董介绍得很是正式，也很拘谨，李彤差点没乐出声。

李彤沮丧地说："今天真倒霉，走背字，我恐怕赶不上上课了。"

小董看看自己的手表，说："也许能赶上，修理工很快就能来了，距离厂里又不远。"

"但愿吧。"李彤无可奈何地说。

停了一会儿，小董说："我每天都看你播的新闻。"

李彤说："那有什么可看的？"可她心里还是美滋滋的。

"我喜欢看新闻。"可他没有说，他只看厂台的新闻，而且只看李彤主持的节目，对其他频道的新闻和其他的主持人并不感兴趣。

那个被耽搁的周末，修理工还是及时地赶到，李彤最终赶上了最后一节课。

"今天他拿了一个绿色的笔记本。"下课后，李彤掏出那个崭新的笔记本展示给林杨看。封皮上写着"北京"两个字，本子里面还有几张北京风光的插页。

　　林杨惊呼道："都给你送定情物了，你可真得当心了。"

　　李彤说："你小点声。不是你想的那样。他让我给他签名，下次还给他。"

　　到现在，她一直觉得，她和他之间，是仰慕者和被仰慕者的关系，正常且合乎常理，没有任何出格或者越界。她非常享受这种状态，在这个有五千职工的工厂里，被人仰慕也是一件幸福的事。第一次给人郑重地签名，李彤谨慎且认真，她告诉林杨，她在稿纸上练了将近两天，练得手都酸了，最后才一笔一画地在笔记本的扉页上签上了她的大名"李彤"，落款是"1990 年 5 月"。李彤的字不好看，歪歪斜斜，像是两只睡不醒的软虫子倒挂在树梢上。李彤没有可以自豪的学历，初中读完，便上了厂里的技校，技校毕业后，在父亲的运作下直接分配进了厂电视台。所以，这两个字，也算对得起她的学问。

　　设计员小董好像很配合李彤的心理感受，隔了两周他又拿来一个一模一样的笔记本，让李彤签名。李彤欣然应允。签到第五本的时候，李彤左看看右看看，觉得自己的签名越来越好看了，越看越顺眼了。

　　生活并没有按李彤设想的那样进行。好不容易等到了省电视台招考播音员，李彤连复试都没有进，而林杨却出乎李彤的意料，竟然一路过关斩将，成了最后进入电视台的两个人之一。李彤不是心胸狭窄的人，她替林杨高兴，特意送给林杨一条鲜艳的红色羊毛围巾，作为对林杨的祝福。林杨十分喜欢，冬天里总是把围巾露在大衣外面。李彤虽然羡慕林杨，可她一点也不嫉妒，也不消沉，她觉得，既然林杨这样的条件都能得偿所愿，她为什么不可以呢？她还足够年轻，还有足够的时间，来给自己的人生一个满意的答案。

　　俩人见面的机会越来越少，主要是因为渐渐进入角色的林杨抽不出时间。达成人生目标的林杨再见到李彤，内心里竟莫名地涌出一丝的愧疚，好像是她夺走了好朋友李彤的机会似的。她也想当然地以为，李彤是落寞而忧伤的。于是，林杨绞尽脑汁地要给李彤制造一些机会，好让她离她向往的事业更近一点。

比如一些晚会现场的观众席位票。坐在观众席里，李彤觉得自己和那个舞台的距离很近，现场热烈的氛围感染着她，温暖着她微凉的心。她悄悄地问同样坐在观众席上的林杨："你什么时候能站在舞台中央？"林杨信心十足地说："早晚有一天。"林杨反过来问李彤："那个设计员还找你签名吗？"李彤含笑说："没有了，我觉得他买的北京笔记本都用光了。"她们像是在说一个毫不相干的人。

秋天的一个下午，刚从厂里采访回来的李彤，接到了林杨打来的电话。她能从林杨的声音里，捕捉到她抑制不住的激动。林杨无疑是在向她宣告一个新的纪元的到来："我认识一个导演，他有一部新电视剧开拍，有一个角色，很适合你。"她没有说的是，本来导演看上的是她，而她强烈推荐了李彤。打完这个电话的林杨，感到从未有过的轻松，甚至比她自己考上电视台那天还心情舒畅，她多么希望李彤能从这次难得的机会中，重新找到自信，返回正确的人生轨道。

面对突如其来的喜讯，一整天李彤都处于神情恍惚之中。她不敢相信，机会就这么悄然来临了。在等待去见导演的日子里，她始终处于亢奋的状态之中，工作起来也格外卖力和认真。那天在厂办大楼里，她碰到了设计员小董，她主动和小董打招呼。在她面前，小董总是有些羞涩，可想要表达的欲望十分强烈："电视上的你，状态和以往不一样。"

"是更好还是更差？"李彤忐忑地问。

小董说："更好。"

李彤压抑着自己内心的喜悦，笑着问："你还是每天都看厂台的新闻？"

小董点点头："是的。"他不太敢正视李彤的眼睛，怕她看出自己的心思。

李彤又问："那你看电视剧吗？"

小董一时没有反应过来，稍稍迟疑了十几秒，然后回答："不看。"

李彤说："那你以后可要多看。"然后便转身离开了。小董愣愣地站在那里，捉摸不透李彤话中的深意。

这个秋天比往年要长，可冬天毕竟已经迫近，树木开始凋零，平原上的风渐渐凉了。李彤终于踏上了新的希望旅程。电话里，林杨提醒她，是不是要带上一个人陪她一起去，比如那个仰慕者小董。林杨犹豫着说："其实我对那个导演也不完全了解。毕竟这对你来说，是一个完全陌生的地方，一个完全陌生的人。"已经在电视台待了几年的林杨，隐隐地觉得哪里有什么不妥，可她也说不清自己的担忧来自哪里。李彤完全忽视了林杨的话，忽视了她话中的话。李彤不假思索地回答："这是我个人的事，为什么要带上别人？"她还不停地询问林杨，她需要提前做什么准备，应该穿什么衣服，见到导演说什么话。

兴奋、期待、惴惴不安，还有些许的紧张，缩短了奔向保定涞源的路途，将近一个小时的班车，两个小时的火车，然后是两个多小时的公交车。到达涞源县城时已近黄昏，站在县招待所门口的李彤，享受着夕阳映照在脸上的时光，她丝毫没有感觉到自己已经奔波了整整一天，疲惫与挂在天边的夕阳一样遥不可及。剧组住在县招待所。导演是个中年男人，满脸大胡子，和蔼可亲，语气温和，眼里有光。导演的一句话，就让李彤彻底放松了警惕，导演紧盯着她的脸，说："你天生该是个演员。"说得她心怦怦跳，然后导演就张罗着吃饭。"跑了这么远的路，一定饿坏了。先休息，明天再试镜。"导演体贴地说。在招待所的一个小包间里，只有他们两个人。边吃饭，导演边给她讲她的角色，边劝她喝酒。"这不是白酒，甜的。"导演的话听上去温柔亲切。面对一个能够决定她命运的人的热情，她无法拒绝，更何况，就像导演说的，酒微甜，像是汽水，口感绵柔，滑进嗓子时，还有一股热流，让她瞬间忘记了室外的季节。等她苏醒过来时，看着身边躺着的那个大胡子男人，她知道，一切都已经无法挽回了。

在以后漫长的生命中，李彤都想忘记这次涞源之行。可它就像一枚生了锈却依旧锋利的钉子一样，牢牢地钉在她的心上。她匆忙逃离涞源的记忆犹如一条灰色的烟雾，遮蔽住真实的细节。始终，她都没有眼泪，她以为自己会哭，会在逃回的路上哭成一个泪人，可是，泪水迟迟没有到来。

回来之后的李彤就彻底放弃了。她认同了父亲对她的判断，一个技校生的人生，在炼油厂这块巴掌大点的地方，已经足够了。林杨给她打过几次电话，是想问问她去剧组的情况，她都没有说话，而是果断地挂断了电话。她不恨林杨。她应该感激林杨，感激林杨为她所做的一切。从厂电视台到厂区的路上，路边一闪而过的树木；厂区里，林立的炼塔，密密麻麻的油罐，这些才是属于她的生活。她告诉自己，到了与林杨说再见的时候了。

　　与过去告别的李彤完全变了一个人，以前那个激情澎湃、工作上进的记者兼主持人已经消失得无影无踪。就像失去了嗅觉一样，她对新鲜事物的兴趣快速地降低，变得迟钝、麻木，开始怀疑生命的意义。仰慕者小董敏锐地从电视新闻里觉察出了异样，他坐在单身宿舍楼电视机房里，将近二十平方米的电视机房里只有他一个人，其他人都去打麻将或者喝酒去了，在有李彤出现的屏幕陪伴下，他并不感到孤独。永远无法关上的窗户，被风吹着，持续地发出清脆的碰撞声。他聚精会神地盯着屏幕，他能从李彤的表情和语气中，感受到悲伤布满了明晃晃的屏幕，而且从电视上流淌下来，填满了整个房间，紧紧地包裹住他。这一次，他不再制造偶遇的机会，而是忧心如焚地来到厂电视台楼下，等着李彤从里面出来。他等到了李彤，她像一个幽灵，轻飘飘地走出厂电视台。他迎上前去，主动和她打招呼。李彤好像没有看到他一样，从他身前飘然而过。他紧走几步，追上去，拦住了她，然后正色道："悲伤吞没了你。"

　　李彤无神地看了看他，苦涩地笑了一下，再次越过他，向前走去。她没有按照惯常的下班路线，走过游泳馆，穿过俱乐部广场，走向第一生活区，而是径直拐向北边。

　　李彤越来越喜欢生活区之外的旷野。顺着南北向的柏油公路，向北走一百米，生活区就被抛在了脑后。通往北面的路相对空寂，下班的人流在身后拐进了生活区。已经是冬天了，萧瑟而寂寥的田野在等待着冬天第一场雪的到来。冬天的白昼总是很短暂，黑暗早早地降临，黄昏转瞬即逝。李彤还没有看到田野的模样，就被夜色包裹住了，她并不觉得冷，而是真切地感觉到了黑暗的浓重与安全，夜晚是她的另一层皮肤。沿着人烟稀少的公路，她一直向北走。她忘记了时间，忘记了疲劳，她觉得那个在黑暗中行走的人并不是她自己，而是另一个人。她仿佛能看到她，自由地走在黑暗中，不需要任何的思想，只需要一个躯壳。她根本无暇去留意，在身后的不远处，一个人的脚步声呼应着她的节奏，从来没有停止。跟随，对另一个人来说，是另外一种含义。

电视台播出的新闻都是录播，每一次录制时，都要比平时耗费更多的时间，状况出在主持人李彤身上。她心不在焉，表情僵硬，有时候还像一个新手那样，紧张得忘词、出虚汗。还没等台长失去耐性，李彤主动找到台长，对他说："还是不要让我主持了，我实在是无能为力了。"台长不明白到底发生了什么，虽然他觉得可惜，可是他也无可奈何。如果总是听凭李彤哭丧着脸在那里播出新闻，终有一天，厂长的怪罪会降临。于是他顺坡下驴，同意了李彤的请求。

从此，李彤专职去做一个幕后的记者，也彻底断了离开炼油厂的梦想。三个月之后，她在黑暗中突然停下快速行进的步伐，身后的脚步声也随之停了下来，远离生活区的乡间公路上，万籁俱寂。她没有回头，她知道黑暗中有一双眼睛在注视着她的背影，她语气加重了说："我有了孩子。"稍顿了顿，又放慢了节奏："我想结婚，你愿意吗？"

小董的声音使浓密的黑暗发生了抖动："我愿意。可是……未免……"

"就这样。"李彤感觉到，因为行走而温暖起来的身体一下子又变得寒冷了。她裹紧了身上的大衣，对着身后说："走吧，回去吧？"

在之后几年的时间里，小董都不太相信这是一个事实，时光流逝，他从最初的亢奋，到后来的快乐、平静，看着躺在他身边的妻子，他能真实地抚摸到她的脸颊，他也对自己有所怀疑，对自己的人生有所怀疑。

婚后李彤才看到了那些笔记本，绿色的笔记本，被藏于一个樟木箱子里，码得整整齐齐，一共有二十五本。她只是扫了一眼，她没有尝试去拿在手里，翻开封面，再看看她歪歪斜斜的签名。她对小董说："锁起来吧。"

她慢慢地习惯了没有梦想的生活。有一次，采访完一个联合车间的主任，她站在操作室外面，看着眼前密密麻麻的管道，它们从炼塔之上像是瀑布一般垂下来，然后又相拥着，如密集的河流，通向下一个炼塔，在巨大的厂区形成一个完美的闭环。黑色的石油在管道中沸腾、冷却、裂解、聚合……不管生产的过程多么激昂和壮烈，它们始终都在管道中循环。这多么像她自己的人生。这方圆五公里的地方，就是她的管道。

她再也没有和林杨联系。林杨曾经动过念头，是不是到炼油厂去找一下李彤。但是被工作塞满了的时间，不允许她有额外的支配空间。一个偶然的原因，因为周末综艺节目主持人临上场前晕倒，她被推上去救场，她超常而自如的发挥，彻底改变了跑龙套的命运，把她推上周末综艺当家主持的大舞台。周末的夜晚，电视普及的年代，她成了一个大众瞩目的明星级人物。她享受着她和李彤共同向往过的成功，逐步扩大的生活圈子里没有李彤的位子，李彤也渐渐地淡出了她的生活。

对于李彤来说，时间就是鱼缸里的水，静止不流动，被动地等着缺氧、水质变坏。在丈夫老董日益忧郁的眼神里，她越来越堕入无所欲求的幽暗深处。二〇〇〇年，就连一个普通记者的身份，都是一个沉重的负担了。当她决定跟随时代的洪流，接受厂里有限的补贴，成为第一批下岗分流人员中的一个时，老董默默地支持了她。但是老董背着她，把几年间她主持过的节目偷偷地刻了十张光盘。他坚持认为，活在光盘里的李彤，才是真实的妻子。只不过，她暂时把自己封在了遗忘里，并假装看不到。直到从无法被时光羁绊的女儿的成长中，李彤看到了自己年轻时的影子。

"我想考电影学院。"这是长大后的女儿，十六年来说过的最搅乱她心绪的一句话。

那一刻，那枚埋藏在内心深处的钉子复活了，李彤似乎看到了布满钉子的锈迹在快速地脱落，露出仍旧锋利的本色。她脸色骤变，几乎是脱口而出："不行。"

女儿不大相信这是那个平日里对她百依百顺的母亲，她以为这只是母亲对表演艺术的偏见，于是她撒娇地说："不，我要考。这是我最后的决定。"

令女儿没有想到的是，李彤突然提高了声调，声音尖厉又透着绝望："不行，我说了不行就是不行。这也是我最后的决定。"

泪光在眼里闪烁，她看看父亲。父亲低下头，兀自摇了摇头。父亲毫不犹豫地选择了与母亲站在一起，就像平日那样。女儿委屈不解，她噙着泪水喊道："你总得给我一个理由吧！我就要一个理由。"

李彤尽量躲避着女儿的目光，她语气缓和下来，但没有让步："没有理由。就是不行，坚决不行。我不同意。"

一直放任女儿自由成长的李彤，此时感觉到了危险的迫近，心脏在下坠，记忆在上浮，她一直在努力忘掉的情景逼真地重现，这在将近十七年的时间里是少有的。她本能地提高了警惕，百般阻止女儿向这个想法的深渊滑落，无情与冷漠，把女儿火热的想法浇得冰凉。她不允许女儿去上表演辅导班的挣扎，不允许女儿学习文科的央求，不允许她提起有关表演的任何话题。她硬生生地把女儿的理想扼杀在了摇篮里。十六岁的女儿最终遂了母亲的意愿，不情愿地违背了自己的内心，选择了理科。在母亲认为安全的成长之路上，女儿度过了一个省内师范大学四年的本科生涯，但她并不急于找工作，而是躲在自己的屋里，准备考研。一切似乎都是按照李彤的设想在进行，生活显得平淡而秩序井然。秩序突然被打乱是在一个星期日的黄昏。屋内的光线变得黯淡时，李彤才发现女儿不见了，她急忙给还在单位加班的老董打电话。他们焦急地等了一个无法入眠的夜晚，当黑暗如抽丝般一点点地退去时，李彤脸部的轮廓清晰起来，悲伤就显露出来，她坚定地说："得去找她。"

停顿片刻，她问丈夫："你说，她会去哪里？"

老董叹了口气，他柔和地说："该来的终究还是要来。我说，还是随了她吧。"

李彤说："不行。"

老董又叹了口气。一直以来，他从小董变成了老董，在他的心中，李彤从来没有变过，她只是把自己埋藏在岁月的尘埃之中了。

没有丝毫的蛛丝马迹，这给他们的寻找制造了太多的阻碍。最后，他们还是从女儿的一个同学那里，得到了较为可靠的信息。而且，那个和女儿最要好的同学泄露了天机，她绘声绘色地说："在学校时，她是我们学校的舞台明星，她自编自演了好几场戏剧，简直比那些专业演员演得都好。她要是不去演戏，真是可惜了。"她一一列举了同学演的哪几场戏，扮演了什么角色，根本没有留意两个中年人慌张而尴尬的神色。

女儿同学的话深深地刺痛了李彤，不是因为女儿仍在偷偷地学习表演，而是因为，她对这一切毫不知情。这真的是自己的女儿吗？四年，或许更长的时间里，女儿从来就没有丢弃过那个执念，那个她认定的人生目标，可女儿再也没有向她提起过，从来没有，以此来挑战她的自尊。这才是她最大的失败。在她和女儿之间，横亘着一条无法逾越的山脉。她这才意识到，留在十几年前的那个人是孤独的自己。

剧组在南方。这一次，老董开着自家车，他们一路南下，颠簸了两天才赶到。一路上，李彤都觉得似曾相识，像极了当年自己奔赴涞源时的情景，只是地点换成了南方，越往南走，李彤的眼睛里越湿润，这显然不是气候的原因。女儿看到他们，第一个反应竟然是要转身逃跑，把他们甩掉，可她跑了几步，急停下来，她也许意识到，她不可能永远躲着他们，他们是她的亲人，她的生命至死都会和他们联结在一起。她转身，重新走到他们身边，表情坦然："好了。我又没做啥亏心事，又没做什么对社会有害的事，我为啥要躲着你们？你们也看到了，知道了。我的命运我自己掌握。不劳你们操心。"

李彤看着女儿一脸的坚毅神情，仿佛又看到了自己的影子，这是她最害怕也最不愿承认的一幕。她伸出手，去抓女儿的胳膊，她说："你先跟我回去。"

她抓到的只有空气。女儿推开她，不容置疑："不，你别想管我一辈子。你们是你们，我是我。"

两人拉扯之间，旁边走过来一个头发长长的年轻男子，他一把拽住李彤，把她狠狠地推到一边。李彤趔趄了一下，险些摔倒。她怒目而视："你是谁？"

　　年轻人轻蔑地说："我是谁？我是副导演，她是跟我来的。你明白我是谁了吧？"

　　李彤站稳了，眯起眼看着年轻男子，他脸上得意扬扬的神情，令所有她努力忘掉的记忆蜂拥而至。突然间，仿佛她的心头一热，身体里蹦出另外一个人，那个人比自己更强壮，比自己更愤怒，比自己意志力更坚决。她觉得自己蜷缩在身体的深处，看着那个怒气冲冲的人，像一个泼妇，不管不顾，如同旋风一样，不计后果地冲将上去，死死地抱住了那个自鸣得意的年轻男子。因为事发突然，年轻人毫无戒心，毫无防备，在猝不及防之间，他被李彤的身体撞击着，轻飘飘地向后倒去。老董和女儿还没有反应过来，结局已经出现。他们听到了年轻男子的惊叫声，然后就看到，李彤的身体重重地压在年轻人的身上。最先明白过来的老董，慌忙去拉李彤。等他们毛手毛脚地把怒气未消的李彤拉起来后，恐惧才慢慢地出现在他们的眼睛里，他们看到，那个刚才嚣张无比的年轻人，此刻安静地躺在水泥地上，乌黑而浓密的头发慌乱地散开着，继而，几股殷红的血，从头发中，蚯蚓般怯怯地爬出。

　　再次想起李彤，是到炼油厂慰问演出。作为主持人的林杨此时已经到达了事业的巅峰，河北台的台柱子，经常在中央台客串主持节目，获得过金话筒奖。她觉得自己的人生一直在全速奔跑，从来没有停歇。一接到去炼油厂慰问演出的任务，她就想到了李彤。此时，她才发现，她和李彤，已经断绝了一切联系的渠道，她想给李彤提前打个电话都不可能。

　　一下车，林杨便向前来迎接的厂领导表达了自己的意愿，她说她想见见李彤。厂领导刚刚从岳阳石化轮换过来，一头雾水地看了看旁边的厂办主任。厂办主任在他耳边低语几句。厂领导对林杨说："一会儿就到，一会儿就到。"

　　他们坐在接待室里寒暄了许久，厂办主任才把林杨领到旁边的一间会议室里，一个花白头发、穿蓝色工作服的中年男人局促地站在桌子旁边，自我介绍说："我是小董。"

林杨笑着说："我知道你。你每个星期天都给李彤占座，你还买了好多笔记本，让李彤给你签名。"

老董不好意思地挠挠头："她什么都给你说。"

"李彤呢，李彤怎么没来？为什么他们把你叫来了？"所有的疑问，都加重了她想见到李彤的迫切心情。

"她出差了，要很长时间。"老董说，"她是我妻子。"

林杨释然地笑了："你终于把她追到手了。你们一定很幸福。"

老董搓着手，他没有直视林杨关切的眼神，他只是在回答必须回答的问题，他希望这样的场面越早结束越好："是的。"

他没有告诉林杨，那次涞源之行，彻底改变了李彤的人生轨迹。他也没有告诉林杨，每个月的某一天，他都会早早起床，披着渐渐稀薄的月光，开上车，从城市的东南出发，穿越还没有完全苏醒的整个城市，去往市区的西部。一路上，轻松的音乐缓缓地流淌，会让他有一种梦幻感，车上仍然是两个人，他和妻子，他能感受到身边妻子的呼吸，以及传递给他的温暖。即使来到监狱里，看到妻子憔悴的面容，梦幻感似乎还在持续，像以前他们经常遇到的那样，不过是开往市区的班车中途抛了锚，妻子从趴窝的车上下去，呼吸一下新鲜空气，缓解一下旅途的疲劳，更远的路，还在等着他们。

最后，在林杨上场之前，他说："你的每一个节目，我都会看。"他说的是实情，他觉得他在替另一个人看。虽然那个人已经十几年不再看电视了。

而林杨，相信他说的每一句话。当一次偶然的演出结束，当她再次全身心地投入忙碌、充实、令自己陶醉的生活中时，一个和她再无牵连、叫李彤的故人，自然也很快被她忘记了。

上岭网红

凡一平[*]

　　宽阔的池塘泥土暴露、水草青黄，像一个冷清的球场。少量的水存储在池塘中央，像锅底快要熬干的汤汁。水中已经没有了鱼，只有蝌蚪在浮游。密密麻麻的蝌蚪奋力抢夺着稀少的食物，争取生机，以期在池塘彻底干涸之前，脱颖而出，成为蛙。池塘上空也没有了盘旋、俯冲的鸟，一只都没有。想必耳聪目明的鸟儿知道池塘没有了好料，即使还有，也是力不能及，于是飞去其他地方觅食了。天空中有云，轻薄、零碎的云，像采摘过后遗弃的蘑菇。秋风吹过池塘，青黄的草抖动，像是被薅或理顺之中的羊毛。草中屈膝弓背的那个人，屏息静气，或鼓劲发力。他的手要么在挖洞，要么在洞里摸索，像是屠户解剖，也像藏家淘宝。只见不一会儿，他总能掏出令人瞠目结舌的黄鳝来。黄鳝一条比一条大，经过他的手挺举、宣扬，然后放进桶里。桶被污泥浊水浸染，看不清原色了。硕大、圆滑的黄鳝们挤在桶里，胡乱、紧张地翻动，像是山中被猴群攀缘过后的藤蔓。已经起立的他浑身泥泞，笑逐颜开，露着清洁、齐整的白牙。他的形象在早些时候已有清楚的展示和记录。他捕捉黄鳝的全过程，有专

---

* 　凡一平，男，本名樊一平，壮族。1964年生，广西都安人。先后就读和毕业于河池师专、复旦大学中文系。现任广西民族大学教授、广西作家协会副主席、广西影视艺术家协会副主席，第十二届和第十三届全国人大代表。出版有长篇小说《跪下》《顺口溜》《上岭村的谋杀》《天等山》《蝉声唱》《顶牛爷百岁史》等九部，小说集《撒谎的村庄》等十二部。曾获广西文艺创作铜鼓奖、百花文学奖、《小说选刊》双年奖等。多部作品被翻译成瑞典、俄、越南等文字出版。

业的摄像师跟踪拍摄。他仿佛是演员，但其实不是。即使有演绎的成分，也绝对没有人看得出来，也不可能被发现。

他的的确确是捉黄鳝的高手。正是他捉黄鳝的绝技，使他成为有九百一十万粉丝的网红。他开着名车，村中有别墅，城里有豪宅。怎么啦？那都是他靠本事换来的。他三岁就认识黄鳝，四岁便捉黄鳝。从五岁捉得第一条黄鳝开始，黄鳝就像树上的果实、地里的红薯，伸手就来，势在必得。他是黄鳝的克星，黄鳝是他的救星。仿佛天生和毕生都与黄鳝有缘，他姓黄名善，黄善。

黄善今年二十四岁，捉了二十年的黄鳝。

今年是黄善捉黄鳝二十周年，他同意多方建议庆祝一番。

今天捉得的那大半桶黄鳝，仿佛是献给自己的礼物，他当然不会售卖，而是装进了自己的车里。他今天开的车是路虎。高大、结实的路虎车，像一头魁梧的象，大摇大摆沿着河边的路，进了村庄。

上岭村今天格外红火、热络。各地前来祝贺黄善的粉丝和网红络绎不绝，他们的车辆在黄善家的院墙外停满，并排到了学校。黄善不得不把车停在学校。他拎着那大半桶黄鳝往家走。摄像师这时启动抖音，开始直播。山清水秀的上岭村因为黄善和一桶黄鳝，进入大众的视野。从学校到黄善家短短五分钟的路程，直播间涌入了三万人。随着粉丝和其他网红的层出不穷，直播间人数急剧飙升，达到"十万+"，并且居高不下。想成为网红的粉丝和已经成为网红的前粉丝，像被勾引的黄鳝，或像自投罗网的鱼群，争先恐后地钻进镜头里，搔首弄姿，上蹿下跳。在这些人的心目中，黄善是他们的榜样、老师，甚至是神一般的存在。他们竞相效仿他，受他的鼓舞和启发进行创造、革新——捉螃蟹、泥鳅，熏老鼠，灭红火蚁，阉鸡，阉猪，阉羊，等等，五花八门，各显神通。他们之中，有人因此成为网红。但再红，都红不过黄善。黄善是他们超越不过的山峰，是他们崇拜和推翻不掉的王者。

在弹冠相庆、人如潮涌的当口，黄善开始带货。他今天兜售的不是黄鳝，不是牛羊肉，不是菜刀，而是手机。他诵念着商家提供的广告语，口无遮拦，天花乱坠。不知名的手机在他的鼓吹下神通广大，众见闻者纷纷点击小黄车，下单狂购。当然吸引眼球的还有那大半桶黄鳝——它们正一条一条地被清洗、破解，然后集体下油锅，配合佐料翻炒，再分成一碟一碟上桌，供众人享用。手机和黄鳝，相映成趣，相得益彰。商家操作的二十周年庆，让年轻的黄善身价再度上涨，如日中天。他大碗喝酒，大放狂言，大口吃肉，放纵、奢靡和饕餮，上岭村空前绝后，乃至十里八乡，无人能比。

大醉三天的黄善醒来，发现形势变了——质疑甚至揭露他捉黄鳝造假的信息和声音，在网络上流行，铺天盖地，像万箭齐发朝他射击。传闻中具体的造假方式——由人先把搜罗来的大黄鳝预先放入池塘，由黄鳝自行打洞，再由黄善去捕捉。捉到的大黄鳝反复利用、循环往复，而捉鳝者前赴后继、瞒天过海。传闻如重磅炸弹，炸破了黄善的神话，他的粉丝从高峰时的近千万，掉到了五百万。剩下的五百万粉丝，仿佛在等着当事人黄善的表态和声明，以正视听，以观后效。黄善愣了，也蒙了。他压根就不曾想过会掉粉，会一落千丈。但事实和数据如今清楚、明确地显示在那里，就像小学时老师在试卷上打的勉强及格的分数。我到底什么地方做错了？即使有一点点错，要扣那么多的分吗？黄善惶恐而又委屈地想。我要怎么办呢？

黄善首先想到也是首先见到的，是他的摄像师唐秀峰。唐秀峰是黄善的发小，小学毕业后，黄善辍学了，而唐秀峰继续升学，升初中、高中，而且还考上了大学。去年大学毕业，唐秀峰没有找到工作，准确地说是嫌弃已经找到的工作。他从城里来到乡下，找上黄善，两人意气相投，一拍即合，就是黄善只管捉黄鳝，唐秀峰负责幕后工作，拍黄善捉黄鳝，然后把视频发到网上，见机操作、炒作，稿费和其他商业收入六四分，黄善六，唐秀峰四。两人勠力同心，默契配合，仅仅半年，"捉黄鳝的黄善"迅速蹿红，两人随之暴富。黄善有今天的发达，唐秀峰功不可没。他不仅是摄像师、拥趸，还是策划者和经纪人。他们过去是黄金坑里的合伙人，一荣俱荣；如今是一条绳子上的蚂蚱，一损俱损。

唐秀峰一脸愁苦，对小他一个月的黄善说："黄弟，情况变化这么快，这么大，也是我没想到和预料到的。不过我们也不用太慌张，要沉着应对。你现在醒了，用视频发个声明，说这纯属造谣，OK？"

黄善看看手机镜头，又看看镜头后面的唐秀峰，慌里慌张，心虚到仿佛都被掏空了。他想往心里塞入诚实的东西，说："网上传的，都是事实呢。"

"所以要辩驳呀，雄辩胜过事实。"

黄善纳闷，说："我怎么只听说，事实胜过雄辩呢？"

"你是孤陋寡闻，"唐秀峰说，"谎言重复一千遍就是真理，你没听说过吧？"

黄善说："起初我就不想骗人，都是你哄我的，现在看来是被你骗了。"

"捉来捉去，不光上岭村的黄鳝被捉光了，隔壁村甚至全乡的黄鳝也被捉得所剩无几。关键是大黄鳝紧缺呀，没有大黄鳝可捉，就不刺激，不吸引眼球，谁看呀？没有人看，就没有流量，更没有商家找上门。这些都没有，捉黄鳝还有啥用？把大黄鳝预先放入池塘，重复利用，是不得已的事情。再说，大黄鳝放入池塘后，自行打洞掩藏，是你亲自发现并捉出来的，对吧？再狡猾的黄鳝，都逃不过你的火眼金睛、妙手擒拿，就算黄鳝有假，但你捉黄鳝的本事是真的，对吧？"

听着唐秀峰头头是道的话，黄善仿佛觉得合乎情理，或情有可原。的确，大黄鳝不易有，两斤以上的，真是十次一遇，上三四斤的，可以说是百里挑一，被当作宝贝一样珍惜。所以从两个月前，一旦捉得两斤以上的黄鳝，不卖不吃，统统留着。它们身长体重，色泽精彩，进入新的池塘，如募集而来的身强体壮的士兵，重新投入沙场。黄善将它们捉了又放，放了又捉，有的达到了诸葛亮七擒孟获的次数。它们和捉鳝者斗智斗勇，每次都逃脱不了被活捉的命运。久了，它们似乎就认命了，或麻木了，失去了智慧和斗志，要么洞越打越浅，要么挤在一窝两窝，仿佛在迎合捉鳝者，也仿佛是生怕捉鳝者一旦漏掉不捉而变得孤独无依似的。黄善乐见其成，每次的捉拿轻而易举，收获颇丰。他不曾料到，这其实是埋下了隐患，让细心的甚至专业的网民产生了质疑，并予以揭发。大黄鳝老黄鳝们，其实并不笨呀，它们在给捉鳝者设套、挖坑，企图让扬名立万的捉鳝者名誉扫地、倾家荡产。它们的企图眼看就要得逞了，如果捉鳝者没有断然举措的话。而"捉黄鳝的黄善"想让它们得逞吗？当然不想。因为他不想失去现在拥有的一切。他咬咬牙，仿佛昧着良心下狠心，然后张嘴，对着手机镜头，厚着脸皮说：

"我没有造假……"

声明的视频发布到网上，关注的网民半信半疑，有的回关，重新成为"捉黄鳝的黄善"的粉丝，有的则退出了。总之，五百万的粉丝总量没有再下降，像一个患了严重痢疾的人吃了猛药后止泻了。唐秀峰看着摇钱树一般的黄善免于暴风雨的侵袭，松了一口气。他对缓过神志的黄善说："我们一如既往，照过去的方法做，粉丝还会涨回来的。面包会有的，不是面包，是金子，我们还会赚得盆满钵满。"

黄善没有答应。他沉默着，像是大病初愈仍然虚弱、有气无力，也像是在思考和反省。此刻，他坐在上岭村自家的池塘边。清澈的池塘像一面镜子，显现着他和唐秀峰的影子——两个昔日的同伴，今日的同伙，身姿一致却神态各异，像下山偷食后发生龃龉的两只猴子。但他们没有分开，仿佛有共同的利益还在诱惑着他们，将他们捆绑。唐秀峰仿佛看出了黄善的疑虑和胆怯，说："不过，我们遭遇这次危机，虽然化解了，但确实需要好好反思一下。究竟是谁出卖了我们？他们怎么懂得这么详细，一下抓住要害？这个或这些出卖我们的人，是不是就在我们身边？毕竟我们村里有不少做自媒体的，但都不如你红火，比你差远了，所以他们眼红你，嫉妒你，不是直接揭发你，而是向别人爆料，提供情报，由别人揭发，借刀杀人。这些人一定要查出来，该收买的收买，杜绝后患。在没搞定这些人之前，我们的视频和直播暂停。"

黄善惊愕，瞪大眼睛，看着唐秀峰，像童蒙看着启蒙的老师。他脑筋转弯弯，把老师的话过滤了一遍，然后选择了相信。不过他说："是谁你就不用管了。

我自己想办法晓得。"

唐秀峰从上岭村回城了。他在南宁谈了个身高一米八的漂亮女友,正在筹划开一家饭店,让女朋友经营管理。唐秀峰临走时对黄善说:"你不想让我鸡飞蛋打,就认真去把事情办妥。"

依山傍水的上岭村鸟语花香,如诗如画,但如今在黄善眼里却被视为雷场。他认为村里到处都是地雷,每个人都把他视为眼中钉和肉中刺,人人在朝他发动地雷战,要把他拔掉、炸掉。此刻,他警惕并小心翼翼地走在村中,用怀疑的目光看着每一个遇见和找上门的人。自从他成为网红和上岭村的首富,他的确轻视和怠慢了村庄的人们,常对他们吆五喝六。遇到困难户,他把救助当成施舍、恩赐。遇到救急借钱的,他把自己当银行,收取利息。逾期不还,利滚利,或没收抵押的财物。他认为这么做没什么不对,如果不对,银行也不对。他觉得他对得起村庄的家家户户,因为家家户户都得到过他的帮助,哪怕是借钱,都是有求必应。而现在的情势是,村里人对不起他,出卖了他。白眼狼就在村人之中,究竟是谁?是一个,还是一群?

不知不觉,他来到韦交平家。韦交平家的院门虚掩着,黄善从虚开的门往里看,只见韦交平和黄艳河夫妻正在投篮。夫妻俩一人拿着一把铁锹,个子高大的丈夫在三分线外,身材臃肿的妻子在三分线内,两人背对球筐,一把铁锹铲着一只篮球,然后反向投篮。两只篮球在空中划出优美的弧线,然后先后落进筐中。夫妻俩回望,见球命中,不由自主地露出得意而朴素的笑容。他们捡球继续。两只廉价的篮球停在两把铁锹上,再一次同时抛出。这一回,妻子命中了,丈夫的球没落进筐内,就差一点。韦交平叹了叹气,却不气馁地去捡球继续。夫妻俩重复地做着同一套动作,乐在其中,乐此不疲。他们此刻正在做抖音直播,黄善一看便知。他有夫妻俩名为"夫妻双双铁锹投篮"的抖音号,打开来看,见直播间仅有三百一十人,而名下粉丝不过七千人。夫妻俩在为少得可怜的看客和粉丝展示技艺,努力拼搏。如此看来,他们要成为网红何其艰难,靠自媒体发家致富要到猴年马月!是他们出卖的我黄善吗?黄善心想。

韦交平捡球的时候，发现了从院门偷窥的黄善。他热情地把黄善请进来，并将黄善拉到固定的镜头前。黄善和韦交平夫妇共同现身在了直播间。大网红的加入，让举步维艰又锲而不舍的韦交平夫妇喜出望外，仿佛在黑暗中见到曙光。不一会儿，直播间就增加了两千人，似乎都是冲着黄善来的。韦交平仿佛为了让直播间更活跃，请黄善投篮。黄善不善投篮，露出为难的神色。韦交平说你正面投也行。黄善为了确认是不是韦交平夫妇出卖了他，答应了。他双手抓球，三分线内正面投篮，居然没有命中。韦交平夫妇得意忘形，嘿嘿欢笑。韦交平对年纪小过自己而名望、财富大大超过自己的黄善说："善呀，我捉黄鳝不如你，你投篮不如我和我老婆。"

　　黄善说："是呀。你们两公婆铁锹反向投篮很牛的，就是粉丝那么少，我想不通。"

　　韦交平摆摆手说："唉，七千粉丝，我们已经很满足了，都没想到有这么多。我和老婆是闲着没事干，随便玩玩，纯粹是娱乐。"

　　一旁的韦交平妻子说："我是为了出汗，减肥，我太胖了。"

　　听了韦交平夫妇没有隐晦的爽快表白，黄善觉得不是他们出卖了他。这对单纯、朴素的夫妻，大大咧咧，不藏不掖，连黄鳝都比他们狡猾得多。

　　与韦交平夫妇直播到天黑并吃了饭后，黄善从韦家的院门出来。他行走在夜色斑驳的村庄。村庄黯淡，但不平静。黄善知道还有一些不甘寂寞的人，正在为生活和梦想努力奋斗。他猜想，出卖他的人应该在这些人里边。韦交平夫妇的嫌疑已经排除，另外一些人的嫌疑则越来越大。仿佛已经锁定了最大的嫌疑人，黄善径直朝嫌疑人的家走去。持续、高亢的声音灌入他的耳朵里，像惊涛拍岸。那是覃凤飞、韦婉宁母女在歌唱。

　　想着覃凤飞、韦婉宁母女，黄善胆战心惊。与她们纠葛交织的往事，像冰火两重天，搅动他的回忆——在成为网红之前，黄善追求过韦婉宁。他像老鼠爱大米一样爱着韦婉宁，天天往她家送黄鳝。他送的黄鳝，每次都被韦婉宁的母亲覃凤飞像丢死老鼠一样丢出来。这个衰败的寡妇，为了护她的女儿，竟然像母老虎一样勇猛，甚至是凶恶。她的女儿漂亮、温柔，是名副其实的村花。黄善爱她爱到癫狂，但他所做的一切，都被认为是癞蛤蟆想吃天鹅肉。他死皮赖脸的纠缠，都被村里人当成笑话。可不承想，咸鱼居然可以翻身，山鸡变成凤凰，黄善靠捉黄鳝出了名，成为网红。他爆红而且暴富，昔日的混混人五人六，旧时的破屋也变成金山银山。覃凤飞、韦婉宁应该后悔了。至少母亲覃凤飞是后悔了，她托人传话，也亲自登门，求饶求亲。如日中天的黄善哪里肯纡尊降贵，他以其人之道还治其人之身，把来人统统扫地出门。也许是不服，也许是认为自媒体是发达的门路，母女俩拍起视频，做起直播。每天晚上，干完农活儿和家务的母女俩精心打扮，载歌载舞，通宵达旦。黄善偶尔会刷到母女俩的抖音视频，但眼里和心里，只有蔑视和轻侮。如果不是为了找出出卖他的"内奸"，杜绝后患，黄善今夜才不会走村串户，这对令他因爱生恨的母女的家，他才不会来。

"正月里来正月花，正月双龙到我家。我家没有好茶饭，十盘果子九盘花；

"二月里来二月花，二月阳雀叫喳喳。一来叫起年成早，二来叫得树开花。"

母女俩的歌声越来越清楚地传进黄善的耳朵，黄善听明她们唱的是传统彩调《十月花》，因为他也会唱，且自信比母女俩唱得好。母女俩唱歌跑调。

"三月里来三月花，三月雨水笋发芽。十八姑娘去扯笋，梳起头来插起花。"

跑调的母女俩唱到三月的时候，黄善见到了她们。她们就在自家的院墙外边，在一盏节能灯下，边跳边唱。两母女一致的穿着和装束，统一的摇摆动作，如同一个模子的嗓音，不细看不细听的话，分不清谁是母亲谁是女儿。但黄善分得清，那个望而生厌的是母亲，依然怦然心动的则是女儿。

此刻，母女俩在明处，黄善在暗处。在暗处的黄善不再往前，他仿佛望而生畏，也仿佛做贼心虚。身处黑暗的他，缺失迈向光明的勇气，像极了洞藏的贪生怕死的黄鳝。

"四月里来四月花，四月农夫下犁耙。犁来犁去千条路，耙来耙去满园花；

"五月里来五月花，五月豆角打白花。豆角结得千千万，摘去豆角不见花。"

......

明亮的灯光下，母女俩正大光明地唱着跳着，她们肆无忌惮、纵情恣意，唱到四月的时候，声嘶唇颤，唱到五月的时候，满脸是汗。但她们继续唱下去，坚持跳下去，没有任何势力阻挡她们，她们开开心心、快快活活地唱歌跳舞，仿佛功名利禄早就被她们抛到了九霄云外。

"九月里来九月花，九十岁婆婆纺棉纱。中间纺起泥鳅肚，两头纺成珍珠纱。"

黄善听着齐心协力的母女唱歌，看着她们跳舞，竟听得有味，看得出神。马上就唱到十月了，曲终舞停，要么他趁早离开，要么他等着被发现。

黄善选择了离开。他从近在眼前的母女身边撤退，从黑暗隐入更深的黑暗，像一头收起兽性或知难而退的老虎。他若有所悟，患得患失地行走在秋天的暗夜里。凉风习习，落叶扑面。

"黄善，黄善！"

一个女性的声音从黄善的身后呼唤他。他为这个递进增强的声音停步，并且转身。一道手机电筒的光亮朝他照射而来，像一支神奇的箭镞。黄善无须猜想，呼唤他的是他曾经的女神韦婉宁。

韦婉宁藏身在光照的后面，全部都看不见。但温柔、急促的气息，甚至带香的汗味，黄善却闻得见。迷离之中，他听到韦婉宁说："你人都来了，为什么没有胆量再进一步？"

黄善想了想，各种念头，拼凑成一个原因，说："我还是怕你妈妈。"

"网上关于你的事情，我都晓得了。"她说，"我妈没有出卖你，我更不会。"

黄善惊愣，为韦婉宁的开门见山、单刀直入。他强迫自己镇定，说："我只是无聊，随便在村里走走看看而已。"

"你不用怀疑我们村里的人，任何人都不恨你，包括我，包括我妈。"

黄善沉默，仿佛在过滤韦婉宁的话，也仿佛无言以对。

"我走了。"韦婉宁说。灯光转向，照着来路。

待黄善反应过来，原地已经没有韦婉宁的身影，也听不到她的声音了。他失落地站在那儿，像一根失明的灯杆。而真正的灯杆其实没有失明，它就在附近，笔直、挺拔，散发着乳白的光，在映照和温润他，以及自家的池塘。只见自家的池塘宁和、清亮，池水正冒着气泡，星星点点，次第漾开。一条接一条黄鳝露出水面，从容、坦荡地游动。它们甚至爬上岸，毫不胆怯地来到他的脚边，争先恐后，接连触舔、攀缘他的脚跟和脚踝，然后钻进他的裤筒，把裤筒当成安全的洞穴，温暖的家。

数天之后，黄善再度出现在池塘边。预先盘下并布局好的池塘，像是剧目上演前的戏台，扎实而平静。黄善屏息静气，仿佛正在酝酿情绪的主角，等待幕布的拉开。从城里归来的唐秀峰就在黄善身旁，他胸有成竹，像一名信心满满的导演。刚刚更换的另一牌子的手机在唐秀峰手中炫耀，像一把即将攻城略地的武器。他没想到，一旁的黄善忽然夺过他手中的手机，扔进了池塘里。掉在池塘泥水里的手机瞬间光彩湮灭，像一只死蛤蟆。

飞鸟与地下

班 宇[*]

愚人之链

十五天前，小柳从上海回来，我掐着手指头算日子，心情比较纠结，既怕她找我，又怕不找。张一天跟我提过，小柳也许要离。我听后有点紧张，问他，有苗头了？他说，多少有一些，最近没见她带孩子，老婆婆负责接送，吭哧吭哧，对孩子连踢带卷，很不优雅，观者闻风丧胆。我说，未见得是感情问题，许是身体有恙。张一天说，我看不像，你认识她老婆婆吗？我说，我上哪认识去，又不是我妈。他说，挺有气质，将近一米八，一百六十斤开外，烫了大波浪，爱抹红嘴唇儿，以前是体育老师，南关区教师运动会铅球纪录保持者，后来改教物理，原理类似，都在琢磨重力、磁力、浮力、万有引力，跟你的研究范围也接近。我说，我的？他说，对，这么多年来，你首先是不自量力，其次是无能为力。我说，电话挂了吧。张一天说，情况就这么个情况，你看着办，据我所知，她马上到长春，保不齐能去找你。我说，具体哪天，届时我肯定不

---

* 班宇，男，1986 年生，沈阳人。作品发表于《收获》《当代》《十月》《上海文学》《作家》《山花》《小说界》等刊，被《小说选刊》《小说月报》等转载。出版小说集《冬泳》《逍遥游》。曾获 2019 年"茅台杯"《小说选刊》年度大奖、华语文学传媒年度最具潜力新人奖、智族 GQ 年度人物、"《钟山》之星"年度青年作家、花地文学榜短篇小说奖等。《逍遥游》获"2018 收获文学排行榜"短篇小说类榜首，《夜莺湖》获首届曹雪芹华语文学大奖短篇小说奖。

飞鸟与地下 | 153

在。张一天说，可别装逼了你，多少年来就是个惦记，纯属回天乏术。

　　张一天跟小柳在上海住同一小区，前后楼，隔人工湖相望，日常来往密切。楼盘隶属奉贤区，住户以东北人为主，邻里关系和睦融洽，夏季均在室外进行烧烤活动，小炉子一架，酒精块生炭，三五好友，推杯换盏，烟熏火燎之际，旁边不锈钢盆里的丹东黄蚬子一张一翕，像是也要插上几句，个性开明。房子几年前买的时候一平方米两万五，现在两万三千五，不涨反降，逆势而为。张一天的那套是租的，主要是离单位近，二十分钟骑行路程，环保又健康，他每日精神头十足，心明眼亮，总在观察小柳一家的生活动向，不时向我汇报。小柳在此安家，买了小区最大的户型，建筑面积八十九平方米，三室两厅，户型方正，南北通透，实用与享受兼得，且带一个 U 形厨房，具备更大的操作台空间。张一天跟我说这些时，我很不解，问道，要这么大的操作台干吗呢，她也不会做饭。张一天说，她不做，不代表没人给她做。我说，谁，她老公？不是脑出血了吗？张一天说，她小时候有她爸，之前有老公，现在有老婆婆，长大了有儿子做，一辈子吃喝不愁，要什么有什么，想什么来什么，你还不了解她吗？你对她一生连绵而壮阔的故事连这点预判都没有吗？你不知道她无论如何以身涉险最终都能立于不败之地并保持迷人的微笑吗？我想了想，说，不是不知道，话赶着话，唠到这儿了。张一天说，都多余了，朋友。

　　的确如此，在小柳的生命进程中，我早已明确自身的位置——有我不多，没我也不少。或者说，任何人在她身上都无法印证自己的存在，就是这么虚无，就是这么迷离，抵达她的旅程如同穿过烈日与荒地，不见影子的方位，亦无四季的植被。高中毕业时，我对小柳展开疯狂追求，不仅忍饥挨饿，为其办理黄钻会员，也通过外挂的使用让她在游戏里一时风光无两，备受敬仰。当然，后因被官方发现导致永久封号。还在午夜时分发过六十多首代表爱意的流行歌曲。不过这些均未能溶解她的心灵，很遗憾，我们的关系始终没有更进一步。再后来，她对我说在大学里谈了男友，面庞白皙，烫着波浪式的金色长发，如一位在暗舱里偷渡而来的水手后代，父母曾于全世界漂泊游荡，不过他说的却是东北话，男友的母亲会做新加坡肉骨茶，她去吃过一次，当即折服，彻头彻尾地爱上了南洋滋味，感受到了一种健脾祛湿的效果，身心通畅，灵魂进而丰沛起来。我听过极其自卑，别说是吃，这三个字的搭配简直闻所未闻，根本无从想象，如今他们分开许久，我却依然维持着惊诧，不知为何一顿排骨米饭能令其几度沉沦，将故土与故人轻易地抛在脑后。这一点我百思不得其解。

当然，也不要紧，这些年里，我不理解的事情还有很多，所以没那么在意。比如说，小柳结婚的前一年，我差点也结了婚，双方父母已见过面，日子选好，饭店订金也交了，甚至开始在刚装修好的新房里生活。我在阳台上种了许多少见的植物，比如西伯利亚远志、露珠草和青楷槭，高低错落，郁郁葱葱，如同微缩的山林，还养了一缸金鱼，没怎么喂过食，里面的小鱼却越来越多，灵活游动，一切欣欣向荣。一个晴朗的下午，我在沙发上看电影，未婚妻从卧室里走了出来，红着眼睛说她要走了，很抱歉，有那么一个人，她根本忘不了，这么多年了，就是没办法忘记，试了许多次，怎么也不行。我愣了一会儿，请她继续说下去，她没多想，滔滔不绝地讲了起来，说那人是她初中时的化学老师，大她十岁，当年刚毕业，她化学不好，总是记不住分子式，搞不清楚反应方程，他就一遍遍地教，想尽办法，不厌其烦。她毕业后，对方也不教书了，回到学校深造，改做科研，如今博士毕业，在北京工作，自己建了个实验室，专接国外项目，收入可观，前途无限，但这也不重要。重要的是，数年以来，他们一直有邮件往来，前后几百封信，体量庞大，涉及天文、地理、历法、健康卫生等多方面内容。或可以说，这些是二人多年以来存在于世的不灭证据。他们总在彼此倾诉，从未间断，不止于情感，不止于人生，他知道她的每一步是如何走过来的，万念俱灰时，正是那些信件让她活了下来。她也只在面对他时，才有信任，才觉得轻松、自在，才觉得自己是在真实地、确凿地活着。与此同时，她也能明白他的一切选择，好的与不好的，背叛时的痛苦、遗弃时的孤独，当然，他更理解她，还为她的婚姻送上过祝福。不过她是拒绝的，她不需要任何人的祝福，她想，她的一生也就这样了，只能如此，也不过如此了。但，此刻她发现，已经没办法从一场精疲力竭、延绵不休的幻梦里摆脱出来了，必将深眠于此，既然这样，就不能再拖一个人进去，那等同于实施一桩罪行。我想了想，说，能让我看看你们的通信吗？这么多年，你们在说些什么呢？她说，不重要。我问，你们见过几次？她说，十二年没见了。我说，哦，十二年，我们认识几年了？她说，五年。我说，哦，五年了。

她坐在垫子上，矮我一截，垂着脑袋，没化妆，皮肤毫无光泽，讲完后，又哭了起来，说道，我们就这样吧。对不起，我们就这样吧。我说，你的意思是要分开？她说，我配不上你的感情，抱歉。我说，你要去找他吗？她说，明早的车票，我无法再忍受一分一秒了。我说，为什么啊，为什么忽然做出这样的决定？她说，我今天早上醒过来，读到他的最后一封信，向我告别，他写了很多很多，我却一个字也不认识了，躺在床上只是哭，一直到现在，完全停不下来，脑子里只有一句话，为什么我的生活如此糟糕，我没有任何一个对得起的人，包括我自己，为什么我的生活如此糟糕啊？它看似平静，但我知道，我无可救药了，不过是在扮演着另一个人，一个连我都不认识的人。我说，不至于的，一时情绪而已，你冷静冷静，好好想一想。她说，我不想了，想不明白，就这样吧，我哭得那么厉害，那么长的时间，你肯定听见了，刚才我想，如果你走过来，抱一抱我，我们抱上一会儿，兴许我能好一点，但你也没。我不怪你，不是你的问题，我知道你不想。我们就这样吧。

电视上放的是一部韩国电影，讲述的是一九九九年的故事，与回忆有关，一位站在荒地上的中年男性对着高架桥上摇摇欲坠的火车大喊不止。待她说完后，喝醉了的人们在户外唱起歌来，七扭八歪地搂在一起，音箱放在河边的石头上，溪水在桥下流过，歌声与水声此起彼伏，恍惚之间，我觉得我也身在其中。我想我本应愤怒，如蒙受欺骗，或是深深绝望，歇斯底里。可我只是很困，极为疲惫，我侧身蜷进沙发，一点精神也没有了，合上眼睛，双手抱在胸前，就这么睡了一整夜。第二天醒来时，她已经走了，房间空空荡荡。我看了半天缸里的金鱼，给我妈打了个电话，讲了这件事情，我妈听后很平静，跟我说，哦，知道了。我说，你不生气吗？我妈说，我为什么要生气？我说，你不去讨个说法？她说，跟我有什么关系？走的也不是你爸，你自己的事儿，自己看着办，别来找我，我可不管。我说，行。我妈又补了一句，该。我问，什么？她说，我说你活该，你根本也不爱她啊。

过了很久，我才发现，她对一切早有预计，从搬过来的第一天开始，就很注意，不让自己在我这里留下任何的痕迹。有段时间，我疯了似的寻找她存在过的证据，哪怕是一根头发、一丝气息也好，以证明自己的生活并非虚度。最后，我只在书架后面发现了一张小小的唱片，满是灰尘与划痕，播放起来断断续续。我怎么也想不起来它到底是谁的，从何而来，而那些曲目听来又是如此陌生，我只能将之视作一种密码，或许可以从中得到点什么启示。我反复听了很多遍，唱片名字是 *Memphis Underground*，《孟菲斯地下》，取自录音室的名字，内页照片上那些堆叠起来的音响也如茂密的丛林，光与声音在此交错。唱片发行于一九六九年，共有五首歌，最好听的一首是 *Hold on，I'm Coming*。但接下来的另一首我听得最多，叫作 *Chain of Fools*，编制极其丰富，有颤音琴也有长笛，不知为何，听到后半段总会有点心碎。我查了它的源头，最早由一位女歌手演唱，讲述的是自己跟男友相爱五年，却一直蒙受欺骗，对于真相一无所知，别人告诉她要离开，她却怎么也走不掉，只因对方的爱太强烈而她又太过软弱，任凭一条愚人之链将其牢牢拴住。曲子差不多有十分钟，段落分明，叙事感强烈，笛声犹如一条小鱼，于雾气缭绕的白夜里游弋。在小柳婚前，我给她发过一次，她回我说，听了半宿，天亮了，我出发了。

新月城

我给张一天转去一篇分析当前经济形势的文章，半天后，张一天问我，小柳还没联系你呢？我说，没。张一天问，她回去多少天了？我说，我哪知道，谁记着这事儿。他怂恿我说，不行你联系她一下呢？别控制，不要给你的人生设限，二婚也有追求幸福的权利。我说，上次我也没领证啊。张一天说，那我搞错了，我告诉她你离了，对不住。我一下子有点惭愧，百感交集，打了一堆省略号。张一天说，她咋想的我是不知道，你咋想的，我还能不知道吗？自己的事儿，自己看着办，别来找我，我可不管。这话跟我妈说的一点不差，我放下手机，内心沮丧，对于小柳，我的感受颇为复杂：一方面绝不是想要借此缅怀青春，认为当年有过暧昧时刻，对方在余生里势必难以忘怀，那简直是一种令人作呕的自大；另一方面，当然也不是想跟她发展出一段什么关系来，即便我再愚昧、固执、迟钝，对于物是人非一词也有过深刻体会，更何况那对小柳也是极大的冒犯与不恭。我一直在想，为什么我对她总是怀着非同寻常的眷恋呢？想来想去，觉得或许与早年发生的一件事情有关。

我从未跟她提过，我想她也不记得，约二十年前，我跟小柳曾做过邻居，住在同一个家属院子里，不过她住一号楼，我在二号楼。小柳她爸叫柳承德，跟我爸在一个单位上班，她爸是工人，工作勤恳，有点技术，加上爱琢磨，一九九四年被派到乌克兰施工，穿行于科尔孙－舍甫琴科夫斯基区的茫茫夜色与泥泞道路之间，中途携带火腿回来过年，颇为风光，特意锯了一小块给我家送来，说随便尝一尝，外国风味，一般人吃不好，是个心意。我爸目睹柳承德扛着整只火腿招摇过市，对其体积有过盘算，掂量过后，认为送给我家的份额足以体现其重视程度，便盛情邀他来家里做客，当时我爸刚刚升任车间调度，可谓如日中天，前途一片光明，多少有点飘，走路脚不沾地，总会产生一些不恰当的错觉。大年二十八晚上，柳承德领着女儿前来赴约，那是我跟小柳第一次正式接触，之前虽住得近，也没什么联系，打个照面也不说话。柳承德跟我爸在屋外喝酒，开始时很羞涩，相互试探，但两人都没什么量，六点开始喝的，七点半已经满嘴胡话，我爸在对车间的未来发展进行全盘规划，低声与柳承德诉说自己的愿景：造一座楼房那么大的变压器，满足南关区全体居民的用电需求，你在家用洗衣机，她看电视节目，孩子打开台灯读书学习，一点问题没有，在同一片天空之下。柳承德比较严谨，皱着眉头问，这几样同时进行，现在有什么问题？我爸说，还是有隐患，规模不够，无法矫正输送电能的电压，也就不能免除电力系统中的电压波动、电压谐波等致命故障。柳承德说，我看未必，规模大小不重要，主要还是调节模块是否有效，未来社会电力的核心任务，在于提高电能使用效率和改善电力质量，电，好比是水，有的足够纯净，有的有杂质，家用电器好比是人，喝了不干净的水，早晚要生病，所以说，保卫电的质量，就是保护我们的健康，捍卫共同的未来。我爸说，你是领导我是领导？柳承德说，你是，你是。我爸说，错了，我们都不是，厂长说了，我们单位没有领导，只有互敬互爱的一家人，你切记，你有困难我来扛，我住隔壁我姓王。柳承德说，王哥，还是你有水平，敬你一杯。我爸说，柳兄，你有洞见，能举一反三，我看往后你还有步儿。

小柳猫着腰钻进我屋，穿了件通红的小棉袄，小臂箍着两只油亮的花套袖，整体有些耀目，像是个点着了的灯笼。她不跟我讲话，我也不跟她说。她先是站着，看着我，后来站不住了，一屁股坐到地板革上，问我在干吗。我说，下棋。她说，自己跟自己下啊？多没意思。我说，有意思，看着好像是自己在玩，其实有四个人，甲乙丙丁，或者说，中国队日本队英国队美国队，规则我自己定的，跟你说不明白。她说，现在谁领先？我能代表中国队吗？我说，不能，你不会玩。她说，瞧不起谁呢，中国第一，美国第二，英国第三，日本第四，我早看出来了。我心里一惊，几个颜色的棋子，我一直在心里计数，从没说出来过，她怎么知道的呢？我故作镇静，说道，不对，你别干扰我，看会儿动画片不行吗？我把电视给你打开，辽宁教育台正在演《神探加杰特》呢，穿风衣拿放大镜探案，每天两集，惊心动魄，比较过瘾，也有教育意义。或者看看《黄金一刻》，快乐问答，马上大年初一了，初一的月亮你知道叫什么吗，叫新月，跟太阳同升同落，站在地球上看不见月亮，都是知识，你多学一学。小柳说，我妈不让我看电视，她跟我说，傻子才看电视，越看越傻，我家电视就摆在那里，从来没开过，只有我爸回来时才看一会儿，我挺害怕变傻的。我说，胡说八道，我奶天天看电视，我妈说她比猴儿都精。小柳说，可能因为你奶属猴，你属啥？我说，我属虎。她说，我也是，你几月份的。我说，四月。小柳说，我六月的，你比我大，我得叫你一声小哥，小哥好。我听她这么一说，心里有点热乎，态度也就变了，问她，你吃饱没，我还有一盒蛋卷，想吃的话，我给你拿出来，咱俩分一分。她说，小哥，我不吃，你留着，小哥，你喜欢魔术不，我给你变一个。我说，电视上见过，美国大峡谷，万丈深渊，一个人拿把雨伞走在钢丝上，大风呼呼地吹，他在上面连吃带住一个礼拜，睡觉也没掉下去过，心里有数，我很佩服。她说，小哥，那叫杂技，我给你演个厉害的，你保准儿没见过。

　　说完，她站起身来，把板凳搬到窗边，蹬了上去，撕开窗缝的胶条，又用手敲几下，把窗户顶开，一阵冷风灌进来。我打了个冷战，哆嗦几下，赶忙去把门关严，我爸在外面瞄了我一眼，没说话。转过头来，我看见她半跪在窗台上，就有点急，小声说道，你下来，下来啊，多危险。玻璃上的冰花缓缓褪去，她没理我，一手扶着窗框，另一只手掐着放在嘴前，朝向黑夜打了个口哨，声音不大，却相当清晰、圆润，然后又是三下，总共四次，音调、长度各不相同，最后一声十分响亮，像是一道闪电呈 U 形滑过，下降之后又上升，也如在对谁讲话。第一句是，你好啊。最后一句是，我在等你啊。半晌，一颗魔术弹熄灭在空中，月亮弯成一道铜褐色的弧线，细而坚韧。她把脑袋向外再伸出一些，我担心她掉下去，一把从后面擒住她的双腿。小柳穿着一条褐色的棉裤，面料发滑，据说也是从乌克兰带回来的，比我们的棉花弹性好，也更保暖，抱着感觉软软的，有点惬意。她撑着阳台，向前探身，我用力往后拽，她回过脑袋，跟我说，小哥，没事儿，你别拉着我呀，它该找不到我了。此时，光线隐去，一只鸟不知从什么地方飞了出来，速度极快，堪比刚射出来的箭矢，以残月为弓，直直向下，它尖尖地叫了一声，像是对逝去的哨声做以回应。鸟比我平时见过的要小，虹膜发棕，翅膀和尾巴为褐色，覆羽有辉光，如锡铁所制，刚上紧了发条。它飞过我们的头顶，消失在下方，接着又返回来，向上冲击，往复几次，忽然闯入窗内，直奔我们而来。我吓了一跳，连忙闪开，它在屋内绕了一圈，最后轻轻地落在日光灯上，眼目鲜艳，望向我，偶尔啄着湿润的颈部，室内光线摇晃不停。我惊出一身冷汗，看看小柳，她已被我拽到地面，我俩靠在暖气片上坐着。她喘着粗气，满怀期待的神情，抬起脑袋，慢慢递出一只手来，张开手掌，朝着那只鸟儿点了点头。小鸟如同会意，振开翅膀，嗖的一下跃至近前，以洁白的羽缘拂过她的指尖，先是左侧，接着右侧，偏着脑袋，反反复复，像一位妈妈抚摸着她那快要长大的孩子，满是不舍与爱意。之后跳到窗台上，啄了几下玻璃，发出咚咚咚的声响，半转过身来，朝着我们眨了眨眼睛，一跃飞出窗外，消失在无尽的黑夜里。此时，有人在对面放了一挂鞭，竹竿从窗口伸到外面，垂落在地，引信点燃，万响争相出动，半扇楼被映得比白天更亮，从下往上，爆炸声愈发迫近。小柳哇的一声哭了出来。

坚持住，我来了

婚前的房子只我一人住，我总是将它收拾得一尘不染，如在为了迎接谁的光临，或者等待一个人的回归，其实谁也没有来过。金鱼都死掉了，只剩一缸清水，我也养着，每隔几天一换。阳台上的那些植物长势很好，叶片葱郁、饱满，没有一点枯败的迹象。浇水时，我必须挪动几株，才能对每一盆都有所照应，很像在玩"华容道"，我扮演的是曹操，来回移动兵阵，以求顺利突围。那盆巨大的梅笠草如同关羽，一夫当关，不可逾越，每次我都会为自己设计难题，通过不同的解法来实现逃脱，有些耗神，考虑到通常情况下也没有什么特别要紧的事情，待在阳台上反而是一种享受。

我在心里默念此次的移动次序时，电话在屋里响了起来，我犹豫了一下，没有接，继续摆脱封锁。半小时后，我全身而退，长舒一口气，拿起手机，发现是张一天的电话，我拨回去，他问我在哪里，我说，在家呢，刚在浇花，等我拍几张给你。张一天说，别拍了，不愿意看，跟你说个事儿，小柳不在长春了，走了。我说，哦，这样，好吧。他说，失落吗？我说，有点，不多。张一天说，你再装？我说，也不至于，好容易回来一趟，人来人往，见不上正常，都能理解。张一天说，得了吧，别人不了解你，我还不了解吗？我没说话。张一天顿了顿，说道，小柳刚给我打电话了，聊了一个来小时，问我你在哪里，在做什么。我说，你怎么说的？你俩怎么那么多的话？张一天说，我说我哪知道，你想知道自己去问呗。我说，什么意思？张一天说，我把你地址给她了，她要去找你，可能快到了。我说，太突然了吧。张一天说，谁让你不接电话的。

挂掉电话后，为了平复心绪，我连忙把家从里到外收拾了一遍，之后抽着烟等她。临近午夜，我本以为她不会再来了，小柳忽然打来电话，跟我说就在门外。我深吸几口气，故作镇定地开了门，小柳站在走廊里，瞪大了眼睛，歪着头看我，也不说话。我对她说，欢迎来访。她默默进了屋子，脱掉鞋子，斜着摆在一旁，坐在门口的凳子上，看了看室内，跟我说，奇了怪了。我说，什么？她说，我怎么感觉你早就知道我会来啊。我说，是，张一天给我打电话了。小柳说，不是这意思，我是觉得，你好像等了我很长时间啊，许多许多年，此处原封不变。我说，做梦吧你。小柳说，果然啊。我说，你到底想说什么？小柳说，果然跟我的预测一致，见不到你吧，不怎么想，见到了吧，也不觉得多么亲。我说，是吧，那你过来图啥呢？小柳想了一会儿，说，可能还是想看看你吧，我也不知道。我说，大可不必。

小柳噘起嘴来，满脸的怨愤，没几秒钟，又转了脸色，亢奋地对我说道，我跟你讲个事情，刚去上海时，我在一家影楼上班，专门给孩子拍周岁照的，我给摄影师当助理，有天来了这么一个小男孩，可能住在附近，家长送过来就走了，说是拍完再接回去。小男孩四五岁吧，名字叫辰辰，或者程程，没听清，穿着一身卡其色格纹风衣，戴个圆圆的灰色礼帽，手里拿着一柄放大镜，长得很机灵，像是一位明察秋毫的侦探，表情比较冷漠，不爱说话，也不大愿意被拍摄。我一下子就想到你了，感觉你们有点像。我说，你来找我，就是为了说这个？她说，不全是，反正那天摄影师命令我把他逗笑么，我想了很多办法，开始举着一只氢气球，上面画着一只傻乎乎的卡通狗，我不时松手，任其飞高，在狭小的空间里跑来跑去，假装抓不到，他无动于衷，压根儿没怎么看我。接着我把小黄鸭泳帽套在头上，匍匐在地，四肢乱摆，脑袋上下起伏，大口喘着气，假装奋力游泳，以至于自己真的有些缺氧，他看了看我，伸出一只脚来，踢了踢我的胳膊，说道，这是陆地。我说，你着急要走吗？不如先进屋，喝口水再讲。她说，真像你啊，你记得吗，毕业那年，我没考好，特别正经地跟你说，想从楼上跳下去，当一只鸟儿，乘风飞走，还在你家里比画了一次，你跟我说，这是陆地，注意重力。太冷漠了，说着我又有点记恨你了。

我想了一会儿，没记起来这一幕，问她，后来呢？小柳说，你说你还是他，算了，一回事儿，我拿了个摇铃背歌谣，他也不听，烦得很，反正怎么也逗不笑他，那阵子我遇上点事情，情绪本来就不好，把道具丢在一旁，自己跑出去哭了，外面正下着雨，路人行色匆匆，有人穿着羽绒服，有人穿短袖，我就想，这到底是哪里啊，现在又是什么季节啊，真的不明白，我生活里的一切我都无法理解了。没过多久，小男孩也出来了，许是想透口气，挨着我站，我赶忙擦去眼泪，俯身问道，你就这么不想笑吗？他没说话，看了看我，举起了放大镜，直直地摆在眼前。就这么一个动作，让我记起来了一部没看过的动画片，我当时就想，天啊，我得回来见见你。

小柳说有点饿，我在厨房煮面，她在我的屋子里来回窜动，毫不见外。每隔一会儿就拿过来一件东西，问我这是什么，做什么用的，有什么来历。这时，我忽然发现，对于很多事情我都记不清了，想了很长时间，也无法确切告知，上升的水汽覆住我的思维，万物朦胧一片。小柳很兴奋，像一只追逐火圈的羚羊，跳着走路，我说，半夜了，小点声。她假装低头赔罪，一步一步撤至茶几边上，又栽倒在沙发里，望着我的那一缸清水。

她吃饭时，我问她是否明天要回上海。她擦了擦嘴，对我说，可以回，也可以不回。我说，我建议你回去，全家都在等你。小柳说，等我干啥？我说，等你啥也不干，就跟过去的日子一样。小柳说，我就这么差劲吗？我说，实际情况，是不是吧。小柳说，是。我说，那还说啥。小柳说，我来找你，有两件事，第一件刚才进屋时说完了。我说，小男孩长得像我？小柳说，对，我想了好几年，生怕忘了，我得来告诉你。我问，第二件是？小柳说，我有我妈的消息了。我皱紧眉头，问道，你妈不是在桂林路管委会上班吗？张一天他爸卖烤淀粉肠的摊位还是你妈帮忙租下来的。小柳说，放屁，那是我姨，我爸后找的。我说，抱歉，对你的家庭构成不是十分了解。

小柳说，很小的时候，我妈就走了，快三十年了，我都记不得她的样子了。我说，肯定好看，不然生不出你来。小柳说，从进门到现在，你总算说了句人话。我说，我这人有一点不好，撒谎冒虚汗，不信你现在摸摸我后脊梁。小柳说，你怎么还是那么招人烦。我说，到底什么消息呢？小柳说，之前我爸跟我说过一点点，我没放心上，人都走了多少年了，前阵子在上海，小区业主聚会，我遇见一位阿姨，二道白河的，以前在科学研究院上班，退休后过来的，儿媳妇要生了，伺候一段时间，但两人老闹矛盾，跟我认识后，她一生气就来找我聊天，我俩有时候还喝上一口，喝得高兴了，她就跟我讲讲以前在山上的事儿，主要是那些植物，她什么都认识。我看你养了不少花，金露梅听过吗？长在岳桦林边缘，叶子能入药，还有茅莓，开起来特艳，穿个花裙子似的，有活血散瘀之功效。我说，你挑重点说。小柳说，有一回，我把我爸说的事情讲给了这位阿姨，她听后想了半天，跟我说，柳啊，我在山里走了几十年，住过多少个夜晚，见过的植物不计其数，看过的鸟儿也什么都有，有百灵也有云雀，其中有一种鸟儿，最有意思，每年春天来到山里，成群结队，夏季鼎盛时，栖息在村舍屋顶、屋檐和房前屋后的湿地上，九十月份时迁走，比较规律，但是，每年都会有那么几只，回到山里后，就再也不走了，十一月份还在低空飞着，翅膀冷得发硬，一边飞一边叫，声音虚弱，实际上，它们在山上是无法过冬的，找不到吃的，也没地方藏，漫山遍野都是大雪。到了最后，只能钻到树洞里去，听伐木工人说，冬日去地下森林里采伐时，总会在洞里发现这种鸟，每个洞里只有那么一只，这种鸟儿见到一个地方被占，就继续寻找下一个，绝不再结伙。可是，山上实在太冷了，这些鸟在洞里也冻僵了，直挺挺地伸开爪子，眼膜上结着一层薄冰，工人有时看着死状可怜，就把它们捂在手里，带回家去，室内暖和几日后，忽然有一天，鸟儿又活了过来，宛若新生，尖尖地叫着，灵巧而迅捷，迫不及待地飞出窗外，如闪电一般擦水而过。你妈妈的事情我不懂，但就有这么一种鸟儿，在山里与山外，在一年的四季里，各有姿态，甚至分不清它是死了还是活着，或者说，活过来的还是不是原来的那一只，谁都不知道。我说，没听懂。小柳说，我也是，这不关键。我说，你妈妈跟这种鸟儿有什么关系？小柳说，还不知道，我想去看一看，冬天就要来了。这是我来找你的第二件事情，陪我去一趟山里吧，就现在。我说，去不了，你吃完了吧，我要休息了。

小柳接着说，我知道所有泉水的来源，记得全部的山林，地图我都背下来了。在上海时，我一遍一遍地看，平面图看出来立体效果，所有的直线与曲线，高与低的颜色，那些草木、洞穴、苔原、瀑布，我比谁都熟悉，它们也是我的家人。我说，没懂，我们去了到底要做什么，找那种鸟儿？她说，是，也不是，我错过了很多个冬天。我爸也走了，就剩我一个人了，你知道我为什么来找你，我来之前你就知道。有那么件事情，只有你和我经历过，我们打开了一个现实，从那时开始，一切走到了现在。你跟我一样，什么都记得，什么也忘不掉。毕业时，你给我的留言还有印象吗？你跟我说：上升的路和下降的路是同一条路，就这么出发吧，我们总会在同一条道路上。在此之前，我绕去过很远的地方，匆匆前进，无视风景的暗示，其实是为了回避，为了不与之对抗，可这没什么用，夜晚照亮过我们的眼睛。现在我回来了，同一条道路上，希望你也在。

你们会遇见我吗

小柳坐在我的身旁，我驾车驶过乌云，路上无光，车灯辐射的距离有限，我们如在漫游，很难确认方位。音响接连放了许多首老歌，小柳都会唱，每当我觉得她要睡着了的时候，她就会张开嘴来，哼上那么两句，有时唱完了会笑，有时则很委屈，像是马上就会哭出来了。我想到许多年前的一个夜晚，那时她在我家里，我们即将分别，奔赴不同的城市，小柳说，你不能忘了我吧，我的话还没讲完呢。我说，那你快说。小柳说，不是现在，在未来，我跟你还有很多的话没说呢。那天的黎明也如今日，人们想要拼命拖住这个失落的夜晚，使之长于任何的时间，可清晨终将到来，最初的光落在一滴露水上，之后是另一滴，满地的闪烁与晶莹。加速，再加速，如同不息的演奏，经过月光、岸与峡谷，我把车开到山下，摇下窗户，凉风将黑夜彻底吹散。小柳前一秒还在梦里，现在已经醒了过来，晃晃脑袋，开门下车，舒展身躯后，立即警觉起来，脊背微弓，眼目发亮，如野兽归巢。她对这里无比熟稔，不需辨识，引领着我，沿溪流走去，从清晨直至正午，岳桦林在不远处庄严地望着我们。

穿过风口与瀑布，向下的道路如约而至，出现在我们面前。那是一望无尽的森林，生长在断陷谷地之中，数万年前，火山锥喷发，山口断裂切割，地表塌陷重塑，谷壁悬垂，古树错落有致。

入口的小径旁斜放一辆破旧的自行车，后座驮着个泡沫箱，无人值守。我看向四周，除我和小柳外，一个人都没有，此处已非游区。自行车是飞鸽牌的，主梁生锈，挡泥板短了一截，当年我妈也有一辆，后来丢了，那天她哭着回的家。整个晚上，她坐在厨房里，不开灯，一直念叨：就放在商店门口了，也锁上了，怎么就没了呢，前后不到十分钟，买瓶胶水的工夫。胶水是我要的，第二天上课要用，软塌塌的塑料瓶装，不小心就挤满一手，很难洗去，干了后才能弄掉，像一层层透明的新皮，怎么也蜕不干净。到后来，我妈换了一句：我锁车了吗？你说，我锁了吗？真记不清了，老了啊，我老了。我爸听不下去了，一瘸一拐地从屋里走出来，耷拉着眼睛，打了我妈一巴掌，我妈这才闭嘴。那是我第一次看见我爸动手，打完之后，他又慢慢挪了回去，躺在床上，拧开收音机，里面全是杂音，什么也听不清楚。

我跟小柳说，我不怪我爸，我妈也不记恨，那时他刚办了残疾证，还不太能接受。小柳问，你爸怎么回事？我说，没怎么，厂里搞改制，工人聚众闹事，其实也不算，就是搬个小板凳静坐，不开工也不动弹，安安静静，遍布灰尘，像一株株将死的植物，他反而急了，拎着大喇叭爬上吊车顶，对着大家喊话，劝大家冷静，不要意气用事，目前的这种行为属于破坏生产，留个案底犯不上，务必放心，厂里一定会给个说法。其实他心里明白，哪有什么说法，无非缓兵之计。喊到一半，有人偷着晃了几下车杆，他一个栽歪，从上面摔了下来，好在不太高，底下有线圈拦着，只落了个残疾，不然不好说了。他倒在地上，半天没人管。喇叭还握在手里，他想说点什么，拨动几次，里面传出来一段悦耳的音乐，我的情也真，我的爱也真，月亮代表我的心。多少年了，我喝完酒跟朋友去唱歌，但凡有人点了这首，我听后立刻上头，一步也走不动，就是个吐，根本止不住。小柳说，我想起来另外一首，对我也有类似效果，以前你发给我的，里面有句歌词写得好：是谁出的题这么难，到处全都是正确答案。我老在琢磨，是谁呢。你说说，谁呢。

我翻遍裤兜，掏出全部的硬币，丢入自行车筐，从泡沫箱里取来两个雪糕，一个递给小柳，另一个自己吃，我们向着深处走去。林间栈道狭窄，两侧树木密集，不时拦住去路，我们辨不清方向，只感到一直朝下，指示牌越来越稀疏，没多久，就见不到了。小柳走在前面，我跟在身后，雪糕吃完了，她叼着棍儿转过头来，跟我说，我记得你爸。我说，是吧。她说，你都忘了。我没说话。小柳说，小时候我连你家都去过，玻璃柜里摆着一条狮子狗，手掌大小，毛茸茸的，还会眨眼睛，睫毛弯弯的，特长，没错吧，你未必记得了。我说，我也老了。小柳说，我妈就是那天走的，我永远也忘不了。春节前几天，我爸要领我去你家吃饭，说厂里领导接待，我妈给我换了好几身衣服，穿了脱脱了穿，那天暖气烧得特别好，我热得一脑袋汗，临出门时，我妈还给我化了妆，口红在脑门儿上点了个红点。我说，庄重。小柳说，我问我妈，你不去吗？我妈说，不去，她还有事儿，我说，妈，我要是想你了咋办，能回来吗？我妈说，想我了，你就打个口哨，还记得吗？我教过你，楼前楼后的，我听见你的口哨，知道你待得没意思了，我就去把你接回来。我说，你妈会吹口哨？她说，吹得特好，不管什么歌儿，她听一遍就能吹出来，可聪明了，学什么都快。我说，你得以遗传。小柳说，我可比不了，一辈子赶不上，我爸带着我去了你家，没过多久，两人就喝多了，听不明白在说些什么，我去屋里找你玩，你也不跟我说话，我想看会儿电视，你不让，硬说费电，我家没电视，我特别想看一会儿动画片。我说，哦，原来是这么回事儿。

小柳说，那天我待得实在没意思，就在你家窗户上用手指头画画，玻璃上了一层霜，按上去有点凉，我先是画了一个太阳，边上有几朵好看的云，太阳底下是棵大树，还有座小房子，上面竖着一个烟囱，一朵朵地往外吐着烟雾，跟云彩融为一体，然后我又画了一只大眼睛的小鸟，在云雾里飞行。我说，我一点印象也没有了。小柳说，你看我画得高兴，自己不乐意，爬上窗台，硬是把窗户打开了，没过一会儿，我画的就消失了，玻璃也花了，结上了一层厚厚的霜。我看着我的画，气得不得了，哭了半天，再也不想跟你玩了。我说，对不起。小柳说，当时我很想我妈，想回家，记起来临走时我妈的话，朝着外面吹了好几声口哨，我心想，等我妈来了，我跟她告你一状。可惜，等了半天，我妈也没来，忽然，我听见了一声哨响，屋里飞进来了一只鸟，天啊，跟我画得一模一样。那只鸟是我想象出来的，根本不知道居然有一模一样的，我看了半天，也不哭了，有点害怕，就往你身上偎，这时候你表现还行，挡在我前面，不让它靠近。我说，大是大非面前，一贯立场坚定。

小柳说，那只鸟先是落在日光灯上，又落到地上，绕着我们俩来回跳，好像要跟我们说点什么，过了好一会儿，我也不怕了，伸出一只手来，它就飞到我的掌心里，轻轻啄着，它的嘴很尖，嘴角的绒毛又很软，我感觉很痒，忍不住笑了起来，想往回缩。我说，小柳，还往前面走吗？过了好几个岔口，我已经记不清我们的来路了。她说，可我就这么捧着那只鸟，它在我手里，不飞也不叫，偶尔展开翅膀，遮住我的手掌，又迅速合拢，昂头望着我，眼睛一闪一闪的。我跟它玩了好半天，直到外面放了一挂鞭，它好像被惊到了，从我的手里飞开，落在窗台上，看着对面的那座楼，我家就住在那边。

我说，我的手机没信号了，时间也不对，老在变，你知道我们此刻在哪里吗？小柳说，你听我说完啊，我还有很多话没跟你说呢，那只鸟停在那里，看了看窗外，又扭头望向我们，眨了眨眼，一副依依不舍的样子，我知道，它这是要走了，真没办法啊，我还没玩够呢，它向着窗户跳了几步，又看了看我，这时候，我发现，它的脚踝上系着一个红色的圆环。不知为什么，我一下子就失控了，疯了似的，大叫着扑了上去，根本不管外面有多冷，也不管那漆黑的一片到底是什么，就想抓住那只鸟，只顾着往上冲，胳膊都伸到窗户外面了，使劲扑腾，你从后面一把拽住，死死抱着我的腿，我边哭边喊，可怎么都没用，没人听得见，鞭炮声响了很久，折腾了好一会儿，你把我拉回地上，一手锁严窗户，另一只手一直拉着我，不敢放开。我像丢了魂似的，不知怎么回去的。从那天起，我再也没见过我妈，我不问，我爸也不说，后来那么多年，就是我们两人一起过的。我爸去世之前，跟我说了件事情，说当年他没去乌克兰，也不是没去，去了没几天就回来了，跟当地的人发生冲突，有过械斗，打得头破血流，不敢往上报告，偷着溜走，从基辅辗转回到国内，他们一行好几个人，怕被厂里处分，没敢直接回来，在南方待了好几个月，风餐露宿，后来扛不住了，有的去广东找亲戚，有的换了个身份打工，他没地方去，在码头干了几天活儿，春节前夕，实在想家，忍不住跑了回来，临走时，在车站买了一串红色的手链，十几块钱吧，不贵，还买了一条火腿，硬得跟石头似的，没法吃，只能用来掩护。我妈很喜欢那条手链，那几天一直戴着，一秒也没摘下来过，我当时看见那只鸟踝上的红色圆环，就以为是我妈，来看我最后一眼，就飞走了，再也不回来，像夜晚的一颗星星，越来越黯淡，流着泪放弃了我。

我问，你妈去哪了呢？小柳说，当天回去后，我不知道睡了多久，反正醒来时，我爸妈都没在，我奶在我身边，给我的新棉裤又续了一层，说是摸着薄，不压身，怕不暖和，我奶陪着我过完了整个春节，直至开学，我爸才回来，也不跟我说话，问什么都不说。所以，我爸走的前几天，我问他，到底是怎么一回事，他跟我说，当时回来后，他把发生的事情都跟我妈说了，我妈没说什么，让我爸陪她回一趟老家，她住在这山里，自己当年一步一步走出来的，很多年没回去了，有点想念。那时的火车开得慢，赶上春节，他们站了十几个小时才到，一下了车，我妈仿佛重新活了过来，如鱼儿入水，鸟儿回到树林，无比自在，我妈在那边没什么亲人了，有一天他们去林中扫墓，我妈哭了半天，他去旁边抽烟，看了半天山间缭绕的云雾，着了迷，眼睛松不开，等再回来时，我妈已经不见了，他自己一个人找了两天，山上山下，除了松鼠、野鹿和山雀，什么也没找到，只好一个人回来了。我说，所以，你来这里，是想再找一找她。小柳说，不，没这意思，就想看一看，我爸最后说的，是他当年去乌克兰时，本来没想回来，他跟厂里的一位女同事关系很好，对方是坐办公室的，定生产计划，也懂会计，两人小时候就认识，也谈过恋爱，后来分了，家庭原因吧，我爸成分不好。两人都申请到了出国名额，私下也已定好，去了之后有机会就跑，准备一直待在那边，两个人在一起过日子，怎么也活得下去，厂子不行了，回来也是死路一条，这点当时谁都知道，普天之下，只有你爸不这么认为，给了个领导，真当成一回事儿了。没承想，刚去没多久，就出了这么个事儿，我爸连夜跑的，没来得及通知那女的，其实他有点反悔，想到我，想到我妈，总归有点不舍吧。对方应该很失望。这么多年，他也写过几封信，没寄出去，就锁在家里。她没再回来，后来说是入了教，嫁了一个华裔工人，祖上过去的，运河士兵出身，参与过白海 - 波罗的海开凿工程，死后一家人都埋在河床上，我找了很久，如今她也不在了，被葬在岸上，水声潺潺，在彼处长眠。

　　小柳说，这些事情，我妈知道的比我爸认为的要多，我爸压在心里半辈子，跟谁都不讲，等于只听过死亡的序曲，不懂得复活的规律，如一只冻僵的鸟儿，我俩加起来，就是一队走失的鸟群，没人把我们捧回家里。我妈飞得那么伤心，那么远，以一种真切的距离来确认存在的答案。我想，有时走入山里，步入林间，不是为了迎接消失，而是承纳一种比命运更长久的事实。小柳说完后，我想了很久，想问些什么，还没说出口，就被数棵巨大的云杉封住了去路。枝叶向着四面辐射，形成巨大的半弧形，将我们围在其中。灰色的树皮如干枯的鳞片一般开裂，无数鸣虫蛰居其间，发出晦涩的叫声，树下有几座石碑，字迹难辨，向着同侧倒伏，风从一个方向不断吹来。我说，小柳，这是她消失的地方吗？小柳抬头看了看，我依着她的目光望去，远处是连绵的群山，顶端泛白，中部为褐色，那是无边无尽的冻土地带，禾草、地衣与苔藓构成了全部的色彩。小柳不说话，转到身侧，轻轻拉住了我的手，那一刻，我感觉到了时间、未知与爱，非常具体地来到我的面前，从未想过，它们竟是同一种物质，那么宽容，那么柔软，与飞鸟、树和群山以均等的速率向前流动。周围并不昏暗，尚存一点点虚弱的日光，如果说有什么时候接近于永恒，也一定不会是现在，此刻我们位于漫长的河畔，如同废石，如同暗藻，过去与未来的水影在此绵延。我唯一能确定的是，夜晚即将降临，昔日的声声呼唤安眠于清水似的岁月，一切陷入长久的寂静之间，而这一次，飞鸟不会忘记我们，星星也从未放弃我们。

大叶紫薇

裘山山[*]

　　故事开始的时候，叶小龙还不到三十岁，三十岁差小半年。他一想到自己要三十了，而立了，就忍不住在心里摇头叹息：钱钱没有，婚婚没结，往哪儿立呀？每次在镇上遇见熟人，他都绕着走，怕人家哪壶不开提哪壶。

　　叶小龙原本在外地打工，云南一个很大的花卉基地。父母在镇上开小店，卖点儿旅游产品。他们镇是古镇，游客不少。日子马马虎虎。哪知疫情来了，一来三年，小店不得不关闭。父亲为了生计跟着镇上的人上山去采中草药，什么蒲公英、地丁、连翘、金银花、鱼腥草，卖到县里。那时候流行熬汤药喝，中草药忽然走俏。却不料某一日，父亲搭乘的火三轮在山脚拐弯处翻车，三个重伤，唯独父亲摔死了。母亲整日以泪洗面，茶饭不思，日渐消瘦，似乎是抑郁了。医生说，必须有家人耐心陪伴才能慢慢恢复。叶小龙和姐姐都回家来照顾母亲。可是姐姐已经嫁了，有俩孩子，待了一段时间不得不走，叶小龙只得辞掉花卉基地的工作，留下来继续陪伴母亲。

　　闲了一段时间，叶小龙开始找工作。工作倒是好找。他们通圆镇是省里的七大古镇之一，疫情过去后游客渐渐增多。更重要的是，小镇有山有水空气清

*　裘山山，女，1958年生，祖籍浙江，现居成都。已出版长篇小说《我在天堂等你》《春草》，长篇散文《遥远的天堂》《家书》，儿童文学《雪山上的达娃》，以及中篇小说《琴声何来》等作品约五百万字。曾获鲁迅文学奖、中宣部"五个一工程"奖、文津图书奖等多种奖项，并有部分作品在海外翻译出版。

新，被誉为最宜居之地。近些年房产开发商蜂拥而至，一连开发了七八个小区。这些新开发的小区全部是庭院式的，要么独栋，要么联排，家家都可以种花养草。很多人在城里住了一辈子，就是梦想有个种花养草的院子。这么一来，花木销售成了热门，花工也成了热门。

叶小龙选择了做花工，这样可以每天回家。其实每家花园都已经打理得差不多了，他的任务就是隔三岔五上门去修修枝、打打虫、施施肥，同时也指导一下主人种植花草，每家给个两三百。

但其中一家不同，即谭老板家。谭老板不知在哪里发的财，一口气买了两个独栋，连在一起，便有一个超大的后花园。谭老板不仅花园大，还处于初创时期，工作量也很大。所以叶小龙每天都得去。当然，谭老板给的也多，顶过那七八家了。换句话说，叶小龙是谭老板的花工，其他人家是顺带的。

叶小龙在谭老板带领下，巡视了房前屋后以及花园露台，又聆听了谭老板的指示，然后开始跑花卉市场。一连跑了一星期，大肆采购。茶花、桂花、玉兰、海棠、樱花、蜡梅、石榴、黄果兰、三角梅、鸡爪槭、罗汉松，还有樱花和山杏，一一买回，一一种下。按谭老板的要求，做到每个季节都有花开，每个季节都有花香。而且他还从网上查了哪些树木花卉是旺宅的，也都一一买来种下。他经常一边干活一边想，有钱人真是被钱烧的，小区里到处都是花草树木，还非得在自家院子里花钱折腾。当然，他们不烧钱，自己也挣不着。

买花木的钱已近十万，泥土也用了两卡车，另加几十袋羊粪鸡粪（现在屁屁也值钱了），花园便初具规模。小楼前也新增了几棵树，树下也没空着，铺上了草。楼上露台也安排了爬藤的金银花、风车茉莉等。对了，院子墙边还种了竹子。为了种竹子不得不先深挖洞，用水泥砌成一个地下花盆，然后再种。否则那竹子的根乱钻，钻到房子下面房子地基会受影响。弄个花园还是很麻烦的。

叶小龙每天骑辆电瓶车上谭老板家干活，中午在镇上吃碗面，下午抽空兼顾另几家的活路。忙忙碌碌每个月四千多，够过日子，不够结婚成家。这让他有些心烦。钱，钱在哪儿呢？母亲希望他重新把小店开起来，他实在没兴致，小店挣不了几个钱，而且他感觉成天守着个小店，是老人或者妇女干的事。

叶小龙把最后一棵粉色木槿种下后，就请谭老板检验他的劳动成果。谭老板巡视半晌，脸上却没有笑容。叶小龙猜测，谭老板肯定没看到争奇斗艳的景象，不满意。自然，眼下才是初春，大部分花尚未绽放，唯一在开的是茶花。而茶花又是种很奇怪的花，自打开放就是中年妇女的模样，没有水灵灵的鲜活劲儿，撑不起局面。

叶小龙便安抚谭老板：现在刚立春，再过两三个月，玉兰、樱花、海棠全开了，这院子就漂亮了。

谭老板摇头说，即使都开，也太常见了，我想要稀有的花。"奇葩"你懂吗？谭老板问叶小龙。叶小龙笑。谭老板说，"奇葩"不是贬义词哦，是褒义词，被现在的人搞坏了。我想要奇葩。

叶小龙听见谭老板说"褒义词、贬义词"，脑子里就冒出了自己那个总是痛心疾首的语文老师。估计谭老板也有这样一个老师。

叶小龙就跑去花卉市场找"奇葩"。他专门搜索那些他不认识的花，或者，他认为谭老板不认识的花，先后又买了铁筷子、流苏、天堂鸟，还有两盆巨大的多肉，一个叫金玉满堂，一个叫天鹅绒，都是养了十年以上的老桩。

谭老板夸了两句，还是不满足。他说，这些也不算奇葩，家家都能买到。如果咱们院子里能种上一棵名贵树木就好了，就是那种花卉市场买不到的稀有的树木。

富人都有癖好，谭老板的癖好就是喜欢好木头。他客厅里横陈着一张长三米宽一米五的大茶几，是整块金丝楠切割的，金光闪闪，要两百多万。他现在希望拥有一棵活着的好木头。

叶小龙假作内行地说，名贵树木很不好搞，而且很贵。

谭老板说，贵不怕。能贵到哪里去？

当谭老板第三次跟他说，希望花园里能有一棵名贵树木的时候，叶小龙上心了。他发信息去请教原来在花卉基地认识的师兄罗顺尧。罗顺尧在叶小龙眼里是个植物专家。

罗师兄笑道，城里人就是吃饱了撑的，花草好看就行了嘛，还非得稀奇。实际上好多稀奇的是不正宗的，基因变异。

叶小龙说，就是就是。我上次看到几个城里女娃撅个屁股在地上找四叶草，我跟她们说三叶草才是正宗，四叶草是变种。她们不信，说四叶草是幸运草。奇葩。哈哈。

两个人闲聊一阵。罗师兄建议说，不过呢，你们南方树木多，你去山上找找，说不定能发现什么。真的发现奇葩了，也可以赚上一笔。

叶小龙就利用周末去山上转悠。通圆古镇本在丘陵地带，近处有山，河对岸也有山。山不高，但是很茂密。叶小龙今天走这条路，明天走那条路。看到陌生的树木就拍给师兄看。没有收获。山上都是常见的树，松树、桉树、香樟、榕树，还有成片的竹子，偶尔有野梅花、红叶李。也不稀奇。有一天发现一棵不认识的，拍给罗师兄看，罗师兄说，是喜树。眼下已经多见。还有一天看到一棵不认识的，罗师兄说是无患子，也叫菩提果。现在也多见。

叶小龙想，这些树木真是有意思，你都不知道它为什么出现在那里，是什么时候出现的。孤零零一棵，也没伴儿。还是那么努力，长那么好。比人强。

叶小龙虽然没发现什么奇葩，但每天上山去看树，倒也成了一种乐趣，暂时缓解了他挣不着钱的焦虑。他还顺带给母亲挖回一棵兰草，一棵石斛，种在院子里。

有一天，他去到比较远的一个地方，在河对岸。爬上山后，东看看西看看，感觉这边的树和他们后山的也差不多。但这边朝阳，树木似乎更茂盛。走着走着，他发现一条被荒草掩埋的小径，就顺着小径往里走，目光忽然被一处破败的房屋吸引了。墙头房檐都是草，四周也是草，几乎要把房子埋没了。再走近，发现房前还有一圈儿矮墙，石头垒的，比他还矮，估计不是防贼，就是挡个鸡鸭。

他走进院子，一座很简陋的砖房，屋顶是早年常见的石棉瓦，现在很少用了，说是污染。窗户已经脱落，大敞着，枯枝败叶以及泥土纷纷入住，估计还有小动物。这么破烂的房子，或许是临时搭建，用过就抛弃了。可是为什么在这种地方盖个破房子？是守林人吗？这里也没发现像样的树林需要守护啊。搞不懂。

叶小龙转身要走。转身的瞬间，莫名其妙地又回过头去，这一回头，他就看到了那棵树。

那棵树在破房子的侧面，虽然高出房顶，但叶子稀疏，树干是光光的灰色，晃眼一看还以为是电线杆。叶小龙想确定一下到底是不是树，就走过去看，果然是棵树。过了一冬，叶子落得差不多了，残存的几片很难判断是什么树。树枝上缠绕着已经干枯的藤蔓，如白发魔女的乱发。但是，那个光滑的树干让他似曾相识，应该是紫薇吧？他见过紫薇，小时候见过，在花卉基地也见过。好些人叫它痒痒树，没有树皮，一挠就痒得哆嗦。

可是，叶小龙见过的紫薇，树干都没那么粗，要么像胳膊，最多像大腿。这一棵比象腿还粗。而且，叶子很大，比他见过的紫薇大一倍。再看，枝头还挂有零星果实，如算盘珠子。他低头去草丛里找掉落的果实，意外发现树下还有石桌石凳，已然灰头土脸。但可以想见，这里曾经是个惬意的乘凉地儿，曾经住过人家。

叶小龙退后，从几个角度拍下这棵树，又拍了叶子和果实，一一发给罗师兄。罗师兄回复说，我看是紫薇，大叶紫薇，也叫大花紫薇。顾名思义嘛，就是叶子花朵都很大。罗师兄果然厉害。罗师兄又问，树干到底有多粗？叶小龙说，没带尺子，反正我一个人抱还差个拳头，相当粗了。罗师兄说，那厉害了。直径得有四十厘米吧。罗师兄脑子快，他知道叶小龙身高一米七左右，据此算了个大概。

为什么会长那么粗？而且那么高？叶小龙不解。他说，我记得咱们基地卖的紫薇都不高，而且枝干是弯曲的。罗师兄说，咱们那个枝干是人为弯曲的，卖给城里人太高不行。这棵在山里，没人管，自由自在随便长，当然就高。叶小龙一想，可不是？

罗师兄又说，紫薇越老越值钱，五年就开始增值了。你这个从照片看肯定几十年了，说不定上百年了。估计值大价钱。叶小龙说，大价钱是多少？罗师兄说，我得去问问，没准儿上百万。

叶小龙兴奋起来，没想到还真的发现了宝贝。

接下来，叶小龙一有空就骑辆电瓶车跑过去，左看右看，越看越喜欢。这棵树的确与四周的树不一样，有种鹤立鸡群的感觉。只是眼下无花无叶不起眼，开起花来不晓得有多惊艳。

他又在附近转，想看看有没有相同的树。结果除了一些坟包，一无所获。看来仅此一家，别无分店。他再次想，这些树木真是奇怪，为什么独自生长在这里？是风把它带来的吗？不会是那破房子的主人栽种的吧？人探头探脑进到房子里。一只老鼠还是松鼠被惊动了，从他脚边一家伙蹿到外面去了。地下满是朽烂的木板和烂棉絮，难以下脚，枯枝败叶以及雨水流入，积起长了绿苔的水洼，一股霉味儿让他下意识地捂住鼻子。

叶小龙不想再去探究了，他现在感兴趣的就是树，那才是能让他挣到钱的宝贝。他再次抚摸树干，像小时候那样去挠了挠它，没感觉它哆嗦。毕竟是大树，桩稳。

叶小龙很认真地用手机软件测量了树的高度和直径。从树冠顶算，约十二米高，树干最粗的地方直径约四十三厘米。然后报告给罗师兄，罗师兄作出权威判断：此树绝对上百年。

罗师兄据此去打听了价格，有几个说法，但都不低于百万。多则一百五十万。这让叶小龙的心怦怦直跳。一百五十万？那他不是一夜暴富了吗？

叶小龙去谭老板家干活时，有意透露说，他有个朋友答应帮他找名贵树木了，但怎么都要上百万，有可能要一百五十万。谭老板说，如果真的是名贵树木，一百五十万也不算什么。叶小龙马上想起他客厅里光亮可鉴的两百万大茶几。再过了些日子他又向谭老板透露说，已经托人找到了一棵名贵古树，大叶紫薇，非常稀有。谭老板说，大叶紫薇？没听说过。叶小龙说，很珍贵的，紫薇长那么老极少见。谭老板依旧半信半疑，叶小龙说，这树一开花就是三个月，百日红，种在自家院子很吉利。谭老板虽然哦哦地点头，依然没表现出惊喜。

叶小龙估计谭老板只晓得黄花梨、鸡翅木、金丝楠之类，就把搜索到的关于大叶紫薇的相关介绍发给谭老板。为了让他确信，他还很用心地去查找了一些关于古树的传说，然后为这棵大叶紫薇量身定做了一个古老传说，发到网上，再转给谭老板看：

清朝末年，一书生渴望考取功名，却屡试不中。他父亲就去庙里烧香。一老和尚建议他在院子里种一棵紫薇，紫薇开起花来如紫气东来，十分吉利。而且它的花期很长，别名百日红，可以长久陪伴苦读的书生。老父亲回家后即在院子里种下一棵紫薇，书生便日日在树下苦读，紫薇仿佛很理解主人的心情，迅速长大开花。书生看到紫色祥云般的花信心大增，一年后果然考取了功名。从此他们一家将紫薇奉为神树，精心呵护，福泽子孙。如今这棵树已年逾百岁，根深叶茂，粗壮挺拔，开起花来红透半边天，十分壮观。

谭老板看了终于说，买，买。一百五十万就一百五十万。

叶小龙不由得在心里感谢他那个总是气急败坏的语文老师，让他现如今还能写上几个哄骗人的文字。

树有了，买主有了。可是，要把这树交到买主手里，那可不是一件容易的事。换句话说，要把这棵老紫薇变成钱，叶小龙还不知从何入手。这可不像挖棵兰草那么简单。估摸着，起码要挖个直径三米的大坑才行。还不晓得地下的土好不好挖。

叶小龙只能再找罗师兄商量。同时他还想到一个重要问题，如果要把树卖给谭老板，他是不可能直接卖的，毕竟他在谭老板家里打工。需要一个第三者，假装成卖家。这个托儿显然罗师兄来干最合适。行家，开口就靠谱。可是罗师兄出马，就必须付报酬了。

他试探性地和罗师兄商量，请他出马协助。罗师兄在电话里沉吟了一会儿说，恐怕我不只是个托儿吧，我还是你的技术顾问呢，我从一开始就介入了。

叶小龙一听，就知道罗师兄的心是大的。但是走到这一步，他也只能仰仗他了。于是说，那你过来，咱们一起干。

罗师兄说，我先过来看看。

罗师兄很快就来了，挣钱的事必须讲究速度。他坐高铁转汽车，千里跋涉来到叶小龙家，放下背囊就和叶小龙一起上山了。在亲眼看见那棵树之后，他再次确定那是一棵上百年的老紫薇。

罗师兄仰望着大树说，这么粗壮的紫薇我是第一次看到，开眼界了。叶小龙说，我总觉得它挺神秘的，为什么会出现在这儿？罗师兄说，你不是已经写了它的传说吗？叶小龙哈哈大笑，有点儿得意也有点儿不好意思。

罗师兄继续仰望大树，很感慨地说，我是第一次看到这么高的紫薇，现在人工培植，都故意把它搞弯曲，不让它长高，其实它是想长高的。叶小龙也抬头仰望：就是嘛，咱们人可以到处走，树走不了，只能往天上走，往地下走，还不让人家走。罗师兄说，这一棵长在山里，算是躲过了人的魔爪。这么直这么高，看着就酷。叶小龙说，而且活了上百年，肯定经历了九九八十一难，没被冻死，没被雷劈，没被大风刮倒，没被山洪冲走。罗师兄说，岂止这些，还没被病虫害搞死。每棵树分分钟都在被各种虫子还有细菌围攻，死过去活过来的。叶小龙频频点头。

两个大男人对着那棵树，好一阵唏嘘。

罗师兄转头，也发现了树旁边那院破房子。孤零零的，什么人会跑到这里来？叶小龙说，不知道，我也挺奇怪的。罗师兄说，不会是哪个归隐的侠客在此修行吧？罗师兄喜欢武侠，马上想到那儿去了。叶小龙说，我感觉是住家，屋子里有破锅烂碗，还有烂被絮烂席子。罗师兄笑道，侠客也得吃饭睡觉啊。叶小龙说，不会是这个破房子里的人种的这棵树吧？罗师兄说，不可能，这破房子最多三四十年，这树上百年了。叶小龙放心地点点头。

两个人不再感慨，开始务实。

罗师兄说，这事儿的确很有搞头，但难度也很大。这可不像你挖棵兰草那么简单。叶小龙说，嗯嗯我知道，肯定很难。心想，要是不难我自己就做了。

罗师兄问，从这儿到山下有几里路？叶小龙说，我测了，从这个地方到山下有一千六百米。罗师兄说，准确吗？叶小龙说，基本准确，我戴手环走了一遍。

罗师兄说，虽然只有一公里多，但是路那么窄，尤其靠上面这段连羊肠小道都算不上。真要搬运下去，起码得用一辆小货车，那么这条路必须拓宽，起码要拓宽到三米，小货车能开上来才行。

叶小龙一听有点儿傻眼。他不是没考虑过搬运问题，但他的想法是，把树捆扎好，找几个人连扛带拖弄下山，再装车运过去。

罗师兄说绝对不可以，对树的损伤太大，必须用车载。再说这棵树真的放倒你就知道了，靠人力拖拉是不可能的。

叶小龙说，那你的意思是，要先修路？

罗师兄说，当然，没有路不行，至少得修个机耕道。你把路搞定了，才能考虑其他，不然挖了白挖，还把那么好一棵树祸害了。

修路可是大工程，完全在叶小龙的预料之外。即使是最简单的路，拓宽，铺上砂石，也得花费不少。他哪里有钱？

叶小龙无奈，只得和母亲说了。

母亲自丈夫走后，很依赖这个儿子，儿子为了她回到故乡，也让她满意。所以，她听儿子说了前因后果后，出人意料地表示支持。也许丈夫意外去世，让她看明白了很多事。

"你就赌一回吧！"母亲说。

母亲把家里前几年开客栈积攒的钱，取了二十万给叶小龙做先期投入。罗师兄这边也协商好了，除去成本三七开。叶小龙盘算着，除去成本和罗师兄的费用，自己怎么也能赚上百把万，值得一拼。

那就修路吧。他让罗师兄先回去，路修好了再来。

哪知这路修起来非常不容易。

原先叶小龙以为把路两边的草清理了铺上石子儿就行了。并非如此。先要清理路面，整平，拓宽，再挖掘基坑，叶小龙问，直接铺石头不行吗？人家说不行，石头几下就跑没了，必须挖掘二十厘米，先铺一层砂子，再铺碎石，再整理轧平。最后，还要在路两边浇筑混凝土。就算不浇筑混凝土，也得搞一排砖头卡在路两边。

这一来，原先说好的十五天延到二十天，又延到三十天。叶小龙自己还有一堆活儿，不可能监督他们。他们一会儿下雨歇工，一会儿节假日休息。叶小龙没当过甲方，很后悔没有事先签个合同，比如，必须在多少天内修完，否则扣款。或者激励性质的，提前一天修完每人奖励五百，现在后悔也没用了。

他只能起早贪黑，逮到空闲就上山去看。那个山坳成了他牵肠挂肚的地方。有时候他就坐在石凳上，看着那棵树发呆，想象着它开花了是什么样，一定会出现一片紫色的天空。他还想象着谭老板见到这树的表情，一定会惊呆，想来百分之百符合他对"奇葩"的要求。更何况还有个树下读书考取功名的美丽传说垫底。

磨蹭到四月初，路终于修好了。叶小龙去验收，肉眼一看就是豆腐渣工程，质量堪忧，但他不可能再返工，他想只要货车能开上去就行，反正是一次性的。就这一次性的路已经花了他十几万，包括买石子儿砂子砖头的钱，和一大笔人工费。有一天一个人把脚搞伤了，还非要叶小龙给他一千元医药费。叶小龙一看皮肉伤而已，就给了两百。

很多意想不到的事，让叶小龙觉得钱太难挣了。如果不是那一百万在面前召唤他，真是难以坚持。

不管怎么说，路算是修好了。

叶小龙叫罗师兄赶紧过来，关键时刻到了。罗师兄也很兴奋，当他再次看到那棵树时，大叫了一声：噢哟，已经有花苞了，必须抓紧，进入花期就不好移栽了。

叶小龙说，我也拖不起了，得赶快结束才行。

罗师兄围着树转了一圈儿，念咒似的说，人挪活树挪死，可得小心。之后，他拎起石灰桶在树的四周画圈儿，一画就是个直径五米的大圈儿。

叶小龙惊讶，这圈儿也太大了吧？

罗师兄说，宁可大，你根本不晓得它的根伸展成什么样，这么多年了，地底下肯定盘根错节的，从远一点儿挖下去，看看再说。

挖这么大坑，又得笔钱。这次叶小龙学聪明了，只付一半，另一半完成了再付，而且提出了奖惩条例，拖延了罚，提前了奖。当然，这一回他和罗师兄要亲自参加，一来监督，二来可以省两个劳力。

叶小龙不只是兴奋，是亢奋。距离一百万只有一步之遥了。有了一百万，娶媳妇都是小事。在罗师兄的建议下，他俩先去镇上的老庙烧了香，往功德箱里扔了一百元，拜托佛祖保佑。

好了，万事俱备，只欠挖坑。

事后叶小龙回想起来，仍感觉蹊跷。仿佛冥冥之中有一只手在阻拦他，不让他挖树。又或者，不让他犯事儿。

先是开工的头天夜里，下起了狂风暴雨，还打雷，轰轰隆隆喊里咔嚓一整夜，简直不像春天。接下来，大雨持续了一整天，没有停的意思，把叶小龙愁死了，罗师兄也愁死了。他就请了一星期假，他以为一星期够了。可是，这么大雨没法开工。

叶小龙的心紧紧揪着，不仅仅是害怕一百万泡汤，也担心那紫薇被雷劈到，或者因为大雨倒地。两个月下来，他对那棵树已经很有感情了，好像是他从小把它养大的。夜里好不容易迷糊一会儿，就梦见紫薇倒在地下，四仰八叉的，树枝都折断了。

叶小龙实在耐不住，和罗师兄两个冒雨上山去看。一看，豆腐渣工程果然豆腐渣，所谓的路被冲断了好几处。好在，紫薇还是好好地立在那里，喝饱了雨水，显得很精神，而且树冠隐约出现红色，罗师兄兴奋地大叫，哇哇，有可能是开红花，那就更值钱了，紫薇开红花更名贵。叶小龙一听，恨不能上前抱住那树亲几口。

雨已经停了，偶尔有树上落下的水滴打在脸上。叶小龙迫不及待地给挖树的工人打电话，催促他们开工。虽然心急火燎，但他一再安慰自己，好事多磨好事多磨。

不料又出状况了，第三天他们上山的时候，罗师兄踩空一脚，狠狠摔了一跤，浑身稀泥，动弹不得。叶小龙一扶他他就嗷嗷乱叫。费了好大的劲儿才把他弄到镇医院，一拍片，尾椎骨断了一根，必须躺平。原先叶小龙觉得罗师兄也就是个托儿，罗师兄这一倒下，他才觉得自己失去了唯一的队友，很沮丧，简直想放弃了。

但是，不能放弃啊，那是一百五十万！何况他已经动用了母亲的养老金，前期投入的差不多是他几年的工资，更何况有可能是开红花的紫薇，真正的奇葩树。

叶小龙咬咬牙，准备请上几天假，亲自带人开挖。他甚至跟挖树的人表态，他会给他们增加工钱的，只要他们顺利把它挖出来运下山。

第四天一早八点，叶小龙就站在了树下，拿着镐头，等另外几个人上来就一起开挖。罗师兄画的圈儿也被冲刷得几乎看不见了。但他心里很清楚圈儿在哪儿。他先用镐头挖了个印记。

这时，他看见有几个人从那条新修的烂路上来了，不是挖坑的，是几个公务员模样的人，其中还有两个森林警察。叶小龙正奇怪，他们就开口问，谁是叶小龙？叶小龙懵懵懂懂地说我是。几个人就让他跟他们走一趟。

原来有人告发了他，罪名是非法倒卖名贵树木。

叶小龙在"里边"度过了他的三十岁生日。这"而立"立得太狠了。尽管如此，他还是觉得万幸。那场大雨和罗师兄摔伤，算是救了他。因为他们，他最终被定性为倒卖未遂，免去刑事处罚和罚款，行政拘留十五日。

母亲又犯病了，姐姐不得不把她接走。罗师兄一分钱没见着，带着伤痛悄悄眯眯回了家，据说是他老婆雇了辆卡车，让他躺在上面拖回去的。

叶小龙则好好接受了一次法治教育。什么是名贵树木，什么是古树，什么是国家级保护植物。倘若是名贵树木，是古树，那即使长在你家里也不能买卖，何况在山上。专家初步测定，那棵大叶紫薇的树龄在百年以上，如果他真的挖出来卖了，铁定要判三年以下有期徒刑。或许更长，还要处以罚款。叶小龙嘴上嘟嘟囔囔，心里却后怕得不行。

十五日结束后，叶小龙连夜离开了古镇。他挖树被抓的事，已在小镇传得沸沸扬扬，他没法待了，又去云南找罗师兄。

一段时间后，叶小龙非常想念那棵树，可谓朝思暮想。云南那么多树，那么多花，他都视若无睹。他时常在网上搜索关于那棵树的消息，偶尔看到图片就发给罗师兄分享。罗师兄说，看来你是爱上紫薇了，找个叫紫薇的姑娘结婚吧。他讪讪地说，主要是没有亲眼看到它开花，不甘心。终于，在八月初的一个早上，叶小龙悄悄返回了通圆古镇，戴着墨镜扣着草帽，遮遮掩掩上了山。

走在自己投资修建的路上，叶小龙不免有些历经沧桑的感慨。路还是坑坑洼洼的，很硌脚。连古时候的驿道都比不上。但是人多了不少，一看就是游客，本地人还在路边摆起了小摊，卖水果饮料之类。他想起网上说的，大叶紫薇已经成了网红打卡地。果然如此。

还没走近，他就看到了那树花，他终于看到了那树花，看到了开花的大叶紫薇。果然是罗师兄说的红色。原先他期待出现一片紫色的天空，没想到红色更美，仿佛一树火焰。花朵果然很大，月季似的。风拂过，每朵花都轻轻战栗，仿佛被自己的美惊艳到了。

叶小龙伫立良久，再次庆幸自己当初"未遂"，这次不是因为免了牢狱之灾，而是因为看到这棵大树还好好地站在这儿。他庆幸自己没毁了它。谭老板那样的人怎么能配它呢？

　　他走近，见树下围了一圈栅栏，算是保护了。但依旧有很多人在树干上拴了红布条。树下挂了块牌子。他凑近看，上面写着：

　　大花紫薇

　　拉丁学名：lagerstroemia

　　别名：大叶紫薇、大果紫薇、百日红

　　编号：51010700077

　　科属：千屈菜科紫薇属

　　树龄：120 年

　　类别：古树

　　保护等级：二级

　　叶小龙想，还真是古树呢。一百二十年呢。比罗师兄预计的时间还要长久。他叶小龙竟然发现了一棵古树，也算是有点儿阅历的人了。

　　旁边那座破房子已经消失，在原来的位置上，出现了一座凉亭式建筑，销售饮料茶水香烟，也有供游人歇脚的长凳。最重要的是，旁边立着一块半人高的木牌，上写：通圆古镇百年古树。落款是某市文旅局。叶小龙走过去，发现木牌背后有密密麻麻的小字，细看，竟然是《大叶紫薇的传说》：

　　清朝末年，通圆古镇有一个书生，一心渴望考取功名，却屡试不中。他父亲就去庙里烧香。一老和尚建议他在院子里种一棵紫薇，紫薇开起花来如紫气东来，十分吉利。而且它的花期很长，可以长久地陪伴苦读的书生。老父亲回家后即在院子里种下一棵紫薇……

　　叶小龙一字不落地读了一遍，发现他们除了把书生写成是通圆古镇的，其他都采用了他的原创。他忍不住哈哈大笑，惊得旁边一对老夫妻侧目，叶小龙指着牌子对他们说，写得好，这个写得好。

叶小龙大步流星地下山。他才三十岁，和大叶紫薇比，太年轻。

房间里的伏尔泰椅

艾 玛[*]

　　有些日子了，我总是梦见同一间房间。那是一间以白色为主要色调的房间，墙壁、天花板，还有不多的几件家具，都是白色的，但房间内却并不亮堂，相反，很昏暗，就像有层透明轻纱，罩在了那些白色上面。不过，也许是窗户比较小的缘故。是的，这个房间有扇不大的窗，相对于如今常见的落地大窗来说，这扇窗只能算是小窗，它一共只有两扇可以对开的窗扇。窗框和窗台不知是什么木头做成的，很旧了，木头起了毛刺，白色油漆剥落，露出粗糙、灰暗、陈腐的纹理。有一次，我梦见自己在房间内踱步，路过窗边时，我随意地伸手摸了一下窗台，于是一根手指被木刺扎出了血，我把那根手指放到嘴里不停吸吮。醒来时，那根手指还在我嘴里，疼痛的感觉也依然在。

　　起初，我并没意识到我不停梦到的是同一间房间，甚至也没意识到我梦见自己总是待在同一间房间里。今年清明节那天，我去给我妻子扫墓，途经一个荒凉的海边小镇，那里曾因出产个大肥美的牡蛎声名远播。我远远地看见海边有一片狭长的金黄色沙滩，沙滩边，立着一座高高的瞭望塔，塔上似乎还挂着一只巨大的时钟。我把车开到距瞭望塔足够近的地方，停车打量，发现那座钟已经坏了，表盘下方的小方框内，显示的年份还是 2022 年。秒针不见了，也

---

[*] 艾玛，女，1970 年生，湖南澧县人。青岛文学创作研究院作家。2007 年开始小说创作，出版小说集《白耳夜鹭》《白日梦》《浮生记》《路过是何人》，长篇小说《观相山》、《四季录》(再版名《漫长的正义》)。

许原本就没有秒针。时针被什么折去了半截，和分针一样生了锈，勉强指向十二点过五分。这座钟的后面，便是不停涌动的大海，海浪以舒缓、准确的节奏，一次次顽强地冲上沙滩。这座跟时间脱了钩的钟，和那些像是踩着时间的步伐一次次扑到岸边来的海浪，它们隔得如此近，却又给人分属两个世界的感觉。说不出为什么，我很自然地就想起了那间我梦中去过多次的房间。我这才意识到，原来我一直做着同一个梦。这让我很有些惊讶。接下来的日子，我只要梦见过那个房间，便会在醒来后去回想梦中的情景。我闭着眼，静静地躺着，努力重温旧梦。就这样，我能记起来的关于那间房间的信息越来越多，也越来越详细。所以现在，我大概能给大家介绍介绍这间房间了。

那是一间有些狭长的房间。从门口走到小窗边，大约是十二步。而小窗所在的那面墙，其宽约七步——在梦里，我常从一面墙走向另一面墙，有次经过那扇小窗时，我习惯性地伸出手，想摸一下窗台，但我记起了我的手指曾经被窗台上的木刺扎伤过，于是我飞快地缩回了手——结合我的步距，由此可知这是一间十七八个平方大小的房间。它不算小，但也说不上大，这样的房间我们一生中会见到许多。在梦里，我时常光着脚，在这房间里走来走去，地上没有铺地毯，应该也不是实木地板的，因为它既没有地毯的柔软，也缺乏实木地板的弹性。我走累了时，会坐在一张高背深座的沙发椅上休息——我接下来能说的，其实主要就是这把椅子。这把椅子叫"伏尔泰椅"，它有一个高高的柔软的靠背，靠背两边像耳朵一样往前微抱，扶手和四条外翻马蹄形的腿都有着非常优美、流畅的线条。它的椅垫是布面的，那是一种特殊工艺编织而成的毛茸茸的布料，它的经线和纬线密实交织，仔细看，纹路却很清晰。我记得我在梦里研究过它的材质，我用双手按压椅垫，也用手指反复摩挲，甚至有一次我还用指甲刮了刮，很确定它不是亚麻的，也不是棉，它的光泽表明它来自动物，某种活的，且热爱运动、擅长奔跑的动物。这种布料很有韧性，也很抗压，当我的手掌用力压下去的时候，有一股微妙的力量顶住了我的掌心，那种感觉就像你用舌头顶住自己的上颚。它的颜色，当然也是白色的，不过，那种白和墙壁的白不同，它是一种很柔和的白，更接近奶油的颜色，应该是被温暖的阳光长时间照射过的。是的，在梦里我很确定，是时间和阳光给了这种白营养，使它变得醇厚、丰富了。我从梦里醒来后，这种布料的光滑、柔韧感还停留在我掌心。这令我想起了多年前在一家美术馆看到的一幅画，乔治·斯塔布斯画的马。斯塔布斯的马高大、健壮，气宇轩昂、仪态高贵，但马尾却被剪得短短的，像把小刷子。记得我在观赏斯塔布斯的马时，脑子里曾有个疑问一闪而过，为什么要把马尾剪得这样短呢？不过，这疑问也就是一闪而过，我很快就给了自己一个答案：在斯塔布斯的时代，小刷子般的马尾大约是一种时尚，就像十七世纪法国巴黎上流社会的男人爱戴造型夸张的扑粉假发一样吧。想到斯塔布斯的马，我很快就对梦里的这把椅子的面料做出了判断：这是一种用马尾毛制成的布料，白色马尾毛。我上网搜索了一下，得知马尾毛布料用于座椅的记录始于1750年。那一年，颐和园开建，巴赫去世，和珅出生，《马德里条约》划定葡萄牙和西班牙在南美洲殖民地的边界，法国人竞相传阅一本书，《论法的精神》，伏尔泰出走德国——他本人不如以他名字命名的椅子走得远。华盛顿召开美国历史上第一次内阁会议时，内阁大臣们坐的椅子，其坐垫就是马尾毛面料的。弗吉尼亚州庄园主的儿子托马斯·杰斐逊坐在马尾毛椅垫上慷慨陈词，"人人生而平等"，苏格兰流动商贩的私生子亚历山大·汉密尔顿坐在马尾毛椅垫上朝他翻了个白眼。在我的梦里，这把由马毛面料制作的伏尔泰椅有时是靠墙摆着的，有时它出现在窗边。如果摆在窗边，坐在上面时便能看到窗外街道边房子的屋顶，灰色的屋顶在香樟树梢后和有些肮脏的天空融为一体，很难分辨。不过，有鸟飞过时则不成问题。乌鸦在天空中飞翔，当它们停下来，它们总是站在屋顶边缘，仔细瞧，便可分辨出乌鸦脚下那些属于屋顶的深灰色线条。不知为什么，在梦里我从没开过窗，也没想过要打开它，也许它本来就不允许被打开的吧？我也从没站在窗前看过外面的风景，所以对街道上的情形一无所知。不过，我清楚地记得，我多次在梦里听到过来自街道的声音，"唰唰唰"的声音由远而近，那是雾炮车要来了。每次听到这声音，我便抱紧双膝，紧张地坐在由马尾毛面料制作的沙发椅上等着。不一会儿，一根巨大的柱状水雾蓦然从街道上升起，就像下了一场小雨，窗玻璃瞬间变得湿漉漉的。如果那天天气晴好，有阳光，透过湿漉漉的窗玻璃，就有可能看到在水雾将散未散时的空中，那转瞬即逝的一小段彩虹般的斑斓光柱……

　　我是不是扯得有点远了呢？还是继续介绍房间吧。

　　除了那把伏尔泰椅，这间房间里还有另一把椅子、另一张桌子。那张桌子太普通了，以至于我能想起来的，只是它摆放的位置。它面向窗，顶着进门右手边的墙摆放着。我每次进门后，要经过这张桌子，才能走到那把伏尔泰椅那去。桌子上应该是摆放着一些东西的，比如纸、笔之类，也许还有一部电话、一盏台灯。电话自然是从来没有响过的。至于台灯，对了，房间里确实是有一盏台灯的，不过，我还是先说说桌子。我很确定，我不曾用过那张桌子，不曾在这张桌子上写过什么。桌上确实是有几张白纸的，那几张白纸被一个黑色皮质写字板夹着。我记得我曾站在桌边，拿起那个写字板看了看，又放下了。纸上自然是什么也没有的。有桌子，当然也会有一把椅子。这把椅子和桌子一样，都是普通的样式，如果非要说出点它的特别之处，那就是这把椅子呢，它有着线条简单的靠背和扶手，像是为了取悦什么人似的，这靠背和扶手上包了一层白色皮革，皮革上还钉着几颗银色的铆钉。这把椅子一直塞在桌子底下，它的靠背，是我唯一使用过的部分。有一次，我脱下一件外套，随手把它搭在了椅背上。不过，也许是搭在扶手上了，我记不太清了。总之，和那张桌子一样，它不过是一把普普通通的椅子，它不曾给我留下什么印象，我也不记得曾在这把椅子上消磨过时光，所以，对它我知之不多。不过，在我回想这把椅子的时候，一种奇怪的感觉涌上了我心头。是的，在梦里，我好像是刻意地不去使用这把椅子。有一次，我踢了踢它的一只瘦长的腿，控制住了把它从桌子下拉出来再坐上去的冲动。总之，我对它和对那把伏尔泰椅的感觉完全不同，我更愿意坐在那把伏尔泰椅上。我对那把伏尔泰椅毫无戒备，但我却不愿意接触这把塞在桌子下的椅子。像是在跟什么作对似的，我让这把靠背和扶手上都包了白色皮革的椅子一直待在那张桌子下，拒绝使用它。关于这把椅子，我能说的就只有这些。现在，来说说这房间里另一件微小之物吧。

那是一本旧杂志，它一直躺在地板上。

清明节那天，我从那个荒凉的海边小镇回到空荡荡的家里后，就把自己扔到了床上。我陷在一种莫名的情绪里，不是疲累、悲伤或是孤独什么的，只是感到浑身乏力，心里一片荒芜。我就那样静静地躺着，什么也不想，直到第二天早晨，饥饿将我唤醒。这张床是我和我妻子的婚床，五十多年前，我们一起去旧货市场挑来的，我亲手进行了翻新、加固。我们在这张床上爱，在这张床上笑，也在这张床上哭……两年前，我妻子在这张床上死去。是的，她离开这世界时孤身一人，我没能陪在她身边。自我妻子死后，我就不曾在这张床上睡过觉了。我总是睡在客厅的沙发上。这张床对我来说太大了。不过，那夜我在这张大床上却睡得很好。而且，我梦见自己又去了那间白房间，在梦里我好像是第一次来到这房间，我到处看，东摸摸、西瞧瞧的。不知为什么，这次我有些心神不宁，一股焦虑不安的情绪困扰着我。我坐立不安，像是担心自己会错过什么，比如回家的班车，或是一趟必须乘坐的航班。有那么一会儿，我很想知道确切的时间，但在那间房间里没法知道确切的时间。它不在时间里——不知为什么我心里很清楚这一点。也许是那天在海边看到了那个停摆的钟的缘故？于是我努力压制住心里的那点不安，捡起扔在地板上的那本旧杂志，坐在那把伏尔泰椅上翻看起来。这是我第一次在梦里捡起这本杂志，但我一点也不奇怪为何它会在那。对它我有一种熟视无睹的感觉，好像我早就知道它一直在那，只是以前不曾想过去捡拾它。

这就是那间房间的大概情况，房间里的东西，不外乎就是以上提到的那些。

那夜，在梦里我心神不宁，但第二天早上，当我从饥饿中醒来后，我内心却是十分平静的。我静静躺着，回想梦中的情景，我非常确定，这间白色房间不属于我,我只是一个过客。尽管我多次梦见它,但它总给我一种异常陌生的感觉。这种陌生感让我有些拘谨,有时候甚至紧张,远不像在自己家里时那样自在。还有,那些家具,那把马尾毛面料的伏尔泰椅,那张桌子,那把塞在桌子下包了白色皮革的椅子,我很确定都不属于我。我不曾为家里添置过这些东西。不过,我也不能说我不曾在旅途中入住过一间这样的房间,也许在某年某月的某一天,在某个地方,我也曾在一把马尾毛面料的伏尔泰椅上消磨过一段时光。毕竟,那只是一间普普通通的房间,正如我前面所言。那些家具,也都是些普普通通的家具。这样的房间我们一生中会见到许多,我们进进出出,注定会在这样的房间里度过一些重要或不重要的白天,还有夜晚。

清明节过后,有一段时间我什么梦也没做过。如果真像弗洛伊德说的,梦是我们意识的补丁,一些我们无法实现的愿望会变成我们日常所需之物出现在我们梦里,那么,我意识里的这个补丁,算是已经补好了吧?这么想着,没有梦的日子,我也并不在意。我平静地打发每一天。清早起来我会去附近的公园散步,公园里有遛鸟的、跳广场舞的、打太极的,也有跟我一样,只是来走走,活动活动腿脚的。我从一群群不同的人身边经过,人群的气息,鸟的啼鸣,散发着花香味的空气,一切都刚刚好。公园里的樟树刚换完新叶,新鲜的绿色也刚刚好。从公园出来,回家前我会去小区外面的一家茶餐厅吃早餐。吃完早餐,我穿过一条熙熙攘攘的小巷去人声鼎沸的菜市场,就像我妻子活着时那样。我会在菜市场买点新鲜的蔬菜,或是水果,有时我什么也不买,只是转转。总有一些找零活干的农民工默默蹲在菜市场对面的街道边,他们的人数不定,多时二三十人,少时则只有三五个。没人驱赶他们。现在他们总在那。我得承认,我妻子在的时候,我从没去过菜市场。以前我受不了那里的吵闹,如今我竟觉得亲切了。我对周围的一切都产生了一种温柔的感激之情。我再也无法想象公园里没有人,菜市场没有吵闹声……

有几日是阴雨天,我哪都没去,待在家里看书,写字,听收音机打发时间。

东坡被贬儋州，作《夜梦》，引云，"淡然无一事，学道未至，静极生愁"。你能说他真的学道未至，不懂静能生慧的道理吗？去儋州是不得已，心境不同罢了。不过，一条河不管一路多么奔涌激荡，到了入海口就会慢下来。现在，我老了，孤身一人，慢慢活着，也总是淡然无一事，但不管怎样，我在自己家里时总是自由、自在的，好像再没什么能令我心烦的了。

有个傍晚，窗外淅淅沥沥下起了小雨，我在屋子里踱步，我的书房和卧室的窗户向南，客厅和厨房、卫浴的窗户都向北，无论从哪扇窗子望出去，看到的都是和我家一模一样的公寓楼。不过，楼与楼之间种着的树木都长得很高大了，树下的月季不间断地开着花。我的书房也是一个长方形的房间，那个傍晚，我在书房踱步时，下意识地数了数步数，从门口走到窗边，大约是十二步，而从东墙走到西墙，大约七步。十二步，七步，多么熟悉的数字。我一个激灵，想起了我常梦到的那个房间，不知为什么，我一下变得虚弱起来。我扶着墙，走到书房里的一张小沙发那去。我把身子抛进沙发里，深呼吸，让自己慢慢平静下来。沙发上还搭着我妻子生前用过的一条披肩，两年多了，它一直在那。我控制住了把脸埋进这条披肩里的冲动。为了让自己平静下来，我把我妻子的披肩拿过来，放在腿上耐心折叠。我一边折叠披肩，一边想，我平时并不会留意身边物件的微小细节，到底是在一种什么情况下，我竟然在梦里留意起地板的脚感、窗台上的油漆、椅垫的面料来了呢？还有，那把塞在桌子下的椅子……我记得有一次，我在那个白色的房间里翻箱倒柜地找锯子，想把它的腿锯掉一截。我为何要锯短这把我都拒绝坐的椅子的腿呢？锯短椅子腿的故事，我倒是知道两个。一个是我年少时从书上读到的，爱因斯坦的办公室里有一把高腿椅子，他坐在上面时，常会不由自主地把自己的两条腿架到办公桌上去，这样很舒适，但影响了他的工作效率。为了把全部精力投入到科学研究中去，他特地从家里拿了一把锯子，把办公室椅子的四条腿锯短。——这是一个管不住自己的腿，却怪罪椅子腿的故事。另一个，则是我亲耳听说的。有一年我去托尔斯泰故居，亚斯纳亚·波良纳庄园参观，在那见到了一把被锯短了腿的椅子。过了两天，在莫斯科托尔斯泰纪念馆，我又见到了一把同样锯短了腿的椅子。这两把椅子都是作家的座椅。人们解释说，因为近视，作家又不愿戴眼镜，写作时需要把脸凑近桌子，于是不得不把椅子腿锯短。波良纳庄园里的工作人员还说，托尔斯泰就是在这样一把锯短了腿的椅子上写出了《战争与和平》，他拿到丰厚的稿酬后，为庄园添置了三十把伏尔泰椅。

瞧，又是伏尔泰椅。

伏尔泰椅到底是从什么时候、从哪里开始风行起来的呢？我猜想，它大约是在两百多年前，根据雕塑家乌东创作的一尊伏尔泰坐像设计出来的。就我梦里那把伏尔泰椅来说吧，它比伏尔泰本人坐过的几把扶手椅都要高一些，坐深也更深一些——比如他生前最后几天里坐过的那把死亡之椅。如果你有机会去巴黎历史博物馆，就能看到那把椅子，那是一把多么寻常的椅子啊。只有把雕塑家乌东的伏尔泰坐像当作一把椅子，那才是刚刚好的。照着伏尔泰坐像的尺寸，将一把普通扶手椅的椅背加高，高到与伏尔泰头顶齐平，坐深加深，把伏尔泰从臀部到膝盖的尺寸也考虑进去，扶手的线条，要与伏尔泰双手搁在普通扶手椅扶手上形成的弧度一致，那就是一把伏尔泰椅该有的样子了。坐在伏尔泰椅上，多像坐在伏尔泰怀里啊。——也许正是因为这个，它才在伏尔泰本人过世后的一个世纪里，悄没声息地用四条腿走遍欧洲、世界，在人们的客厅、书房、卧室里安营扎寨的吧？在十九世纪俄罗斯文学里，伏尔泰椅随处可见。让我们稍稍回想一下我们读过的那些俄罗斯经典小说吧。"玛丽娅·德米特里耶芙娜独自一人坐在自己书房里的一把伏尔泰椅上，正在闻花露水。""安乐椅已经很旧了，但毕竟还是一把伏尔泰椅。""他坐在伏尔泰椅上，把那胖乎乎的老人的手对称地放在伏尔泰椅扶手上，几乎快要睡着了。"不胜枚举。后来，同样不知不觉地，它从俄罗斯小说里淡出了，埋没在了一堆安乐椅中。

我一边想着这些，一边认真叠披肩，直到把它叠成一本书的大小。然后我把它塞到了沙发的靠垫下面。

现在，我很清楚地想起来，给妻子扫墓回来的那夜，我躺在家里那张孤独的双人床上，又去了一趟梦中的那个房间，我在房间里的那把伏尔泰椅上度过了一小段时光。

起初，我有些焦虑，在房间里走来走去。后来，我走到窗前，看乌鸦一只接一只，在对面屋顶落下来。也不知过了多久，我在微信里很谨慎地问我病中的妻子："怎么样？今天，还热吗？"是的，我说的是"热"。这一次，我收到了我妻子的回复："不、不了，放心吧。"于是我松了一口气。我转身走到那把伏尔泰椅那去，坐下，翻看起那本杂志来。

我舒舒服服地坐在伏尔泰椅上翻看杂志。很快，我便被一篇文章吸引了，那是一篇科普文章，讲述了秘密书写的历史。"人类的秘密书写源于什么也无法阻挡的爱情。"开篇这句话就一把抓住了我。这倒是的，我年轻的时候，在农场改造，和妻子分隔两地，我们约定用天气来传达爱意，以彻底摒弃身上的小资产阶级趣味。"今天天气非常非常好，我们仍在讨论个人改造计划……"我们读到"天气非常非常好"时，会很开心，明白对方是在说"我非常非常爱你"。而两千多年前，古罗马城的恋人们是用牛奶或是亚麻籽油来写情书的，撒上黑灰后，滚烫的情话就会跃然于羊皮纸上。通奸的情人随手折断窗前一品红，用它的汁液私定秘密约会地点……爱看上去是那么不可阻挡。作者还介绍了古往今来各种各样的隐形墨水，间谍们用隐形墨水传递情报，湿写法，干转移法之类。是的，发生在隐形墨水间的较量决定了许多事情，大到世界的走向，战场上的胜负，小到谁能活谁死去。恰如人的一生会有许多不为人知的记忆一样，历史也有许多隐秘细节，被秘密书写在某处。而且看上去，人类的秘密书写似乎永远也不会结束。在文章的结尾处，作者还教人如何自制隐形墨水，这比去网上买什么新型隐形墨水简单、有趣得多。他提到了两种简便易行的方法，一是用小苏打，将等量的小苏打、碱和水调和。另一种隐形墨水的制作则更简单，买一个柠檬，挤出汁来。想看用小苏打制作的隐形墨水写的信息，需要在纸上刷一层白醋，或浓缩葡萄汁，酸碱发生化学反应，字迹很快就会显现出来。用柠檬汁写的信息则需要热源，用熨斗熨烫，或是用灯泡炙烤。读完那篇文章后，我有些遗憾，因为作者没有提到矾书。在我们的历史书上，关于矾书的记载可是屡见不鲜的。虽说矾书传情达意不可能总是成功，但白纸黑字带来的误解往往意味着更大的风险，想想历史上那个没有使用矾书，仅仅因为写了"青鹅"两字就丢掉了脑袋的宰相吧。出于好奇，也或许是为了打发时间，读完那篇文章我起身走到桌子那去，从写字板上取下那几张白纸。我把台灯的灯罩也取了下来，然后把纸一张张放到灯泡上去烘烤。每一张白纸上都出现了两道短短的红杠。是的，每一张。纸张离开灯泡后，很快恢复了正常的温度，那两道红杠便都消失了。那一张张白纸，多像是一封封密信啊。我把那几张白纸又夹回到了写字板上去。就像是被什么说服了，这下，我终于肯把在这间房间里的滞留当作一项义务接受下来。出人意料的是，明白这是一项无法抛却的义务后，先前萦绕在我心头的那点焦虑的情绪竟一下就都消失了。我又坐到了那把伏尔泰椅上去，接着翻看起那本杂志来。

碑书

韩 东*

她认为和老陈只是普通朋友，甚至连普通朋友都谈不上，只是熟人，互相认识。当然了，比起熟人来还是要近一点，她会去老陈家里借书。总之她和老陈的关系有些特殊，但特殊不意味着亲密。除了借书、还书，他们之间就没有什么了。

借书，自然得还书，也可以还了不再借，可老陈的热情实在难以招架。每次他都会从书墙（像墙壁一样的书架）上抽出一本本的书，堆放在她跟前，就摞在沙发前的茶几上。小茶几的高度只到她膝盖，那些书一路码放上来能齐到她胸口，就像是一根摇摇欲坠的“书柱”，她需要用一只手按住最上面那本书的封面，使劲下压书柱才不至于坍塌。老陈爬上爬下，登上专门用作取书的金属梯子，爬到最上面，头顶天花板，还得偏过一侧脸。她仰面而望，老陈变小了，就像一只吸附在吊顶上的壁虎。

老陈终于下得天梯，一面用手抚摩着那封皮皴裂脆弱不堪的珍本。他噘起嘴那么一吹，久远时代的灰尘扬起。有一次她没有及时闭上眼睛，眼睛被灰尘微粒眯住了，不禁流下了眼泪。老陈认为她受到了感动，说道：“没事没事，我

---

* 韩东，男，1961年生，现居南京。诗人、小说家，“第三代诗歌”标志性人物，“新状态小说”代表作家。著有诗集、长篇小说、中短篇小说集、散文及思想随笔集四十余部，导演电影、话剧各一部。近年出版有诗集《奇迹》《悲伤或永生：韩东四十年诗选》，中短篇小说集《狼踪》《幽暗》。曾获鲁迅文学奖、凤凰出版集团“金凤凰”奖章等奖项。

经常这样，一个人无聊也会爬上去看看的……"她说："您误会了，我是被灰眯了眼睛。"

老陈换下她，扶住书柱，她腾出手来去揉眼睛，完全无济于事，于是她打开随身携带的女士用包，从里面取出眼药水滴眼睛，仍然作用不大。老陈说："你来扶书。"她机械照办。老陈伸过头，再次噘起嘴，但不是去吹书的，而是要吹掉她眼睛里的灰。这一动作或者动势不免暧昧，也可以理解成老陈要和她接吻，她当然本能而坚定地后撤了。书柱轰然倒塌，老陈吃了一惊，将她放在一边连忙弯腰去地板上捡书了。"没事没事，我来我来。"他说。

也是由于这一惊吓，她的眼睛突然不再眯了。目光炯炯，泪光盈盈，看着老陈趴在地板上捡书。

这样的情况下你说她能不再借一本书吗？必须借一本，无论是哪一本，才能对得起老陈的热情，也才可以制止他进一步的盲动。

他们交谈的内容仅限于书，甚至只聊书的简介和作者简介，就是印在书封和腰封上的那些。不出这个范围。除了从老陈那儿借的第一本书，她认真读的也就是这些。如果不是为了还书时老陈会聊起，连这些她都不会读。是的，一开始向老陈借书只是一个借口，她的确是抱有希望的，但第一次之后，她就知道没有发展的可能了，老陈不是她的菜。于是借书就成了唯一的事，从借口发展（这件事倒有发展）成了目的。她这头就是这么想的，至于老陈是怎么想的她不知道，也不想知道。

借书不能不还书，而还书，由于老陈的坚持她又必须再借一本，这件事简直没完没了。她控制不了向老陈借书，但可以控制借了不读。本来她就不是一个读书的人，不喜欢读书（除了我的书），接触老陈之后甚至开始厌恶书。简介之类的她都是在还书的当天临时读的，如约来到老陈家楼下，打开她的小坤包，拿出那本要还的书匆匆一翻，到了楼上现学现卖，和老陈交流一把。还没有离开老陈家，她已经忘得一干二净。

有一次她比老陈先到，站在老陈家的单元门口借着昏暗的路灯翻书，恰在此时老陈赶回来了。他一面锁电动车，一面为他远远看见的一幕而大发感慨："我还以为是谁呢，看书看得那么认真，书捧得那么高，人站得那么直，这灯光，这倩影，这年头……"

她没有说自己是临时抱佛脚，在读内容提要，只是责怪老陈不守时，害得人家在下面苦等，就像她已经爬上楼去敲过门了，人不在她又下来了。老陈说路上遇见车祸，道路拥堵，这一情况是他没有料到的。每次和她见面他都预留了提前量，在她光临之前半小时到家，看来他的提前量预留得还不够，以后需要提前一小时。实际上她在老陈家楼下刚站下，不足一分钟，老陈就快马加鞭地赶到了。

那天她没法聊书，因为老陈来得太急，内容简介读得不全，作者简介她完全没读，于是只好听老陈一个人高谈阔论。由于事不关己或身处局外，她的头脑特别清醒。她发现，老陈聊的也就是内容简介和作者简介，不出这个范围，这不免令她疑惑：这本书一直都在自己手上，他是如何获悉这些的呢？突然她灵光一现，想了起来，每回从老陈这儿借书，确定了是某一本，他总会拿起书来，前前后后翻阅一把，就像有多么舍不得那本书似的。前后有两三分钟。他肯定是在那个时间段里读了简介之类。可她借书到还书之间平均得有一个月，这么长时间老陈竟然记得住，可见此人的记忆力之好。当然也有可能是借完书老陈送她下楼，返回家里立刻做了笔记，进行了默写。她越想越觉得是这么回事，这老陈无论是记忆力还是其他方面和自己相比也就是半斤八两，高也高不到哪里去……

只是在一件事上她拗不过老陈，就是自己明明不爱读书，每次都还是要借一本。除了老陈的热情、自己的不好意思，可能就是习惯吧。隔三岔五去老陈家还书、借书已经成了习惯。平均一个月她要来老陈家一趟，最长也有隔了两个月以上的，最短的也有一周两次。之所以频率和节奏不那么稳定，在她是故意如此，这个故意的意思就是要打破习惯。她无法打破去老陈那儿借书、还书的习惯，但至少在频次上不要形成规律。

"除了借书、聊书，我们之间真的没有什么。"她对我说，"说个不像话的话，我们连手都没有牵过。"

"嗯（上声）？"我质疑道。

是我介绍他俩认识的。介绍他们认识的那天，老陈伸过一只又胖又白就像戴了白手套的手，分明捏住了她那鸟翅一样小巧的手，怎么能说没有牵过手呢？"也就是那次，当着大家的面，"她说，想了起来，"那也是他主动的，而且，他还戴了手套。"

这我就拿不准了，也许那天老陈真的戴了手套，而不是裸手像手套。有事无事戴着手套在老陈也不足为奇，还有人说他在家里也穿着雨衣呢。

"除了那一次，我们就没有任何身体接触了。"她说，"而且，隔着一副手套也不能算是真正的身体接触。"

他们岂止没有肌肤方面的接触，老陈家里的一切她都没有碰过。老陈家的沙发、椅子她没有坐过，因为每次她都需要站直了扶着那书柱，老陈家的水她也没有喝过一口。老陈倒是会为她倒一杯水，普通的凉白开或者瓶装水，盛在晶莹透亮的玻璃杯里，就放在书架上的某一层固定的地方（每次都放在那里），有时她也口渴难耐，但就是没有过去端杯子。也不是怕老陈下药、迷奸自己——这些方面她绝对信任老陈，而是习惯成自然，第一次没有喝老陈的水，以后就不好再喝了。和老陈这个肉身，她也始终保持一米左右的距离。不喝老陈的水，不吃老陈的饭，不睡老陈的床（老陈的床她都没见过，压根儿没进过他的卧室），和老陈或者属于老陈的事物的唯一接触就是老陈家的地板了，但每次进门她都是不换鞋的。第一次是老陈客气，说："你就不用换鞋了。"这以后老陈再没有客气过，她也就听其自然了。老陈倒是回家就脱鞋，也不会穿上另一双鞋，光着一双大脚在地板上咚咚咚地走，自然他是穿着袜子的。"这人倒也讲卫生，脚上一点异味都没有，"她说，"肯定每天都会换袜子。"

一个光脚穿袜子，一个没有脱鞋子，好在老陈家的客厅十分宽大，即使书架高耸，留下的空间也像是宜家仓库，而且更像仓库了（装书的仓库）。她的意思是，自己的鞋印和老陈的足迹绝对是不会重叠的，她会异常小心地不走老陈走过的路线，而做到这一点其实并不困难，因为进门后她走上几步就到了茶几前面，然后就站在那儿不动了。她的轨迹非常固定，线路既短又直，她径直来到小茶几前，出门时从那里径直去到门口。没错，她没有提及老陈的书，真正与之接触的还是老陈的藏书。老陈抚摩再三，她郑重接过，然后放入随身携带的小包里。那只包包足够小，或者说不大不小，仅仅可以放进一本厚点的书或薄一点的两本书，包口合上后从外面看不至于走形。作为爱美的女性她自然有不少类似的包，背到老陈家的这只是特意挑选的，同样为了减少"接触面"。

以上便是她和老陈的接触史。"那么，上下楼梯你还是无法避开老陈的鞋印。"我故意挑刺说。

"是的，"她的回答很沉着，似乎早有准备，"楼梯不属于他的私人空间，都不算在得房面积里，是公摊部分。千人踩万人踏，避不开他的鞋印也避不开他邻居的鞋印，我总不能飞到他家里去吧？我又不是一只鸟！"

想起她那鸟翅一般小巧的手，我不禁笑了："据我所知，老陈住的是高层，有电梯的，你们为什么不乘电梯？"

她愣了一下，随后说道："电梯上来最快也要两分钟，站在那儿等多尴尬呀。他说，我们还是走楼梯吧，我心想走就走，谁怕谁啊，然后我们就走楼梯了。"

同样是习惯成自然，因为第一次他们走了楼梯，以后就走楼梯了。也就是说，他们交往的格局从第一次就固定下来了，以后再也没有变化过。走楼梯没有变过，不喝水没有变过（老陈照倒水不误，也没变过），还书、借书没有变过……

关于两人的交往，老陈的说法却截然不同。"我们那就是谈恋爱，而且是热恋，"他在电话那头说，"我和她的关系确确实实就是男女朋友的关系，对象关系！"

他说："只不过我们的方式和现在的年轻人不同，他们轧马路、看电影，在一起吃饭，在一起睡觉，我们通通没有。如果那样就太时髦了，也太平庸了，就不是我们了。如果那样我不会找她，她也不会找我……"

"那你们是怎么谈恋爱的？"

"我们谈论书籍，也聊文学和艺术，聊人生，历史、经济、哲学，古往今来无所不谈，书里面都有……"

"可不可以说你们是以书为媒？"

"对对对，事情就是这样的，我们都爱书……"

"光聊书也不能证明你们在谈恋爱，"我说，"我和你就经常聊书。"

"不好比。"老陈道，"你去过我家吗？向我借过书吗？"

"那倒没有。"

"还是的呀，就是你想来我家看看，我也不会发出邀请，而我没有发出邀请，你也不会贸然上门。就算你贸然上门去摁我的门铃，我也不会把门打开！就算是我开门了，也不会放你进去，最多会隔着门缝问，你找我有什么事？有何贵干？"

"她是贸然上门的？"

"当然不是，是应邀上门。"

"那你说这些有意思吗？"

"奥妙就在这里，哥们儿！"老陈说，"我对她说，我有一万册藏书，方便的时候你来我家看看，她果然就来了，我果然就把门打开了。"

"不懂。"

"这就叫你情我愿，不谋而合，傻了吧你。迄今为止，我买了这房子，装备了满屋子的书，还没有邀请过一位女士上门呢，男人更不必说，她是唯一的。我一发出邀请，对方便欣然而来，难道，这还不足以说明问题吗？"

"嗯嗯。"

"第一次来，她就向我借书，而我毫不犹豫地就把书借给了她，换了别人是绝对不可能的！"

"嗯嗯。"

"她不仅借了书，过了几天就约我还书，还了那本书又向我借了另一本，有借有还乃至无穷……如果她不想和我谈恋爱，还了书就不会再借了。"

"有道理。"

"我架上梯子爬上去，抽出一本本的书，摞在她前面，越摞越高，她用手扶住，我再登上梯子去书架上继续拿书。一位女作家在她的书里写过，她觉得最浪漫的事就是她先生在家挂窗帘，站在一把椅子上，椅子上又架了一张小板凳，她在下面扶着先生的腿……我们虽然还没有走到那一步，但意思是一样的，是向着那个方向努力的……"

之后老陈说起送她下楼梯。老陈家位于一栋三十四层住宅楼的顶楼，走楼梯而不乘电梯下去自然是舍近求远。"为什么我们要舍近求远？"老陈问，没等我回答他又说，"不就是为了多待一点时间吗？也好一路走一路聊，所谓谈恋爱不就是个谈字嘛。"我表示赞同，但也提出了异议："她告诉我，说站在那儿等电梯太尴尬了。""站在那儿等电梯只需两分钟，走楼梯需要二十分钟，是等电梯的十倍，她说的你也信？恋爱中的女孩子往往都很害羞……"

"走楼梯也就是走安全通道，而安全通道平时没有人走，照明灯有的楼层亮有的楼层早坏了，因此下去的时候一截有亮光，一截漆黑一片，明明灭灭的正适合情侣散步。楼道里只有我们这一对，那可是我们的浪漫之旅，为怕她不小心摔倒，我走在前面探路，打开手机上的手电给她照亮……就算她真的摔倒了，也只会砸在我身上，不会受伤。"

"你真体贴。"我说。

"那肯定呀，必须的。"老陈说，"我嘱咐她一定得抓住楼梯扶手，好有一个支撑。安全通道长时间没有人走，扶手上面都是灰尘，于是每次我都会戴上手套一路擦下去，那手套就相当于一块抹布，把扶手擦得干干净净的。女孩子一般来说都有洁癖，尤其是她这种快四十岁都还没有谈过恋爱的，肯定洁身自好……"

"你太有心了。"我说，突然想起一件事，问老陈道，"介绍你们认识的那天，你是不是也戴了手套？"

老陈一愣，说道："没有没有，我又没有毛病，平时平白无故的，戴什么手套啊！"

我没有提那天他们握手的事。心想时间长了，任何人的记忆都会发生一点偏差，只要基本事实对上了也就无伤大雅。也许她把老陈下楼梯戴手套的情节移植到了他们认识的当天。这么想的时候我向对面望过去，她正在做一个含义复杂的鬼脸，大概是在说老陈胡说八道，又有让我不要暴露她也在场的意思。

可以确定没有任何异议的事是她从老陈那里借书、还书，还了书会再借一本，如此这般持续有一年半，而借书以后直到还书的这段时间里两人从无联系。她不联系老陈，老陈也没有联系过她，然后她想起来需要还书。她打电话给老陈，铃声响了一下老陈就会接起，就像他一直守着自己的手机，在等她电话。他们约了当天还书，每次老陈都有空闲，从无例外。

但例外还是发生了，而且是一个很大的例外，超出了她的想象。并非老陈拒绝再借书给她，或者拒绝她上门还书——如果那样她求之不得，借书这事对她而言实在已成为一个负担。而是，老陈根本联系不上了。打电话他不接，发短信不回，在没有预约的情况下她登门前往探个究竟，怎么摁老陈家的门铃都没有反应，门后毫无动静。她的眼前出现了一幅可怕的画面：老陈因心脏病突发趴在地板上猝死了，就像那次书柱倒塌后他去茶几下面捡书没有站起来似的。按照老陈的年龄（五十来岁）和体态（两百斤重的胖子）推算，完全有这种可能。

她努力张大鼻翼沿着门缝使劲地嗅，想闻出尸臭？可除了一丝臭袜子的气味并无所得。并且那袜子的气味很可能出于幻觉，或者是从她自己的脚上散发出来的（走得太急脚上未免出汗）也未可知。一度她想到报警，又怕说不清楚。"我和他没有任何关系，又不是他的什么人，就算需要报警也轮不到我呀。"这么想了一想也就作罢了。她也没有打电话给我，顾虑和报警是一样的。而且她也不知道老陈的公司所在，甚至老陈到底有没有公司或者他是干什么的她也不很清楚……总之和老陈失去联系且找不到老陈并没有促使她和我联系，或者说还不足以促使她和我联系。她终于联系我这个介绍人了，是因为另一件事，比老陈可能猝死家中更严重和更不可思议的事——在她看来。那会儿老陈已经再次出现，他气定神闲地冲着她微微一笑，那笑容不免令人毛骨悚然……

第六次或者第七次她去老陈家摁门铃，防盗门应声而开，老陈像个没事人似的站在门后，反倒是她吓了一跳。再看老陈，毫发无损，和三个多月前相比似乎更精神了。他将她让进客厅，照例说："不用换鞋。"她照例向客厅右手的茶几径直走去，"照例"到此为止。不知为何她一屁股就坐在了茶几后面的长沙发上，老陈为她倒的那杯凉白开也没有放在书架上，而是因地制宜地放在了茶几上靠近她手边的地方，她竟然端起来咕咚咕咚地喝了几大口，杯子里的水下去了一半。老陈及时续上水。那天他们没有聊书的事，如果聊起来她也无话可说，因为要还的那本书的简介早被她忘到九霄云外去了。四目相对，互相打量了一番后，她问："你去哪里了？"

"呵呵，"老陈不无开心地笑了，说，"我母亲去世了，我回老家奔丧去了。"他那副表情和刚刚传递出的信息实在很不相符，她不知该做何反应。老陈保持着欢快不已的笑容，继续说道："从今往后，陈某确确实实就是一个孤儿了。"

"您母亲高寿？"

"虚龄一百岁。老人家五十岁才生的我，前面几个姊妹都属于早天，她就我这一个儿子……"

"哦。"

"我呢，算是一个大孝子，也不得不是一个孝子，所以就在家守了一百天的孝……"这算是对她联系不上他的一个解释吗？"如果在古代，我需要守孝三年，时代毕竟不同了，再说工作上也离不开，所以我就守了一百天。老人家一百岁，正好一年一天……"

老陈说了很多，关于他的家庭、母亲和家人，这是以前从未有过的，只是有一件关键的事他始终没有说，就是他为什么不接她的电话、不回她的短信。

自始至终她也没有问，可某种质疑的表情始终没有离开过她，僵滞在她干瘦的脸上：眼睛瞪得老圆，几乎目不转睛，薄薄的嘴唇也张开了。老陈显然知道她要问什么，站起来去书架上抽出一本书。她以为他又要向她推荐书呢，没想到老陈拿出一张夹在那书里的照片。他说："这次照的，我特地为你冲印了一张。"难道这张照片就是答案？或者答案就写在上面？

乡村野地里的一座孤坟，荒草萋萋，色彩暗淡（虽说是一张彩色照片）。并且那坟也不是水泥的，就是一个三角形状的土包，前后左右也没有其他的坟。也许因为刚垒起来不久，土坟的颜色较深，坟上也没有长草，坟前倒是竖着一块单薄略微歪斜像是一本书一样的石碑。这样的坟以前在乡下倒是经常看见，乡村生活包括丧葬制度改革以后就基本绝迹了，她也只在影视剧里见到过。"这是……"她拿不准了。"没错，这就是我妈的坟。"老陈说。

她刚要把那照片交还给老陈，老陈提醒道："这张是给你的。"于是她把照片拿在手上，再一次开始端详。端详了好一会儿，并没有看出什么名堂，这时老陈也俯下身来，从她背后和她一起看照片。"看墓碑，看上面的字。"他指点道。

她将照片凑近眼睛，瞄准墓碑上的文字。"先母张慧兰之墓。"她边看边念出了声。这个张慧兰显然是老陈妈妈了。下面，"儿陈伟强、媳徐敏……"念到这里她的脸色陡然变得煞白，侧过脸去看老陈。老陈并没有朝她看，而是粲然一笑帮她念出了最后两个字："敬立。"实际上一开始她就看见了"徐敏"，只是不敢相信，还以为自己看错了，直到念出了声音才像被一只大手掐住了喉咙，再也无法吐出一个字……

"哎呀，"我说，"原来老陈结过婚，我真的不知道，第一次听说，这狗日的藏得深啊……"

"什么呀，"她说，"徐敏是我，我就是徐敏！"

"啊?!"我大叫一声，受到了震动，说震撼也不为过。继而我想到当时她身处第一现场，又是当事人，所受的冲击肯定不亚于我。于是我不无夸张地抖动了一下身子，打了个寒战，用以掩饰忘记了对方姓名的尴尬。她，也就是徐敏不以为意，继续说道："陈伟强竟然把我的名字刻在他妈的墓碑上了！我和他连手都没碰过！有他这样的吗？神经病啊！"

徐敏终于抑制不住，哭了起来。

我一面将纸巾盒递过去，一面把话题引向自己。"对不起，对不起，我这人一向记性不好，也到了开始忘事的年纪……平时我们来往也有限，徐敏也不是很好记……"

"这我理解，"徐敏边擦眼泪边说，"你的粉丝多，不可能每个人都记住，要不是为了陈伟强，你也不会搭理我……"

"没有没有，是我记性不好，你很优秀，否则我也不会介绍给老陈……"

"我和他真的什么都没有，就是借书、还书……"

"没错，这人就是个疯子，只知道书，其实也没有读多少书，否则也不会蹉跎到五十岁……"

"他活该！"

"是是是，咎由自取。"

徐敏将照片掷回给老陈，那照片在空中很拧巴地翻了个身，还没有看清楚落点她就霍地站起来，背上自己的小包离开了。老陈家的门正对着电梯门，也是天意如此，电梯就停在三十四层。电梯门向两侧自动移开（她都不记得按过键），徐敏跨进去，老陈正在穿鞋，在另一扇门里喊道："等等我……"他的声音就像被夹住了或者剪断了，电梯直落而下，瞬间就到了一楼。"真是太爽了，"徐敏说，"这是我第一次也是最后一次乘他家的电梯！"这话不能当真，只代表她当时的心情，因为每次上楼想必她还是要乘电梯的。徐敏叫了一辆出租，开始是想回家，半途想到了什么修改了行程，就来了我的工作室。我正巧在赶一篇稿子，耽误了回家，被徐敏堵个正着。

"你是……"

"陈伟强。"徐敏说。我立刻就想了起来，把她让了进来。

徐敏从头道来，说得磕磕巴巴，一度语塞，很可能是我们还不太熟悉吧。后来她越说越流畅，以至于激动，但还能控制住自己的情绪，直到最后痛哭失声。徐敏一面说，我一面在琢磨她来访的目的。八成是兴师问罪——作为他们的介绍人，我有推脱不掉的责任，但也有可能只是宣泄。要不，她想通过我和老陈对质？无论是哪种情况我都有义务为徐敏出气，于是未经和对方商量我拨通了老陈的手机，并且开了免提。

双方的"证词"到位以后，我有了自己的基本判断，这个基本判断其实也不能称为判断，就是，尽管对事实的理解有一定偏差，老陈是个男的，更进一步说，他不仅是个男人，还是我光屁股的发小，因此老陈不错也错。当着徐敏，我痛骂老陈，再看徐敏，她果然平静了很多。徐敏又是挤眼睛又是撇嘴，还做了各种我一时难以理解的手势，就像一个聋哑人，难道她还有什么问题要问老陈吗？突然我就想了起来，实际上徐敏的问题也是我想问的。

"你是一个孝子没有问题，回老家为伯母守了一百天的孝也没有问题，"我对准手机上的话筒说，"甚至，把徐敏的名字刻在墓碑上也可以理解，毕竟你能结婚娶上媳妇是伯母生前最大的愿望，借她的名字刻一下也可以告慰老人家的在天之灵了，但你不能有糊涂心思，妄图假戏真做……"

话说到这里，连我都不敢相信，这分明是拉偏架的意思，于是赶紧加大责骂的力度："想什么呢你！你他妈的癞蛤蟆想吃天鹅肉啊，也不撒泡尿照照！都半截入土的人了，人家一个小姑娘……"

老陈被我骂蒙了，战战兢兢地辩解说："她也不小了……一个巴掌拍不响……我们真的是谈恋爱……"

"爱你个头！你们在一起睡过吗？亲过吗？连手都没拉过，你就是个变态……"

骂着骂着，我发现自己已经严重偏题，想问的事到现在还没有问，于是便硬生生地把话题拉了回来。我说："就算事情像你说的那样，你们在谈恋爱，早晚是要领证的，那你为什么不接她电话？不回她的短信？"

老陈连眼睛都没有眨一下，立刻说道："我想给她一个惊喜。"

这次可真把我气坏了，正要破口大骂，徐敏走过来抢下我的手机，并且挂了电话。

她早就不再哭了，在我大骂老陈的过程中甚至已经补了妆。徐敏打开她的小坤包，拿出一本书递给我："请你帮我还给陈伟强，我走得急忘记还了。谢谢！"

看来这才是她来找我的真正目的。

青花瓷与野鸡

杨 遥[*]

庙会真热闹，一张张新鲜面孔东张西望，像在笼子里关了很久突然被放了出来。安翔以前也和这些人一样兴高采烈地赶庙会，可是从去年开始，妈妈说："安翔，咱们也做点儿生意吧。"他们住大杂院里的人都趁着庙会做点儿小生意。安翔迷惘地问："做啥呢？"他们家从来没有人做过生意。母亲买了几包砖茶，煮好后装进罐头瓶子里。安翔怀疑不会有人买这东西，没想到生意还挺好。

一张面孔在安翔面前停住。四十多岁的中年人，背着尼龙袋，鬓角头发花白，像脾气温和的灰斑鸠；耳朵旁边有颗豌豆大的肉瘤微微发红，上面没长头发。

安翔看到他的肉瘤有些害羞，忙错开目光问："大叔，您喝茶？"

男人客气地笑笑，说："来一瓶。"

男人慢悠悠地喝着茶水，边喝边打量安翔。安翔不安地低下头，一只蚂蚁被粘在快化完的冰棍上奋力挣扎。男人喝完茶水抹了抹嘴角说："小弟，能在你这儿放个东西吗？背着它太不方便了，我一会儿过来取。"

冰棍儿化完，蚂蚁爬出来舔了舔脚，爬走了。安翔快乐地点点头说："没问

* 杨遥，本名杨全喜，男，1975年生，文学硕士，山西省作协副主席，《黄河》杂志主编。出版有《二弟的碉堡》《流年》《柔软的佛光》《闪亮的铁轨》《大地》《理想国》等多部作品。获赵树理文学奖，《十月》《上海文学》《小说选刊》《山西文学》《黄河》等刊物奖项。部分作品被翻译成外文出版。

题，您记得来取。"

男人把尼龙袋子小心放地上说："就这只刚买的罐子，我一会儿过来取。"

安翔用手指了指背后说："我把罐子放家里吧，这院子里的第一家，这儿人多，怕打碎。"

男人点了点头融入人流。

天黑下来时，人们手忙脚乱收拾东西。安翔把桌子、椅子、茶壶、罐头瓶拿回家，坐在大院门口等男人。暖洋洋的晚风吹到身上，像有无数双小手在安翔身上抚摸。

星星逐渐填满天空，男人还没有来，妈妈喊安翔回去吃饭。

吃饭的时候，安翔不安地说："上午那个男人放下罐子一直没有来取。"妈妈用舌头舔出根夹在牙缝里的菜丝说："他能打听到咱们家，一问卖茶水的那个男孩儿，谁都知道。再说，或许他今天有事，明天才来取。"

安翔匆匆吃完饭，又去了大门口。人们一群群像摇摇摆摆的鹅往戏场院走。今天演《穆桂英大破天门阵》。塑料袋、冰棍儿纸、宣传单在风中缓缓往前滚，一只卷成一团的花袜子仿佛站起来也要去戏场院。安翔这时惊慌地想起，没有记住男人长什么样子，只记得他鬓角的灰白头发和发红的肉瘤。安翔努力打量着街上四十多岁鬓角斑白的男人，路灯太昏暗，看不清有没有肉瘤。

三天时间一晃而过，庙会结束了，男人一直没有再出现。

爸爸说："打开尼龙袋子看看吧，别是什么有问题的东西。"爸爸胆子总是那么小，生怕生活中出现一丁点儿意外。

安翔认为不应该随便乱动别人的东西，但想不出反驳爸爸的理由，万一袋子里是个发报机，或者一颗人头，他还想到可能是个弃婴。安翔把尼龙袋子打开，一件青花瓷出现在他们面前。这是一只漂亮的罐子，篮球那么大，上面画着繁复的花朵和野鸡。

妈妈说："这不会是个古董吧？"

安翔把罐子捧起来，湖水一样清幽的气息从瓷器上传过来。野鸡有两只，一大一小，拖着长长的尾羽隐藏在花丛中。野鸡和花的叶子、花朵用的都是蓝颜色，但浓淡不同，一层一层，极其分明，丝毫不亚于那些五颜六色的东西。安翔细细地抚摸着这个罐子，感觉时间在手中穿梭。

妈妈咳嗽着说："这只罐子真漂亮，咱们把它摆桌子上吧，人家啥时候来取就给他。"

第二天一早，安翔看到妈妈在擦罐子，这么小的一只罐子，仿佛蕴藏着神奇的力量，把他们幽暗的屋子照亮了，妈妈因为长久营养不良而发黄的面颊竟有了团红晕，屋角一张闪着银丝的蜘蛛网，上面有两只苍蝇的空壳。两只野鸡和花朵越擦越亮，野鸡眼睛亮晶晶地望着安翔，像他想要某种心爱的东西时，望着妈妈的眼神。安翔想，它们想要什么呢？

一天，爸爸领来村里收古董的老安。

老安拿起罐子端详了一会儿，惊喜地说："这是康熙时期的人头罐，看这画片画得多好，采用'分水皴'，有七八种青色呢，寓意也好，金玉满堂。"

安翔听不懂什么叫"分水皴"，看见爸爸妈妈也一脸疑惑，他问："为啥寓意金玉满堂？"

"你们看，"老安用手指着画片说，"古代人有画必有意，有意必吉祥，这是锦鸡，这是玉兰花，'锦'就是指'金'，'玉兰花'指'玉'，匹配到一起就是金玉满堂。"

安翔没有见过玉兰花，但在书上见到过野鸡，他想锦鸡不就是野鸡吗？他望着发黄的屋顶、褪色的风箱和陶做的坛坛罐罐，想象金玉满堂的样子。

妈妈眼睛一亮问："值钱吗？"

老安笑了："值几个钱，但也值不了太多钱，这罐子没盖子。"

安翔莫名松了口气。

男人一直没有出现，安翔每天放学后，希望一回家罐子不见了；又隐隐约约不希望那个男人出现，希望罐子一直留在他们家里。

妈妈每天早上擦那只罐子，她面颊上的红晕越来越多。

妈妈病了。她开始咳嗽时，谁也没大当回事，以为着凉了。后来咳嗽不见停，反而越来越厉害。好几次安翔夜里醒来，妈妈都在咳嗽。痰盂中已经落下厚厚一层痰，上面红色的血丝在昏暗的灯光中像无数只狰狞的眼睛。

　　后半夜下起雨来，这个季节，下这么大的雨，罕见！很快，屋角开始漏雨，爸爸把空桶和几只盆子放在下面，雨点落在器皿里面，开始时像箭射中了靶子，后来器皿里有了水，雨点落下去噗噗的，像自行车轮胎在放气。爸爸妈妈同时叹气，安翔缩在被子里，闭着眼睛装睡。

　　爸爸说："别再拖了，明天去县里检查检查吧。"

　　妈妈说："没事的。这雨不知道什么时候能停？"

　　第二天，妈妈没有去医院。安翔吃完饭去学校时，雨还没有停，桶和盆子都快满了。安翔把桶和盆里的水倒掉，重新放在漏雨的地方。妈妈又在擦青花罐，那些玉兰花亭亭玉立，野鸡则快乐得仿佛要跑出来。一阵哀伤涌上少年安翔的心头，他背起书包，顶着一条尼龙袋子朝学校跑去。

　　终于等到星期天，爸爸陪妈妈去了县里的医院。直到傍晚，他们才回来。爸爸早上刚刮过胡子，一天时间竟长了密密一层，脸色黑得像铁；妈妈的脸一片苍白，前几天那团红晕不见了。安翔心里忐忑不安，却不敢问，害怕听到坏消息。

　　晚上，爸爸做饭。妈妈缩在被垛一角，默默地流泪。

　　安翔写完作业，终于忍不住问道："妈妈到底得的是什么病？"

　　正往灶膛里传柴的爸爸，低着头闷声闷气说："肺结核。"

　　妈妈边咳嗽边问："肺结核是不是以前说的痨病？"

　　屋里顿时安静了，柴有些湿，在灶膛里燃烧发出嗞嗞的声音。安翔想起在一本发黄的高年级旧课本上读过一篇《药》，身上一阵发冷，但强自镇定着安慰爸爸妈妈："不一样，痨病以前看不好，肺结核听说现在已经不算病了。"

　　烟道堵了，烟从灶火口逆出来，满屋辣鼻子的气味儿。妈妈大声咳嗽起来。

妈妈自备了一双碗筷，害怕把病菌传染给安翔和爸爸，但他们还在一口锅里盛饭，还在一条炕上睡觉，只是心里寻求些安慰罢了。

村子东边有条河，叫东河。

妈妈没生病时，夏天和村里的女人们在河边洗衣服，洗好之后，衣服晾在草丛上，像一片片降落在地上的色彩斑斓的云彩。安翔他们在河里游泳、摸鱼摸虾。到了冬天，河水一结冰，安翔和伙伴们在上面滑冰、抽陀螺，一条河给了大家数不尽的乐趣。

秋天，庄稼快要成熟的时候，村里来了一位猎人。他穿着一条皱巴巴的红颜色条绒裤子，好多天没有洗澡，浑身散发着死老鼠般的气息，一只眼睛瞎了，好像经过长途跋涉，历经磨难。

村里也有猎人，但都是到了冬天农闲时才用自制的土枪打猎，主要打野兔。大家第一次在秋天见到猎人。安翔和伙伴们跟在猎人身后，他的气味随风吹到大家鼻子里，很臭，但男孩们不知道他要打什么，好奇心让他们忍受了臭味。

他们浩浩荡荡来到河边。水流清澈，河水上涨，微薄的凉气从水中弥漫过来，没有人在河水里玩了。河边的草还绿着，经过一夏天的猛长，差不多有一人多高，但一棵棵草伏下头，已经有了衰败的迹象。这个季节，孩子们很少到草丛里去，密密麻麻的草丛隐藏着太多的恐惧，绿油油的蛇就不用说了，即使一脚踩到癞蛤蟆身上，也得硌硬半天，还有人在草丛里发现过尸体。

男人望着草丛，忽然大声嘀嘀叫了起来，叫了半天，草丛里除了蟋蟀的叫声，只有风落在草尖上刷刷的声音。男人疲惫地揉揉那只尚好的眼睛，往火枪里装火药和铁砂。安翔他们搞不清男人发现了什么，充满好奇地望着随风起伏的草丛。

男人举起火枪，对准草丛瞄也没瞄就砰地放了一枪。在男孩们的诧异中，草丛里飞起一群色彩斑斓的野鸡。

"野鸡！野鸡！"男孩们兴奋地喊。他们从来不知道小河边的草丛里藏着这么多野鸡。"野鸡！野鸡！"安翔也跟着兴奋地喊，他还从来没有见过真正的野鸡。

猎人再次装好火药和铁砂之后，那些野鸡已经飞入前面同样茂密的草丛中不见了。男孩们像一群猎狗跟着猎人往前追去，到了前面的草丛中，不等猎人吩咐，男孩们跳进草丛，嘀嘀大叫着驱赶起野鸡来。安翔加入驱赶的人群，一只脚踩进水坑里，鞋和袜子都湿透了，他不管不顾地大喊大叫。

野鸡再次惊慌地飞起，猎人手中的火枪响了。一只野鸡掉下来。安翔和伙伴们高兴地奔过去，野鸡还在抽搐，有几处钻进铁砂子的地方汩汩地冒着血。安翔第一次看到真正的野鸡，他没有感觉到生命消失的痛苦，他和伙伴们兴奋地围着野鸡，像大家一样把手伸过去。野鸡的毛光滑如铁，身体暖暖的，但还没等他摸够，一只带毛的大手伸过来，一把抓起野鸡，装进尼龙袋子里。

伙伴们看到猎人打中了野鸡，有劲头了，他们横冲直撞地扑进草丛，嗨吁、嗨吁喊叫着，捡起石头土块扔进更深的草丛里。猎人的枪不时响起，河滩上弥漫着火药的浓香。等到太阳将要隐入山的后面时，猎人足足打下五六只野鸡，撑满了他的尼龙袋子，淅淅沥沥不断往出渗血。作为奖励，猎人送给男孩们每人一支野鸡翎。

安翔想起人们说肺结核是营养不良引起的，便用乖巧的语气说："我妈得了肺结核。"

猎人毫无表情地拔下一支野鸡翎，递给安翔。

安翔的两只鞋都湿了，衣服沾满泥，回家路上，冷风吹进被汗浸透的衣服，他才感到冷；而两只鞋走在路上，咯吱咯吱不停地响，一响就有一股水冒出来。

第二天，村里的几个猎人都知道河滩上有野鸡了。安翔上课的时候，不时听到河滩那边传来枪声。一放学，他就往河滩跑。河滩上的草丛被踩得东倒西歪，一团一团带着血迹的野鸡毛在风中无助地飘来飘去。安翔试着往草丛深处走，忽然看到一条胳膊粗的土黄色的蛇，昂着三角形的头朝他吐芯子。安翔吓出一身冷汗，庆幸昨天没有踩到这条蛇，这时蟋蟀也停止了叫声，草丛哗哗响着，仿佛里面藏着无数条蛇。安翔不情愿地离开河滩，扭头望了望，太阳肥猪似的缓缓走下山顶。安翔回到家里，看到青花罐里面插的野鸡翎，发现罐子上画的野鸡和他昨天看到的野鸡一模一样。晚上，安翔没有睡好。一会儿梦见那条土黄色的蛇缠住了他；一会儿梦见好不容易捉住一只野鸡，但野鸡用坚硬的喙啄了他一口，一痛，他把野鸡放跑了……

此后连续几天，河滩上都有枪声响起，但声音越来越少。安翔坐在教室心里痒痒的，每天一放学就往家里跑，妈妈还在咳嗽，痰里的血似乎越来越多。

星期天一早，安翔跑到河滩上，经过几天时间，草几乎都黄了，大片的草伏在地上，像病入膏肓的人。安翔捡了一根木棒，边挥舞边嗬嗬叫着冲进草丛。地仍然湿漉漉的，踩上去有些滑，安翔跑了半天，也没有赶出一只野鸡，连根野鸡翎也没有拾到，只不时看到些凌乱的野鸡毛，他想起那天河滩上一群一群飞起的野鸡，觉得它们真傻。

又过了几天，安翔再次来到河滩。草仿佛更黄了，上面还结了些盐巴一样的结晶，一队大雁排成人字形，昂首叫着飞向南方，根本不知道地上发生了什么。安翔走过一丛又一丛草，在这本应该收获的季节，大地上贫瘠得什么都没有，走了好久，只发现一只碎了壳的鸟蛋，上面有些土黄色的痕迹，显示着这里曾经孕育过一些生命。那些野鸡真的不见了，它们不知道在这块河滩上生活过多少年，就这样不见了。安翔想起那些傻乎乎的野兔，比野兔更傻的鱼，每次在河边摸到一窝鱼，记住这个地方，以后每次去，几乎都能摸到。鱼像蘑菇一样，对地方留恋。可惜鱼太腥了，连猪都不吃它们。安翔望着天上的云彩，想变成其中一朵，自由自在，不知道悲伤。

安翔好几次被妈妈的咳嗽惊醒，迷迷糊糊中听见外边屋子里有人在压低嗓子说话，依稀好像在谈价钱。安翔不想听到妈妈咳嗽，拼命让自己放松，很快陷入了另一笼觉。他这次做了个梦，梦见天上的大雁全部变成了野鸡，咕咕叫着飞向南方，南方的太阳又大又红，像烧红了的锅。

早上，安翔看见野鸡翎孤零零地放在洋柜上，青花罐不见了。野鸡翎虽然放了些时日，但妈妈每日拂拭，仍然油光发亮，闪着斑斓的光。那只青花罐妈妈每日也擦拭，家里的每一件家具妈妈每日都擦拭，病重后也不例外。有几次，爸爸让她别干这些活儿了，妈妈总是嘟哝，我不擦谁擦？确实，爸爸每天干活儿顾不上，安翔也不愿意干，他只愿意看到屋子里整洁干净。

安翔拿起野鸡翎，发现没有了罐子，野鸡翎好像没有了合适的放处。他恨起那个猎人来，他们帮他打了那么多野鸡，他把河滩上那么多野鸡都惊跑了，只给了他们每人一根野鸡翎。安翔拿起野鸡翎端详，霉味儿冲进他的鼻子，看似油光发亮的野鸡翎有的地方已经枯槁，上面还有米粒大的白色虫子。安翔拿起野鸡翎，恨恨地把它扔进茅坑里。

前些天，安翔既盼望放罐子的人早早来把罐子取走，又不愿意他来把罐子取走。现在，他时时刻刻担心放罐子的人来，他不知道怎样向人家交代。他经常担心一出门遇到这个人，一回家这个人在家里等着，他甚至害怕这个人来学校里找他。上学的路上，安翔遇到鬓角头发花白的人都会一哆嗦。有时安翔想，为啥那个人把罐子交给他，对他那么放心。他想起"天命之选"的一些故事，隐隐约约觉得自己似乎与众不同，对未来便生出了几分期待。

家里有了钱，妈妈连续吃了一段时间中药，据说那是用正宗野生药材熬制的，又辅以吡嗪酰胺这种名字奇怪的药，她的腰渐渐挺了起来，脸上有了血色。

妈妈突然不咳嗽了，这是安翔非常不安的一天，他不相信妈妈的病好了，记得村里有个老人卧床病了好些天，突然精神焕发出现在街上，手里还拿着未纳完的鞋垫，第二天就死了。安翔害怕厄运降临到妈妈身上，他整天侧着耳朵，希望听到妈妈熟悉的咳嗽声，可是这天妈妈一声也没有咳嗽，反而饭量比以前大了。到了晚上，妈妈惊奇地说："今天我没有咳嗽！"吃过晚饭，他们一家守在昏暗的灯光下，像捉贼一样等候妈妈的咳嗽声。一只蛾子围着电灯不停地嗡嗡转，让人心生烦躁。安翔拿起苍蝇拍，一把把它抽下来。没有了蛾子的声音，家里静得让人害怕。安翔好几次怀疑妈妈像是咳嗽过了,只不过他没有听见,便问她:"妈,你咳嗽了?"妈妈摇摇头。月色刀子似的穿过窗棂,遇到灯光后像冰棍儿一样融化了。他们等啊等,等得安翔打起了哈欠,爸爸把他抱起来放在炕上,说:"睡吧。"远处传来一声长长的狗叫,村子里的狗纷纷叫了起来,后来都安静了,村庄跌入了黑暗。

安翔睡不踏实,隔一会儿就伸手摸摸旁边,害怕妈妈不在了。妈妈每次把他伸出的手放进被子里,掖好被角。一碰到妈妈温暖的手,安翔就放心地笑了。

接下来的几天,妈妈再没有咳嗽过,她的肺结核真的好了。

洋柜依旧擦得油光发亮,但放罐子那儿空空的,让安翔心生不安。有时他一人在家,仔细查看这块地方,这块地方和其他地方一样油光铮亮,没有放过东西的痕迹。安翔常常怀疑是否有人曾在那里放过罐子,但只要一产生这个念头,一张鬓角头发花白的面孔就会出现在他面前,耳朵旁边那颗豌豆大的肉瘤像旋转的红色警报,告诉他不能忘记这件事情。

这天,猎人又来了。安翔正埋着头和伙伴们比谁走得快,今天他们体育课上学习了竞走,忽然闻到熟悉的臭味儿。他一抬头,看见他诅咒过无数次的猎人。他虽然没有带枪,但安翔还是一眼认出了他。他依旧穿着那条皱巴巴的红颜色条绒裤子,条绒已经磨平,红颜色也变得发灰。不到一年时间,他老了许多,那只瞎了的眼睛像只蛆杏干,没瞎的也暗淡无光。更让安翔惊讶的是他的右手废了,像只枯萎的花朵。

男孩们再次围上了他,他们好奇他的猎枪哪里去了,他的手为何会变成这样?猎人似乎对人们的围观已经习以为常,他表情麻木地向前走去,男孩们跟上他不知不觉又来到河边。水流清澈,水位却已下降,还未立夏,水犹浸骨,一尾尾小鱼跟着巴掌大的大鱼往前游。河边的草已经开始泛绿,一些小虫子在草边爬来爬去,到处洋溢着生命的气息。

安翔忘记了去年打野鸡时的不快,他看见湛蓝的天空上,一朵朵流云奔向天边，他感觉自己在长大。猎人脱下鞋袜，挽起裤腿，踏进河里。一瞬间，男孩们都打了个寒战。猎人伸出他那只好手，用残了的右手配合着，在沿着靠近岸边的水草丛里摸索。男孩们在岸边静静地看着，河水中清冷的气息与岸上暖洋洋的气息好像泾渭分明。

猎人摸着摸着，安翔紧张起来，前面就是个鱼窝。果然，猎人的手伸进去，一条大鲤鱼扑了出来，猎人的两只手一围，他大概忘记右手残了，手没有完全围起来，鱼从缺口处跑了出来，在水面上跃了一下，尾巴打在猎人脸上，像扇了他记耳光。岸上发出一片唏嘘声，这真是条漂亮的大鱼，大概有一尺长。猎人擦擦脸上的水珠，继续朝前摸去。又连续摸到几次鱼，都因为猎人右手的残废，让鱼跑了。男孩们从惋惜变得兴高采烈，他们数着猎人失败了几次。猎人脸上的表情越来越麻木，他泡在河里的小腿颜色越来越苍白。

终于，猎人再次摸到鱼后，没有用手抓它，而是两只手合拢往上捧，鱼连着水被带到岸上。鱼上了岸，惊慌地往水里挣扎。猎人整个身子扑了上去，他的头正好按在鱼身上，鱼一下一下甩着尾巴，好像不停地在猎人脸上扇耳光。猎人把鱼捉住后，他的脸上满是泥和鱼鳞。可惜的是，这条鱼不如刚才那条大。

猎人用这种办法抓了三条鱼，男孩们以为他要像上次打野鸡那样一直抓下去，没有了兴趣。猎人却在河滩上生起一堆火，然后搭起架子，要烤鱼。男孩们马上围了过去，安翔想起红军爬雪山过草地，在草地上捕到鱼，也是这样吃。他同情起猎人来，说："我去家里拿点儿盐。"

等安翔跑回来后，猎人身边铺着几张油印的卷子，上面放着两个馒头和一颗土豆。猎人把脚凑在火堆边，他的腿烤得微微发红，湿了的裤子冒着热气。鱼已经发出了香味儿。安翔赶紧把盐递过去。猎人不紧不慢地把盐撒到鱼上面，把土豆用泥巴包了包，放到火堆下面。又过了一会儿，鱼微微发焦，散发出更加浓郁的香味儿。安翔奇怪，他们在家里做的鱼，都特别腥，猎人用这样简单的办法烤出的鱼，却闻起来这么香。

猎人仿佛要证明自己烤的鱼很香，他拿起一条吃起来。他吃鱼不像本地人那样小心翼翼，害怕鱼刺卡到喉咙里。他像吃馒头一样大口吃着鱼，很快吐出一副完整的骨架，而那些细刺完全被他吃进肚里了，好像根本卡不着他。

猎人吃完一条鱼，一口气吃完两个馒头，那颗土豆也烤好了。猎人吃了土豆，又吃了一条鱼，跑到河边喝了几口水，响亮地打了个饱嗝，忽然唱起歌来。他的歌声柔和而低沉，男孩们从来没有听过这样的歌，但歌声中说不清的孤单和悲伤吸引着他们，他们默默地听着。河水缓缓在流淌，河里又出现一尾一尾的小鱼，跟着巴掌大的大鱼往前游去。歌还没有唱完，猎人眼角流出泪水，他长叹一口气，提着鞋袜，在男孩们的惊愕中，蹚进河水里。待男孩们反应过来，猎人已经蹚过河消失在对岸了。

男孩们把猎人剩下的鱼每人分了点儿，鱼身上带着密密麻麻的细刺，他们谁也无法像猎人那样把鱼大口吞下去。他们小心地吃着，鱼没有一点儿腥味儿。吃完这条鱼，男孩们把火堆拢旺，跳进河里去摸鱼。河水很凉，男孩们摸一会儿就得上来烤烤火，但他们的双手很灵活，不一会儿就摸起好几条鱼。他们学着猎人把鱼清理干净架在火堆上，鱼还没有烤熟，他们就唱起歌来。他们唱的歌都是在学校学的，奋发昂扬，《打靶归来》《团结就是力量》《咱们工人有力量》……把老师教的歌都唱完之后，鱼烤好了，他们一吃，一嘴土腥味儿。

又是一年庙会，学校照例放三天假。

安翔刚把茶摊摆出来，就看到熟悉的面孔走过来。它像一张脸映入水中，刚开始面目模糊，逐渐越来越清晰。安翔看到了头发花白的鬓角，豌豆大的肉瘤，还有来人的眼睛、鼻子、嘴巴、耳朵，他一下子怔住了。

男人走到茶摊前停住，露出温和的笑容，和去年一模一样。安翔感到恐惧，结结巴巴地问："您喝茶？"

男人用手摸了摸嘴唇上刮得干干净净的胡子说："小弟，一年时间你长高不少，我来取罐子，用尼龙袋子装的罐子，你还记得我吧？"

安翔尴尬地点点头，不知道该怎么和男人说把他的罐子卖了，他发现街道上骤然挤满了人，像阳光突然洒满大地，他感觉燥热，喃喃地说："到我家吧。"

妈妈在擦洋柜，看见安翔领进来的男人，仿佛马上明白了怎么回事，她的脸腾地红了，结结巴巴地说："坐，您请坐。"

男人客气地说："不坐了，这次赶庙会，我把罐子拿走。"

妈妈面红耳赤地对安翔说："把你爸爸叫回来。"

在男人惊讶的目光中，安翔奔出屋外。街上的人更多了，像下雨前要搬家的蚂蚁。

爸爸正在城南浇地，看到安翔吃惊地问："你没有卖茶水？"

安翔上气不接下气地说："去年放罐子的那个人来取罐子了。"

"噢！"爸爸野兽似的叫了一声，用双手抱住脑袋。

水哗哗流进地里，每一条水流里都有无数个太阳，正准备播种的土地大口大口喝着清凉的水，把太阳一起吞了下去，还有无数明晃晃的太阳往这里赶。爸爸大步往前走，安翔听到爸爸走路发出阵阵风声，爸爸的裤子后面破了一个洞，露出红色的底裤。

来到老安院子里，爸爸急促地喊："老安，老安，老安在不在？"

进了屋子，安翔一眼就看见了那只青花罐，它上面落满灰尘，但还是能看到漂亮的野鸡和玉兰花。安翔暗暗有些惋惜，但松了口气，这时才感觉刚才走得太快，喘起气来。

爸爸看到青花罐也放松下来，指着它说："老安，这只罐子还没有卖？伙计要把它赎回来……"爸爸结巴起来："但秋天卖了玉米才能给你钱。"

安翔发现在他心中一向高大的爸爸瞬间好像缩小了几分，他这么年轻，已经微微谢顶，发红的那块头皮像颗水果糖。

老安脸上露出奇怪的表情。

爸爸紧张起来，眼睛渐渐泛出红色的血丝，带着绝望的神情低下声音来说："伙计。"

老安叹口气，抚摸着手指上翠绿色的扳指说："那天从你家出来，走得好好的，在平地上摔了一跤，你说怪不怪？罐子磕了一下，要不早卖了。”

老安拿起抹布把罐子胡乱擦了擦，又放回原处。安翔小心地把罐子抱起来。罐口磕掉一块，罐身上出现条细线，正好穿过一只野鸡的眼睛。

爸爸带点儿庆幸而又不甘心地问：“还有这种一模一样的罐子吗？”

老安撇了撇嘴说：“咱们这种地方，这种罐子能见一只也不错了，开始我还以为是假的呢！”

爸爸踌躇了一下问：“我把这只拿回去，现在多少钱？”

“可惜了，”老安说，“但摆家里看画片也不错，给我一袋儿面钱就行，算我倒霉。”

安翔担心地问：“人家的罐子以前是好的，现在破了怎样给人家？”

爸爸不回答，问老安讨了条尼龙袋。安翔记不清当时装罐子用的什么样子的尼龙袋，但罐子被装进去后，他稍微感觉踏实了些。爸爸背着尼龙袋往家里走，步子明显比来的时候慢多了，步子一慢，洞里的红色底裤就看得更清晰了，安翔努力不去注意它，可由不得自己，爸爸走一步，那个洞就晃安翔一下。

父子俩慢腾腾回到家里，他们队的人已经在等爸爸，一见他们回来就说：“地漫了！”

爸爸慌慌张张把尼龙袋子放在炕上，没头没脑地说：“我得赶紧去地里看看！”

爸爸屁股上的破洞在门口一闪不见了，安翔慌乱起来。

放罐子的男人用手摸了摸安翔的脑袋，对妈妈说：“这个孩子真聪明、懂事，好好培养吧，长大一定有出息。”说完就背着尼龙袋子走了，根本没有打开看。

安翔看见炕上放着半罐头瓶子茶水，还在冉冉冒着热气。看了会儿，他重新坐在大门口卖茶水。今年的街上和去年一样热闹，天气越来越热，不时有人过来喝一罐头瓶子茶。安翔心不在焉，不时把茶水洒出来，好几次还把人们给他的钱掉地上，他在担心男人发现罐子磕了回来找他。

天气越来越热，今年仿佛比哪一年都热，安翔望着茶水冒出来的热气，希望自己也被蒸发掉。忽然，从东边冲过一群人，大声喊着抓小偷儿！那个放罐子的人跑在最前面，刹那间他被人群围住，安翔还没判断出谁是小偷儿，人群里传来阵阵喊打声。一群人围过去，像河中间投入一粒石子，涟漪在不断扩展。架在路中间好几个卖寝具的摊子被碰翻了，床单、被罩、枕巾撒了一地，有人捡起一块枕巾溜了，越来越多的人去拾地上的东西，人群从一个中心分散成好几个中心。警察赶来时，许多人像树叶被大风吹跑了。放罐子的人从地上爬起来，身上都是脚印和泥土，鼻青脸肿，一只耳朵在流血，把鬓角的头发弄得湿漉漉的，但尼龙袋子不见了。

人们押着放罐子的人去了派出所，安翔觉得身上凉飕飕的，但买茶水的人越来越多。安翔七手八脚地给人们递着茶水，想起突然出现又突然消失的猎人，想起放罐子的男人抚摸在他头顶上的手，又想了些乱七八糟的东西，觉得肩上多了些沉甸甸的东西，像一片一片沉重的雪花落在上面，但比刚才轻松了好多。在马路中间摆摊的人们骂骂咧咧地收拾自己的摊子，有几块鲜红的被罩上被踩了几个黑脚印，摊主心疼地拍打着被罩。来来往往的人流往东走、往西走，越来越多的人拥了出来，他们兴高采烈地东张西望，不知道刚才发生了什么事情，街上恢复了正常。

断舍离

雷 默 *

    筱青在和郭嘉结婚前是不喜欢小孩的，她尤其看不得孩子的哭闹，碰到那些无理取闹、声嘶力竭哭喊个没完的孩子，筱青总会厌恶地说："真恨不得掐死他！"

    郭嘉听到这句话的时候，心里着实惊了一下。按理说筱青作为女人，应该在天性上比男人更愿意亲近小孩，怎么会冒出这么奇怪的念头？但郭嘉也没好意思当面问。那时候两个人正处在热恋期，宽容失去了应有的分寸，意见相左时总会下意识地把让对方不快的想法隐藏起来。

    结婚之前，郭嘉一直没有和筱青讨论过长远的打算，比如两个人结婚后打不打算生孩子。由于筱青讨厌孩子，做丁克家庭，郭嘉是有这个心理准备的，但如果真的没有孩子，以后会不会后悔，等等这些问题，两个人都没有触及过，郭嘉心里有点犯怵，害怕一谈论这些问题就把筱青吓跑了。

    他们是在计划生育年代长大的，在家里都是独生子女。等他们长大了，计划生育的政策突然就废除了，先是二孩政策放开，过了几年，放开三孩的政策

---

* 雷默，男，1979年生，浙江诸暨人，现居宁波。中短篇小说在《收获》《人民文学》《十月》《当代》《作家》《花城》《江南》《钟山》等杂志刊发，多次被《小说选刊》《小说月报》《新华文摘》《中篇小说选刊》等选载并入选年选，部分小说被译成英、俄、日文。出版小说集《黑暗来临》《气味》《追火车的人》《大樟树下烹鲤鱼》，曾获浙江省青年文学之星，获《作家》"金短篇"小说奖、丁玲文学奖、郁达夫小说奖、茅盾文学新人奖等。

也紧随而来，从禁止到鼓励，也就一瞬间的事儿，这让好多人都缓不过来。多生孩子一跃成为举着喇叭大力倡导的事，好多年轻人却不想生孩子了，这真是奇怪的悖论。

筱青有个远房表叔，生了一大群女儿，当时她婶婶为了生一个男孩，挺着一个硕大的肚子，到处东躲西藏，躲避计生委的抓捕。在筱青家还没造好的房子里，他们也住过一段时间。那时候房子只盖了一层，水电也不通，他们过着深居简出的生活，白天大门紧闭，晚上只能用蜡烛和手电筒取光。有一天，一个村干部路过房子，无意间瞧见里面有人，便向筱青的妈妈打听房子里的陌生人，这把全家人都吓坏了，他们连夜去通知婶婶。在黑夜中借着手电筒的光，筱青看到了婶婶笨拙、肥胖的身体包着一件弹力内衣，从简陋的床铺上费力地爬起来，她的肚子大得像一个西瓜，把本就紧身的弹力内衣撑成了一个球，裸露的肚皮上爬满了龟裂的花纹，如蛇皮一般，筱青突然产生了一种生理性的恶心。

表叔选这个房子作为藏身之所是有考虑的，因为房子建在山脚下，筱青的爸爸在房子的旁边挖了一个地窖，地窖是用来储藏过冬的番薯的，里面长年有一股挥之不去的烂番薯气味。表叔在里面铺上地砖，放了一张行军床，打算在危急关头作为临时避难所。那天晚上，他们转移到了地窖里，战战兢兢地躲了一晚，最终没等来黑夜中到处闪烁的手电光，也没等来搜捕队的狗叫声。虚惊一场后，婶婶就生了，又是一个女儿！表叔抹着眼泪说自己没有生儿子的命。之后，他们竟然把这个女儿送给了别人家，婶婶好几次当着大家的面，惋惜地说，这是她生过的最漂亮的女儿。这假惺惺的赞美让筱青觉得别扭和难受，以致在很长一段时间里，她都刻意躲避着这个婶婶。

郭嘉是个再正常不过的人，他喜欢孩子，尤其是那种襁褓中的婴儿，柔弱得让人心疼，看到别人抱着呆萌的娃，不管认不认识，他都爱凑上去逗逗小孩，这和筱青形成了明显的反差。两人在孩子这件事上默默地角力，在内心里都希望自己的行为能在无形中多多少少地影响到对方。两个人有点像一条钢丝的两个端点，只有各自慢慢地向中间靠拢，才能在生育孩子这件棘手的事情上维持良好的平衡。

结婚后，郭嘉和筱青确实过起了潇洒的二人世界生活。那段时间里，他们碰到假期就出去旅游，即使不出门，两个人也会在家里过得自得其乐。只是郭嘉渐渐发现结婚前后还是略微有所不同。两个人在热恋的时候，郭嘉经常叫筱青"田螺姑娘"，筱青听得心花怒放，偶尔也会自己做做饭，经常挂在嘴边的一句话是：我要化作仙女为你洗衣做饭。结婚以后，两人住进了新家，厨房几乎没有了用武之地，吃饭基本靠外卖，换下来的脏衣服也从来不用手洗，用的都是洗衣机和烘干机。少了洗衣做饭，郭嘉觉得再叫筱青"田螺姑娘"似乎在暗示和提醒她什么，渐渐地，叫她"田螺姑娘"的次数也少了下来。

两个人开始独立生活，但两边的大人还是不放心，他们默契地岔开时间，一到周末就拎着大包小包去儿女家，活像去做全职保姆。即便像巨婴一样被人照顾，郭嘉和筱青也都不喜欢对方的父母，总觉得他们的到来，让原本和谐的小家庭失去了平衡。

郭嘉喜欢用新潮的家电，在米家下单了很多智能家居，有洗地机器人、智能音箱、智能电扇、智能灯具等等，他有一个宏伟的规划，准备把家里所有的电器都替换成小米，那样就成了一个完整的生态系统。筱青虽然谈不上勤快，但她有轻微的洁癖，因而对这个计划很赞同，尤其用了小米的洗地机器人后，免去了她弯腰的劳累，尝到了甜头后，她也和郭嘉一样，过起了透支的生活。

婚后，两人磨合了一段时间，倒也相安无事，各自的生活逐渐恢复到了以前的常态。郭嘉做的是外贸工作，经常要去外地考察货源，为避免筱青一个人孤单，他特意给她买了条泰迪犬。两个人都打算把那条小狗当儿子养，没想到过了一段时间，筱青犯了严重的哮喘，咳得死去活来，去医院一检查，发现过敏原就是动物毛发。治好了哮喘，两人只好把泰迪犬送人。

那次病愈后，郭嘉每逢出差都心急火燎，总想着早点回家。有一回在北方遇上大寒潮，他办完事即刻往回赶，但一回到南方，下了飞机发现同样也冻得厉害，感觉像被冷空气一路追杀。这还没什么，郭嘉担忧的是筱青，哮喘之后，筱青特别怕大降温，一咳嗽就担心那种喘不过气的感受又死灰复燃。郭嘉觉察到筱青的性格在病愈之后发生了微妙的变化，她变得像只慵懒的猫，对自己愈发依赖。每次出差回来，她都会搂住郭嘉的脖子不肯放手，还会羞赧地说，家里只有她一个人的时候，晚上睡觉还是会害怕，大门和卧室的门都会反锁起来，睡觉前会再三确认窗户是否锁上，晚上稍微有点动静，她就睡不踏实。郭嘉本想把丈母娘叫过来住，但又忍住了，他想万一丈母娘住习惯了，不肯离开了，这就成了麻烦。这事儿让筱青自己去说，以她的个性，肯定也开不了口。郭嘉适时地提醒了筱青，一个人真正长大都是在为人父母以后。筱青的眼睛顿时亮了，她说她妈妈原来胆子比她还小，生了她以后确实胆大了不少，至少和别人没什么差别。

婚后第二年，郭嘉跟筱青提了生孩子的要求，让郭嘉没想到的是，筱青竟然默认了。两人对未来的孩子充满了想象，说最好生个女儿，眼睛像郭嘉，眉毛像筱青；生个儿子，最好什么都像郭嘉。郭嘉说，鼻子还是像你好，我的鼻子不够挺括。在生孩子这件事上，两人预设了很多种可能，既有女儿，也有儿子，或者双胞胎女儿，双胞胎儿子，甚至龙凤胎。那段时间，郭嘉的生活作息很规律，戒了香烟，推掉了社交应酬，可老天像跟他开玩笑，每个月，筱青总会准时地迎来她的"老朋友"。

两人结婚前都做过婚检，身体应该都没什么问题，筱青吃了几个月叶酸后，也逐渐麻痹了。当两人对怀孩子不那么关心了，老朋友却失约了。筱青去药店买了验孕棒，检测出来果然有两道红杠杠，其中一道浅了点，不太容易辨认出来。两人随后去了妇产科医院，检查过后确认是怀孕了。

回家的路上，两人都变得小心翼翼，生怕肚子里的小生命受到颠簸。之后每隔几个礼拜，郭嘉都会陪筱青去产检，要排查胎儿一系列的先天性缺陷问题，每次都提心吊胆，但结果都还算如意。到妊娠期末尾，医生叮嘱筱青少吃点，因为腹中胎儿的个头已经偏大了。那段时间，筱青天天喊饿，一边嘟囔着少吃点，一边继续一天五六餐。

预产期还没到，筱青就提前住进了妇产科医院，在生孩子这件事上，她早早决定了剖宫产，因为她怕疼，婴儿又偏大，怕自然分娩不行再挨一刀，那就吃两遍苦头。

生产的过程很顺利，八点进手术室，十点不到就拉出来了，筱青刚刚从麻醉中醒过来，脸色还有些发青，像沉睡中刚刚醒过来。担架车一路欢快地跑着，郭嘉问她，你还好吗？筱青微微点了点头。郭嘉求女心切，迫不及待地问，是女儿吗？筱青苍白的脸上笑了一下，是儿子。郭嘉愣了片刻，马上说，儿子也好，男女都一样，只要健康就行。筱青又笑了一下说，自己的孩子，你没得选！说话间忽然有了当妈妈的骄傲。郭嘉又问，那孩子呢？旁边的护士说，不是在这里吗？郭嘉这才发现在担架车的尾部有个襁褓，裹着一团通红的肉，孩子闭着眼睛，脸上、额头上还有胎脂，看上去脏兮兮的。

回到病房，筱青才逐渐体会到生孩子的痛楚，虽然挂了止痛针，但麻醉失效后，伤口的疼痛还是那么剧烈，她时不时地哈气，额头上渗出了细密的汗珠。郭嘉雇的月子保姆这时候开始施展手段，不停地给筱青催乳，还让闭着眼睛的婴儿凑上去吸吮。筱青说，那是一种神奇的感觉，每一下吸吮都让她空荡荡的肚子也跟着收缩起来。这加剧了她的疼痛，月子保姆说，婴儿的吸吮有利于产后恢复，这是上天安排好的，宝宝让妈妈受罪，但同时也在帮助妈妈康复。虽然那会儿身体无比虚弱，但筱青还是觉得有些值得。

经历过孕期的辛苦和分娩的疼痛，郭嘉发现并不喜欢孩子的筱青发生了很大的变化，她看这个从自己身上诞生的小生命，眼神里充满了母亲的怜爱和心疼。从她耐心地给孩子哺乳、换尿不湿、温柔地托着他洗澡、给他擦爽身粉、帮助他慢慢地往前爬等等育儿细节上看，她被自己的孩子彻底地收服了。

相比而言，郭嘉在照顾孩子这件事上显得笨手笨脚，作为一个男人，他常常被筱青嫌弃，一会儿尿不湿的绷带扣得太紧了，一会儿洗澡的水兑得太凉了。郭嘉在情急之下，也会说，这不是第一次当爸爸没经验嘛。筱青说，谁不是第一次？在照顾孩子这件事上，只有设身处地地替宝宝想一下，这么做他究竟舒不舒服。

孩子长到五岁的时候，得过一场很严重的肺炎。那时候，孩子着凉，以为是感冒，慢慢发展成咳嗽。筱青在家里备着好多常用的小儿药，按照以往的经验，一般咳嗽用肺力咳就能止住，那次是个例外，喝了肺力咳后，丝毫不见好转，孩子反而越咳越频繁。筱青只好换了药力更重的止咳糖浆，又过了一周，还是不见疗效，两人这才慌慌张张地去了医院，片子拍出来，孩子的肺几乎已经变白了。两人急忙办了入院手续，住进了医院后，他们都有点自责，觉得是自己大意了，才耽误了孩子的病情。

在病房里陪护的时候，郭嘉忽然想到了一件事，他跟筱青说，你还记得你怀他的那段时间吗？筱青问，怎么了？郭嘉说，我们不是备孕了好长时间都没怀上吗？那段时间，有一次我去水仙岛，你还记得吗？

筱青回想了一下，好像确实有过这么一次，是郭嘉单位组织的工会疗养活动。那时候，外贸形势好，单位也懂人情，鼓励大家带家属出游。本来郭嘉还想让筱青跟着他一起去，但筱青的同事突然病倒了，工作都压到了她一个人身上，她最终没去成水仙岛。

水仙岛位于东海，是佛教名山，又是观音菩萨的道场，岛上随处可见虔诚参拜的信众，有的一步一叩首，从山脚下一直跪拜到山顶上。当时郭嘉觉得可笑，看这些人的眼神里多少带点嘲弄的味道。他是旅游去的，看看海岛的景色，放松一下身心，是他此行的主要目的。当他们站在海边大佛的脚下，看着海天一色的辽阔场景，很多同事都说在那里许愿很灵，因为送子观音的传说太厉害，郭嘉心里忽然动摇了，他想既然来都来了，许一个愿望也未尝不可。于是他恭恭敬敬地烧了香，在心底里默默地许了个愿。愿望跟孩子有关，同事还给他拍了一张照片，他站在送子观音的旁边，左手摸着那小孩莲藕似的大腿。

从水仙岛回来后不久，筱青真的怀孕了。郭嘉也一直没跟她说过许愿的事，总觉得这是水到渠成的事。有时候，他也在心里暗自嘀咕，这个孩子会不会跟水仙岛之行有关？说不定真的是求来的呢？直到孩子生了病，郭嘉忽然想到了这件事，他不免有些担忧。听人说，许下大愿，应验后都是要还愿的，不然以后的日子会过得很不顺。

孩子五岁了，这六年来，郭嘉一直也没机会再去水仙岛，当然更别提去还愿了。郭嘉把忧虑讲出来的时候，筱青立马就认可了这种说法。她说，等孩子康复后，一定要带着他去一趟水仙岛，还了这个愿望。

说起水仙岛，筱青还有些渊源，她有个表舅就在岛上的普济寺出家。本来觉得出家人已经断了尘缘，也不想去打扰人家的修行，无奈是自己孩子的事，她又托家里人去联系了这个表舅。表舅很随和，电话里听不出是僧人，他还是认这门亲戚的，说既然家里孩子的事，他一定会帮这个忙，如果有机缘，他还可以带孩子去见见方丈。

孩子出院后，又在家里休养了一段时间，等他彻底恢复了活蹦乱跳的样子，郭嘉和筱青带着他去了一趟水仙岛。那是秋高气爽的好天气，一家人开车到渡轮码头，然后乘船上了水仙岛。这条线路跟郭嘉当年来的时候一模一样，唯一的不同是这次内心变得虔诚和恭敬。孩子一路上都很欢腾，因为第一次乘上大轮船，看到了大海，天空中有海鸥飞来飞去。连船上的工作人员都感慨说，这样的好天气实在有些难得，连本来有些浑浊的海面都在蓝天的映衬下变得赏心悦目。

船靠岸后，筱青远远地看见了一个僧人站在码头上，走近了一看果然是她的表舅。表舅生得白净，面带红润，有和尚特有的那种面团似的白胖。一见面，他毫不生分，把手上那串佛珠缠绕在手中，笑吟吟地看着孩子说，这么大了？应该早点来还愿啊！筱青应和道，是啊，他最近才跟我说，我要知道，早就来了。

和尚在前面带路，进水仙岛需要收上山费，本地的居民和山上的僧众除外，和尚掏出一本出家人的本子，给验票的人看，他指着郭嘉一家人说，这是我的客人。于是大家都免了费用，进入到里面乘摆渡电瓶车，筱青还有些惴惴不安，她说，我们诚心而来，是不是这个费用不能省？和尚说，到了寺庙，捐点香火钱也是一样的。筱青这才安心下来。

坐上电瓶车后，和尚更像一个亲戚，他不停地和筱青拉着家常，家里还有哪些亲戚健在，他如数家珍，似乎依旧和这个红尘保持着千丝万缕的联系。电瓶车一直往山上开，和尚问郭嘉，当初是在哪里许的愿？郭嘉说，海边大佛，还有寺庙里，当时想反正许一次也是许，就多许几次。和尚说，那就先去海边，然后再回指津寺。还了愿后，可以在指津寺旁边的素餐馆吃饭，晚上就住指津寺的客房，第二天跟着做早课，然后在寺里吃斋饭。

对这个周全的安排，筱青心里充满了感激。他们依着和尚的引导，在海边大佛和指津寺内一一还了愿，从指津寺出来后，顿时心情舒畅了很多。指津寺旁的素餐馆是个讲究的餐厅，每一道菜都精心烹饪，造型精美，单看菜名也不知道是啥，什么灵猴献瑞、寿与天齐、莲井并蒂……菜上来后，筱青想让表舅一起用餐，他却摇摇头说，你们在寺里还愿的时候，我已经吃过饭了。

筱青一家只好自己吃，但从表舅盯着炒蘑菇这盘菜的目光来看，他似乎馋得有点失态。匆匆地吃完饭，走出那家素餐馆，表舅送到门口说，趁着天色还早，你们可以去山上逛逛，风景很不错，傍晚了再回来，到时候再打我电话。

筱青一家连忙道谢，离开了和尚，孩子在前面跑起来，看上去像个放飞了的风筝，筱青和郭嘉跟在他身后一路小跑。水仙岛这个海上佛国向他们敞开了怀抱，习习海风吹在脸颊上，让他们感到了久违的惬意和舒畅。

郭嘉因为来过一次，游玩的印象还停留在脑海中，他知道哪里风景宜人，尤其在观音古洞，潮汐阵阵，海浪拍打崖壁的声音澎湃而悠远，依山傍海，能看到海面上的卧佛。筱青不禁发出感慨，这真是个好地方啊。郭嘉笑着说，那当然，观音菩萨的道场，哪能和普通的旅游景点相提并论？

傍晚，一家人回到了指津寺，表舅已经等在了门口，领着他们进入指津寺，刚好碰到和尚们做完功课，鱼贯着去食堂用斋饭。寺庙内已经清空了香客，相比上午，已经清静了很多。表舅领着他们到了食堂，告诉他们吃多少打多少，尽量不要浪费。相比门口的素餐馆，这里的斋饭简单了不少，也难怪表舅看着他们点的菜会有那样的目光。

吃完斋饭，表舅领他们到客房住下。经过白天的奔波，看过了熙熙攘攘的人群，夜晚的指津寺变得出奇地宁静，站在窗边，能听到远处传来的海浪声，过了一会儿，外面下起了小雨，雨滴落在窗外的芭蕉叶上，孩子竖起耳朵听了一阵，说，真好听啊！我喜欢这里！

这是一个完全属于睡眠的夜晚，一家人从来都没有睡得这么满足过。第二天天放亮，大家舒舒服服地起了床，洗漱过后，精神焕发地出了客房的门。寺庙的山门一开，就有人群拥进来烧香。过了一阵，表舅过来了，他问筱青，昨晚睡得怎么样？筱青说，从来都没有睡得这么香过。表舅微微一笑说，这里晚上还安静的。说着带着他们沿着寺庙的墙脚走，拐过了好多墙角，看到很多穿着深色袍子的香客在那里跪拜烧香。经过一个门洞，看到一个怪异的和尚靠在门上嘻嘻笑，他指着孩子喊起来："灵童转世，灵童转世！"

看他模样，好像有点不太正常，表舅并不理会他，再拐过几个弯，表舅突然开口道，你们别看他疯疯癫癫，他曾经在一个暗室中闭关了三年，出来后就是这个模样了，寺里就他一个人什么事都不用做，方丈默许的。出关后，他就看形形色色的人，刚才说你们孩子是灵童，可能有一些道理。

郭嘉笑了笑，筱青却不说话了。他们随后到了前一天用斋饭的食堂，大家默默地吃了早饭。早饭很简单，一些白面馒头，可以随意取，还有稀饭和咸菜，稀饭几乎是口米汤，见不到饭粒，咸菜却出奇地咸。吃了早饭，表舅带他们走了另一条路，进入到寺庙内部场所，见不到一个香客。表舅说，昨天我跟方丈说了，他说想见见你们。

方丈在一个佛堂里等着，一个清瘦的僧人，眼角布满了细纹，不笑也慈眉善目。看到人进来，他的目光落到了孩子身上，轻轻地点了点头。筱青后来回想起来，改变就是从这第一眼开始的，这个老和尚看谁都浮光掠影，唯独对孩子，这一眼看的时间有点久。他们的孩子确实长得素净灵动，来水仙岛之前，筱青特意带他去剃了个头，理完发出来，筱青觉得头发剃短了，让孩子看上去像个小和尚，但孩子天庭饱满，脑袋浑圆，即便是小和尚的模样，也同样招人喜欢。

方丈打量完孩子，说了一句，这孩子看着有缘。之后他从书架上取下一本手抄经书，递给孩子说，这经书是我抄写的，看着这孩子喜欢，就送给他当礼物。这时候，表舅在旁边插了一句嘴，道法在人群里看到他，喊他转世灵童。方丈淡淡地吃了一惊说，哦，还有这样的事！

筱青后来才知道，方丈虽然是出家人，对真正喜欢的人也会动心。尤其是几个人落座后，泡上了茶，闲聊起来，说到了孩子的来历，越说越有兴致。那时候孩子却安静地坐在一角，翻阅着那本手抄经书，他认的字还不多，但认识的字却念得分毫不差。方丈欢喜不已，碰到孩子不会念的字，耐心地一一讲解，读通了一段，他让孩子合上书，考了他几句，忽然发现孩子有过人的记忆力，几乎到了过目不忘的程度。方丈不由地赞叹，说他修行了几十年，从未碰到过这么有慧根的孩子。

那时候，筱青隐隐感觉到了紧张，她把孩子拉到自己的身边，手臂情不自禁地有些微微发抖。方丈从怀里掏出了一串细长的佛珠，说这串佛珠跟随了他大半辈子，如今遇到了这么有缘的孩子，就送给他了。说着，孩子从筱青的怀里挣脱出来，跑了过去，接下了这串佛珠。方丈又说，这孩子在你们身边养着不见得是好事，如果有机缘，还是早日送来寺里为妙。

筱青霍地一下站了起来，郭嘉也愣住了，这才刚刚还完愿，怎么就要把孩子夺走了？方丈慢慢地转过身来，他说，有的人生来就不宜在尘世生活，硬留在身边，只会多病多灾，不妨早点放手，也是一种解脱。

筱青的脸瞬间气得通红，她一把拉过了自己的孩子，二话不说，就走出了佛堂。郭嘉犹豫了一下，但他心里还是敬畏方丈的话，说现在让他们骨肉分离，实在不太合适。方丈双手合十，说道，这个不急，如果日后不顺，再来找我便是。

离开水仙岛，筱青一家几乎是逃着回来的。好端端的一次还愿之旅突然变成了一场惶恐的逃跑，这是筱青怎么都没想到的。她全程黑着脸，孩子也变得沉默不语，她同样也不敢问孩子的真实想法，就怕他说出来的不是自己想听的结果。如果一般人说说也就算了，从一个得道高僧嘴里说出这样的话，她觉得生活仿佛已经提前被点破了，万一孩子真的多病多灾，接下去该怎么办？

郭嘉安慰她，说这又不能强人所难，听过就算了，毕竟孩子还这么小，换哪个父母也不会这么狠心。筱青咬咬牙说，我真后悔去还这个愿。

从水仙岛回来后，筱青看管孩子的时间就更多了，她总觉得有双眼睛在暗处不怀好意地打量着孩子。孩子依旧无忧无虑，筱青想，也许过段时间他就会忘了这茬儿，但也奇怪，从水仙岛回来后，孩子对他原来的玩具逐渐失去了兴趣，家里本来到处都是"挖掘机""工程车""翻斗车"……大大小小，各种型号都有，仿佛一夜之间孩子像换了个人，看到那些玩具连碰一下的兴趣都没了，筱青把它们摆在他面前，他会绕着走。方丈送他的那本经书变成了他的新宠，筱青心里更加担忧，原先只要孩子翻书，无论什么样的书，她都是鼓励的，唯独这次不行。她趁着孩子不注意，悄悄地把经书藏了起来。

孩子找不到经书后，不哭也不闹，反而乐呵呵地问她，是不是她故意把东西藏起来了。筱青吓了一跳，她端详着自己的孩子，一下子觉得有些陌生。慌乱了一阵，她终于镇定下来，耐心地跟儿子解释，作为孩子，看经书还不是时候，大了可以看，现在还是看绘本比较合适。孩子笑了笑说，我就翻翻，里面有好多字不认识，你原来不是也让我认字吗？

那次以后，筱青把这件事告诉了郭嘉，她觉得从水仙岛回来后，孩子好像换了个人，一点都不像个孩子的样子了。郭嘉觉得是她疑心病重，孩子总会长大，不可能一直是幼稚小儿的样子。筱青很生气，一个孩子该是什么样子，她是最清楚的。她说，就算是疑心病又怎么了？哪个妈妈会允许别人把孩子从自己的身边抢走？

郭嘉也承认，从水仙岛回来后，两人的心事都比以往更重了，除了会留意孩子异常的行为，还会担心他的健康，总觉得方丈说的那句话像一把用细丝系着的、悬在头顶的利剑，随时都可能落下来。日子过得提心吊胆，是郭嘉没想到的，他也有些后悔，不该在还愿之后去见方丈，这平白无故地给他们的生活带来了诸多的困扰。

面对焦虑的妻子，郭嘉也只能安慰，他说，你也别有太大的心理压力，过段时间应该会好起来的。筱青抓着自己的发根说，你看看，白头发都愁出来了。

焦虑了一段时间后，这个局面率先被孩子打破了。那天，他正专心致志地看着经书，忽然手上一松，那本经书被筱青抽走了，孩子的脸顿时涨得通红，他像个小大人似的说了一句，我觉得做和尚也蛮好的，我喜欢水仙岛。这像一记晴空霹雳滚过，让家里陷入了一片寂静，随后筱青把孩子拉到了身旁问，你知道你去当和尚，爸爸妈妈会有多伤心吗？

孩子不语，这让筱青更加急火攻心，她说，你知道出家是怎么回事吗？去当了和尚，你就不要这个家了，妈妈白生你了。

孩子的嘴角向下一拉，两腮跟着瘪了下去，他仿佛受了莫大的委屈，咬住了自己的嘴唇，有眼泪在眼眶里打转。看到母子俩陷入僵局，郭嘉感到了一种深深的无力感，但作为父亲和丈夫，他不得不出来表个态度。他先把孩子搂进了自己怀里，深深地拥抱，郭嘉觉得作为一个爸爸，他好像从来没有这么深情地拥抱过自己的孩子，孩子的后背幼小而稚嫩，但透过小小的身躯，能明显地感受到他那颗小心脏发出高频而有力的搏动。安抚了孩子一阵后，他似乎体会到了孩子的真实感受，转而安慰筱青，看来方丈还真没看错人！你还没孩子想得明白，人的一生确实短暂，刚刚还在蹒跚学步，我们就快步入中年了，孩子有他自己的选择，只要他开心，怎么过都是一辈子。

筱青哭着说，你说得容易，可我做不到啊！

说来也奇怪，虽然郭嘉和筱青能明显地感受到孩子的为难，但真的让他面临选择，孩子却表现得异常笃定。夫妻俩再三跟孩子确认是他自己想去水仙岛的，跟别人无关。换来了无言的结果，夫妻俩也只得面对现实，打算再去一趟水仙岛，看看是否还有回旋的余地。

再次上水仙岛是在一个月以后，天气已经转凉，码头上已经不再有拥挤的游客。筱青还是提前通知了自己的表舅。得到这个消息，表舅的声音都洪亮了起来，他说自他们离开水仙岛之后，方丈常常念叨孩子，这还真把他盼来了。

筱青觉得这是一种无形中的神通，能摄人心魄，不然孩子怎么会动出家这个念头？她一路上都在看自己的孩子，总觉得看不够。她怎么也想不到，一个陌生的老人只淡淡地说了句话，就轻易地把孩子从她身边夺走了。

不同于上一次，等船靠岸后，筱青发现老和尚带着几个僧人已经等候在码头上，这次穿着也隆重了许多，老和尚的身上披上了艳丽的袈裟。看到筱青一家从船上下来，老和尚双手合十，深深地鞠了一躬。

筱青一下子没忍住，踏上岛的第一步就失声痛哭了起来。郭嘉一把搀扶住了她，孩子也牢牢地拽紧了她的袖口，跟着掉眼泪。老和尚说，缘起缘灭，这不是坏事。说着，领着众人往山上走。

在指津寺，老和尚很开明，说毕竟孩子还小，可以让他在寺庙里住一段时间，这段时间里，两位大人也可以陪着，过段时间，如果还愿意留下来，那么就给他剃度出家。

筱青愣了一下说，即使他愿意，也求大师能好好劝劝我孩子，让他跟我们回家。

老和尚沉思片刻，又说，我应该不会看错，孩子留在这里比留在你们身边好。陪伴固然重要，可谁能保证你们能陪伴他一辈子？一个人终究是要老去的，他最终面对的还是自己的内心。说罢，老和尚闭上了眼睛，让一旁的郭嘉和筱青也哑口无言。

那段时间，孩子开始跟着老和尚做功课，上午是识字，下午是念经，似乎也就是一个普通孩子上幼儿园的样子，这多少让筱青和郭嘉心里宽慰了许多。他们同时也在不停地劝自己，孩子除了上学的方式独特点，其实也没什么两样。唯一的不同是，在空余时间里，孩子要跟着师兄们打扫卫生。一个瘦小的孩子扶着比他人还要高的扫把，在寺庙里四处游走，筱青看着不忍心，但被郭嘉劝住了，他说既然来了这里，就按照这里的规矩来，不能因为家里样样都没做过，就惯着他，这都是他自己的选择。筱青虽然不忍心，也只好认了，但她心里也抱有一丝侥幸，万一孩子吃不了这里的苦，死了出家的心，跟着他们回家，倒也遂了自己的愿。

在陪孩子的日子里，郭嘉经常一个人外出，他想喊上筱青一起出去散散心，但筱青没这个心情。郭嘉一个人爬上小顶，看看远处的大海和海面上的卧佛，他也无数次在心里问菩萨，为什么要收走他这么小的孩子？菩萨不语，只有远处天空上不停变幻的流云和耳畔传来的阵阵浪涛声。

筱青住了一段时间后，换上了居士穿的袍子，也帮着寺庙干一些志愿者的活。在这里做志愿者的人很多，大多数人生活上遭遇了变故，要么是至亲离开了这个世界，要么是家里遭遇了横祸，像筱青那样护送自己的孩子来出家的仅有她一个。筱青发现这些人都很爱倒苦水，也喜欢打听别人的状况，筱青是个特例，她几乎不太说话，干完了活，就去看自己的孩子。一段时间下来，筱青发觉自己的心态也逐渐安宁了下来，她甚至有点喜欢上了这里。

一个月过后，方丈找到了筱青和郭嘉，他说孩子在这里生活得很好，也征求过他的意见，他愿意在这里出家为僧。两位在这里也住了不少日子，再陪下去也毫无意义了。方丈还补充道，他准备给孩子剃度，那场面，亲人看了都舍不得，所以也到了请两位下山的时候了。

郭嘉一听到这里就落泪了，相比之下，筱青却显得十分平静。在收拾行李的时候，都是郭嘉一个人在默默忙碌，筱青在旁边面无表情地看着他，仿佛在打量一件跟自己无关的事。临走的时候，筱青突然改了主意，她说没了孩子，她也不想回家了，就想在山上住下来，做个普通的居士，陪着孩子一直修行。郭嘉拗不过她，只好一个人先走了。他想着，也许再过段时间，筱青会想明白，等想通了，自然也就回去了。

孩子的剃度仪式，筱青没去现场观看，她是在第二天远远地看到自己的孩子的。一颗光溜溜的小脑袋在一群僧人中间显得特别醒目，他换上了僧侣的服装，因为身体太瘦小，穿着僧袍显得空空荡荡，这模样有种莫名的喜感，让眼泛泪花的筱青突然间捂着嘴巴笑了起来。

筱青依旧在寺庙里做些志愿者的杂活，有时候会在路上碰到方丈，每一次方丈都会慢下自己的脚步，双手合十，向她微微致意。久而久之，筱青也习惯了，她觉得当初的怨恨也逐渐地消散了，让她这样长久地陪着孩子，日子过得安宁和恬淡，她也接受。

筱青总是想方设法地去接近自己的孩子，但孩子好像刻意回避着她。有一回，筱青在寺庙门口撞见了孩子，孩子的脸红了一下，竟然没有叫她妈妈。筱青迎上前去，孩子掉头就跑，她在后面追赶，喊他的乳名，孩子没有理她，一直跑进了方丈的佛堂。方丈迎了出来，双手合十跟筱青说，他已经不用原来的名字了，现在有自己的法名，叫济慧，别让孩子为难。筱青看着孩子躲在方丈的身后，心里充满了说不出的味道。

那次以后，筱青和孩子保持了一定的距离，她怕靠得太近了会惊扰到孩子。农历六月十九这天，因为是观音菩萨的成道日，来水仙岛烧香的人特别多，感觉岛上的空气因为稠密的人群都变得有些稀薄了。筱青一个人拐进了寺庙的禅修堂，尤其在夏天，她特别怕看到拥挤的人群，随着日头渐猛，树枝上的知了持续聒噪，总有一股燥热感如影随形。

禅修堂里相对清静，筱青拿着一块抹布，在空荡荡的椅子上擦灰尘。门口突然暗了一下，一个瘦小的身影走了进来，禅修堂外是一片明晃晃的日光，从筱青的位置看出去，刚好逆光，看不清人脸，但她知道是孩子进来了。那一刻，她突然有些手足无措，要避开已经来不及了，她直起腰看了一眼孩子，孩子也发现了她，犹豫了一下并没有掉头就走。筱青赶紧挪开了目光，从余光中看到孩子朝她这个方向走过来，瞬间她的心跳就加快了，但她还是装出一副若无其事的样子，继续擦拭着椅子，仿佛在告诉孩子，她不是刻意等候在这里，而是本来就在这里擦椅子，虽然那些椅子已经足够干净了。

孩子走到离她两米远的地方站住了，筱青低着头，大气也不敢出，她感到自己背上突然一热，蒸出一层汗，粘住了衣服，这让她显得有些狼狈。在那一刹那，筱青有种错觉，感到自己和孩子的身份颠倒了过来，孩子成了大人，而自己变成了孩子。

孩子背着双手，在她面前来回踱步。筱青感到浑身不自在，但僵局这么持续下去总得找到破解的办法，她终于鼓起勇气，抬起头来，向孩子讨好似的笑了一下，但让筱青吃惊的是，她看到孩子的表情是嫌弃的，明显带着不耐烦，似乎在说，筱青女士，你怎么到现在还不肯放下?

筱青愣愣地看着孩子，还是那张熟悉的脸蛋，他一下子变得那么陌生。从那一刻开始，筱青才明白过来，他已经不是自己的孩子了。

筱青不知道是怎么从禅修堂走出来的，她回到住处，胡乱地收拾了行李，即刻就下山了。当熙熙攘攘的人群从四面八方蜂拥而至这个神奇的海岛时，只有筱青一个人逆着人流往外跑，据说一路上她都在号啕大哭，人们纷纷驻足观望，他们理解不了在佛的国度里竟然还有如此伤心欲绝的人。

筱青和郭嘉的婚姻最终也结束了，他们不是不爱了，而是两个人没办法再一起生活下去，因为看到对方，就无可避免地想起他们的那个孩子。改观是在很多年以后，孩子已经长大，能坦然地面对世俗生活，他下山来到自己的父母身边，再次大大方方地喊了一声爸爸妈妈。那一刻，郭嘉老泪纵横，筱青风轻云淡，而长大了的孩子立在他们跟前，像一个远足归来的游子。

萤火与白帆

朱文颖[*]

1

少年唐鹏今年十八岁。但他经常幻想自己其实年过四十。他觉得自己的心理年龄差不多就是这个数字，或许更大些。

五六年前，这一带刚刚开始建造时，他就常来。那时湖边还很荒凉。风大得让人想起"北方"，或者"海边"。他伸开双臂、昂起头、闭上眼睛，感受着湖边的风击打皮肤的触觉。

有一次，他感冒生病，昏昏沉沉躺了一个星期。病好出门，第一个去的地方就是湖边。风仍然很大。他发现那里有了些变化。一块石碑竖了起来。上面是三个字：

苏州湾。

在这个世界上，那块石碑附近的湖面就是他最熟悉的地方。开始时他能看到一些水鸟，它们扑棱着翅膀掠过水面，留下一片银光，却没有丝毫声响。他觉得这些孤独的水鸟很像他；还有湖边的芦苇，茎秆迅速生长，叶片如同汹涌

---

* 朱文颖，女，1970 年生于上海，现居苏州。发表长篇小说《深海夜航》《莉莉姨妈的细小南方》《戴女士与蓝》等，中短篇作品《繁华》《浮生》《凝视玛丽娜》《一个形而上的下午》《桥头羊肉店》等，共计三百余万字。曾获国内多种奖项，部分作品被译为英、法、日、俄、韩、德、意等文字。

的海浪，然后发黄、枯萎、凋零……他觉得那些沉默、倔强、自生自灭的芦苇也很像他。

开始的时候他很少能看见人，后来慢慢多起来了。同时多起来的还有一些坚硬的东西：钢铁铸就的巨型拱桥；高大的建筑——他听说以后那里会是美术馆和音乐厅。

他不在意这些。他觉得自己已经四十岁了。

转折发生在一年前的春夜。

晚饭后，唐鹏主动走进了父亲的房间。这是多年未有的事情。父亲抬头吃惊地看着他，看着他手里的写字板和笔——这是他们沟通的方式——很小的时候，唐鹏听力就很差，但多少还能说那么几句。后来就几乎听不见了，他也再不愿意开口说什么了。

唐鹏在写字板上写了下面几句话：

> 今天我在湖里看到了帆船。
>
> 白色的。
>
> 他们说，这里有个帆船学校。
>
> 我要上帆船学校。

少年唐鹏在写字板上写下的心愿很快实现了。两个星期后，唐鹏被父亲送进了帆船学校。他的第一个教练长得和父亲颇有几分相似，在湖边和帆船上，他用手机和手势与唐鹏交流。他告诉唐鹏，帆船是依靠自然风力作用于帆上而推动船只前进。对于初学者来说，首先应该培养对于风向、天气、波浪、水流以及它们之间变化的高度敏感性。

"特别是风向的判定。"教练说。接下来，教练在手机上又打下了这样一些字：

风是帆船的动力之源。

小型帆船的舵手背对着风，坐在船的前部，并调整位置以平衡船。

判断风和风向的第一个迹象是吹在脖子和耳朵上的轻风，或者是飘舞的旗帜和烟雾。

当风吹过水面时，水面上会呈现出波纹；而湖面上暗色的小块区域则表明有强风。

帆船的动力来自风力，然而你很快会明白，利用风力是有限制的……

说完这些，教练停顿了一下，面容有些忧愁地看了一下唐鹏。而唐鹏回避了教练的目光。他转过头，望向正在起雾的湖面。

2

在摄影师章虹的记忆里，少年鹏是突然出现在她的镜头里的。

那天她正在东太湖边拍摄鹭鸟，这种全身洁白、长着漂亮矛状羽的鸟类，体态超凡脱俗。在她的镜头里，它们优雅而淡漠地出入，如同很多很多个慢动作。它们仿佛在用这些慢动作昭告世人：这里有着它们需要的生态和空气。因此，当它们置身其中，就能无比自然地呈现出独一无二的美丽和疏离。

章虹按下了快门。

鹭鸟很美。湖面很美。鹭鸟和湖面的组合也很美。一切都好似太完美了。因此有什么东西仿佛不对。

就在这时，少年鹏和他的帆船出现了。

前一天的下午，章虹约了童年发小儿赵琳在湖边茶室叙旧。她们有近二十年没见面了——早在少女时代，章虹就跟随父母去了深圳——临出发那天，赵琳赶去机场送她。相对于赵琳的失声痛哭，章虹显得异常冷静。她一向如此。有点孤僻、神秘，常常隐藏自己的真实情感。而当时的赵琳已经考上了戏校。章虹想：赵琳的失声痛哭只是她的戏剧性人格罢了。

章虹赶到湖边茶室时，赵琳已经在了。她在楼梯口紧紧抱住了章虹。章虹觉得赵琳的声音仍然快而明亮，它在耳边嗡嗡作响，与二十年前机场分别时没有任何区别。

她们喝茶的地方在二楼，可以看到不远处的湖面，还有那块上面刻着"苏州湾"三个字的石碑。

赵琳问："这些年你都好吗？"

章虹犹疑了一下，脸上如同湖水一般平静。

赵琳说她自己不是很好。戏校毕业后找不到合适的工作，因为她学的是昆曲，在学昆曲的人里面，她又不是最出色的。虽然她参加过行业里一些选拔赛，但总是名次不佳。所以，很显然，她不可能成为大师或者传承人一类的人物。但她又是爱昆曲的……思来想去，她最终承认自己走上了一条崎岖的伤心之旅。无论如何，她还是准备走下去。赵琳告诉章虹说。

"现在我是一名木偶昆曲演员。"赵琳说。

"木偶昆曲演员？"

"是的，既要会唱昆曲，还要学会提线木偶，"赵琳说，"非常辛苦，一般人真的受不了这个苦。"

赵琳两只手托住下巴，看着坐在对面的章虹，也可能是越过包着藏蓝色头巾的章虹，望向不远处泛着银光的湖面。湖面上有芦苇和芦苇的倒影，还有隐隐约约的白帆……午后的太阳让这一切变得薄而发光，很唯美，很神秘。

"说说你吧。"赵琳把视线拉回到章虹面前。她俏皮地微微歪了歪头，就像二十年前一样。

"我？"章虹微笑着。

"是啊是啊，二十年前，你像候鸟一样飞走了。有多少人羡慕你啊。"

章虹低下头，看着白瓷杯里摇曳的碧螺春茶叶。章虹说，她的人生轨迹确实就像候鸟一样啊，赵琳说得真好。她跟随父母从吴江来到深圳后，读书，生活，后来就成了一名生态摄影师，像候鸟一样在全国各地跑来跑去、飞来飞去。有一年，她参加野性中国西双版纳摄影训练营，在训练营结束的那天晚上，她发现了草丛间的点点萤火。

"你相信有命运这回事吗？"章虹突然停止叙述，向赵琳发问。

"命运？"赵琳仿佛被这个词吓住了。

"是的，"章虹说，"命运。"

章虹说她看到草丛间的萤火虫就被彻底迷住了，整个的心都醉了，完全没有缘由，完全不能自已。那些闪闪发光的小昆虫，那些漫漶的光带。不是浪漫，也不是神秘，"那就是命运"，章虹说。

章虹说，从那一年开始，她便成了一个"追光人"，从西双版纳到怒江，从四川天台山到南京紫金山……她一直在追寻着萤火虫的踪迹。而现在，她回来了，回到了这里，她的故乡，她的原点。

"我相信，这里的湿地会是我'萤火虫之旅'拍摄的最后一站。"章虹说。

"最后一站？"赵琳脸上露出迷惑的神情。

"为什么？"赵琳皱紧了眉头追问道。

和赵琳面对面坐着的章虹，她背对着窗。窗外是泛着银光的湖面，湖面上微风阵阵、帆影点点。风划过湖上的帆船和湖边的芦苇，吹起了章虹藏蓝色头巾的边缘。

章虹稍稍犹豫了一下。她抬起手，解开了头巾上的蝴蝶结。然后，果断地一把扯下头巾。

"化疗，第三个疗程。"章虹淡淡地说。

她的声音在赵琳目瞪口呆的表情中，像烟一样薄而呛人地弥漫开来。

3

开始的时候，少年唐鹏并不知道自己进入了摄影师章虹的镜头。

像往常一样，他完成了教练安排的热身运动和柔韧性练习，并且仔细"观察环境"。那是个风平浪静的下午，湖边那些洁白美丽的鹭鸟说明了一切。它们悠闲、缓慢，并且神情自尊。

动物总是比人更能预知自然界的变化。这是少年唐鹏在书本上学到的。他同意这个观点。因为在这片湖面上，他看到过很多无名的水鸟。在某种程度上，相对于人类，唐鹏认为自己与这些鸟类更为相似。孤僻、敏锐，随时能够感知危险，或许，还有某些……善意。他这么想着的时候，稍稍有些犹疑。

湖面纹丝不动。似乎只有鹭鸟起飞与降落时泛起的水纹。唐鹏的帆船在水面上滑翔着，湖岸越来越近了。微风在他的脖子、耳朵边流动，但是没有一丝声响。

这时，唐鹏注意到了岸边正在拍摄鹭鸟的摄影师章虹。

后来，他和章虹在彼此的手机上留下了这样的对话。

"当时你手里拿着变焦长镜头。很酷……我很少看到留平头的姐姐。非常特别。很美。"

章虹在手机上回复了一个微笑的表情。

"你正在拍鹭鸟吧？"唐鹏问。

"是的，开始时我在拍鹭鸟，但后来，你突然出现在我的镜头里。"

"准确地说，是你和你的帆船。"章虹又补充了一句。

"我？"

"对，你，你也很特别。"

"从来没人说过我特别。"唐鹏磨磨蹭蹭打了这样一行字。

"你是专业摄影师吗？"唐鹏追问道，"主要拍什么呢？"

就在这时，岸边有几只白鹭缓缓起飞了。它们展开双翅，用力向空中跃起。与此同时，湖面上旋起层层波纹。而白鹭如同借助风力，腾云驾雾般跃入空中。非常魔幻，异常优美。

少年唐鹏和章虹同时昂起了头……

"我拍所有美丽而转瞬即逝的事物。"

章虹在手机上这样写道。然后发给了少年唐鹏。

4

有一阵子，少年唐鹏的父亲唐怀宇常常去东太湖边寻找唐鹏。

有那么一两次，他甚至幻想自己就是名篇《我与地坛》里的那位母亲。"湖边离我家很近，或者说我家离湖边很近。"到了开饭的时间，唐鹏还不回来，他就出门去找。

当时那一带刚刚开始开发，风大，人少，野鸟乱飞。

唐怀宇慌慌张张在乱石和芦苇之间穿行。他担心唐鹏躲在哪块石头后面，更担心唐鹏不小心掉进了芦苇之间的水里……没法喊他，因为唐鹏听不见。但由于焦急，有时候他仍然忍不住喊出了唐鹏的名字。他在这种莫名中行进着，寻找着。有一次他真的一脚踩空，过了很久才狼狈不堪地爬上岸来。

他浑身湿淋淋地在岸边坐了会儿，他甚至还哭了，放声痛哭。他觉得他是那样爱着儿子唐鹏。那可不仅仅是爱啊，他还理解他。理解唐鹏的天生聋哑、理解他母爱的缺失（唐怀宇的妻子长期在国外工作），但是，对于他，对于他的这种爱和理解，唐鹏表现得又聋又哑。那是真的又聋又哑，冷冰冰的，像三九寒天湖边的巨石。

唐怀宇的这种心境，通常他只跟一个人说：旗袍店搭档廖新。

唐怀宇和廖新合开的旗袍店离苏州湾不远，那是一座安静的古镇。镇里有河，河中有船，河上有桥。廖新就出生在这里。他俩是大学室友的时候，唐怀宇就跟着廖新去过镇上。

那时旅游业刚刚起步，去古镇的人很少。镇上都是一些低调的木头房子，街也是窄的，屋檐压下来，显得光线有些暗淡。廖新带着唐怀宇在老街上走，不少店主从铺子里探出头来和他们打招呼……老饭店、小茶楼、杂货铺，最多的则是门脸不大但挂着亮闪闪面料的丝绸店。

坐船的时候，四周蒙着点雾气。远远地望着老街，一切都是灰蒙蒙的，只有那些五颜六色的丝绸在闪闪发光。

"真漂亮啊。"唐怀宇说。

"是啊。"廖新顺着唐怀宇的视线望过去，心领神会。他们学的是服装设计，对于色彩、构图、面料，甚至模特，两个人都很默契，无论谁说什么，都能心领神会。

"以后，我们一起在这里开一家旗袍店吧。"廖新说。

"为什么不呢？"唐怀宇突然哈哈大笑起来。

那天，廖新坐在船头，唐怀宇坐在船尾。隔了那么远，还有雾气和风声，唐怀宇分毫不差地听到了廖新说的每一句话、每一个字。他又怎么会想到，后来他的少年唐鹏会完全听不到，即便是最猛烈的风声呢。

唐怀宇的这种疑问，通常他也只会跟廖新说。

很多客人以为他们是弟兄俩。

"你是哥哥，他是弟弟。"唐怀宇肤色白显年轻，有人这样猜。

"不对吧，他才是哥哥吧？"廖新眉宇间更放松雀跃，也有人那样想。

两个人一概点头、微笑，从不争辩。

"一样。都一样。都一样。"

每天早上，廖新早早来到他们现在的"锦绣"旗袍工作室，开门，烧水，泡茶，略作整理。唐怀宇来得稍晚些。工作的时候，他们很少说话，基本沉默。只有剪刀划过布料时的沙沙声。

中午饭后，他们会到河边抽半小时烟。然后，每个月，他们会挑一个下午或者黄昏，坐一次船。

船摇得很慢。有一次，廖新开玩笑说，就像穿旗袍的人扭动腰肢的感觉。

5

少年唐鹏这几天一直跟着章虹在震泽湿地跟踪拍摄萤火虫。

他像平时一样起床、洗漱、和父亲面对面沉默着吃完早餐、沿着湖边跑步热身……似乎一切如旧，但似乎又有什么东西已经发生了改变。

这些天他和章虹聊了很多关于萤火虫的话题。他现在知道，萤火虫的生命周期可以分为不同的阶段。从卵孵化到成虫的整个过程大约需要一年时间。在这一年中，萤火虫经历从卵到幼虫，再到蛹，最后成为成虫的转变。

"成虫的寿命通常很短，一般只有三到七天。"章虹这样告诉他。

热身结束，他在岸边坐下来，看着天上的云、水里的波纹，听着听不见的风声……思考着章虹说的这句话。

当然，这些天他也已经知道，留着平头的章虹并不仅仅是酷、只是特别、只是美，那后面是一些非常悲伤的理由……章虹已经坦然告诉他，接受化疗后她的情况并不乐观。医生说了一个可能的时间。

他阻止了章虹告诉他这个可能的时间。

这些天他还经常有些乱梦。

在其中一个梦里。他梦到自己在一片野地里走。漆黑一片。他听到自己在梦中叫出了声音。"章虹——章虹——"

然后他就吓醒了。被自己竟然能叫出声音吓醒了。或者说，竟然叫出了章虹的名字而吓醒了。

那天晚上他见到章虹时，有点不好意思地躲闪着眼神。他也没告诉她，在梦里叫她名字这件事。

还有一天，吃早餐的时候，他在写字板上写了这样一句话：

穿上旗袍能让人变得更美吗？

看着父亲诧异的眼神，他稍稍有些后悔，但有一种奇怪的力量推动着他继续发问：

如果一个人没有了头发，她穿上旗袍也能变得更美吗？

他忘了那天父亲是怎么回答的。他们聊了会儿，虽然时间不长，但对于他和父亲，已经是极为难得的事情了。他们还聊过什么呢？他希望去上帆船学校，母亲什么时候能够回来，母亲还会回来吗……还有很多重要的，比如说，那些对于父亲更复杂更微妙的情感，他则把它们都藏起来了。有时候他也会担心，担心有一天，它们会像微风飓风暴风雨一般宣泄而出时，他已经听不到了，麻木了。

这天晚上，章虹穿了一件纯白色的连衣裙。

她瘦了很多，但白色又让她浑身闪烁着光芒。这是两种相互矛盾的感觉。

唐鹏替她背着沉重的相机。他们连续来了好几天了，都只是零零星星地看到一些发光的萤火虫成虫。章虹拍了一些特写和全景。潮湿温暖、草木繁盛的湿地，几小片迷蒙的光影，寥落、梦幻、孤独，非常地不真实。

唐鹏提议休息几天。但章虹猛烈地摇头。

章虹走在前面，如同光引领着他。

唐鹏突然想到书上的一句话：萤火虫发光有引诱异性的作用。

他脸红了。四周一片黑暗，他却有一种被人窥见的感觉。

他们没有想到那晚能见到那么多萤火虫。不是成群结队。而是——仿佛湿地所有的萤火虫说好了在这一刻出现。而是——仿佛全世界所有的萤火虫说好了在这一刻出现。那是一条游动在夜空的壮丽的萤火之河，它缓缓地变幻着不同的姿态：萤火闪烁，与星光呼应。

那是一片萤火虫的大海。

在湿地里，章虹拿着相机走动着，飞跑着，匍匐着，静止着。她瘦小的身体就像一团巨大的光影。在她的上空，在湿地的上空，在整个的宇宙中，是更为巨大、无边无际、永不停歇的光的流动。

那晚，唐鹏在湿地里睡着了。他醒来的时候，天边已经能看见浅浅的黎明第一缕光线。无数小小的萤火虫仍然在闪烁。它们一半沉浸在夜的静谧，另一半已经融入了即将升起的太阳……

唐鹏紧紧抱住了自己的膝盖。他久久无语。萤火河流很快就要消失了，他应该忧伤；而太阳正在悲壮地升起，他又是如此欣喜。

在离他不远的地方，章虹的白色连衣裙渐渐染上了日出的光晕。他看着她，突然觉得，她很像自己记忆里的母亲。

6

一个月以后。

少年唐鹏穿过钢铁铸就的巨型拱桥，走进了湖边一座高大的建筑。他背着一只巨大的相机。看上去有点像摄影师章虹的那只，但也可能不是。

今天是国际服装节开幕式的秀场。唐鹏父亲——唐怀宇和他的旗袍店搭档廖新，他们的旗袍新品牌"锦绣"也将在秀场亮相。

唐怀宇眼睛亮亮的，兴奋中带着期待；唐鹏站在父亲的身边，他手里拿着相机，镜头遮住了他的脸，看不到他的表情。

模特们鱼贯而出。

她们身后的数字化背景也在不断变化着：牡丹、蜡梅、荷花、薰衣草、向日葵，整片整片的竹林……

就在这时，穿着藏青色改良旗袍的章虹出现了。平头，消瘦，坚毅的脸部线条（化妆师用发光的材质晕染了脸部，呈现出鲜明而华丽的未来感），沉稳而稍稍晃动的步履；与此同时，大屏幕的背景幻化出了满屏的萤火虫。它们单个单个地闪烁着，无比清晰；它们拥抱在一起，如同潮汐般涌动着、起落着……

少年唐鹏按下了相机快门。

就在那天的黄昏，有人看到了湖中的唐鹏和他的白色帆船。

那是一群年轻的摄影爱好者。不知为什么，他们注意到了英俊的少年。他们手中的镜头紧紧跟随着他逐浪的身影，他那飞翔般华丽的视点——大剧院、博物馆、数字馆……

其中有一位娃娃脸的少女，她说，她听到帆船少年大叫了一声——

"我能听到风声了！"

"我听到了风声！"

但其他的人似信非信。这时，少年和帆船很快从他们面前划过，像一只白色巨鸟般消失在了湖的深处。

时髦灰姑娘

徐皓峰 [*]

1

一九五五年二月，伦敦破获一个他国情报据点，未抓到人，有份未烧尽的电报底稿。月底，香港五人被拘，涉嫌接收伦敦密电。其中一人叫陈识，抓捕地点在律师何镜如家，正在教何镜如女儿何思思打木人桩，他是位拳师。

只有付较高学费，拳师才会去学生家登门教授。陈识有自己的拳馆，事发突然，即刻被带走，拳馆托付何思思，名义为代理馆长，别提受拘捕，怕学员忌讳不再来，拳馆就散了。

"那我说什么？"

"编吧。"

"代理馆长，您给个凭证。"

眼前局势，留任何东西，即便是写几个字，都会被怀疑传递暗语。

陈识："空口说吧。"

---

* 徐皓峰，本名徐浩峰，男，1973年生。小说作者、电影导演。小说代表作有《道士下山》《大日坛城》《武士会》《师父》《刀背藏身》等。《师父》获《人民文学》年度最佳短篇小说奖。电影编剧作品《一代宗师》获香港电影金像奖最佳编剧奖，电影导演代表作品《师父》获第52届台湾金马奖最佳动作设计奖，《刀背藏身》获第41届蒙特利尔国际电影节艺术贡献奖。

拳馆已给搜过，没有发报机，毫无情报行为迹象，评估为掩盖身份之用，最多是其组织派新人来港的最初接头点。恢复室内原样，设下个便衣在附近监视。拳馆九十平方米，木板隔出八平方米为陈识卧室，生活用品有限，一览无余，也可说一贫如洗。

　　陈识外出，钥匙会留给租户互助会张姐，由一位能给新生做示范的老学员负责开门锁门，放学员们进来练功。白天没人来，生源全是劳工阶层，要上班。

　　拳馆在贫民窟，一路恶臭，何思思后悔吃了晚饭。陈识教的拳术传自乘船流浪演出的戏班，演出招流氓，戏子得会打，戏子多聪明人，打多了酿成绝技。

　　甲板狭隘，挪到陆上练，不占地儿的特质保留下来，练功不是原地不动，便是围着根木桩打。馆内小二十人，密密麻麻，何思思忍着眼晕，宣布师傅遇上紧事，状况不明，归期不知，自己为代理馆长。

　　没人知道她。

　　拳馆弟子和登门教授的弟子，学费差距大，师傅不让两者认识。何思思说师傅冬天御寒，有条西班牙绒毯，那是她三个月前送的，讲出花色。

　　学员们说师傅就这一件值钱东西，远近闻名，一打听就能知道，没法证明你身份。见有木人桩，何思思说我打几下吧，拳假不了。

　　木人桩共八节，属于高阶课目，仅负责开门锁门的老学员一人学全，其他都停滞在第四节，师傅说不练到质的飞跃，不能往下学。练得旷日持久，不少人已超过两年。问何思思学到哪儿，回答第八节；问多久学的，回答一月教完。

　　学员们哗然，对师傅的区别对待而愤愤不平。锁门老学员哈哈笑，说你们眼瞎呀，这是个富家仔、娇小姐，吃不了苦，哄他们练武，可不得怎么有趣怎么来嘛，师傅活得够苦了，你们就容师傅骗点钱吧。

　　大家释然，起哄叫何思思从第五节开始练，锁门老学员喝止，叫打前四节。何思思打了，跟拳馆教的招数一致，多出细节。大家练功久，能看出不是糊弄外行胡编的花招，更吃功夫，攻击性更强。

　　锁门老学员：“这些普通，要显出师傅特色，得看第四节以后。”

何思思听话，打到第八节。

众人傻眼，锁门老学员请她去一楼的租户互助会张姐那儿坐坐，容我们商量商量。没多久，最多一刻钟，她给请上来。

锁门老学员硬说她是骗子："所打木人桩技艺不真，可以和我动手，真假一试便知。"何思思："你们这儿有什么，能让我骗的？"锁门老学员："要能知道骗子想骗什么，就没人受骗了。"

何思思："打！"

除了跟陈识对打，她没打过架，从小到大都没。上街有用人陪着，父亲是大律师，学校忌惮，有坏学生稍显要欺负她的意图，老师即安排更坏的学生震慑。

纯粹是给气的，发小姐脾气。

一打便结束，锁门老学员用第三节的第五个动作，击中她腹。她眼睛看到，防不住。第一次挨打，疼得新鲜，趴地不敢起。过去六七分钟，锁门老学员慌了，说："我留着手劲，肯定打不坏你，你是富家小姐，别学底层流氓讹钱，我可没钱。"

其余学员帮腔，说别装啦，我们一个个都没钱，你一点油水刮不到。何思思扬身指向挂在木人桩上的碧绿女士手包："我有钱，你们叫救护车吧。"说完趴下。

贫民窟路况，救护车开不进，护士抬担架进来，得走小两千米，耽误时间。约了车，得提前把人送出去，老人容易跌伤，租户互助会备有担架。七手八脚抬何思思下楼，楼梯转弯处求稳难，有学员问："还痛吗，是不是好点？"

想暗示她下担架，走两步。

何思思说挨拳在脾区，她有经验，小学开足球课，体育老师一脚球闷在一个男生身上，男生没脾了——脾跟橘子般软，破裂缝不上，只能摘除。学员话没了，动作加倍小心。

到医院检查，挨拳处不在脾区，在肝区。肝没事，开了些保健药。何思思不甘，请医生再查查，说打她的是习武人，拳头有后劲，现在没事，三五天后发作，能死人。锁门老学员大叫自己没练出后劲。医生说既然三五天才发作，那就三五天后再来吧。

　　小二十个学员，救护车挤不进，仅两位跟来医院，是锁门老学员和个精壮小伙子，随车医生见他俩抬得好，说别换担架换人手了，车内担架就没打开。出医院，人要散，何思思喊住他两位，说付了车费诊费，钱包里还有钱，想请夜宵，慰劳你俩忙一场。

　　锁门老学员表示，你大小姐，我们苦劳工，吃不到一块儿，您计划多少钱请客，直接给钱最好。何思思说了数，小伙惊呼给多了。何思思说就是给多了，因为还要你俩办件事——用担架把她抬回家。

　　锁门老学员："还疼呀？这钱不能收，该是我负责。"

　　她说其实从拳馆抬到二楼楼梯拐角，就不疼了，但看你们吆五喝六，前后搭手的转担架，干活儿干得太好看了，想多看看，就没打断。

　　老学员问什么意思，拿钱耍人玩？

　　她说绝无你想的意思，别想啦，我给钱是为了不解释。小伙子帮腔，说咱俩干活儿拿钱，没吃亏，小姐出钱，没亏心。

　　老学员说也对，打开担架。

　　路远。

　　她家院有草坪，凹字形三面连体楼，二层高。

　　上楼梯时，用人离得远了些，老学员用仅何思思能听见的音量，嘀咕句"你得原谅我"。她这家底，没必要行骗，拳馆里说她是骗子，为维护师傅，陈识教她的比拳馆里精细，没法向学员们交代。

　　担架抬入她房，两人就走了。

　　惊动了管家，没惊来父亲。

　　父亲回家少，前几日因小儿子染病，赶回来住。何思思是长女，母亲病逝，父亲续弦生了两子。她跟继母关系不佳，平日不一起吃饭，父亲回来跟继母吃，不叫她来。今日晚饭便如此，她一人吃过，呵斥用人别跟着，去了拳馆。

被担架抬回来，父亲也没来。管家说，你小弟弟的病，怕是新一轮流行的朝鲜感冒，刚四处喷杀菌剂，父亲认为有隔离必要，一家人少碰面，叫你在西侧楼待着，别往东边去。

三个月前，她生日，父亲正好在家，想起来，给个红包，说让自己买礼物，晚餐到书房吃。案头工作紧时，父亲一人书房吃。生日，得到陪着吃顿饭，这个生日值了。

仅她和父亲，她很高兴。父亲话不多，预留的用餐时长为三十分钟，到点后让她走。她五岁生日，还没有弟弟，父亲没这么有钱，她生母还在，父亲在欧洲进修法律，携母女俩游巴塞罗那，挑中条当地绒毯作生日礼物。临出门她问："您还记得五岁生日送我什么吗？"

父亲说："忙，别聊了。"

她出去，次日陈师傅登门教拳，绒毯送给了他。

2

没再去拳馆，何思思病了。听说父亲也病倒，同为感染者，该不用设防隔离，她想去看望。管家传话，父亲说她想法错了，医学叫交叉感染，更糟糕，你在西边老实待着，所有人都好利索了，再说吧。

五日后，何思思退烧，父亲在前一日退烧，已离家。

第八日，她体力恢复，想起自己是代理馆长，一阵烦，代理什么，师傅也没说清。管家敲门，说："师傅来了，在往日练功的楼后花园等你。"

八日调查，陈识解除了间谍嫌疑，上午释放，公共浴池洗了个澡，没回拳馆，先到她这儿。何思思有愧，说自己只去了一天，拳馆什么样了，实在不知道。

陈识还是和气样，说："你给我讲讲这一天吧。"

何思思自责："给您露了底，登门外教比拳馆里教的高明，学员们知道了。多大麻烦？您不好收拾吧。"

陈识表情淡，似是笑意。何思思有疑问，说："想不明白，高的为什么打不过低的，一动手，我就趴下啦。"

陈识说："拳技是拳技，身手是身手。拳馆学员都是底层人，生来受欺压，躲不开坏邻居、坏哥们儿、坏老板，从小要打架，拳技比你糙，反应比你快，你不挨打，没天理。但你不用像他们花那么多时间磨身手，你补点身手，拳技的优势就显出来了，他们打不过你。"

似乎有理，没太听懂，何思思说："您给补点身手。"话出口，又忙问："您刚放出来，是不是急着回拳馆呀？"陈识说："拳馆事不大，我来一趟，是要上课的。"

还是以前的对练模式，陈识手快了些，快些就不同，何思思还不上手，每下都挨打。她康复了，还未到能习武的体能，汗打衣衫，洗过一样。陈识叫停，说："怎么虚成这样？年轻人少熬夜。"

她没交代刚病过。陈识说："你今天练不成了。"聊聊拳理，未完课时便告辞。

隔两日，又是课时。陈识来了，再次请她做代理馆长。她叫："代理什么，这回您得说清楚。"陈识要离开香港，如果一月不回，不用续房租，让何思思主持关闭拳馆，把练功器械、家具给几位老学员分了。

递上个名单，写清分的东西，何思思看到有自己名字，分的东西是西班牙绒毯。她送的东西还她，惊得叫："您是遇上大事了吧，出行的钱够不够？不够叫我爸给。"

陈识说："够用，多亏了你，你在拳馆露了登门外教的内容。拳技和身手是两回事，学员们多是打架老油条，也知道。没怪我吝技，反省是他们做人不到位，把拖欠的学费补上了，我现在很有钱。"

拳馆里，只有新人交学费，来了半年以上的老学员仗着跟师傅熟了，或是觉得介绍新生来，就等于自己交了。

何思思："嗬，您够不容易的。"转念说："上次让我当代理馆长，是算好我会露底吧？"

陈识笑，终于承认。以间谍嫌疑受拘捕，他第一念就知道误会了，于是随机应变，没这理由，大小姐不会去贫民窟。

何思思："第一念就知道搞错了，除了自信清白，还得对间谍行当很熟，才会不当回事，有闲心谋划别的。"

一闪即逝的慌张，陈识感叹："你这脑子，学拳能学出来。"

装作是分析出来的，其实是听父亲讲的。抗日战争期间，陈识在广东的家因豪门豪院，被日军征用，全家空手给赶出，一日成赤贫。当地抗日地下组织，有人是陈识的中学同学，手握发展情报人员的经费，让陈识占个名额，每月发工资，解决全家温饱。拿钱需办事，曾去山区接受培训，被重庆下来的教官认为人聪明，粗心大意的少爷秉性可要了命，贸然安排他任务，会造成组织损失。

是聘陈识来家教前，父亲跟她当笑话谈的，不知真假。

真的是，父亲也是陈识中学同学，当时广东富户子弟为受全英文教育，流行来香港上中学。战乱过后，他们人到中年，聚在香港的人里半数落魄，几个境遇好的同学发起成立同学互助会。

父亲聘陈识教女儿，是互助会撮合。上学时两人不熟，中年再见，成救助关系，父亲怕尴尬，逢陈识上门，基本回避。陈识也是，不嫌父亲失礼，见不着更自在。

想套陈识讲当年经历，陈识没接话茬。何思思再逗："刚放出来两日，就要离港。这事蹊跷，我都怀疑您真是个间谍。"

"漏网之鱼，赶紧逃？"陈识笑好久，"我妻子小孩还在老家。"放出来，拳馆有封广东来信，要他回去一趟，看事情大小，或许就留下了。

何思思不再逗乐，有些伤感："你走了，谁给我补身手？"

陈识："拳技可以教，身手得自己打。"

"找谁打？"

"天会安排。"

一个月后，陈识没回来，何思思垫付一月租金。锁门老学员感谢，说其实大家学得也够了，可以自己练，但还是来这儿，是大伙儿聚着练，心里感觉不一样，似乎长功夫更快。

何思思说怎么会，这么大点地方，眼瞅着你们是相互干扰。激得锁门老学员难过，说你不懂。

一个月过完，陈识还没回来。何思思关闭拳馆，让几位老学员去家具厂领取练功器械和家具摆设，全部新品，陈识名单上写了什么，他们就能领到什么。老学员感谢师傅情义，问屋里旧的怎么办。

何思思说师傅另有安排。

过了十来日，有学员怀旧，溜达回来看一眼，并没住进新户，锁着门，拳馆招牌没摘。问租户互助会张姐，说是何小姐续交了一季租金。

一季是仨月，为何锁上闲置，不让我们用？

学员们聚集商议，开锁老学员总结："有钱人的想法，我们很难懂。何小姐对我说过句话，我印象很深——别想了。咱们别想了。"

3

拳馆维持原样，包括盆花。

何思思隔几天来浇花，有时来了即走，有时对着搁在床头的绒毯说话，坐一下午。一日来了，对床头绒毯说："师傅，您话对，天安排了。"

香港的游泳馆都设在酒店内。一家新开酒店送到她家几张游泳卡，男女共泳是禁忌，每周有一日为女士专场。为避免流氓骚扰，女士场时，会聘拳师守门。不是开拳馆的师傅，是当打之年的小伙子。

守门人气质打眼，没读过书，但狠人内敛，显得有文化。何思思认为陈识年轻时该是他的样子，向酒店经理询问他的背景，在酒店餐厅请他吃饭。

他叫周家勇，说的并不比经理多，来自小岛渔村，为防海盗，渔民代代都能打，从广东流行的两三种拳里摘出十个招，酿成新拳，称为"三七手"——三加七等于十，易练易使。

何思思介绍自己练的拳传自乘船流浪演出的戏班，咱俩的拳都来自水上。周家勇说："这个近乎套不上，您那是戏子，我这是渔民，大家脑子不一样，发明的东西也不同。"

将何思思逗笑，觉得他耿直，说我喜欢你这人，表示自己拳技学全，要补身手，聘你当对打，价格你提。周家勇说："聘可以，钱给够就行，但你们富家小姐，喜欢人的话是可以随便说的吗？"

我喜欢你这人——是跟父亲学的，对雇员、下级、晚辈这么说，表示对其人品和工作能力的认可。

何思思没解释："我就喜欢你这人，怎么啦？"

周家勇大红脸："千万、千万别这么说，再这么说，我不好挣你钱了。"

回到家，临睡前脑子控制不住复显他说话的神色，何思思担心延续到梦里，那样会半夜笑醒。

用餐后，酒店经理找周家勇约谈，说酒店业流传着富豪女儿看上泊车员、餐厅侍者、行李员的传闻，只要小伙子长得精神，就会阶级跃升，"我告诉你，这种事从未发生，一件都没有，是酒店老员工编来逗新员工的，你不要受误导"。

周家勇回答："我只为挣钱，挣钱给女友花，您知道是谁。"

经理结束谈话，说："我喜欢你这人。"

周家勇的女友，是酒店中餐厅大厨的女儿。大厨名气招客，经理亦给面子。女儿是大厨助手，没练出厨艺，负责购食材。周家勇脱离渔村，来酒店先是做清洁工，干了一周，大胆应聘从大厅送客人去房间的行李员，部门长评为"长得不错，可以见人"。他接触到客人，拿小费，觉得达到人生顶峰。

顶峰之上还有顶峰。行李员都是帅小伙，餐厅女侍者们听说来了新人，起哄去大厅观望，回来都说特别精神，超过之前。

大厨女儿也去看，回来跟大厨说，我喜欢上个人。大厨也去了，回来说："咱们潮州老家的男仔漂亮成这样的多了，你是在香港见得少。在老家，脸这样的男仔没人要，女仔见了就躲，这是薄情相，害老婆的货，女儿你别糊涂。"

女儿回答："我就犯糊涂啦。"

大厨无奈，求经理将周家勇调进厨房，给女儿当购食材的跟班，说我让你接触，是为了让你明白这种人不能接触。女儿觉悟差，接触上了，就离不开。

酒店闲房多，听闻两人常约会，已有男女之实。大厨怕人说闲话，让他俩先订婚，嫌食材采购员的身份低了点，教他厨艺。他比女儿聪明些，仍是没有厨艺天赋。大厨无奈，问："你除了会捞网捕鱼，还有什么本领吗？"

他打了套拳。

惊了大厨，说："难怪你在人堆里扎眼，是个高手呀。"

酒店保安地位高，大厨求经理，给孩子弄个保安轮班的小组长当，订婚仪式上有面子。经理为难，保安技能近乎警察，是多面手，你准女婿光会打套拳，难以服众呀。终还是经不住磨，放他看泳池女场，之后再找借口升职。

女场一周仅一天，为维持他保安身份，大厨不再让他帮忙采购食材，闲天多，他接了何思思的活儿。听介绍是大律师女儿，大厨父女都觉得有面子。

周家勇不解："富家女有名校上，学校里羽毛球、排球等西方时髦玩意儿多，干吗看上底层人玩的拳呢？"

大厨笑，说："你见识浅了吧，前些年香港大火的好莱坞电影《灰姑娘》，把这事说明白了，穷人才向往时髦，富家公子小姐对时髦早腻了，他们的时髦，是跟底层玩，所以脏脸姑娘吸引王子、公主爱上穷小子。"

大厨女儿吓一跳。

大厨注意到，知道她想什么，瞄了眼周家勇，说："没事，家勇不入何小姐法眼，他长得像家境好的孩子，不够穷苦相。何小姐习武，应是另一种情况——富人家孩子都习武，甚至是祖训，因为钱不是好来的，仇家多。何小姐当律师的爹，亏心事应做了不少。"

仇家真寻来了，习武也没用，能寻来就是全算计好了，一定能报复你。但富豪家还是执着让孩子习武，是抱着万一可能，万一能用上，不就捡条命吗？

周家勇感叹何小姐因家里孽债，干扰了学习。

大厨笑："你个没上过学的人，还替他们愁上了？平民孩子上名校，才努力学，富人孩子上名校是不上课的，常年旷课四处玩，照样毕业有文凭、找好工作，因为名校有他家股份，好工作是他家公司。"

女儿问："何小姐雇你，练什么？"

没说对打，说是要学他那套三七手，一个示范一个学样，没身体接触。

他说到身体接触，女儿方想到，顿时敏感，说毕竟是女生。大厨笑："说咱家是不穷，人家是富豪，用人至少十五六个，人前人后都是眼，你真想多了。"

富豪办家宴，一般是家用厨师，也会聘酒楼营业的厨师来，大厨受聘，女儿随着见识过，信了。

对练，在陈识武馆。

进贫民窟，周家勇没想到，仅她和他二人，亦没想到。香港的春季，女子衣服已薄，何思思说对打别打脸，身上可以打。

他十五岁经的人事，妓女不定期来渔村，村里也有收钱给睡的寡妇。跟大厨女儿第一次购食材，她蹲下看鱼盆，起身时，他摸了她一把腰。她带他去酒店闲房，进门后是他主动，她软得要休克，说从没人这样对过我——

何思思取出一堆牛皮物件，陈识教她对练时，拿去她家的，增收了学费。她说她师傅是文化人，心思活跃，发明了护具，胫骨、小臂骨、肋骨、锁骨最容易断。

他说这些地方我都断过。她心疼，哎了声。

肋骨、锁骨的护具是一整片，从肩披下，将前胸、胃部也蔽住。她说这里面积大，不好防，不多挨几下，防范意识起不来，你多打。

似休克的窒息感觉，约会到第四次不再有，大厨女儿高兴，说原以为自己不顶用——周家勇猛醒，回到现实，两套护具，何思思叫他也穿一套，说我会还手。

他收着劲，歇歇停停，打过两小时，她说她再打不动了，今天结束。卸护具，得互助，摘下她前身甲片，冒出股热。他忍住，告辞。

之后三天，天天打，第四天、第五天休息，她说累，第六天开始，又打了四天，他已不需要收劲，她总能打上他。他赞她厉害，她不以为然，说拳好。突然上来股狠劲，他急踹一脚，将她放倒。

她一时起不来，他没上前，由她爬起。没像在鱼档扶大厨女儿般扶她一把腰，不后悔，为能控制住不扶，而佩服自己。

又打了两天，她说明天休息，家里办同学聚会，请你也来，不用西装，草地午餐，我们穿的都随便。

草地午餐，没想到父亲会回家，不少同学的父母他认识，过来说了会儿话，作为家长表达友好。没见过周家勇，问谁家孩子，周家勇说是小姐雇员，篮丫岛人。不料勾出父亲话题，对周家勇格外亲近。

父亲在伦敦拿的法律学位，之前在香港大学没上完，二年级辍学，受左翼思潮影响，跑到篮丫岛改造底层民生。篮丫岛是个连杂货店都没有的地方，他开了杂货铺，不断向政府写申请信，引入邮差送报纸、拉线设公用电话。耗去半年光阴，扛不过家里责难，去了伦敦。

未完成理想，学成归来后，再没去篮丫岛，怕看了伤心。

有同学敬酒，说叔叔佩服您。父亲问周家勇，杂货店还在吗，当年是选了位村民接手。周家勇说杂货店没了，小时候听说，村人总赊账，经营不下去，送报纸和公用电话是政府设置的，还在。

父亲说回家是取文件，一事要应急，离开后，有同学说叔叔难过了。

之后拳馆里对打，周家勇几乎不说话，沉着脸，不知什么心事。

4

轮到泳池女场的一天，何思思找同学玩，周家勇回酒店当班，丢掉了工作。

一个醉酒洋人闯女场，门口打了周家勇。挨打，因为不敢还手，等缓过来，见洋人追得女生在泳池边乱跑。他冲入，打得洋人满脸血。

洋人捂嘴往外跑，血滴胸前，面积大，看着严重。大厅里洋人多，见了，喧嚣成大事。醉酒洋人不是住客，登记上无此人，那就是来二楼就餐的食客，但餐厅侍者说没见过，咖啡厅、酒吧、雪茄吧、会议室等散客场所的侍者也没见过。

虽然人不知哪儿来的，迫于影响，经理还是开除了周家勇。

大厨在家设宴请他，他以为见自己没了前途，要解除婚事，好说好散。坐上饭桌，先得个红包。敢打洋人，大厨赞赏，说自己在各行各业都有朋友，拿钱带女儿玩十天，见喜欢东西就买，体面体面，十天过后，你准有新工作。

周家勇当晚醉了。

次日，大厨女儿找不见他。留了封信，说对城市失望，回家乡当渔民，更适合自己，红包拿走了，来生再报。女儿要死要活，怨他志气小。大厨说哭个没够，你是打算不找他啦？这小伙子是好汉，别错过。

女儿去了篮丫岛。

周家勇陪她吃饭，让她在家住，晚上他消失，不知睡在村子谁家。第二天没露面，让个村里哥们儿给她带话，他是不会回城了，家你随便住，想清楚，这辈子要不要过这种日子。

房子是石头垒的，枪子打不透。窗口小得像射击的枪眼，白天半个屋子黑如夜。地面撒了灰，仍掩不住海腥味。周家勇父亲是闷酒鬼，不撒酒疯，总睡着；母亲老得说不清话，咿咿呀呀地一直说。

待了两天，女儿走了，随身钱留给他爹妈。

在陈识拳馆，等不来周家勇，何思思去酒店问，周末寻来篮丫岛，路边见到个杂货店，店主是周家勇。何思思感叹："你有金子般的心。"

背来了护具，对打一下午。乘船不便，计划是来一趟打两天。杂货店租的是砖房，夜里支床，何思思在这儿睡。周家勇回家，留给她串鞭炮，说村里没坏人，但你是大小姐，瞅着你稀罕，万一有人变坏撬门，你点鞭炮，听响我就赶来了。

她问："屋里东西多，着火怎么办？"

他说："咳，你没事就行。"

睡着前，一丝乱想，希望有坏人来。

次日，醒得迟。

周家勇持早餐，门外等到十点半，终于喊她。夜里没褪衣，她下床抽插销开门，又坐回床。知道海岛没旅社，怕他家卫生条件不好，来前自备床单枕巾，抄了拳馆的西班牙绒毯。

裹上绒毯，她叫他就近坐，有话讲。

他没坐，站近一步。

她说她心肠坏，父亲续弦生了俩儿子，大弟弟没觉得不同妈，很粘她。五岁时，父亲给他买了个儿童足球，皮革味好闻，棕色纯正得像名牌包。他央她陪他玩，两人来回踢，她一脚失误，踢到他身上。他跌倒，没事，爬起时憨得像头熊。

她又一脚，故意往他身上瞄。

想看他再跌一下，谁想脾脏破裂，做了摘除。父亲没骂她，但对她从此冷淡。十五岁之前，她认为是父亲不原谅她；十五岁后，她迷上照镜子，一次照了三小时，蓦然发现自己有凶相，想父亲是不是怕她呀？

面对周家勇，她说："你知道了吧，我人就是这么坏。"裹在她身上的绒毯花色，是套层菱形图案。

眼前一刻，是抱上她的契机，按经验，她不会躲。周家勇还是忍住了，原地不动，说："你确实有一点凶相，得看半天才能看出来，没点凶相，怎么习武？"

看到她发蒙，他继续说："生而为人，就是人伤人，看久了，每个人都有点凶相，但你干吗要看那么久？"

她起身，披绒毯近一步，盯住他。他嘱咐自己，要经得起看。她说："你会劝人，你没有凶相。"

庆幸她说话，差点抱上她。

杂货店挂了暂停营业的牌子，两人在片避人的空地上对打，护具响动还是招来三四个小孩观看。练到下午三点，他说你要赶在退潮前搭船走。她把护具和床单枕巾留下，说下周末还来，不往回背了。

她上船前，从背包里掏出绒毯，说："海风刮得夜里冷，我不在时你盖它。"他没说谢，她问："你杂货店开多久？"

他说："这辈子。"

她说："你比我爹强百倍。"

过三日，给小岛送报纸的邮差送来封信，她说周末家里办草地酒会，名流多，父亲记着你，想你来。

之前忍耐，得到回报。暗叹好险，她住杂货店的夜，他曾冲动要撬门进去。只怕她和大厨女儿不一样。

5

周末下午，周家勇到何家。

见他穿西装，何思思不奇怪，说："精神，你该穿西装。"他说："你留的绒毯，我天天盖，习惯了。"含情一笑，她带他去草坪。

有银行行长、土地交易所官员、船王的二公子、警司夫妇，周家勇努力说话。下午四点，客人走后，何父也没出现。

何思思说："是我约的你，你开杂货店，感动不了我父亲，还会讨厌你。"周家勇想想，说："也是，人对没干成的志向，嘴上伤感，心里讨厌，我够讨厌的。更感谢你了，引我见名流。"

何思思说："你生活圈子小，最多想到这。我爸在你这年纪，圈子大，杂货店不是他志向，是他赶时髦。那年代的大学，平民学生专心学习，富家子弟关心社会，热衷讨论底层民生，说得热闹，仅是去工厂参观、节假日在养老院当义工。

"敢退学，去小岛服务渔民，简直是壮举。富家子弟也分三六九等，一位父亲之前说不上话的同学，赶来海岛，倾谈之后，成父亲崇拜者。这位同学家境比父亲家高出几个量级，父母倾向左翼思想，要求孩子了解本土本民，计划是上完大学二年级，再转去伦敦留学。

"等他去伦敦，亦给父亲办理了留学手续。父亲回港渐成大律师，亦是仰仗这位同学家势。"

听得周家勇神往，赞"善有善报"。

何思思："你不想想，也许他办杂货店，是为钓这位同学。他当年是假的，所以他根本不会因为你办杂货店而认可你！只会讨厌。"

周家勇："这么想自己爹，不好吧？万一钓不上呢，还把学业毁了，底层人才会这么铤而走险，你家本是富人，不至于，不至于。"

何思思："富人为了财富提一档，比穷人更敢拼。哈哈，第一次见你说话这么慌，是不是证明我爹不假，也就是你不假？"

周家勇："我是受你爹事迹感动，觉得我就生在这海岛，没为本岛老小做过一点好事，大惭愧呀。你爹假，我也不会假。"

何思思："你酒店打洋人，失去工作。那洋人好蹊跷，冲出门就不见了，香港这地界，挨了华人打而不报复的洋人还没有，除非不是洋人。"

上次离开篮丫岛，逢到艘归航的渔船，渔民里站着个金发白人。她问同船村民，答是个混血儿，小时候还有点华人样，大了偏洋人。他是个扔到岛上的弃婴，村民做善事，集体给养大。

律师办案，会雇侦探找证据。去家里律师所叫了几声"叔叔"，三日里，她收到挨打洋人的染血西装，染的是塑料瓶红药水，街头药房可买到。更逼真的是用针管装鸡血，但血易凝固，得加上防凝的化学料剂，搞不到料剂，说明不是江湖人。

行骗者是穷人，红药水染衣洗不掉，舍不得丢弃，送去估衣行换钱。估衣行收旧衣，清洗剪裁后升价再卖。对红药水，家用的肥皂、白碱洗不掉，估衣行能，有料剂。

金发混血儿显眼，去卖衣的是周家勇。见衣上有假血，老板让伙计盯梢，查出他身份。来估衣行查破案线索，是警察、侦探的秘诀，会付钱。

伙同混血儿演戏，为尽快辞掉酒店工作，跟大厨女儿了断。费这么大周折，何思思表示不理解，其实知九分。

周家勇证实，是为了她，感叹："想用个杂货店，当上富豪女婿，我傻到天了。下层人看上层人是胡猜，你们看我们是门儿清。"

不知何思思怎么报复，他求放过，说会去南洋，永不回香港。超出何思思预想，生气于受骗，办酒会当面戳穿他，为解气，谋划到这一步，想着痛快，就没再想。暗叹自己还是个中学生，思维短了。

侦探汇报中，大厨女儿对他情真意切，且有男女之实，于是说不用去南洋，好好待大厨女儿，老老实实度一生。周家勇千恩万谢，表态一定做到。

办得圆满，何思思倍感欣慰，跟他碰了一杯。抿酒后，反应过来，严禁他再找大厨女儿："你这人品，还会害她。"

周家勇承认，刚才表态是假的，为早点离开，出了门就会去南洋。何思思奇怪，咱俩阶层差得远，我不找你，你够不着我，香港很大，为何非要去南洋？

他解释："你放过我，大厨会报复。"没有一步登天成富人女婿，那就还是要从劳工职员干起，在这个层面，香港很小，一个厨师的社会关系足够压死他，一辈子出不了头。

何思思："我不说，大厨不知你坏心眼。"

周家勇："不用知道，跟他女儿分手，他就会报复。除非跟你好上，差开阶层，那时我去酒店用餐，他会笑脸相迎，跟同事吹牛，说我落魄时得过他照顾。"

说得她一阵羞，叹"我坏了你事"。

他说："没事没事，去南洋前会把你留在岛上的护具、绒毯送来，不用你出门接，我交给用人就好。"她说："不用，你今早离开海岛，侦探就进你家把东西取了。"

吓着他，说跟你们没得玩。

送他到大门，他说虽然知道让他参加酒会，是为了最终羞辱他，毕竟见到名流，还是感谢她，今天是他最愉快的一天，这辈子不可能再这么体面。

他出大门，为躲车，缩路边走，越走人越小。

想到这辈子不可能再见这人，何思思越门而出，边跑边自怨，身为女人，真是太善了，跟这种人还有什么可说的？追上，她说：

"你为我回海岛开杂货店，是彻底想错了。明白地告诉你，从始至终我没对你动过一点心，你对我而言，就是个对打陪练，给我练手的。以后，你不能想，如果不是阴谋败露，就会跟我好上。"

他战战兢兢，说："您放心，保证不会这么想，我再傻也知道，不是差一点没好上，是差得远，根本好不上。"

她满意，往家走。走几步，似还有什么不满意，急转身，见他还站在原地。一股怒，酒会服装薄短，显体形，底层男子可悲可恶，被骂成那样，还要贪眼女人背身。

周家勇原地鞠躬，说："何小姐，你觉得我人狠、有心机，其实我这类人的狠和心机，也就够办一件事，一受挫折，精神就耗光了。我这类人，我从小见多了，拼一次，拼不成，就都成了小心挣口饭的老实人。"

没听懂，但明白不能再跟这人有任何对话，何思思转身，收敛步态别太女性化，走回家。

又一次去陈识拳馆浇花，对着摆在床头的绒毯，她说："师傅，身为女人，我还是太善了，草坪酒会上的名流是从话剧团雇的演员，我没告诉他。"

家　宴

王啸峰 [*]

　　厨房里，赵青松在给虾仁上浆，蛋清加少许盐。不能放酒。浆好，用保鲜膜蒙住盘子，放进冰箱冷藏。一回头，两个赤裸裸的蛋黄躺在白瓷碗里。赵青松不知道怎么处理它们，就像明知是陷阱，却不知道怎么避开。反过来看，蛋黄暴露在明处，四周形成黑暗森林。他顺手拿起茶杯喝口水，急忙吐在水槽里。

　　"哎！加滚水也不跟我说一下。"

　　谢梅在客厅摆花。"给你添水还不好？加错啦？"

　　赵青松不响，抄起蓝布围裙擦掉手上腻腻的东西。隔几分钟，他问："他们到底来几个？我要开火了。"

　　"谢兰肯定来。你也知道王昶忙得很，说是一起来，谁能肯定呢？谢竹峰、吴芹带两个孩子来。"谢梅手里捏一朵粉色月季花，犹豫着插向哪里。

　　"来，先把桌子抬到中间，铺上一次性桌布。"

　　刚摆布停当，赵青松忽然想起有一次王昶把一盘油炸花生米吃了一大半，

* 王啸峰，男，1969年12月出生，苏州人，中国电力作协副主席，江苏省电力作协主席。在《人民文学》《收获》《十月》《钟山》《花城》《作家》《上海文学》《青年文学》《散文》《美文》等文学刊物上发表小说、散文作品。出版散文集《苏州烟雨》《吴门梦忆》《不忆苏州》，小说集《通古斯记忆》《隐秘花园》《四时成岁》《虎嗅》等。作品入选年度最佳小说集、散文集，被选入《新华文摘》《小说选刊》《小说月报》《中篇小说选刊》《散文选刊》等。小说曾列入中国小说学会好小说榜单、收获文学榜、城市文学排行榜。曾获紫金山文学奖、钟山文学奖等。

忙解下围裙，跑出大门。

"顺便买几盒抽纸！"

电梯关门时，赵青松听到谢梅指令，点点头。看着不锈钢镜面映出自己点头的样子，他感到厌恶。头转过去，侧面还是镜面。一个穿圆领白短袖汗衫的中年男人，正试图把隆起的腹部吸进去。可电梯下到三层，赵青松就泄了气，腹部皮球般反弹回来，比在二十七楼时，竟更突出了。

"老赵啊，你这肚子可真有气势啊。"

新主任看似随意说的这句话，赵青松却一直记着。老主任上个月退休了。他习惯性地将手搭在滚圆的肚子上对赵青松不知说了多少遍："我全力推荐你，副主任中只有你最合适接我。"

结果，新主任外派。宣布会上，赵青松扫一眼坐在他左右的其他三个副主任，顿时明白了，老主任那句话，同样经常对他们说。

新主任比副主任都年轻，是件头痛的事。赵青松突然成了编辑部年龄高峰，平时不在意的小事都成了闹心事。

看着杂志社里一个个小伙子挺拔单薄的身材，他决定健身。其实他心里明白，主要因素还在新主任说了那句话，以及新主任年轻、清瘦的样子。

走向超市社区店的路上，他掏出手机扫一眼，没有未读信息。可他看到了厌恶的时钟数字，"10：50"。他是天秤座，下半年就将迎来他五十周年生日。每次提拔、重用，五十岁都是一个门槛。跨过这个门槛，事业诸事皆休。日历哗哗掀过，他恨不得有个钩子钩住时光。有些时候一个念头在他脑子里闪过，那个钩子应该是王昶。不过也是闪闪而已。他和王昶只是连襟关系。岳父岳母去世后，两人一年也碰不到一两次。

今天可能是最好的机会。赵青松拿起一袋盐，手指轻轻按摩，盐粉在塑料袋里沙沙作响，欣快感从指尖传来，不知不觉中，他放了三袋盐在购物篮里。不能！不能冲淡主题！谢梅的主题。他既不能冒进，当然，也不能龟缩。心里涌起怪滋味。

低头看看拎出店门的塑料袋里，多出来小葱、老姜、胡椒粉、咖喱块、牛肉辣酱等一些调味品。也许，调味才是吃客们最注重的。

门口鞋架上有两双小鞋子。赵青松知道谢竹峰一家来了。他进门，只有吴芹招呼了一声："姐夫！"其他三个窝在沙发里玩游戏、手机。赵青松走过谢竹峰身边，小舅子才抬了一下右臂算打招呼。

赵青松脸上笑着说："都来啦！我烧菜。"

水龙头一开，赵青松脸就沉下来。这套房子署的名字是谢竹峰、谢梅。谢梅还是在岳父最后时光里加上的。老头看在谢梅日夜服侍的分上。赵青松本想直接把谢梅改成儿子的名字，谢梅没答应。她戗他："要不是你把钱寄回乡下，我们早就有自己房子了。"这的确是赵青松的软肋。不过谢梅说得不确切，他们有一套小房子，赵青松杂志社的房改房，也是他们的婚房。儿子到上海念大学后，岳父病了，谢梅先搬过来照顾老人，过了一段时间，他也跟了过来。

赵青松遥远清贫的家乡，满山都是青松。生他那天，他父亲站在泥屋前对着群山高喊："我有儿子啦！我该怎么办？"群山回响，松涛阵阵。父亲给他取名青松。四个姐姐都叫他"松松"。

谢梅根据每个人喜好，开了张菜单。赵青松洗鳜鱼时几滴水甩到纸上。最大的一滴盖在油焖春笋的笋字上。笋被放大了。笋大了就是竹子。竹子最大的特点是空心。没什么可怕。赵青松提防的是吴芹。谢梅名字加到房产证上时，最大阻力是她。吴芹来自小县城，是县高考状元。她毫不犹豫地选择名牌大学读金融。赵青松不知道她业务水平怎样，自从嫁给谢竹峰后，她就歇在家里。家里的账做得的确不负"精算师"职称。

"竹峰网络信息公司"开一份工资给吴芹，她爱怎么花就怎么花。当初赵青松和谢梅都认为谢竹峰夫妻不会在意，或者说看得上这套老房子。谢竹峰平时挂在嘴上的"随便"二字出口，就算送给大姐的一笔劳务费。就连谢兰也这么认为。"他们家又不缺钱、缺房子。你们日夜照顾老爷子，替他们尽孝心，天地良心哦！"赵青松有点恍惚。谢兰生在大城市，从没离开过，怎么形成这样的观念？难得谢兰站在他们一边，他也没往深处想。

"随便"这两个字，谢竹峰竟然没说出口。谢兰找了个地方，姐妹三个讲清楚道理。"按照法律规定，老头子走后，财产分三份，我也有份。现在，我申明放弃。哎！谢竹峰，你到底怎么说？"

谢竹峰忸怩半天，就说了一句话："吴芹还不就为孩子上最好的学校吗？"

谢兰鼻子里哼气："她算得不要太精啊。"

谢梅见他们把孩子挡在前面，知道不能硬来。"这房子唯一的好，就是在实验学校边上，还是九年一贯制教育，每家两个名额。你们放心好了，我家不会占名额的。"

见谢竹峰还在犹豫，谢梅写了一张保证书。

谢梅把姐弟们商谈的过程告诉赵青松时，眼里充满泪水。赵青松感到泪水反射的灯光格外刺眼，妻子因为丈夫无能被欺负，还没有反抗的能力。他感到屈辱。好在，名字加了上去，也总算达到目的了。屈辱的事情多了，得到实惠，赵青松心绪稍稍平复。

蒸鳜鱼是一个技术活，必须开锅蒸鱼，把控时间精确到秒。赵青松熟菜改刀装冷盘时，大声问谢梅："谢兰他们什么时候到？"

"我打电话给她。"谢梅隔了一分钟又说："不接电话，估计她在开车。"

提到车子，赵青松心里瞬间梗住。他现在开的车，就是王昶卖给他的二手车。就像当初房子一样，看上去合情合理的事情，总会遭遇不顺。

一个多月前的一个雨天，王昶把车钥匙扔给他时，他惊喜地发现这辆奥迪A4才开了三万公里，简直就是一辆新车。王昶什么都没说，话都是赵青松开了两个星期后，谢兰跟谢梅嘀咕的。

"烦死了，他们懊悔了。开始说领导干部要带头买国产电动车，又说女儿出国读书了，家里两个人，两辆车子又显得奢靡了。"

谢梅伸出一个手指在赵青松面前晃。"他们只要这个数，按照车况，二手车市场价钱翻倍。"

"我不开了。让他们卖大价钱去。"赵青松把车钥匙往桌上一扔。钥匙离手的一刹那，他后悔了。万一谢梅真将钥匙还回去，那自己开车到单位的吸睛效应不会再有。他承认，必须通过其他途径证明自己价值。其他三个副主任似乎不需要。一个既会编稿子，又会写作，各地获奖通知排长队；一个是资深评论家，手上捏着好作家资源，一编就是名家新作；一个的老公是上市公司老总，每年给社里提供的活动经费、广告费等，超过拨款金额。赵青松不写稿、不怎么参加活动、不搞评论，更没有经费来源。最关键的是，与王昶的这层关系，不咸不淡，一头热根本无用。

第一天，那辆 A4 开进单位大门时，保安竟然立正敬礼。懒散走路的同事赶紧散开。有人警觉地探头探脑。从车身上，他觉出王昶的影响力无处不在。顺水推舟，他将酝酿好的话泼了出去："领导借我开的。"

他模糊了概念，实则想增强他人想象力。开 A4，把王昶显性化。

好在谢梅毕竟也做过多年编辑，通晓社情民心。"退不难堪吗？我砍了价。我被遣散回家这么多年，哪及得上他们家境呢？谢兰倒也同意了。"

"多少？"

"吉利数字！"谢梅做了八字手势，正反翻动。

"八万？"

"八万八！"

后来，4S 店伙计告诉到店保养的赵青松，这是一辆"有故事的车"。赵青松顿时像吃了一个苍蝇似的，坚持让伙计指出大修过的地方，伙计指了好几个地方，他记住的只有引擎盖和发动机。过户给他的真实原因，他没告诉谢梅，几次试探谢兰，似乎她也不知道，一副施舍的样子。

每个人都藏着秘密，领导更多。

赵青松仍然开着 A4，行为发生很大改变。开快车、随意变道、急停急启；不洗车、加低档油、去路边店修车。在他心里，奥迪车已沦为旧电瓶自行车。不过，八万八换来一句"分管全市文化工作的老赵连襟对他不错"也值得。以前一有此类传言，谢兰总会打电话给姐姐。这回没电话来。

赵青松冷油下锅汆花生米。花生米是他与王昶的媒介。他一直在找"媒介"去给社长说这层关系，社长大面知道，但必须有点破的"媒介"。平日里跟他热络的同事不少，翻翻通讯录，没一个合适。迫在眉睫，先看这顿饭的结果再说，最差也要赢得王昶默许，他才好挺身而出自己跟社长说。

稍一动脑筋，油锅过热，焦味飘出来。惊得赵青松赶紧滤油、喷高粱酒、撒细盐和胡椒粉。焦味被压住了，等花生米凉了再尝味道。他又把笊篱颠几下，心跳慢下来。

"谢兰来了啊！"谢梅大声说。

"哇！二姐气质真好！"吴芹发出的是尖尖的、带戏剧成分的声音。

"领导没一起来？"谢梅问道。

现在家里，王昶的名字需要避讳。

"今天一早就出去开会，昨天晚上跟他提起过，他没说不来。"谢兰模棱两可地说。

赵青松脑子冷下来，判断王昶不会来。手上动作变粗糙了。虾仁要过一遍油，然后清炒。赵青松省了第一道工序。清蒸鳜鱼上锅蒸也忘看时间。咖喱牛肉把食材和咖喱块一同扔下去，椰浆香味飘出来的时候，居然赢得客厅里两个孩子的欢呼。其他蔬菜和汤，赵青松基本上哼着曲子完成。压力没有减轻，甚至更紧迫地压到了下一个环节。他转头看谢梅，仍是一副期盼的样子。她该知道谢兰的话在王昶面前几乎起不了作用。

谢梅走进厨房，嘀咕一句"油太大"，把玻璃移门拉上。"王昶不来，我们这顿饭不就泡汤了？"

赵青松把油烟机开关调大一挡。"谢兰怎么答复你要求的？"

"她还不全推在王昶身上？"

赵青松捏了一颗花生米，搓去红皮，放入嘴里，细细嚼了又嚼，直到一股香味从口鼻涌出。"你让谢兰给王昶发个信息，说他落了个东西在 A4 车上，我要交给他。"

"嗯？什么东西？你给谢兰就行啊。"

"你不懂。快去说吧。"

赵青松开始摆盘，每个盘子边上都用黄瓜、胡萝卜切丝、切片点缀。他又认真起来。嘴里是花生的香甜，心里却是酸涩，怎么事情都会变成这个样子呢？

两个孩子正围着谢兰转。

"小小两只船，没桨又没帆，白天带它到处走，黑夜停在床跟前。"

小男孩还在眨眼睛想，小女孩不屑地说："二姑姑，哦，谢老师，你能不能出一个有难度的谜语啊？"

小男孩大声叫道："鞋！是鞋子！"

谢兰表扬他："小奎真聪明。"转头对小女孩说："小北，你嫌这个谜语简单，姑姑给你出个有难度的：半个月亮，打一个字。"

小北脱口而出："胖！"

谢兰笑了，继续说："老师难度提高啦！说：有人不是我，有马飞跑过，有水能养鱼，有土庄稼活。也打一个字。"

这次小北卡了壳，眼光不停扫爸妈。谢竹峰手机不停，吴芹用手势鼓励女儿开动脑筋。谢梅走过来，跟谢兰说了两句话。

"什么东西啊？"谢兰一边发信息，一边问，"如果他来不了，我……"

"是'也'字！他、驰、池、地的偏旁去掉，都是'也'！"

"小北真厉害！"谢兰摸出两块巧克力奖励姐弟俩。信息声响，她看一眼说："王昶还在开会，让我们先吃。"

谢梅脸红了，眼睛恢复了光亮。隔着厨房玻璃门，赵青松投去微笑，谢梅微微点头。

赵青松揭开蒸锅盖，用筷子戳一下鳜鱼背，拿起时没有鱼肉粘连，赶紧把火关了。不过，他没有端鱼出锅。

时针指向十二点，关键人物还没到。

赵青松把一只只盘子交到谢梅、谢兰手上，她们负责布置餐桌。长方形餐桌一头空着，另一头坐两个孩子。赵青松和谢竹峰坐一边，三个女人挤在一边。

暂时，赵青松坐下来，给谢竹峰倒了一杯啤酒。谢竹峰拿起就喝，然后筷子在面前的干切牛肉里挑挑拣拣。

谢梅咳嗽一声，眼睛盯住谢竹峰不放。谢兰伸手打散谢梅眼神。"不等，不等，他说不知道会议什么时候结束，让我们先吃。"

谢竹峰嘀咕一声："休息天都要开到十二点后。"

赵青松不愿意坐在谢竹峰边上，吃饭咂巴嘴的人，把其他人的胃口都倒了。

"对了，谢梅，你帮我找一个老头子的东西。"谢竹峰从来不叫姐姐。

谢兰放弃了房子，却时刻对家产保持警惕。"你又出什么花头？"

"小奎秋天要上小学，找个东西给他戴上吧。"谢竹峰喝了啤酒，嘴唇显得更加光滑湿润。

赵青松瞟一眼吴芹，她正给两个孩子夹卤鸡爪。

"你在说什么？没东西！"谢梅回答干脆。

"咦，那些东西怎么说没就没了呢？"谢竹峰夹了一筷子盐焗鸡丝。

赵青松最成功的烹调案例就是这道菜。他记得王昶有一次吃到盐焗鸡时，嘀咕了一句："要是鸡块变鸡丝就更入味了。"

赵青松有的是时间改良菜品。他把鸡烫熟，拎起，往冰水里放。几次三番，上手硬撕，在鸡肉丝和鸡皮上撒盐和花椒，喷上花雕，放冰箱两个小时。

谢竹峰总是赞叹赵青松的手艺，谢梅说这是典型的不烧菜人心态。赵青松心里也不舒服，没有王昶肯定，再好的菜也白烧。

果然，谢竹峰被美味鸡丝吸引。"这鸡丝简直绝味了！"

谢梅姐妹都没吭声。

吴芹对小奎说："鸡爪都夹不住。什么东西到你手上都要丢。你真是丢人！"

谢兰对谢竹峰说："爸爸也就是一个普通玉雕匠，不是什么工艺大师，他把心血都花在模仿别人作品上，他的东西，意义大于价值。"

吴芹放下筷子。"意义嘛，说有才有。价值嘛，老爷子自己都夸过那些东西不止一次！"

赵青松不说话。谢家的事情，他不想问。岳父躺在床上时，谢梅不停地问这问那。他看见老人把脸转向窗户。那些"东西"到底有没有？他觉得是个悬念。

"行！"谢梅站起身。"今天三家都在。我们一起把爸爸留下来的东西查看一遍，分了算。"谢兰拉一下姐姐袖管，被谢梅甩了。

屋里只听得见谢竹峰吧唧嘴的声音。

紫檀小盒被拿上餐桌，比饭碗还小一圈。赵青松赶紧把冬瓜扁尖排骨汤往边上移一点。谢梅索性将盒子往最中间一蹾。

"大姐，你这是在开玩笑啊。"盒子没打开，吴芹笑了。

赵青松也觉得谢梅有点过分。

谢兰打开盒子，也不说话，用手往里指指。

"赵青松！你还藏了什么？"

谢梅这一声，叫得赵青松措手不及。

"我，我，没……"

"没什么？有人信你吗？"

赵青松站起来朝厨房走。他预想的高潮提前到来，这也是最近审读年轻作者们来稿的共同特点。这个世界变得更加直接，他固守的那些理念和套路渐渐被看不见的时间湮没。现实中最容易选择的就是逃避。他躲到没人角落。他想起村上春树在《海边的卡夫卡》里的一句话："我静静地躺在那里，就像沉在海底的潜水艇，周围是深不见底的黑暗和静谧，只有自己的心跳声和呼吸声陪伴着我，直到风暴过去。"是的，绝大多数时候，赵青松采用的都是这个方法。除了极少数不可避免接触的人，他不理会、不沟通、不联系其他人，偶尔一个电话来，也会让他神经紧张。陌生号码他绝对不接。上班没有任何表情，食堂也不去，连水都喝得很少。难得一次小便，也瞅准厕所没人才进去。不速之客闯入，他尴尬得无法继续，草草收兵后膀胱难受。每个眼神都像刀子，狠狠扎进他心脏，让他无法呼吸。只是这样的过程很短。赵青松往往刚躲到深水区，闷了一两天，又恢复常态。他是个男人啊。他反省，怎么也会周期性地发作呢？每次事后，再回头评估扎进深海的原因，似乎是一种本能。是的，就是他的个性。所以他只能成为赵青松，一个文学杂志社编辑部副主任。平日里，他也不怎么说话。要么在看稿子，要么在看书。与人交往言必称"老师"。如果别人不好意思，那他就更谦虚，唯恐自己给人带来不适。这个房子里最安全的就是厨房了。谢梅任编辑的那张报纸前年停刊，她回家帮着同学编教辅。把赵青松从头管到脚。

赵青松在厨房里调糖醋汁。与虾仁同时放进冰箱的还有酱好的肉片。糖醋里脊肉谁都喜欢。他本想等王昶来现炸现吃，没办法，现在只能提前。他竖起耳朵听餐桌边的那场戏。

"话说开也好。我没占这套房子一份，应该我吃亏？传统传给儿子、孙子，法律上子女都有份。这谁不知道？这个家就是表面平静而已。谢梅，如果不是为你儿子，你怎么想到请客吃饭。谢竹峰，你不要事事无所谓，还像傻瓜一样冲在前。"

赵青松还在庆幸谢兰没提自己，客厅就响起一片吵闹声。姐弟、姐妹、姐姐弟媳之间互评。几分钟后，一个女高音异军突起，高亢哭腔把玻璃隔断震得嗡嗡作响。赵青松手一抖，番茄汁溅到手背上，活像一道割开的伤口。他轻手轻脚地贴近玻璃，抬起手，将鲜红汁液吸到嘴里。

吴芹的哭很有章法。平缓输出哭声时，只要有人劝，或者碰一下，她就泵高音量，随后陷入"欺负论"怪圈循环。她的高明之处在于不设置具体攻击对象，统称"你们"。

"你们也算知识分子家庭，难道知识专门用来欺负小城平民？你们出身都高贵，高贵是用来看不起老百姓的？你们有钱有地位，就是专挑没钱没势的打击？"

说也奇怪，这些话反复说了之后，两个姐姐似乎平静了不少。不过，赵青松感觉谢梅快挺不住了。果然，谢梅猛烈挥手说："好了好了！你不要吵了。老头子也不是想法简单的人，没人能左右他的想法。他其实写……"

赵青松拉开移门，端着刚出锅的糖醋里脊高声喊道："来喽！赵记古法里脊肉！"

小北、小奎立刻举高筷子尖叫。他们的母亲注意力被分散了，哭腔无法持续，回过神再找谢梅时，谢梅去了卫生间。

赵青松努力营造小事滑过去的感觉。连珠炮似的问两个孩子味道如何，同时给谢竹峰夹了两块。谢竹峰一上口脱口而出说好吃。两个女人比较难弄。赵青松一一击破。给谢兰夹了一块。"不知道合不合领导口味，嗯？"

这个"嗯"恰到好处，谦虚中带硬骨。谢兰尝了一下，淡淡地说："还行。"

"小奎，给妈妈夹块最大的！"赵青松鼓励的目光亲切坚定。

"我不吃。"

"吃一块吧。"小奎嘴里还有肉。

"我吃不下。"

"就这么一块！"小奎把手掌比作里脊肉。赵青松先笑出声。

吴芹恨恨地咬下儿子夹起的那块肉。坐下，喝口水。

裤兜里的手机微微振动两下。赵青松放下筷子，掏出手机看。看完信息后，他舀了一碗汤，吹气、吃冬瓜，还有几个海米。他没盛排骨。喝完最后一口汤，抽出两张餐巾纸擦擦嘴，说了声："我去拿个快递。"走出了房子。

等电梯的时候，他再把信息读了一遍。王昶写道："我不上来了，五分钟后到你小区西门口。你把东西带下来给我。不要告诉他们！"

赵青松笑笑，把信息删除。

小区里开满栀子花，浓香扑鼻。赵青松伸展着双臂大步朝西门走去。太阳光刺眼，大家都躲着走，像心事无法暴晒。他突然止步，朝反方向走，绕了一个大圈，经东门，过只进车的南门，再从西门出去。看看时间，多花了十分钟。

王昶在水果店门口来回踱步，不停抽烟。看见赵青松，身子往店里靠，眼神立刻扫向赵青松身后。随后招手。

赵青松忙做小跑状，来到领导身边。

"你，您吃了吗？"

"会议自助餐简单吃了点。"

"上去吃点吧，我蒸了鳜鱼，氽了红衣花……"

"行了行了。快给我东西。我还要赶回去开会呢。"王昶一口气说完，不自觉地喘了几口气。

焦躁发臭的烟气喷到赵青松脸上。赵青松心里笃定了。他双手一拍，惊叫道："哎呀！被他们一打岔，东西我忘带了。"

王昶挥手扔掉烟头，手指迅速直指赵青松，突然，又软软地放下。"你呀！你呀！"

"没事，就几分钟，我让谢梅拿下来，就在书桌抽屉里。"

"谢梅知道？"

"哦，哦，不知道，我可以告诉她，让她找了拿下来。"

"算了算了，你明天拿到单位里。这两天我要过来调研。"说完，王昶打电话让司机把车开过来。

车子停得老远。等车子来的当口，王昶又点了根烟。烟气和水果店弃用的干冰烟混杂在一起，闻着有股令人兴奋的湿润感。赵青松想起山里家乡那些老人紫铜水烟冒出的烟气。隔着烟雾，他说了句："我的事情，您多关心哪！"

王昶愣了愣。正好车子开到马路边。他边走边说："我知道了。明天不要忘带！"停步，他转身回来，以严肃语气低声说："不要对他们说我来过。"

赵青松看着这个高个穿白色长袖衬衫的人，穿行在休息日穿着懒散的人群里的样子，深深叹口气。"大家都不容易呢。"拖拖拉拉走回家的过程中，他再次改变路线，折回水果店买了只西瓜、一斤多点荔枝。两个红色马甲袋的分量吃在手上，他的想法又改变了。"每个人大概都认为自己是世上最不容易的那个人吧。"

小北捧了大西瓜，小奎拎了荔枝，显出能做事的样子。

谢梅问："快递呢？"

"唉！弄错了，还没到呢。我就买了水果上来。"

谢兰举起手机宣告："他下午接着开会，不来了。"

赵青松用夹子夹出蒸鱼盘子，垫着抹布，端上桌。"我来盛饭吧。"他盛了四碗米饭。三个女人都不吃主食。

西瓜和荔枝上桌后，吴芹突然问小奎："今天蓝莓吃了没？"

小奎摇摇头。吴芹把手机交给小北。"带弟弟到水果店买几盒大颗生态蓝莓来。"

关门声刚响起，吴芹就说了话。"既然领导不来，那么我只能实话实说了。"

赵青松刚放下的心，不知怎的又被刺一下，跳得快起来。他这才注意到吴芹穿了一件绿色鸡心领连衣裙，脖子里空荡荡的，锁骨凸显，惨白无助。吴芹说话，就把那片空白填满了。

"我跟谢竹峰协议离婚，估计这个月就可以办下来。这房子我有份，这不是协议，而是法律规定。两个孩子都由我来带，谢竹峰支付抚养费，这是协议。"

谢梅、谢兰同时惊呼："我的天啊！"谢梅追了一句："到底怎么回事？"

吴芹轻蔑地甩甩头。"你问你弟弟。"

谢竹峰"啪"地拍下筷子，"呼"地站起来，一句话不说，去沙发半躺着，拿过手机胡乱地点点戳戳。

谢兰问："领导？关王昶什么事？"

"如果领导解决小奎上学问题，我再考虑一下，要不要搬到这里来住。"吴芹眼睛探照灯般扫着房子。

谢梅跳起来。"你说什么？搬进来？你吃错药还是发神经病？"

"户口和住处相符，这是必查内容！"吴芹斜眼看谢梅。

赵青松佩服自己的第六感。谢梅说要组织家宴，他就觉得是一着臭棋。同时，他也得有所取舍了。都是笨蛋老婆闹的！他心里骂道，同时观看"厉害角色"表演。

"随你怎么说。法律支持公平，道德支持受害者。我提议，还是将那东西早点拿出来分了好，现在还好商量。"吴芹站起身，俯视两个大姑。

卷土重来啊！她到底想要什么呢？赵青松把身子往抽油烟机旁靠。紫檀小盒已成为谢梅的笑柄。他忽然想到那八万八千块钱，不觉握紧了双拳。

谢竹峰直起身子，连连摆手说："给她、给她。省得以后麻烦。"

"哎！我说你这人，给什么啊？拿什么给啊？她骂我们有权有势，到底是谁？说说清楚呢！"谢梅嗓门高起来，双手交叉在胸口。

谢兰开口，语气冷冰冰的。"喂喂！有就有，没有就没有。你激动什么呢？"

"赵青松！把你记的东西拿给他们看。"谢梅叫着。

赵青松走出来，笑着说："没什么好看的，都是日常记录，以后退休后我打算写回忆录。"他想岔开话题。

"谁要看你这个？老头子最后的话。"

"最后不是大家都在吗？"

"我让他签字的那张纸！"

谢兰变了脸色。"什么纸？我怎么不知道？"

赵青松知道谢梅这么做肯定会闹出事，不过他现在不想遮掩了，费这个力气干吗？他去书房开了书柜抽屉，拿出一张保存在蓝色文件夹里的纸。真是个笑话！他拿出纸，心里骂了一句。

果然，除了谢梅，另外三个凑上来看后，就发出不屑的"切"。

"你还让饱受病痛折磨、意识模糊的爸爸签名，黑心透顶！"谢兰激动地说。

"伪造遗嘱是要吃官司的！"吴芹声音尖厉。

她拎起包，作势开门要走。"你们还可以再多加点'条款''申明'，让他胡乱签名。对了！还有一道工序你们忘了：再煞有其事地按上手指印。"

赵青松脸皮发烫。吴芹说得不差。谢梅还想写得更"彻底"点，被他阻止了。本来就站不住脚，多写等于废纸。

谢兰也站起来。"你们弄弄清楚，再跟我们说。我走了。"

两个孩子进门，把塑料袋交给吴芹。吴芹接了，说声："我们走！"谢竹峰跳起来，拢拢东西跟他们一起走了出去。"精算师"打头，"竹峰网络信息公司董事长"压阵，多么自然和谐的一家四口。似乎刚才吴芹从没说过那些话。

赵青松觉得眼前这一幕滑稽而魔幻。他回头看看谢梅。一片头发垂在谢梅眼前，挡住她直勾勾的目光。

上星期，赵青松买了个洗碗机，谢梅不让烧菜锅子进机器。这么大的空间浪费了！现在，赵青松把剩菜剩饭简单归类处理后，三十来个锅碗瓢盆全塞进洗碗机。他迫不及待地按下"晶亮洗"按钮，生怕谢梅跳起来，把大小三个锅子从里面拖出来。

躺在沙发上刷刷手机，两个小时过去了。洗碗机工作完成。室内静得可怕。赵青松听见谢梅轻轻说了句："不就是吃个饭吗？"

"你不能既要、又要、还要。"终于，赵青松把憋了很久的话说了出来。

"我没有！"谢梅恢复了精神，声音响起来，"儿子毕业后必须找到工作，好工作！"

过一分钟，谢梅叹一口气，斜眼望赵青松："哎！老头子那些'东西'真没找到！"

"那你还把那张纸拿出来！"赵青松从没把谢梅的话全当真。然而，摆在他眼前的形势的确严峻复杂。家宴打乱了他的计划。他得重新规划路径。不过，他不能跟谢梅说。

"他们都不把我当回事！"谢梅低声啜泣。

"有空再跟谢兰聊聊吧。毕竟是她亲外甥的事。"赵青松说。

谢梅说："要不，你把给王昶的东西给我，我明天借这个理由找找谢兰。"

赵青松嘴上说"不用你去"，心里想，我哪有什么东西给王昶呢？不过，似乎没有东西给，或者不知道给什么东西，现在已成为他手上一张王牌了。

一曲未了

陈　武[*]

1

从常营天街门厅里冲出来，就一头扎进了雨中——吴嘉琳没有带伞，偏西的太阳从云缝里射出的光芒，把雨丝照得耀眼闪亮。雨是雷阵雨，急而暴怒，像憋在心头很久的怨气，终于在天街东门外小广场找到了出气筒。

不少人都躲雨了——知道是太阳雨，折腾不了多久，不急于冒雨赶路。

吴嘉琳没有躲雨——她要去接女儿。女儿四点钟放学，现在已经四点十五分了，就是以最快的速度跑到非中心（商务区名）的亮点幼儿园，也要十五分钟——这是骑扫码单车的时间。吴嘉琳穿过小广场上的雨阵，跑到路边，扫码一辆车，骑上去就在暴雨中飞速骑行了。雨急，路上积水横流，扫码单车后轮飞起的水点打在她的后背上甚至后脑勺的马尾巴上，和倾盆而下的雨水混在一起，对她进行肆意而无差别的攻击，她都没有什么感觉，只顾全速骑行。但是，可气的是，她在非中心南门外，刚把扫码单车停好，雨住了，突然就住了，云开日出。她一身衣服湿得透透，没有一寸干的地方。她抹一把脸上的水——雨水和汗水，就往院子里冲。亮点幼儿园在十七幢的底层，这幢楼的造型是船形

---

* 陈武，男，1962 年生，江苏东海人。作品见于《人民文学》《十月》《钟山》《花城》等刊物，出版各类文学作品六十余种，代表作有《连滚带爬》《中介》《换一个地方》《三姐妹》《一封信和另一封信》等。

的，离非中心大门口还有较远的距离，所以吴嘉琳继续保持冲刺的姿势和速度。

幼儿园门前的廊檐下，还有好几个孩子和家长。吴嘉琳松了口气，看到女儿琳琳根本没有东张西望地找她，而是躲在老师的胳膊下不知在玩什么，认真而投入。吴嘉琳心里既有一丝安慰，也有一丝悲苦，环境能锻炼人，不仅锻炼大人，也锻炼五岁的孩子，甚至能改变孩子。吴嘉琳是单亲妈妈——琳琳的爸爸不是出了什么意外，和疾病、车祸都没有关系，而是主动失踪了，或者换一种说法，是抛弃她们娘俩，跑了，时间是在两年半前，即2021年春天。那段时间是生活最困难的时期，两个人因为新冠疫情都没有班上，一直在吃老本，眼看老本快吃完时，他撑不住，说出去找工作，人就没再回来，一去无影踪，只给她微信留了很多话，表示各种道歉和内疚，并且明确而坚定地告诉她，他不会再见她和他们的女儿了。那时候的琳琳才两岁多，还没有记忆。幸亏没有记忆，否则，对孩子可能更是个伤害。

吴嘉琳奔到女儿身边，看到女儿不是在玩什么玩具，而是在玩一个眼镜框。吴嘉琳跟老师打了招呼，拉过女儿时，多才多艺的小江老师对吴嘉琳说："琳琳妈妈，琳琳不小心把王新星小朋友的眼镜弄坏了。"

"妈妈，就是这个。"琳琳把手里的眼镜举起来。这是一副白色镜框的眼镜，一个镜片没了，另一个镜片还在。"我踢球踢到王新星的脸上，打坏他的眼镜，对不起妈咪，我是不小心的。"

吴嘉琳蹲下来，搂了搂琳琳，又摸摸乖女儿的头，做出安慰女儿的轻松样子，却是满心的烦躁——不全是因为女儿打坏了别的小朋友的眼镜，而是修眼镜或买眼镜又会花去她的时间。她刚才在天街时，就是接受一家公司的面试，本来说好的时间，即三点半，没想到排在她前边的人耽误了差不多半个小时，快四点时才轮到她。这一拖不打紧，就错过了接女儿的最佳时间，还完美地赶上了一场毫无预兆的暴雨，连锁反应就是，茶餐厅的主管又要给她使脸子了。吴嘉琳在她所住像素小区的一家茶餐厅做服务员，每天下午四点接女儿放学是事先就说好了的，但是，花费的时间一般在二十分钟左右——就隔着一条小街嘛。吴嘉琳今天就是以接女儿为借口，提前半小时去应个聘，没想到接踵而来的就是这么多事情，弄不好自己偷偷去应聘也会让主管察觉出来，进而报告老板。如果老板对她不满意，能如她所愿地离开茶餐厅还好，否则，无论是老板还是主管，时不时地扔个小鞋给她，是穿还是不穿？她又没本事主动辞职。吴嘉琳想到这里，鼻子一酸，眼睛一热，眼泪瞬间就注满眼眶。

"没事，家里还有备用的。"一个年轻的帅哥说。他戴眼镜，也是白框，两只手扶在他身前小男孩的肩上。这应该是王新星爸爸了。王新星爸爸一定是看到她的神态，才说出如此宽慰的话。

吴嘉琳这才想起来要跟人家赔个不是。

"对不起……"吴嘉琳一下子不知道怎么称呼家长，嗫嚅着说，"真是……对不起啊王新星家长，我明天再拿去配可以吗？"

"不急。"白框眼镜说，多看一眼吴嘉琳，吴嘉琳的泪眼蒙眬让他不敢太久地正视，躲开她的目光说，"方便了再说吧。我们先回啦。再见。王新星，跟吴琳琳再见。"

王新星还没有说再见，琳琳就跑上前，张开双臂，和王新星抱了抱。两个小朋友意外友好的举止，让双方家长和小江老师都笑了。

2

北京像素小区休闲小广场一侧有几间小木屋，这里曾开过小吃部，开过超市，开过美发店或美甲店，还开过小菜场，有时是一个店占用全部房子，有时是几家店分别占用，都开不久就倒闭了，唯独疫情前开的这家茶餐厅，承包全部六间小木屋，一开始就红红火火气象不凡，挺过三年新冠疫情后，现在的经营更是越来越好。吴嘉琳是春节后才到这里工作的。到这里工作主要是因为方便，女儿的幼儿园就在小区隔壁的非中心，小区北门和非中心南门正对着，每天早上七点半送女儿去幼儿园，回家还能整理一下家务，九点半再到茶餐厅上班，下午四点再把女儿接回来，就让女儿在茶餐厅门口的小广场上玩，或在茶餐厅一角画画，她一干就是三四个月，开始觉得还好，后来，因为女儿放学后直到她晚上六点半下班，多多少少会让她分心，影响工作，主管就不太高兴，也没有明说，反正她看出来主管的态度是越来越古怪了，就有了换工作的想法，就悄悄在网上找机会。天街有一家音乐培训机构招钢琴老师引起她的注意，教学时间主要集中在每天晚上和双休日。她是首师大音乐学院钢琴专业毕业的，只在毕业后那年在一家民办学校做了一学期的音乐老师，后来认识了前男友也就是琳琳的爸爸，离开了学校就没有再碰过钢琴。她偶尔也会对荒废了的专业产生遗憾，甚至是负罪感，但接下来就是怀孕就是生孩子就是哺乳期就是新冠疫情，让她和自己钟爱的专业渐行渐远。突然看到这家音乐机构在招钢琴老师，上班时间又合适，便约了时间去试试。如前所述，因为时间问题，她面试发挥并不好，特别对钢琴曲的现场演试，水平完全没有发挥出来，这让她特别沮丧。遭遇了几乎是在戏弄她的一场雨之后，女儿损坏了别的小朋友的眼镜又让她接近崩溃，好在接下来的处理结果还是让她备感欣慰。到了茶餐厅的岗位上，还是遭来主管猜疑的目光。吴嘉琳只好主动解释耽误这么久的原因是女儿踢球误伤了别的小朋友，还损坏了人家的眼镜。但吴嘉琳也知道，无论什么理由和借口，事实上都是耽误了上班，何况这时候正是营业高峰期。她就让女儿在门口的遮阳伞下看书和画画，自己加倍投入工作了。

茶餐厅以简餐、茶、咖啡和各色饮料为主。顾客也都是像素小区的居民或在此办公的公司员工，几乎全是年轻人，和吴嘉琳在同一个年龄层面上。这些年轻人，有以吃饭为主的，也有喝茶、品饮料休闲的。有一个顾客，点了一份拿铁，吴嘉琳给她做了一杯美式咖啡。吴嘉琳想着附近哪儿有配、修眼镜的地方——她心里不能有事，一有事就放不下，思想就开了小差，在给客人分别送了一杯西瓜汁和一份意大利拌面后，就给那位坐在窗前的红发女孩送去一杯美式咖啡，她毫无考虑就认定她要的是这一款，而在电脑前工作的红发女孩也没有注意，还礼貌地说了声谢谢。当红发女孩发现自己的咖啡不对时，已经喝了一口了。正巧主管从她身边经过，她叫住了主管，说："我要的是拿铁。"主管看看菜单，确实是拿铁，只能向她道歉并表示给她重新上一杯。主管回到吧台，对吴嘉琳说了此事。主管虽然没批评她，但是口气和眼神让她感受到了那份抱怨和不信任。吴嘉琳心里内疚，想着，要是这样频频失误，不用她主动跳槽，主管就会把她开除的。她的情绪再次受到影响，在送拿铁的时候，又鬼使神差地把咖啡溢了出来。红发女孩看到桌子上的液体时，用好奇和不解的眼光看着她，而她留给客人的已经是背影了。正好主管再次路过，看到后立即把桌子上的液体擦干净。红发女孩嘀咕道："我要杯拿铁难道犯了什么错？"巧的是，这句话又被吴嘉琳听到了。吴嘉琳不敢接话，怕惹恼、激怒对方。

好不容易熬过六点，再过半小时就可以下班了。这个时段一天中最忙，从草房地铁口涌出来的人流像洪水一样进入小区，不少人就来到茶餐厅。吴嘉琳的白班卡在这个点下班倒不是她主动的要求，是因为接她班的人是主管的关系。但是今天，接她班的夜班员工有点事，要迟到两小时，主管就让吴嘉琳顶这两个小时。如果在平时，吴嘉琳是可以顶的，两个小时之后，八点半，时间也不太晚。今天不一样，今天吴嘉琳要去配眼镜，而且已经了解了哪儿有配眼镜的，就在天街的一层。吴嘉琳就跟主管实话实说，意思是让她换个别人顶班。主管却安抚她说，八点半下班后也能赶上，天街十点才关门。吴嘉琳知道主管不一定非让她顶班不可，店里另两个员工也可以顶的。吴嘉琳知道这就是主管看她不爽，看似正当的工作安排，实际上也带有点整治她的意思。吴嘉琳钢琴教师的新工作还没有敲定（看情形也没有希望），这份工作虽然不怎么样，还得保着，就只好忍气吞声地接受了。有点意外的是，接班的员工不是迟到两小时，而是两个半小时。吴嘉琳只能带着已经犯困的女儿往常营天街赶。好在一站地（地铁）的路，她骑扫码单车也快。

看来俗话说得没错，一件事不顺，件件事不顺，眼镜店只有售货员在，能配、修眼镜的员工是白班。好在售货员服务出奇地好，把她眼镜留了下来，还留了电话，说能配不能配或怎么配明天再和她联系。

奔波一天总算是结束了。夜色中的朝阳北路上，吴嘉琳没有再骑扫码单车，而是背着女儿慢悠悠地行走。路上人迹稀少，街灯照在人行道上，被树叶隔开和打碎的光影照在两人的身上，闪烁不定中显得落寞而寂寥。吴嘉琳难得放松心情——虽然肚子饿得咕咕叫，时间总算是自己的了，女儿也在她背上睡着了。

3

按照约定时间，吴嘉琳带女儿来天街眼镜店了。

电话已经联系过，王新星小朋友的眼镜不是普通的近视镜，而是一种视力校对镜，镜片特殊，他们店里暂时配不了。如果一定要配，不仅要预订镜片，还要带本人到店里重新测量眼镜尺寸。吴嘉琳就打电话给女儿的老师小江，跟小江老师又要了王新星家长的电话。王新星家长的电话打通后，吴嘉琳把情况向对方作了说明。对方也很礼貌，答应吴嘉琳可以带王新星过去。但是在约定的时间——晚上七点上，却产生了小小的分歧，说王新星晚上七点要学琴，能不能改在八点后。吴嘉琳说没问题，八点也不是太晚，八点后料想也后不了多少。但是，不知是王新星家长礼貌过了头，还是故意找别扭，又犹犹豫豫地说："其实不过是小事……要不就不麻烦你了，咱们自己去配一下得了。"吴嘉琳心情就略有不爽，觉得对方是在小看她，怎么说好的事又变卦啦？一定是王新星的家长听到什么了，比如说她是单身母亲啊，工作不好工资又少啊，生活不易啊，等等。吴嘉琳也不想让别人同情她。无论是瞧不起她或同情她，她都觉得受到了冒犯或伤害。不是她过于敏感（也或许就是敏感），是她一直说服自己要坚强，也自认为一直是坚强的，觉得生活在自己的不断努力下，会好起来的，还幻想过白马王子也在某一个地方等着她。吴嘉琳就不客气地跟对方说："王老师，打坏你家宝宝的眼镜，咱们已经不好意思了，配眼镜的事，必须由咱们负责。八点咱们在店里等，不见不散。"

准八点时，吴嘉琳在眼镜店里没有看到王家父子，觉得人家八点才学完琴，说好是八点后，现在才刚刚八点，路上还要耽误点时间，如果路程较远，耽误的时间会更长，哪能八点就能到呢？她就带着女儿在店外的条椅上坐坐。就在这时候，手机响了，一看是王新星爸爸的，赶快接通，还心想，不会又不来了吧。不过比不来也好不了多少，因为王新星在家没有完成老师布置的练琴任务，达不到老师的要求，为不影响教学进度，需要补课半小时。吴嘉琳听了，头脑就嗡嗡响了起来：说是半个小时，加上路上的时间，究竟多久能来还说不准。眼镜店懂测试的师傅是预约的，人家是正常班。如果这次约不到，还得再约，又要多操一份心，自己还得再跑一趟，女儿也要跟着再跑一趟。关键是，她听对方的声音完全是一副不乐意的口气，低沉，结巴，无所谓，心不在焉，草草应付，不像是一个积极办事的声调，吴嘉琳也不礼貌地问："反正我们已经到了，你说个准点，几时到吧。人家眼镜店十点下班，还要测试，配镜，如果今天做不成，还得再跑。"对方也烦了，虽然声调不高，话却很直接："那就不配了，咱们还有一副眼镜。"吴嘉琳立即按断手机，不配拉倒，又不是不给你们配。吴嘉琳发了一小会儿呆，心里做出决定，不再主动打这个人的电话了，她已经主动过，配还是不配，随便他。吴嘉琳就到眼镜店，告诉店方，今天不配了。

这件事让吴嘉琳极不愉快，但又不能把坏情绪感染给女儿，就带着女儿在天街各个楼层转转，童衣店啊，玩具店啊，糕点店啊，还有女性内衣店啊。女儿像是知道母亲手头不宽裕似的，一直不开口要买东西。吴嘉琳就和女儿说话，诱导她可以提要求，并承诺可以花钱消费。女儿把小嘴一嘟，说："王新星的眼镜不好看。妈妈，我喜欢王新星戴白框的眼镜，不喜欢他戴黑框的眼镜。"

吴嘉琳听了，立即想起两个孩子昨天临分手时的拥抱，心里美美地乐了——孩子有孩子们的世界，两个小家伙一定是很好的玩伴。吴嘉琳就说："今天和王新星玩了什么？"

女儿说："今天我们没玩皮球。"

"哦，为啥？是不是怕不小心再次弄坏了王新星的眼镜？"

"不是呀。"

"你怎么把王新星的眼镜弄坏的？"昨天怕影响女儿的情绪，没有问，这时候，吴嘉琳看女儿乖乖的，蹦蹦跳跳的，趁着好心情，就问了。

"没看到呀。"

"没看到？那怎么知道是你弄坏的？"吴嘉琳心里立即警觉起来。

于是，女儿就断断续续讲事情的经过，大意是，小朋友们的课间活动上，大家玩拍皮球的游戏，最后，不知谁带头，都把皮球扔了起来，扔来扔去的，嘻嘻哈哈的，然后，王新星的眼镜就坏了，王新星就哭了。老师过来时，看到大家的手里都有小皮球，只有琳琳手里没有皮球，就问琳琳是谁扔的。琳琳因为两手空空的，就说是她扔的。吴嘉琳听到这里，心里疑惑了起来。但都到这时候了，再进一步找园方核实或从女儿这里更多地了解，就意义不大了，弄不好会适得其反，一来让女儿不知所措，二来小江老师那边也会不愉快。

4

吴嘉琳和女儿来到五楼，准备到那家音乐教室问问昨天面试的情况。当时虽然自我感觉不怎么样，没有发挥应有的水平，甚至演奏的曲目都演砸了，但面试的老师没有明确告知她结果，连等通知的话都没说，这主要是自己的原因——看起来行色匆匆，另外，人家几个面试老师也要碰个头研究一下。反正现在正好在天街闲逛，不如上去看看。这些培训机构，晚上大都有培训，有机会就问问她昨天的面试情况，没有机会问，就观察一下人家的教学方法，以便以后再面试时，积累经验。

这家音乐教室比较大，实行小班教学，大厅里坐着不少家长，一间间小教室的门都紧闭着。吴嘉琳从门上的卡通图案上，能看出哪间是钢琴教室，哪间是二胡教室，哪间是小提琴教室，哪间是架子鼓教室，还有古筝、琵琶和长笛教室等。吴嘉琳很佩服这些家长，不仅有钱，还都有时间和耐心陪孩子。她也想让女儿学点什么，音乐也是一个选项，学什么门类呢？正在这时候，她看到那天面试她的一个老师从一间办公室出来。吴嘉琳知道她还兼接待，面试就是她安排的，便过去和她搭讪，说："老师好，我是那天来面试的……"

"噢——认得，吴……"她一时没想起来。

"吴嘉琳。"

"对对对，正要通知你呢，下周你可以过来，试用一个月，可以吗？现在我有点事，等一会儿或明天我给你打电话。先再见啦。"

吴嘉琳听了，满心高兴。如果不是在大厅里，四周都是家长，她可能会大喊一声，或跳起来——终于等来新的工作机会了，做出什么样的庆祝动作都是可以的。但她还是克制住了，蹲下身准备亲亲女儿。用亲女儿来庆祝最自然和实惠了。可她发现女儿表情不对，太专注于某一个方向，同时又像被惊吓到，一脸的痛苦状。吴嘉琳轻声问："宝宝，怎么啦？"

"舅舅……"

"谁？谁舅舅？"

"王新星舅舅。"

吴嘉琳和女儿说话的同时，也看到了，一个年轻的男人，一手抵着肚子，一脸扭曲地微低着头。吴嘉琳一眼认出来，这不是王新星的家长吗？他怎么啦？在跟谁做鬼脸？原来他不是王新星的爸爸，是舅舅。怎么会是舅舅呢？吴嘉琳立即想到刚才和他通话时，他不正常的声调，原来是病了。没错，一定是病了，在忍受着痛苦呢。胃疼？有可能。吴嘉琳不顾电话里的误解，立即到他面前，像和女儿交流时一样地蹲下来，问满脸是汗的王新星的舅舅："不舒服吗？"

"嗯……"他看一眼吴嘉琳，认了出来，强忍着痛，努力想恢复自然的表情，却是更为狰狞。

"上医院吧？"

"我等王新星……"

"我来等……快去医院好了，这样危险。"

"好……"王新星舅舅一手抵着肚子（胃部），艰难地离开了。

他刚一走，王新星就从钢琴教室出来了。吴嘉琳立即带着王新星去追他舅舅。吴嘉琳一手牵着女儿，一手牵着王新星，在扶手电梯上快速下行，到了天街第一层追上了王新星的舅舅。吴嘉琳喊道："嗨，王新星家长……南边就是常营医院，很近的。"

王新星的舅舅疼哭了。吴嘉琳搀扶他，艰难前行。吴嘉琳还招呼两个孩子紧紧跟着。

医院急诊室马上接诊，情况迅速得到判断，王新星的舅舅不是普通的胃疼，是急性胆囊炎。医院方面立即采取措施。止疼之后，又安排住院。在这些忙忙碌碌中，吴嘉琳知道王新星的舅舅叫赵雨。赵雨的病不轻，不是一般的胆囊炎，是胆结石，而且结石很大，三颗，呈菱形垒在一起，已经堵塞了胆管，严重影响了功能，才引发了急性胆囊炎。控制住病情之后，输几天液，接下来大概率要进行胆囊切除手术。这个手术在现代医疗条件下，并不算大手术，却让赵雨感到非常害怕和紧张，愣了半天，才从心理上接受。赵雨的害怕和紧张是会传染的，也让吴嘉琳感到害怕和紧张——吴嘉琳害怕和紧张不完全是被赵雨的病情吓的，有一大半是被他的话吓的。赵雨几乎是用央求的口气，请吴嘉琳把王新星带回家，帮助照顾几天。凭吴嘉琳的敏感，她马上知道王新星的父母不在身边，或不在北京，那么，如果赵雨要住院做手术，王新星会不会在她家长住？赵雨说了，照顾几天。几天是几天？两个小朋友肯定开心，可她能招架得了吗？况且，她又要跳槽到新单位。但是，吴嘉琳来不及考虑那么多了，她对赵雨说："放心赵老师，我明天准时送他们去学校，一起接他们回家。只是，你在医院也要人陪护啊……"

"没事，医生说，院方有规定，不让人陪护。"赵雨又对王新星说，"新星要好好听阿姨话。"

　　两个小家伙已经玩到一块儿。琳琳还从妈妈的包里拿出王新星坏了一个镜片的眼镜，戴在脸上，和王新星头挨头地交换着闪卡，又专注又可爱，不知听没听到他舅舅的话。

5

　　带着两个小朋友回家的路上，吴嘉琳还在想，她自己的家庭就够啰唆了，又遇到一个比她更啰唆的家庭——赵雨是王新星的舅舅，这舅舅是什么性质的舅舅？很少有孩子跟着舅舅一起生活的，听说有跟爷爷奶奶的，也有跟外公外婆的，连跟姨娘一起生活的都少见，没听说过有跟着舅舅的。这个舅舅是亲舅舅吗？如果不是，有可能是王新星妈妈的男闺密？或者说，王新星的妈妈是赵雨的女闺密。别扯了，世上就没有男闺密女闺密之说。如果有，那之间必定另有故事。吴嘉琳不想多想这些，生活中有些谜是正常的，有些秘密也是正常的，没有谜没有秘密才不正常呢。每个人都有自己的秘密，都有深藏很久的谜底，就像她女儿的爸爸，就没有人知道他。别人（比如她的主管）只知道她是单亲妈妈，怎么个单亲，为什么单亲，单亲多久，就没有人知道了，连女儿都不知道。这种事，如果她不说，谁又好意思主动问？就算有人问，她也不会谁都说的。所以，关于赵雨身上的种种疑问和谜，只在吴嘉琳脑子里闪了几下，就转移到别处了：她就要到天街的钢琴教室去任教了，又要接触她擅长并喜爱的钢琴了。茶餐厅的工作不用再去，不用再看女主管的脸了。吴嘉琳还恶作剧地想，明天故意迟到，然后再通知茶餐厅结工资，不干了。

　　但吴嘉琳并没有这么做，虽然她很累，两个孩子因为晚上有了伴儿，还处在兴奋中，你好我好，快快乐乐地玩，估计也只是新鲜劲儿作怪，到家就累趴下了，毕竟是夜里十一点多了。吴嘉琳还是想好了，和老东家的关系，要好聚好散，便拐到茶餐厅，向女主管说了自己的打算，辞职的理由倒是没说已经找好新工作，没说做钢琴教师，更没说正式入职后，工资比在茶餐厅翻一番，而是说带着两个孩子，忙不过来，太累，只能辞职。主管好奇地看着吴嘉琳，那眼神，分明在说，以前只看到带一个女儿，怎么又多出来一个儿子？亲生的？收养的？免费包邮的？充话费送的？以前主管就曾话中有话地暗示过她，你这么小的年纪还这么漂亮，就生女儿啦？主管是个三十多岁的老姑娘，她是无论如何也不能理解大学一毕业就生孩子的女生的。一个女儿还不算，这又出来一个同龄的儿子，主管的脑子里像一团乱麻，怎么也理不清了。

回家已是午夜，两个小家伙果然累瘫，连洗澡都没来得及，倒在床上就双双睡着了。吴嘉琳自己洗完澡，看到两个小家伙呼呼进入梦乡，四只小脚丫还交叉搭在一起，就用手机拍照，微信发给赵雨。赵雨也还没睡，欣慰之余又谢过吴嘉琳之后，便把家里所在小区的门牌号码和密码锁的密码告诉吴嘉琳，让她明天到他家，把王新星的日常用品和换洗衣服取走，然后又说了一大堆感谢的话。

可能是累过了头，躺在床上的吴嘉琳还没有一点睡意，赵雨身上的种种谜团再次浮现在眼前，这家伙倒是一枚挺帅的帅哥，年龄比她还显小，也就二十五六岁的样子，唇上的胡须还是汗毛状的，为什么甘愿以舅舅身份带一个孩子？他所住的小区在非中心的另一个隔壁，简单说，和吴嘉琳所住的像素小区隔着一个非中心。那个小区吴嘉琳知道，是个高档小区，房租贵得要死，要是自购房，那更是一个天文数目，在北京打拼的一个外地青年是无法想象的。还有王新星的钢琴课，学钢琴可不是谁想学就学的，特别是小班教学，一对一，不仅学费高，而且至少家里要有钢琴。这个姓赵的会那么有钱？可他怎么连一个陪护都没有呢？他什么来头？在哪里上班？上什么班？

吴嘉琳就是在许许多多疑问中，迷迷糊糊睡着了，又似睡非睡地醒了，窗外的阳光照到窗户上，没有关严的窗帘缝隙里漏进一线阳光，像刀锋一样照在地板上。吴嘉琳立即翻身起床，摸过手机看时间，还好，不到七点，还能赶上做早饭。

吃完早饭，吴嘉琳带着两个孩子去幼儿园了。门口接园的小江老师看到吴嘉琳一手牵一个，左手女儿，右手王新星，眼里、脸上全是惊愕。吴嘉琳看到对方的惊愕，心里也突然惊愕起来，不是被对方的惊愕所惊愕，是觉得自己的行为确实惊愕，怎么就如此自然地突然带了两个孩子？而且三口人竟是如此和谐。

吴嘉琳就是带着这样的感觉，按赵雨头天晚上在微信上的指引，来到他家。

赵雨家的房子真大，三室两厅，光是客厅就比她现在的住处大三四倍，装修更是非同寻常，看似简洁，却处处体现出豪华和气派。琴房里的一架钢琴，更是惊掉她下巴，居然是施坦威，这可是她梦想中的钢琴之王啊，天啊，不过是供孩子练习的钢琴，没必要这么耍酷吧？吴嘉琳心里感慨着，忍不住想去试试钢琴，又觉得这样不好。但她还是情不自禁地坐下来，弹了一曲肖邦《幻想即兴曲》的开头部分，音质太好了，她一下子就被带进某种氛围里，身体里的音乐细胞被完全激发、调动、释放，仿佛回到大学时代的钢琴房。正意犹未尽时，手机响了。是赵雨打来的。赵雨很为难地对她说，医院方面关于手术的相关程序和意见，要和家属见面交流。赵雨的意思，能不能让她冒充家属，来医院一趟，配合他走走流程。

"胆囊是保不住了。"赵雨的话似乎也不悲观，在吴嘉琳答应他的请求后，还略带幽默地说，"这个胆囊，既然可有可无，还时不时地行妖作怪闹个别扭，拿掉也好——只是辛苦你跑来跑去，还要帮我带孩子……对了，每周一、三、五晚上七点，王新星还得去天街的音乐教室练琴，这个可以请假，暂时不练了。"

6

吴嘉琳倒是不怕辛苦，反正茶餐厅的工作也辞了，音乐教室的电话还没有打来，跑几趟医院也不算什么，至于冒充赵雨的家属，也不是难事。至于每周一、三、五晚上七点到天街音乐教室练琴的事，更好解决，她就要成为那儿的教师了，上班时顺便带上王新星，还不是挺方便的？如果女儿对钢琴感兴趣，还可以顺便教教女儿。

到了医院，吴嘉琳看赵雨躺在病床上正在输液，输液架上还挂着两只大小不一的空瓶和一个淡绿色药液、一个白色药液的中型瓶子，心里突然咯噔一下，紧张起来：现在还不到中午，要输这么多药水？赵雨倒是坦然，看到吴嘉琳来了，立即跟她招手，一副神秘兮兮的样子。待吴嘉琳到他病床边，小声说："我一会儿按铃，叫医生来，你就说是我妹妹哈。"

"那不行……是你姐。"吴嘉琳说，"一看我就比你大。"

"我已经说你是我妹了，表妹，北京就你一个人和我最近，改不了了，你就将就当一回吧，咱们要装得跟真的一样。"

"行吧。"吴嘉琳看他英俊的脸略显憔悴，也幽默道，"哥，你瘦了。"

"医生不许我吃东西，一直到手术后，什么都不能吃。"

一会儿，医生来了。医生四十来岁的样子，很精干，根本没问她是他什么人，开门见山地告诉吴嘉琳，病人情况你知道吧？胆结石，目前症状是，发炎后造成胆管堵塞，胆囊失去原有功能，且结石很大，加上病人的胆囊壁肥厚，采用物理疗法无济于事，只能手术切除。手术也不是开膛破肚，微创，肚子上打个小洞就解决了。又说，目前这个手术相当成熟，不用害怕。然后让吴嘉琳到他的办公室，让她在几张纸上签字。办妥以后，吴嘉琳觉得不问点什么不正常，就问治疗期间不吃饭会不会饿坏啦。医生说饿不坏，有营养液维持身体各种需求，不过会难受，但这是必须的流程。

再回到病房，吴嘉琳只说签好字了，便不知要说什么。毕竟，两人还不太熟，第一次当人家表妹还有点别扭——虽然两个孩子同在一个幼儿园，但因为接送时间不一样，相互也没有打过照面，或者照面了，也不太在意。如果不是琳琳把王新星的眼镜弄坏了，说不定他们相互还是陌生人。但是，也正是因为眼镜的事，让他们有了现在的关系。现在的关系是什么关系呢？冒充病人家属？表妹也算不上家属吧？谁知道呢？吴嘉琳刚才还从医生那儿了解到，整个治疗时间需要半个月。也就是说，至少在半个月内，王新星会住在她家，会跟她一起生活。他们之间的关系实际上就是同学家长的关系。想到关系，吴嘉琳再一次好奇他和王新星究竟是什么关系？要不要问问？问了不好吧？在他家时，除了弹钢琴，还在几个房间里看了看，她只辨别出赵雨的房间和王新星的房间，无法判断他们之间的确切关系（对外宣称的舅甥关系也算贴切）。至于女主人，应该是没有的，每个房间都没有女人元素或相关元素。但不说什么也不正常，还是说和病情相关的话题吧。

"手术多会儿做？"吴嘉琳问，其实她已经从医生那儿知道了。

"输液一周后。"

"噢，那还有几天。双休日时，我带王新星来看你。"吴嘉琳说，这句话最安全。

"好。"赵雨紧接着说，"不来也好。他小小年纪，不需要知道太多。"

"行吧。"吴嘉琳说，"真的不需要陪护？"

"医院说不需要。"

"来看看可以吧？"

"应该可以。"

再说什么呢？说王新星早上吃了两个煎鸡蛋、一块煎面包、一杯牛奶？算了，还以为是报伙食呢。没有话可说，吴嘉琳就准备告辞。手机有短信提醒。吴嘉琳拿出手机，看到的信息是天街音乐教室的通知，说暂时不需要老师了，不过音乐教室也留了后路，夸她条件很不错，可作为备选。吴嘉琳看着短信，心里一冷，那就是失业了？

"有事你去忙。"赵雨发现她失落的表情了。

"……没有事。我没有班上的。"吴嘉琳勉强一笑，继续道，"那……我先回，需要我可随时电话。"

在接下来的十来天中，吴嘉琳每天都到医院来——突然没有了工作，送两个孩子去幼儿园后，到下午四点钟才接回家，让她感觉从未有如此充裕的时间，甚至觉得空荡荡的，不仅是工作上的空荡荡，思想上也空了。本来她想克制一下，遵照医院的规定不往医院跑，或赵雨需要她才去，可不由自主还是来了，且每天都来。来了当然也没有什么重要的话说，又不能给他带好吃的，就陪赵雨坐坐，说说王新星在幼儿园的事，也说说女儿的事，刚认识时对赵雨的那些疑问，开始没问，随着常来常往和渐渐相熟，反而不好再问了。手术那天，吴嘉琳比往日还早来半小时，还握握他的手，给他鼓励。手术进行了三个多小时，她也一直在手术室外等候了三个多小时。手术很成功，吴嘉琳也跟着高兴。回到病房输液时，吴嘉琳还问他手术过程中有没有感觉。他说感觉就像有人在他肚皮上摸摸索索，不疼不痒。

总体来讲，从入院，到出院，十来天中，她来了又走，走了又来，由开始的拘谨，渐渐地趋于自然，自然地来，自然地去，表现完全像一个表妹的样子。至于赵雨身上的谜，不但没有被揭开，反而连揭开的兴趣都没有了。

7

出院之后的赵雨，把王新星接回了家。吴嘉琳的生活又完全恢复往日的状态，只是工作一时两刻还没有着落，有点暗暗着急，毕竟没有多少积蓄，没有多少老本可吃。每天路过茶餐厅时，还没出息地有点留恋在茶餐厅工作的那段时光。至于赵雨和王新星，她在幼儿园门口也遇过一两次，有时是早上，有时是下午放学时。两个人会打个招呼，也就是一般家长间的点头或微笑。只是有一天晚上，女儿说了一句话，让她心里一酸，差一点破防——女儿说："妈妈，我想王新星的舅舅再生一次病，那样王新星就能来我们家了。"事后想想，她居然和女儿有着相同的想法。

电话是在晚上打来的，很晚，吴嘉琳都睡着了。惊醒后，一看时间，快十一点了。吴嘉琳接通手机，是赵雨。吴嘉琳的困瘾顿消。只听赵雨在电话里小声说："王新星想请你做他的家庭教师，教他学琴呢，每周一三五晚上，两课时。王新星说喜欢你……我也是……是……是……是需要你来教他练琴。课时费你随便开。"

吴嘉琳听了，吓一跳，他怎么知道她懂琴？可能是发现他家的钢琴被人动过？或者，他从天街音乐教室打听来的？都有可能。她不是出出进进赵雨家几次吗，每次去，都会在他家的高级钢琴上弹一曲，因为时间紧，大多都没有弹完。有一次，她一下子想不起肖邦一首名曲的曲谱，还回家拿来《肖邦十大钢琴曲》……坏了，她把肖邦的曲谱落在他家钢琴上了。此外，她又突然想起来，赵雨发病那天，她去音乐教室咨询面试的事，他不是在现场吗。但不管他是如何知道她精通钢琴的，她心里还是热乎乎地快乐起来，特别是赵雨说王新星喜欢她时，他说他也是，虽然紧接着把话又含糊了过去，可傻瓜才听不懂呢。她很高兴地答应做王新星的家庭钢琴教师了。

这一夜，吴嘉琳失眠了，耳边一直萦绕着一首美妙的钢琴曲。

老人与狗

张鲁镭[*]

老人愤然地将喇叭送到嘴边：肥猪肥猪胖乎乎，耳朵大呀腿儿粗，走起路来呼呼喘，摇摇摆摆晃屁股；肥猪肥猪——砰，一记沉重的关门声，朱婶儿走了。老人摇着轮椅追到门口，还嚷：三钱买屠刀，日日去杀猪。

老人放下喇叭，打开落地窗拉门，昨天下了一夜雨，地面黏糊糊的。他在小院里转了一圈，轮椅轱辘立刻沾上一层泥。老人兴奋地又转两圈，然后回到屋里开始在地板上涂鸦。他利用轱辘上的泥土先画了几个球，再用线条把球串联起来让它们变成一堆气球。当线条不清晰时，他就去小院沾泥巴。当初大壮要把院子都铺上地砖，他不同意。屁大个小院，连点泥土都没有的话都不叫个院子。他一面欣赏自己的大作，一面联想朱婶儿扭着屁股擦地板的情形。老人一咧嘴，肚子里的火气便顺着牙缝跑出去了。

老人将几个没拆封的包裹放到门厅，打电话给顺丰小田让他过来拿。老人这一阵疯狂爱上网购，购了退，退了购。无非花几个快递费，他不在乎！过日子总归要有一点生机，那生机多是靠人折腾出来的。

小田回复今天货太多要晚些上门，老人知道小田忙，一个快递员哪有闲的

* 张鲁镭，女，1969年生，中国作家协会会员，文学创作一级，辽宁省作家协会主席团成员，辽宁省作家协会签约作家，现工作于大连市文化艺术研究所。作品发表于《人民文学》《当代》《十月》《北京文学》等杂志。曾获第二届曹雪芹华语文学大奖、第二届"禧福祥杯"《小说选刊》最受读者欢迎小说奖、第六届《中国作家》"剑门关"文学奖。

道理？他围着那几个包裹转一圈，又转一圈。索性拎起一个撕开，是袋半斤重的真空羊杂。老人馋嘴猫似的在开口处使劲抽鼻子。小田说要晚些来，那就是下班后，那就是没吃晚饭了……

老人情绪高涨，开始摇着轮椅弄东弄西，电火锅支好，冰箱里找出锅底料，食材就是现成的羊杂，还有挂面。挂面要吃到最后再扔进去，那样滋味才地道。桌上还备了一瓶红星二锅头。这些都是给小田准备的，老人不吃，他看着小田吃。小田在这儿吃过两顿饭，一次送件一次取件。

那天外面下大雨，小田进门时头上直往下滴水，他看看手里的包裹有点不好意思，说，刚刚在门口摔一跤，如果有破损的话我给您赔。老人把毛巾递过去，说，不如进来坐坐。小田依旧靠着门框。老人笑了，说，进来看看坏没坏。包裹里是一对肥嘟嘟的猪蹄儿，这玩意儿怎么能摔坏？只是盒子上沾了些泥，老人撕开直接将猪蹄儿放进微波炉，两分钟后端到小田面前，说，你吃。

小田后悔怎么就进屋了，当时说明情况抬腿就走多好，好吧，猪蹄儿也没多少钱，他认倒霉。不过这老家伙还算讲究，把猪蹄儿热过给他吃，就是赔钱也不亏。小田不客气了，反正他还没吃晚饭，反正他也下了班。老人说啃猪蹄儿要配白酒，我这儿有。就给小田倒一杯二锅头，他还拿来皮蛋和花生米。小田晕，沾点泥巴就拒收，老家伙这是后悔了？小田大气地把另一个猪蹄子递给他，说，你也来一个！老人摇头，说，年轻那会儿一口气能干掉好几个，现在三高加痛风，不敢碰。小田不解，问，那为啥要买？老人一笑，说，过眼瘾！他现在能吃的东西太少，这毛病关键要管住嘴，看你吃就像看见年轻的自己。小田发现老人也是大眼睛刀条脸，妈呀，多年后我就长这样？

老人摇着轮椅去给小田洗根黄瓜。这荤素搭配正合他意，一杯酒很快见底，老人又倒一杯，小田一口干下去。他太累了，骨头缝里都藏着疲惫。不光身体累，心里也有压力，顺丰这边每个月都有固定收件份额，完不成不行。老人说自己常退货，今后就用顺丰退。小田张开油汪汪的嘴，说，大爷，这猪蹄儿我赔定了，现在就转款给您。老人说，你骂谁？

从此老人退货都用顺丰，这就让他有些破费，但有钱难买人家乐意。他和小田也成了忘年朋友。小田来家里取货，顺便把降压药和脚气水也捎来。老人向他唠叨，朱婶儿今天看报纸明天看头条，所有治三高的偏方在他身上试验，熬了那么一大锅小米粥，活活把人撑死！小田够朋友，二话不说帮忙喝，咕嘟咕嘟肚子都圆了。老人很感激，靠他自己喝到什么年月？

老人弄好火锅给小田打电话：你什么时候过来？大爷，这边还没忙完。老人夹一块羊肝放嘴里。不敢多吃，尝尝得了。要是被朱婶儿发现那还了得，朱婶儿在床头柜里缴获了他藏匿的咸鱼饼子，并如实向何大壮汇报。今天何大壮在监控那头对他劈头盖脸一顿教训：轮椅坐烦了你想卧床？这年月儿子训老子一点不客气。最可恶的是朱婶儿，就不能睁一只眼闭一只眼？就不能对他这个孤老头网开一面？好在有个小田。小田是他生活里的一盏灯，那些违禁品都是小田帮忙搞的。

老人继续给小田打电话，响了好一阵没人接，再打，仍不接。再打，通了。小田气喘吁吁，好像在爬楼梯。不好意思大爷，今天不行了，我明天过去。老人望向漂着红油的羊杂锅心里好一阵寂落，得把这些消尸灭迹，明天被朱婶儿看见又还了得！人越老胆子越小，他现在有点怕何大壮。

老人摇着轮椅端着羊杂锅去小院，院里居然站着一条黄狗，看见老人便跑到墙角从铁栅栏钻出去了。这家伙从哪儿来？是路过还是在院里下榻了？老人腾腾蹿起一股火，他把那锅羊杂狠命向墙角泼，瞧那副慌慌张张贼头贼脑样，丑八怪讨厌的东西！其实那条狗模样不丑，可今天老人的咸鱼饼子被缴获，然后又被儿子训，然后精心准备的羊杂火锅被放了鸽子，倒霉玩意儿正撞枪口上。

院子东面有个堆放杂物的遮雨棚，难道那条狗住下了？反正它不是来散步的，说不定已经住了一段，只是没人发现。可凭什么到我家里来？凭什么侵占我领土？老人摇着轮椅去厨房，赶紧查看冰箱和食品柜，冰箱里的馒头冻得比铁蛋还硬，食品柜里那些燕麦片也完好。狗东西，再来，再来打断你的腿。

老人夜里睡不踏实，一会儿扒窗看看，一会儿去院子瞧瞧，却不见那条狗的踪影。早晨朱婶儿过来做饭，榨芹菜汁冲燕麦片热小馒头。朱婶儿一次蒸好几十个小馒头，统统放进冰箱冷冻，吃的时候拿出来热热。朱婶儿准备好早饭开始搞卫生，她用拖把将地上那堆泥巴气球一一铲除。老人昨晚没睡好现在懒得动，朱婶儿还以为他闹情绪。闹就闹去，还不是为他好！

朱婶儿感觉屋里有股怪怪的味道，辣滋滋膻烘烘，到处查看也没发现异常。拿人钱财替人消灾，何大壮把老爹交给她，给的酬劳也不低，那就要尽职负责。朱婶儿手脚勤快话不多，老人提出的某些要求她只当没听见。老人说猪大肠炒辣椒真香，老人说这个时候该吃螃蟹了，老人说咸鱼饼子豆腐脑，老人说红烧肉配白米饭……朱婶儿只管吭哧吭哧拖地。老人说你耳朵不好使？家里有个电喇叭，老人拿喇叭对准她：猪头肉熘肝尖驴板肠……

还没吃早饭？何大壮在监控那头问。清汤寡水哪来胃口？我问过大夫，可以少量吃点火腿和鸡胸肉。老人看见窗外好像有影子晃动，他把脖子伸出去。你在看什么？我看有没有火腿和鸡胸肉。

老人来到院子里，什么都没有，包括雨棚下面，连根狗毛都没有，是自己看花了眼。朱婶儿去买火腿了，这老婆子听了何大壮的话，得了圣旨一样冲出门。何大壮大概觉得自己昨天态度恶劣，今天一百八十度缓和，连嘘寒带问暖。老人心里骂，打个巴掌给个甜枣。

何大壮出落成现在这块材料，都是老人花大把银子培养的，那可是掷地有声的真金白银，没有那些银子何大壮能出国读博？能在国外高校任教？能娶个金发碧眼的洋媳妇？洋媳妇黄头发绿眼珠，像商场橱窗里的塑料模特。老人去那边待过三个月，吃不惯住不惯，连那像猫科动物的洋媳妇也看不惯。

何大壮把老爹扔下于心有愧，为了找到某种心理平衡，他在国内停留两个月才寻觅到朱婶儿。朱婶儿负责打理老人的日常生活，包括买菜洗衣做饭打扫房间，包括监督老人不能嘴馋，一切花销都由何大壮负责。老人每月那七八千块的退休金仍牢牢攥在手心。

朱婶儿的工作量不大，上午八点来做早饭，四处搞搞卫生，下午再准备一顿晚饭就回去了。因为三高和痛风，老人的饮食不是一般的简单，没办法，不是朱婶儿不愿意做，关键要听大夫的，还要听何大壮的。打扫房间也不难，老人住的是造船厂职工福利房，两室一厅还不到七十平。何大壮要给他换新房，老人故土难离。有时候老人都觉得这婆娘是在家里捡钱。捡就捡，反正不是他的钱。朱婶儿倒一副好脾气，就算把喇叭戳到她耳朵上也不介意。

老人一般很少出门，门洞口那三级台阶对他仿佛一道天河。朱婶儿想推他出去转转，不去，老人很坚决，他不愿意让老同事老邻居看见自己这副模样。他可曾是造船厂的工会主席，台上主持过上千人大会。老人也不愿意让人看见他和朱婶儿在一起，怕被怀疑又续个老伴。说保姆也不好，容易让人看成剥削阶级。老人更不愿意看见那些牵着手一起买菜的老头老太，听不得人家说笑，那笑声小刀子似的割他的皮扎他的肉……

外面传来汪汪的狗叫，是它？老人发现雨棚下面的箱子里多了个小褥垫，没错，一定是那条狗，它什么时候来的？看样子真把这里当家了。这狗真会选地方，棚子下面遮风避雨，木箱是一张干净的床，现在连床垫都有了，四周还有那么多杂物遮挡，居住环境舒适隐蔽。

朱婶儿买火腿回来，老人马上装出一副晒太阳的模样，这事不能让她知道。这一天老人吃了火腿和鸡胸肉，这一天他频频向小院张望。第二天第三天都这样。老人有些失望，他期待那条狗再次出现，然后亲自把它打跑，看着它从这里落荒而逃……

朱婶儿发现老人这几天总往窗外望，八成是想儿子了，他那个博士儿子仪表堂堂，经常在监控里嘱咐这嘱咐那，顶什么用？就算有视频也是连摸都摸不着。孩子念书太多也没什么好，翅膀硬了就想飞，一飞还飞到国外那么远。自己儿子就念个职高，成家后和她只隔一条马路，有事一个电话五分钟人就到。之前还怪儿子不争气，现在看起来蛮好。她那小孙子长得虎头虎脑，牵着他的小手心都化掉。老人又伸脖子往外瞧，可怜见的！

那条狗好像预知老人的恶意，一连几天都没出现。就在老人守候的第五天，来了，它来了。那条狗神情机警、动作敏捷，一路跑进雨棚。它身材匀称、通体黄毛，支棱着两只大耳朵，脑门上还有一撮黑毛，像特意盖的印章，总之一点都不邋遢，根本不像一条流浪狗。单看它给自己找的住处，就知道这狗有头脑。

老人忽然对这狗萌生出好感，他把手边的拖把送回原位，还把火腿和鸡胸肉送过去。那狗看见他像撞鬼一样逃了。不识相的东西！老人经过穿衣镜无意间瞟见自己，一副十足的邋遢相，头发很久没洗脸也很久没刮，这模样别说狗不喜欢，连他自己都烦。一条蜗居在雨棚里的野狗都能活得那么体面，他还不如一条狗吗？

他曾何等风光，造船厂大名鼎鼎的工会何主席，舞文弄墨还会写诗歌，厂里的宣传栏都是他执笔，国庆节文艺会演也是他串词，那个时候他穿西装打领带皮鞋能照出人影来。怎么就变成这样一个糟老头子了？

老人把冰箱里的一罐番茄牛肉罐头放进雨棚，第二天早上过去看，那罐头完好无损一口没碰。它昨晚没回来？不对，木箱里除了小褥垫还多了个拳头大的皮球。老人这才发现那罐头盒又细又高，狗根本没办法把嘴伸进去。

老人把罐头倒进一个很浅的碗里，把火腿和鸡胸肉放进盘子一起拿过去，第二天再看盘子碗全空了，老人心情不错。接下来他的退货就不是全部，总要留下一两件，火腿啦罐头啦，小田过来时还挺欣慰，这就对了，不好件件都退。老人笑眯眯不解释。

老人每天给狗准备吃喝，不是直接把火腿和鸡胸肉往那儿一扔，而是学着朱婶儿的样抹点油在平底锅里煎，直煎到两面金黄。这么做时他会想到多年前给何大壮做早饭，那孩子口味刁，里脊肉要炸黄花鱼要煎，不爱吃米饭，他和老伴就起早烙饼蒸糕。儿子是学霸，怎么付出都高兴。

不知道何大壮现在都忙什么。不知道那条狗都往哪儿跑。老人笑了，那二位会想到他吗？肯定不会。何大壮心里只有洋媳妇，那条狗到现在也不爱搭理他。每天早出晚归好像在外面有一份固定营生。

这几天连阴雨，雨棚那边有点漏。老人想让那条狗到窗户下面的水泥台上来，他刚把轮椅摇过去，那条狗马上机警地直起腰，老人赶紧后退，那狗方又重新趴下。你去窗台那边多好，这里太湿太潮。老人边说边指，那条狗已经把眼睛闭上。第二天趁狗不在，老人把一个泡沫盖放进箱子，晚上再过去看，那条狗趴在箱子里朝他翻了下眼皮。

老人心里不痛快，现在的局面很明朗，他想和它接近，都有讨好的意思了，可那条狗根本无所谓，仿佛有他没他自己都能活得挺好。拜托，你住我的吃我的喝我的，怎么这副态度？老人觉得自己就像个可笑的求爱者，他不想再浪费感情，什么火腿鸡胸肉——我该你的！

晚间小田来送货老人请他进屋喝茶，几杯茶后换成酒，喝就喝，反正这鬼天气也没法送货。小田沾酒话开始多，说他女儿妞妞考了全班第一，我和她妈妈多辛苦些，将来也送她去外国留学。老人说女孩是爹妈的小棉袄，女孩读书太多有什么好？大爷，男孩女孩都一样，都要读书长见识。老人心里叹，将来你就知道了。

小田拿出手机，图片上的妞妞长得很俏皮，怀里抱个白色京巴。你养狗？养了好多年，大人都忙，这狗是妞妞最好的玩伴。它乖得很，天一黑就趴在门口等，进门还把拖鞋叼给你，它可是我们全家的开心果。哪天抱来给你看看，保你喜欢。大爷，干脆你也养一条，能排忧解闷，都有治愈功能。

老人说他家小院来了一条狗，模样不赖，就是怎么喂都不跟我亲近。老人一面还描述了狗的样貌体态。哦，我送货时也见过，那狗总在这一带出没。老人带小田来到院里，那条狗看见他们撒腿就跑。小田说这狗之前一定受过伤害，不然不会这样，狗是最亲近人的。

老人把食物盘放到雨棚外面，下一天他又往前拉了拉，一连拉了几天，总算把食物盘拉到窗户下面，索性就把那木箱子一起搬来。那条狗跳进去还朝老人摇下尾巴。看，它摇尾巴了，这就表示它愿意接近自己，老人嘴里哼上小调。

现在老人和小田多了个话题——关于狗。这话题显然比之前的买货退货来劲。小田推荐了几家卖狗粮的网店，老人觉得狗粮单调，一个吃百家饭的狗不会喜欢。小田又推荐卖狗服饰的小店，帽子、裤子、裙子、背心、雨鞋……老人觉得又穿衣又戴帽那还是狗吗？

再说那条狗还没和他亲近到任由摆布，只是见了他不再像之前撞了鬼似的。小田说别急，慢慢它就会知道你的好，我家那小乖，看见你不高兴它就沉默，看见你开心它就在你身边跳。老人笑，那条狗口味重，昨天我把猪蹄子掰碎后又给加热，那家伙连骨头都没剩。老人又在网上下单木板胶水钉子手锯，他要给那条狗盖个小房，能遮风挡雨，能趴在里面休息。

老人准备把狗房安置在窗户下面，雨棚那边潮湿，距离他有点远，这样开门就能看见。老人开始手工造房，又是锯木板又是拿胶粘，没几天一座尖屋顶的小房就快竣工，拱形门四方窗，还剪了几个红色窗花贴上。朱婶儿知道院子里有条狗，老人整天为它忙这忙那脾气也渐渐变好，不再生是非不再拿着喇叭对她叫，对没有味道的饭菜也不计较。

这天上午小田发来一张照片，是院里那条狗和另一条狗肩并肩，一条身材高大的黑狗，没有他家院里的狗样貌好。看起来它们关系很亲密，一看就是相好的，难怪天天往外跑。

晚上小田来送货，问，那条狗回来了？还没。老人推开门又确认一下，这个时候该回了。那条狗、那条狗简直了……

你看这段视频。小田打开手机。嘎吱……一阵刺耳的急刹车，一条黑狗倒在马路中央，一条黄狗正围着它打转，黄狗脑门上有撮黑毛，正是他家小院那条。前后车都停下来，马路上忽然安静了，黄狗一口咬住黑狗脖子，它四腿蹬地脊背弓得像个问号。

它拼命把黑狗往路边拖呀拖，黑狗嘴里开始流血，黄狗停下来帮它舔。黑狗身下已经汪着血，黄狗用两只前爪使劲挠水泥路面。它好像要用土埋住血，黑狗半闭着眼睛嘴巴一张一合，黄狗用自己的头去拱黑狗，仿佛要对方把头抬起来。黄狗就这样一会儿舔血一会儿拖拽一会儿挠地，始终不肯停。

直到交警来把黑狗抬上车，黄狗对着那车大呼小叫，马路上的车流开始涌动，不知谁先朝黄狗按了喇叭，接着好多经过的车都按喇叭朝黄狗致意。老人眼睛都看湿了。那条狗呢？听说跟着拉黑狗的车跑了。上午我见过它俩，下午出这事时我不在，一个朋友转发的视频。听说黑狗死了，那黄狗上了热搜，都说它有情有义，好多人给点赞。

夜里老人睡不着，他心里挂念着那条狗，就让客厅里的灯亮着，连窗帘都没拉。去哪了你？快回来吧，以后这就是你的家。我连房子都给你造好了，用的无毒无味强力胶。他知道失去亲人的痛，老伴不管不顾扔下他，那份悲伤就别提了。凌晨两点他还给小田发去语音，拜托他白天去找找那条狗。

饭菜摆在桌子上老人也不动，朱婶儿纳闷，我又没告状你这是闹啥？老人让她看视频：多好的狗啊，这么多人给它点赞，我还想过把它打跑。朱婶儿说做饭时她好像听见院里有动静，老人赶紧把轮椅摇过去，那条狗正趴在箱子里睡觉。回来就好，回来就好……

他一面让朱婶儿去买火腿，一面给小田发微信：回来了，它回来了。老人把朱婶儿买回的进口方火腿摆在那条狗面前，之前的鸡胸肉他怕不新鲜。那条狗看都不看，不合胃口？老人在美团订了卤肉饭和酱猪骨，那条狗仍旧闭着眼。老人听到它在哭，是一种隐忍的哭，眼角湿湿的。知道你伤心，但饭总要吃。老人知道有些狗遇到难事都有自杀倾向，伸手一摸那条狗正浑身发抖。

第二天一早，老人看见它仍闭眼趴在那儿，盘碗里的食物碰都没碰。老人给小田打电话：快过来看看吧，它这是怎么了？小田利用午休过来，他把狗抱起来才发现身下的小褥垫上有一摊血。老人急，问，它受伤了？小田仔细检查没见伤口。最后发现血是从狗下阴流出来的，小田觉得它是受了内伤。那怎么办？老人快哭出来了。我这就送它去宠物医院。

小田抱着蔫头耷脑的狗在宠物医院走得深一脚浅一脚，这里的热闹程度不比医大二院差。一个狐狸脸的棕色小狗从婴儿车里探出头对着小田叫。你这狗病得不轻，有人建议他赶紧挂急诊。

小田给老人打视频：大爷，这狗是流产而且子宫严重感染已经化脓，它体温高心跳弱，需要马上动手术。可是，今后别想做妈妈了。老人觉得小田还是年轻，都什么时候了，保命要紧。

可是，这个手术费不便宜，小田把手里的缴费单朝老人晃，说，八千六，差不多我一个月工资。他又回头问一个穿白大褂的：八千六对吗？那人说单子上不是写得明白吗？马上手术，我现在微信转账。老人一点没犹豫。

老人望着窗外发呆，他想起多年前在手术室门口等老伴的情形。朱婶儿只好把饭菜端到窗台上。老人念叨，不知手术顺不顺利，那条狗还能回来吗？朱婶儿安慰，狗都皮实，尤其流浪狗命更大。老人看看她，感觉这婆娘也不是太烦人。

小田再打来视频，称那条狗已经躺在小床上，麻药还没过去，它还要睡一阵，另外还需要住院观察几天。老人长出一口气，提到嗓子眼儿的心落回肚子里。晚上小田来送货时给老人看了一张照片，一个气球模样的东西，就是被割下的子宫。刚才我又去看了一趟，它在床上老老实实输液。老人知道这一天小田又送货又去医院实在辛苦，今后要继续支持他工作。

老人决定把小木屋放在客厅，那条狗现在是病号，病号哪能住在外面？老人让朱婶儿打扫客厅，还把玻璃门窗擦干净。老人告诉她，等狗出院一切我来，这个不用你劳神。

那条狗回来了，脖子上套着一个可笑的白色喇叭状塑料项圈，这是防止它舔尚未愈合的刀口。它被项圈限制着没法进小木屋，老人从卫生间搬出一个大木盆，里面垫上毛毯放到自己房间。从现在起这条狗就算在家里正式落户，那么它该有个名字才对，叫什么好？儿子叫大壮，干脆它叫二壮，二壮。二壮平躺在大木盆里，呼吸均匀，一看便知体内的痛苦已经消除。老人说晚上我打呼你可别嫌烦。二壮朝他摇下尾巴，又摇一下。

家里多了个二壮情形大不一样，通常是朱婶儿在那边给老人准备饭菜，老人在这边给二壮准备吃喝，他们各占据厨房的一角，老人又烹又炒比朱婶儿还忙。这二壮就像自己前世的兄弟，口味和他如出一辙，对内脏下货颇感兴趣，老人用葱姜蒜爆锅熘肥肠，厨房里一下子有了浓浓的烟火气。大壮小时候家里过年就这样……二壮守在厨房门口，喉咙里发出咕咕声……

吃过饭老人会带它到院子里玩球，老人扔二壮用嘴接，开始接不住，慢慢十次能接个七八次，老人直夸它机灵又聪明。二楼晾的被单直往下滴水，二壮汪汪叫还以为下雨了，老人朝上看一眼，说，老孙婆娘还那熊样，做事毛毛糙糙。他告诉二壮，那是个邋遢婆子，自己老伴可不这样。

之前家里被罩床单都是一个月一洗，洗过还要用淘米水浆，然后拿到小院里晒。晚上盖被子就会闻到浓浓的米香，那味道能让人做一串好梦。老伴儿一辈子干净清爽，是个舍得在生活里花时间的女人。二壮啊，她走后我再也没盖过有米香的被子。那才是美满生活的滋味，走，我带你去看看。

老人拿出影集，说，就是她，眼睛大辫子长，年轻时相当漂亮。那会儿我们正闹恋爱，她会唱歌还会拉手风琴，我们就是排练节目时好上的，羡煞了很多人。

这张是大壮的百日照。老人于是想起儿子当年出生的情形，大壮一探头他就成了爹，他又激动又欣喜，一团粉嘟嘟皱巴巴的肉抱在怀里，丑是丑了点儿，但是有声音有体温，从此世上多了这么个东西。

这家伙太闹人，一个小不点儿竟能发出那么大声，他都是半夜扯着嗓子哭，呜啦哇……呜啦哇……吵得四邻不安，有人甚至半夜来敲门，他和老婆只好轮班抱着摇，一摇晃就好，一放下就号，这个混蛋东西。

大壮小时候真难带，把他们两口子熬得筋疲力尽成了大眼灯，原来爹是这么个当法。老婆安慰他，听说哭闹的孩子有出息。一岁半那年夜里发高烧，他和老婆骑自行车把大壮送去医院，急性肺炎。多亏送得及时，孩子打上吊瓶他就虚脱了……

这是我们一家三口在劳动公园，那时候大壮正上小学，功课特好，每次考试都得百分。老师见面就夸，你这孩子有出息，将来考大学不行还要考研，考研不行还要考博，把他夸得脸都红了。老师高瞻远瞩，大壮真从了他的道……

有一张照片里居然有老孙，他们科室的集体照，一共十二个人。那时候老孙还是小孙，梳个三七分头，猴瘦。二壮，这老孙就住在我们头顶，往下滴水的被单子就是他家的。此一时彼一时，你看我那时候多威猛，是两个老孙的体格，可惜现在连路都不能走了。二壮把头搭在老人膝盖上，貌似看得认真。说着说着老人就瞌睡过去，二壮悄悄回到大木盆里。

傍晚老人和二壮一坐一卧在厨房静默，二壮忽然直起腰，老人拍它头，说，你这家伙。从烟道里传来一股焦煳的香味，老人说老孙家炒花生米呢；接着一股海鲜味儿直扑鼻孔，老人说这是蒸螃蟹。他从小在海边长大，对这味道极其熟悉。还有蒜香飘来，老人说他们在爆炒蒜苗……这老头老太倒吃个全乎。

不知为啥老人家的烟道和楼上是通的，开始还想着给堵上，后来嫌麻烦也就忽略。老人坐上轮椅后哪都去不了，他忽然发现这个烟道的好，一到饭点就矬进厨房。老人腿不行，鼻子却灵得很，他对老孙家的饮食了如指掌。

人家在上面做，他在下面闻，都成了嗜好。不让他吃，闻闻还不成吗？这是老人一天里最快乐的时光，他一面闻一面想着这么硬的菜老孙肯定会整两杯，老孙大概不会碰红酒，一来红酒贵，二来他也没那个品位。自己才配得上红酒，大壮带回的澳大利亚奔富还摆在橱柜里。他这破身体真耽误事。

老孙也不会喝啤酒，那是年轻人的爱好，光折腾厕所。老孙只能是白酒，白酒有劲头他也喜欢，家里存了不少红星二锅头，现在他都用来搓腿。想到老孙啪叽一口酒吧嗒一口菜他就扯脖子对着烟道喊，你娘个腿儿的……

老人对老孙一直不待见，老孙爱下棋，下输了就翻脸。老孙把棋盘扣到对方头上，被人家一拳打过来，眼眶都青了。老孙追着人家索赔，人家又是一拳，老孙这回闪得迅速，不然牙没了……

老孙媳妇在厂食堂打饭，她给别人打一勺红烧肉给老孙打两勺，打着打着就成老孙媳妇了。那女人年轻时就胖，一张银盘大脸。她对老孙是真好，不光红烧肉加量，带鱼四喜丸子都是双份，谁敢说个不她就拿勺子作势刨你。老孙有了保护伞，很是得意。

老孙认为媳妇就要娶夯实的，一镐把子都打不倒，过日子顶天立地。那些杨柳细腰一看就是病猫。老孙说话时望向他。别人越嫉妒他们越恩爱，他每天上下班骑自行车驮着老婆，唉，三十年河东三十年河西……

老人和二壮在厨房闻味儿，这个可以作为二壮的饮食参考，他说，明天让小田送花生米来，我给你炒……二壮胖了，皮毛都泛着光。它和老人一起看影集一起蹲厨房，老人去卫生间它就在门口等，还能帮着递个毛巾拿个拖鞋，都是老人睡下它才回大木盆里。他们在院子里玩，二壮总用爪子敲墙栅栏——心里长草了，它依旧怀念外面的世界。

老人并不担心它从墙根儿钻出去，二壮脖子上的塑料项圈一直没摘。一是防止它逃跑，二是戴着好玩，有家庭归属感。二壮用期待的眼神看着老人，我想、我想出去转转……也罢，老人打电话让小田过来帮他越过门洞那三级台阶。

外面蓝天白云，空气里有股绵白糖的味道，老人牵着二壮盛装出门，就在刚刚他洗了头发刮了脸，还用电推子把前面的头发理了理。大壮给他买的衬衫好几件都没拆封，他选了土黄色的，又配上一条枣红领带。上班那阵他就愿意穿正装，庄严还有仪式感。

他不光扎领带还要穿皮鞋，脚下无鞋，人穷半截。退休后他一般不穿皮鞋，板脚。今天他一定要穿，不会板脚了，他不走路，皮鞋就是个摆设，好比女人的项链耳环。他对着穿衣镜瞧，蛮带劲个老头，很久没出门了派头不能倒。

二壮很兴奋，不是狗绳和项圈的限制它都能撒欢跑。凉亭那边有人在玩牌，老孙头也在其中，他站在那儿当看客，一边看一边嘴也不闲着，免费解说。老人本想绕过他，听见老孙头喊，何主席这是去开会？老人回，你家那破床单总往下滴水。穿这么隆重难道去相亲？老人拍拍二壮，说，再胡说它就对你不客气。二壮似乎听明白了，伸着脖子朝老孙叫，汪汪汪……玩牌的人都笑。

老人牵着二壮去农贸市场，一个穿戴讲究坐轮椅的老头牵着条狗，狗脖子还戴个项圈，老头那衬衫和狗毛属于同一个色系，太气派了，太入眼了，简直就是一道风景！老人很自豪，说，二壮，想吃点啥？二壮汪汪两声，你看着办吧！老人买了八个鸡翅，说，回去给你煎煎。二壮高兴得用尾巴扫轮椅。有人说这狗真有趣。

老人拿出手机，说，我们家二壮上过热搜呢。哇，原来是它！市场里不少人看过二壮的视频，于是卖豆腐的就送来一块豆腐干儿，卖熟食的就递过一个骨棒，有个老太太把刚买的热乎麻花分给二壮一根……够了，够了，二壮都吃饱了。还有人拿手机拍，这条狗有情有义，比有的人强。

老人更得意了，原来二壮这么有名气。好容易出来一次不想马上回去，他们就沿着马路往前走，一人一狗优哉得很……街上大体没啥变化，还是那些树还是那些房子。那个健身中心现在变幼儿园了，有人站在那儿看小孩做游戏。那家牛肉汤店里没多少人，真想进去喝一碗，多长时间没碰过牛羊肉了。

不知不觉他们已经走出很远，竟然走到造船厂门口。变样了，大门气派得让人生畏，一排不锈钢栅栏上亮着警灯。老人萌生了进去转转的想法。他不想惊动别人，就悄悄进去，让二壮看看他工作过的地方。他带二壮绕到后面一个角门，这里还是老样子，门前荒草茂密。

之前这里也不经常走人，有一阵都准备把它废弃。造船厂占地面积大，这离他的办公楼可有一段距离。二壮，咱就门口看看，带着你实在不方便。二壮不知啥时候从他手中溜掉，老人在门口等了好一会儿也不见个影。二壮、二壮。老人扯开嗓子。汪汪汪，一只大狗忽然从厂门那儿蹿出来，这狗和狼一个模样，老人嘴里发出惊恐的喊叫。狼模样的狗猛兽般扑将过来，老人刚才在农贸市场买了鸡翅和豆腐，他把鸡翅扔出去贿赂，狼模样的狗不买账。现在老人只能拿豆腐当武器，他内心很绝望。

荒草里传来撞击声，唧唧唧，是二壮。虽然没吼叫，但老人知道是它。那条狼模样的狗显然有警觉，转过头对着荒草乱吠。老人握紧那块豆腐依旧绝望，狼模样的狗个头大，二壮根本不是对手，二壮会被撕碎的。他一手握豆腐一手摸电话，准备向"110"求救。

二壮从荒草里钻出来，可是它并没有做出嚎叫和拼杀的姿态，而是慢慢悠悠步履从容。它身板挺直高昂头颅，看都不看那条狼模样的狗，你叫你的我走我的，井水不犯河水。它也不看老人，就那么大大咧咧从他们对峙的地方走过。老人没想到二壮还有这一招，那条狼模样的狗蒙了，咋回事？这家伙脖子上套个大白圈，啥情况？它的主人马保安有根电棍，碰哪里哪里冒火。

　　狼模样的狗开始犹豫，喉咙里发出困惑而警惕的低鸣，你那个大白圈什么东西？会冒火星子吗？它四肢抓紧地面，眼巴巴看着二壮从面前大摇大摆经过。老人抓住机会摇着轮椅向二壮这边撤，等老人过来二壮猛地掉头把他挡在身后。狼模样的狗冲过来了（它好像看明白二壮的把戏），二壮不要命地迎上去了，厮杀与肉搏沸反盈天。老人把豆腐扔出去，豆腐砸到狼模样的狗尾巴上，顶什么用？豆腐碎了尾巴没事。老人使劲按轮椅上的喇叭，大喊，要出人命啦，不，要出狗命啦！提着电棍的马保安出来制止了这场恶战。

　　二壮受伤了，耳朵被咬出个豁，老人联系小田送二壮去宠物医院，打了消炎和破伤风针，脑袋上缠了绷带，皮外伤无须住院。项圈和绷带让二壮的脑袋更热闹了，一到家门口就有人围观。老孙伸个脖子问，咋的了？老人懒得解释，还是小田简单讲了经过。老孙开始骂人，骂完大厂长骂二厂长，骂他们官僚腐败，骂他们坐豪华轿车，骂他们一群王八蛋，何主席在门口看看你们就放狗咬，他可是厂里的老前辈，赔，让他们赔偿二壮的医疗费……

　　那晚二壮是在床上睡的，老人摸着它的头，说，你傻呀，和那家伙硬拼，它块头有你俩大。以后遇到这种情况就一个字——跑。又想当时二壮完全是为保护他。厂里派人送来一千块钱，只说慰问。这多少让老人心里舒服些，毕竟他的二壮吃了亏。

　　厂门口的恶战并没给二壮留下阴影，它和老人在小院里玩球，一接一个准。老孙趴在窗台上喊，厂里来人了？赔多少钱？老人不理。我给他们打电话，说老干部去厂里你们放狗咬，这事发到网上有你们好看。老孙扔下来一个肉包子，喊，二壮，接住……

拿掉绷带二壮耳朵那儿现出个硬币大的龘，倒让这狗有了生动的喜剧效果。二壮自己也不当回事，不疼不痒的。现在老人却坐不住，他只想着到外面去，到群众当中去。二壮机智又勇敢，只是那会儿他被吓傻不能拍视频，他要告诉大家，他的二壮有多了不起。

那条狗太大了，和狼一个模样。二壮冷静地把我挡在身后，然后才和那家伙拼命。知情者说，那是条德国黑背，厂里用它吓唬窃贼的。那也应该拴好，咬了人还得了！那家伙一天吃好几斤肉，厂里对它特宝贝。还是二壮胆子肥，那家伙谁见了不怕？二壮好样的！人们朝它竖大拇指。老人又把先前的马路视频举给大家看，老孙说二壮你真勇敢，干脆改名叫勇勇。二壮很低调，它靠在轮椅那儿汪汪两声像在说，没啥，没啥大不了的。

现在朱婶儿每天负责帮老人越过那三级台阶，然后回房间干活。朱婶儿乐在其中，老人不在家她干活更顺手，先擦玻璃后拖地，还能躺在落地窗前来个日光浴。那就是个老小孩儿，朱婶儿看见他给二壮做熘肥肠，一会儿尝一口，一会儿尝一口。想不到俩人的关系竟因为一条狗得到改善。

老人带着二壮先去农贸市场，在那儿买点东西，也不是必需品，就是买着玩儿，进去一趟多少花点钱，一卷胶布，两头大蒜。

然后他们去老年活动室，就在居民楼中间。里面有人打牌有人玩麻将，大家都有固定牌搭子，这些老人也不是太感兴趣，就想找个有人的地方待。他一般把轮椅停在门口让二壮进，去，瞧瞧他们在玩啥。二壮探头探脑。去吧，大家都喜欢你。

进来，二壮！有人朝它招手，二壮凑到牌桌前。你看我这破牌。二壮假模假式和人家对眼，像在说，下把就好了。对面老孙说，勇勇，晚上你去小院等着，我扔包子给你。二壮过去拱他腿，我不叫勇勇，但你那大包子好吃。

老人坐在门口喝茶，他轮椅上备个大号热水瓶。喝几口他喊，二壮！二壮就跑过来。他也没什么事，就随便一喊。过一阵老人又喊，二壮！二壮又跑过来。它也知道老人没啥事，可还是一喊就到。二壮！这回老人说，走，我们去劳动公园。

那里以前收门票，如今免费。老人说二壮要不你上来，我拉着你，我这可是电动轮椅。二壮还是喜欢在地上跑。老人指着花坛说，这边是郁金香那边是薰衣草，我老伴顶喜欢薰衣草，年轻时衣服裙子都这个颜色。一旁女人正喂怀里的泰迪，二壮跑过去，女人抱紧怀里的狗，豆豆，咱不动。老人看出对方的嫌弃，他把轮椅摇过去给对方看视频。知道，知道，女人拍拍二壮的头，原来是你呀！你这耳朵怎么了？老人又讲那造船厂门前的壮举。女人朝二壮嘴里塞了块饼干。

他们又到滑梯旁边，老人说，那时候我常带大壮过来玩，我们一家三口那张照片就是在这儿拍的，一晃大壮都快四十了，连个孩子都不要。朱婶儿比我小十多岁，孙子都上幼儿园了。不说了，二壮，以后就咱俩过……

老人继续网购，每天都和小田见面，却是买的多退的少了。除了二壮的吃喝，老人还愿意购置衬衫领带裤子袜子鞋，这老头爱臭美。二壮早不戴那个白项圈了，现在脖子上是对金光闪闪的铜铃。

天气不好老人就和二壮在屋里玩，他告诉朱婶儿准备好当天的饭菜就可以回去。老人和二壮的游戏不想别人参与，当然小田除外，小田说找时间带他和二壮去海边。也就这么一说，小田哪里会有时间？

二壮从大壮房间骨碌出来一个足球。你这家伙，老人把球送回去，二壮也跟进来。它发现写字台上有个杯子模样的东西，正要跳上去看究竟，被老人制止：别动。自己却拿起来端详，说，这是大壮高中物理竞赛的奖杯，都说物理难，大壮学它跟玩儿似的。当时把我和他妈妈高兴得，奖励他一套名牌运动服。老人打开衣柜，说，就是这套蓝色的。二壮想玩那个奖杯，它对运动服没兴趣。

老人坐到床上，这个床罩是当初老伴自己钩的，把银丝线钩成牵牛花，再一朵朵拼起来，纯手工制作，老伴那双灵巧的手啊，世上难寻！二壮要跳到床上，老人不让，怕它那爪子把床罩撕坏。老人开始给二壮讲大壮：大壮跑得快爱踢球，如果从小培养说不定能成国脚。

大壮爱读书，大壮去国外，大壮还赚了美元，大壮对他这个爹从来都很慷慨。有段时间他成天把大壮挂在嘴边，大壮、大壮……就像现在到处说二壮一样。后来他越发觉得没意思，人活着本来就是个没意思，他越发羡慕起朱婶儿，身体好，一把年纪还能赚外快，还能帮孙子交托费报兴趣班。人不愁钱就虚空了，人一生病更完蛋。老人对着虚空喊，大壮，大壮你在干吗？

二壮知道那个叫大壮的，有时候会在墙角听到他说话。大壮也知道家里多了个二壮，名字起得不好，什么二壮，二狗子还差不多。越老越糊涂，难不成老爹真把它当儿子了？况且还是条母狗。也罢，他老爹总算有了笑模样，自从坐上轮椅他整天皱个眉头，鼻子眼睛嘴都快拧到一起了。

端午节了，人们都很看重这一天。五彩线、粽子、鸡蛋，一派欣欣向荣的景象，什么五一、十一黄金周，对他们这些老家伙没多大意义，老胳膊老腿儿自家门口打打牌买买菜还好，跑到千里之外去旅游还是算了！大家被粽子鼓舞着，糯米、粽叶、马莲、红枣，专等着一双巧手来成全。

有人在楼后支起炉灶，大家有序排队。也不单为省几个煤气，主要图个热闹，方的、长的、三角的，好一个粽子大全。老年活动室早没人了，家家都在忙粽子，老太太包老头煮，配合默契，年轻人不包，嫌麻烦。他们的任务是来家吃，吃完还要带回去。粽子这玩意儿可不是年轻人的喜好，他们更爱麻辣烫和小烧烤。没办法，爹妈包了那么多你好意思不回来？好意思说不爱吃吗？瞧，个个都那么孝顺。

凉亭那边还有人在打牌，都是落了单没老伴儿的，他们不包粽子只管打牌，专等儿女来接他们去饭店。老孙排队煮了好几锅，吃得了这么多？这不儿子媳妇孙女都回来，还给亲家那边带了份儿。

老人和二壮在人民广场玩球，他不愿意看邻居们闹哄哄。二壮很投入，有人围观可不能失手。广场上人越来越少，到饭点了。天上忽然飘起雨，老人带二壮躲进一个卖肉串的小棚。那人正准备收摊回去，晚上去姑娘家过节。老人给二壮买了几串羊肉串。

炉灶那儿还排着几个人，来，拿几个回去！我这是大黄米的。拿我的，这个包了腊肉。不用，老人直摆手，等下我外甥送来。老人说谎，他是有个外甥在本地，就过年来看看他，平时个把月才通个电话。老人不想接受大家的美意，感觉怪怪的，有怜悯成分。

朱婶儿今天没来，前一天她把老人的吃喝备好，端午节在家看孙子。其实有没有朱婶儿无所谓，家中琐事只要愿意他都能应对，朱婶儿是大壮的一份孝心。之前老人成天不出门，和朱婶儿斗斗嘴还能解闷。想想也是难为情，拿个喇叭追着她喊，其实……其实朱婶儿也没那么讨厌。

老人望向墙角的监控，多希望大壮的声音能从那儿冒出来。平时他挺烦的，大壮翻来覆去就那几句，可能他自己都烦了，父子间没什么话题，之前朱婶儿告状，他都动过拆掉的念头。

烟道那边的香味儿一浪浪往下落，煎炒烹炸热闹得不行，其间还穿插着小孩子的跑跳。老人先把桌子擦干净摆上肉串，又打开真空包装的猪蹄和扣肉，还煎了两块鸡胸肉，还有豆腐干和五香花生。老人家里有货，翻翻找找好几个菜，朱婶儿准的那些三高专用先靠边站。二壮急着开席，等等，老人从酒柜里拿出一瓶澳大利亚奔富，说，咱也是满满一桌子，比谁都不差！

老人拿两个酒杯，他给二壮也倒上。二壮伸舌头舔舔，味道不怎么样。它还是喜欢肉串和猪蹄。咱俩过节挺好，人多我还嫌闹。二壮吃了肉串吃猪蹄，吃了鸡胸肉吃五香花生。老人被它带动得频频举杯，好久没喝了，今天过节。

老人告诉二壮，粽子谁都没老伴儿包得好，她都用五彩线捆住，那粽子是个长条，咬第一口里面有块瘦肉，第二口有咸蛋黄，第三口是甜甜的红枣，一个粽子三种口味，吃过这样的还会稀罕他们那些？

老人拍拍二壮，叨叨，下辈子再养孩儿不让他念太多书，就造船厂技校，毕业包分配工资也不少。我们好多子女都在本厂就业，日子过得蛮可以。下辈子养个女儿，小棉袄啥时候都贴心。

老人进卧室拿来影集，这个二壮看过好多遍，里面全是大壮，从褓褓到外国留学，其时间地点都如数家珍，那个小不点被老人翻着翻着成了大小伙儿。不知不觉，一瓶奔富没了，老人浑身燥热。

他去开窗，朱婶儿勤快已经给锁紧。老人用力往前探，往前探，忽然一头栽下去……二壮过去拉，拉过衣角拉裤脚，拉过裤脚拉领子，怎么拉老人都没反应。二壮对着他耳朵汪汪汪……老人把脸贴在地上全然不理。二壮由吠叫变成哀鸣，怎么办？它跑到院子里朝着二楼汪汪喊！窗口那儿没有给它扔包子的老孙。二壮从墙角铁栅栏钻出去，绕到门洞直奔二楼。

二壮扯着嗓子叫，开门，快开门。它不光叫还拿爪子挠。今晚老孙儿子一家来吃饭，像模像样敬他酒，儿媳说抱歉啊，孩子姥姥那边也准备一桌子。老孙对他们很不满，屁股还没坐热，他表达不满的方式就是一杯杯喝酒。老伴儿也烦，我说不弄这么多你偏不听，这下一个星期都不用做饭。唠叨个啥？你听外面什么声？

二壮，怎么是你？老孙敲了好一会儿门里面也没回应，正准备找"110"上门开锁，小田来了。他刚忙完，来给老人送几个粽子。老人总是帮他完成任务，过节了，他要表达一点心意。小田从二楼爬到院子里，老孙打了急救，"120"到得很快。

一周后老人才意识清醒。二壮，二壮！他习惯性地叫。哪里有二壮，大壮让同学找的护工在旁边。中午小田过来看他，老人希望下次能把二壮带来。这里是医院怎么能让狗进？也是啊。老人让他送快递时顺便叮嘱朱婶儿对二壮好一点。一周后小田去医院接老人，见他正拿着手机让病友看二壮的视频。

二壮去哪儿了？老人屋里屋外找，朱婶儿说从你生病那天跑出去到现在也没回。老人在院子里喊，二壮，二壮你去哪儿了？老孙扒着窗户，说，准是半路被相好的拐跑了。你才被拐跑！老人仰着脖子骂。

老人摇着轮椅去外面找，农贸市场的人出主意，可以贴寻狗启事。这办法好。现在老人一早就出门贴，带上水壶和便饭。电线杆、树、墙，一直贴到造船厂那边。老人黑了，衬衫皱巴巴的。领带？没那份心情。老孙和邻居商量后，找来泥瓦匠抹平那三级台阶。

朱婶儿抱来一只猫,这家伙太顽皮,进门就把沙发掏个洞,老人挥着拖把撵,抱走,赶紧的。老人每天早出晚归去张贴,提供信息的不少,可它们都不是二壮。有人把一条黄狗送上门,模样和二壮差不多,可它对着老人一顿狂吠,二壮怎么可能这样?来人说养几天就亲了,就成二壮了。老人坚决不同意。这人怎么像大壮一个同学?

城管找上门,说,看你满世界贴,我们这儿正创卫生文明城呢。老人说除非你们帮我把二壮找到。这要求太无理!老孙悄悄和人家商量,他在前面贴,我在后面撕还不行吗?老孙把二壮先前的视频找出来。哦,这个我之前看过,好吧!

其实,二壮根本没走远,就在家里。

那天二壮一直跟着救护车跑到医院,当然没进去。它趴在对面等待时机,天亮了,医院门口乌泱泱的人,二壮偷偷跟在一个小男孩后面,那孩子看见它就举起手里的冲锋枪,嘟嘟嘟,枪口红光直闪。二壮扑上去对付那武器,身上忽然遭到重击,板砖电棍木棒……

二壮没进屋,怕弄脏地板,就缩在雨棚下面。朱婶儿发现时它已经奄奄一息,朱婶儿找来小田,说,就埋在这儿吧,离老人近些。老孙在窗口喊,千万不能告诉他,切记!

老人不再到处张贴,他可是老干部,这点觉悟还有。他网购了一个白色录音喇叭,用绳子绑在轮椅上,那喇叭不时发出两个沙哑的音节,传至大街小巷……那天他发现雨棚下面开了一朵野花,黄黄的,是株蒲公英。朱婶儿喊他看电视:一条狗离家多年后又自己跑回来了,你也不用成天去找,说不定哪天就回来了。是啊,他的二壮那么聪明,走出去多远都认得回家的路。老人看见墙角的蒲公英也在点头……

编后记

2024 年中国的中短篇小说创作，一如往年，佳作纷呈，琳琅满目。

在此我们要特别向今年十月喜逢九十周岁的王蒙先生致敬。鲐背之年，王蒙先生依然有多篇新作发表、多本新书出版，这是生命的奇迹，也是文学史的奇迹。今年我们选录了王蒙先生的中篇小说新作《蔷薇蔷薇处处开》，短篇新作《高雅的链绳》。"青春万岁"，青春不只是年龄，还是生命状态，它在十九岁，也可能在九十岁。

年选作者除了年高德劭的王蒙先生，还有多位成名已久卓有成就的小说家，有崭露头角未来可期的年轻作家。除了作品本身的文学质量，作者年龄的多层次、原创刊物的多样性、小说题材的差异性、叙事艺术的新颖度，都是我们斟酌考量的内容。

我们有见证丰收的喜悦，也有困于选择的烦恼。年选虽然优中选优，但依然难免遗珠之憾。

文学越繁荣，选择越重要。《小说选刊》一直致力于建立一个目光公正、审美判断精准、富于包容性、相对恒定同时又能自我更新的筛选评价机制，这也是我们编录年选努力的方向。道阻且长，行则将至。

《小说选刊》杂志社

2024 年 12 月 27 日

附　录

高雅的链绳 ················ 王蒙（《当代》2024 年第 6 期,《小说选刊》2024 年第 12 期）

你好，蜣螂 ················ 老藤（《天涯》2024 年第 5 期,《小说选刊》2024 年第 12 期）

那块地 ················ 邓一光（《花城》2024 年第 1 期,《小说选刊》2024 年第 3 期）

照相 ················ 刘庆邦（《上海文学》2024 年第 4 期,《小说选刊》2024 年第 5 期）

不可同日而语 ················ 朱辉（《芳草》2024 年第 1 期,《小说选刊》2024 年第 2 期）

紫晶洞 ················ 徐则臣（《北京文学》2024 年第 5 期,《小说选刊》2024 年第 6 期）

木棉或鲇鱼 ················ 李修文（《花城》2024 年第 2 期,《小说选刊》2024 年第 5 期）

开往市区的班车 ······ 刘建东（《万松浦》2024 年第 2 期,《小说选刊》2024 年第 4 期）

上岭网红 ················ 凡一平（《民族文学》2024 年第 3 期,《小说选刊》2024 年第 4 期）

飞鸟与地下 ················ 班宇（《长江文艺》2024 年第 1 期,《小说选刊》2024 年第 4 期）

大叶紫薇 ················ 裘山山（《作家》2024 年第 6 期,《小说选刊》2024 年第 7 期）

房间里的伏尔泰椅 ······ 艾玛（《当代》2024 年第 5 期,《小说选刊》2024 年第 10 期）

碑书 ················ 韩东（《芙蓉》2024 年第 3 期,《小说选刊》2024 年第 7 期）

青花瓷与野鸡 ··········· 杨遥（《特区文学》2024 年第 5 期,《小说选刊》2024 年第 6 期）

断舍离 ················ 雷默（《收获》2024 年第 3 期,《小说选刊》2024 年第 8 期）

萤火与白帆 ····朱文颖（《小说月报·原创版》2024 年第 7 期,《小说选刊》2024 年第 8 期）

时髦灰姑娘 ········ 徐皓峰（《中国作家》2024 年第 9 期,《小说选刊》2024 年第 10 期）

家宴 ················ 王啸峰（《作家》2024 年第 9 期,《小说选刊》2024 年第 10 期）

一曲未了 ················ 陈武（《湖南文学》2024 年第 8 期,《小说选刊》2024 年第 9 期）

老人与狗 ················ 张鲁镭（《中国作家》2024 年第 1 期,《小说选刊》2024 年第 3 期）

2024 年选系列封面绘图画家介绍

段正渠 1958 年生于河南偃师，1983 年毕业于广州美术学院油画系。现为首都师范大学美术学院教授与博士研究生导师，中国国家画院油画所研究员，中国美术家协会油画艺委会委员和中国油画学会理事。

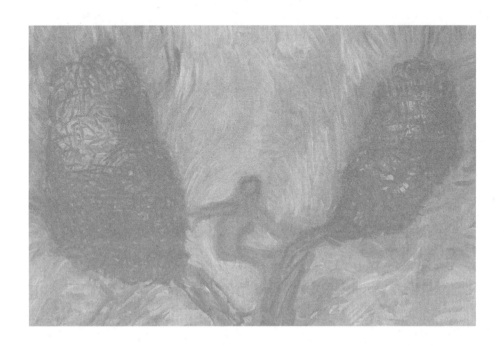

《黄昏》 段正渠 100cm×130cm 布面油画 2022 年

段正渠画作短评

在段正渠建立他的个人语言和风格之初，表现性绘画承载了艺术自由的时代意义，他所选择的对象——陕北的风土人情，则与民族和文化主体的意识有关。现在，复杂多元的画面内容代替了这些具体的文化符码，也使题材的选择上具有了极大的包容度，日常的场景，任何人、动物、植物，没有意义指向的内容，都可以入画。画面的复杂度支撑了一种具有说服力的完整性，也破解了在题材上和精神上对整一性和宏大叙事的某种依赖。借此，创作获得了自主和独立，脱离了借由题材或风格的选取来获得意义的束缚。

——卢迎华《右卫——段正渠的新作》

图书在版编目（CIP）数据

一曲未了：2024 中国年度短篇小说 / 中国作协《小
说选刊》选编 . -- 桂林：漓江出版社，2025.5.

ISBN 978-7-5801-0328-4

Ⅰ . I247.7

中国国家版本馆 CIP 数据核字第 2025PU0586 号

YI QU WEI LIAO：2024 ZHONGGUO NIANDU DUANPIAN XIAOSHUO

一曲未了：2024 中国年度短篇小说

中国作协《小说选刊》选编

出版人：梁志

责任编辑：刘红果

书籍设计：石绍康

责任监印：张璐

出版发行：漓江出版社有限公司

社址：广西桂林市南环路 22 号　邮编：541002

发行电话：010-85891290　0773-2582200

邮购热线：0773-2582200

网址：www.lijiangbooks.com

微信公众号：lijiangpress

印制：北京中科印刷有限公司

［北京市通州区宋庄工业区 1 号楼 101 号　邮编：101118］

开本：690mm×1000mm　1/16

印张：21　字数：298 千字

版次：2025 年 5 月第 1 版

印次：2025 年 5 月第 1 次印刷

书号：ISBN 978-7-5801-0328-4

定价：58.00 元